Bélisaire
Venceslas

Jean de Rotrou

Théâtre complet 1

Bélisaire • Venceslas

édition dirigée par Georges Forestier
texte établi et présenté par
Marianne Béthery

A. Hervé

ISSN 0768-0821
ISBN 2-86503-252-3
© SOCIÉTÉ DES TEXTES FRANÇAIS MODERNES, 1998

AVERTISSEMENT

Le présent volume inaugure l'édition du *Théâtre complet* de Rotrou par la Société des Textes Français Modernes, qui renoue ainsi avec sa tradition d'édition d'œuvres complètes, dont certaines, comme celle des œuvres de Ronsard, font aujourd'hui encore autorité, près d'un siècle après leur publication.

Quoique Rotrou soit considéré depuis longtemps comme le quatrième grand auteur de théâtre français du XVIIe siècle, sa réputation d'auteur non classique l'avait privé des honneurs d'une ample édition critique du type de celles qui, au XIXe siècle, avaient achevé de consacrer Corneille, Molière et Racine dans le cadre de la collection des Grands Écrivains de la France. Pendant plus d'un siècle et demi on s'est contenté de l'édition très approximative de Viollet-le-Duc (publiée en cinq volumes chez Desoer en 1820), réimprimée en *fac simile* par les éditions Slatkine en 1967. Sur les trente-cinq pièces de théâtre que Rotrou a publiées, à peine plus d'une demi-douzaine ont fait l'objet au XXe siècle d'éditions séparées. C'est donc peu de dire que l'entreprise que nous inaugurons ici vise non seulement à combler un manque, mais à réparer une véritable injustice.

Du fait de son ampleur, cette entreprise ne peut être qu'une œuvre de longue haleine : à raison de deux à trois pièces publiées dans le cadre d'un volume par an, elle va s'étendre sur les quinze prochaines années. Pour la même raison, elle mobilise l'énergie et les compétences d'une équipe entière de chercheurs. Cette équipe, constituée sous le nom « Édition de textes dramatiques du XVIIe

siècle », a été fondée par le signataire de ces lignes et appartient au *Centre d'Études de la littérature et de la langue françaises des XVIIᵉ et XVIIIᵉ siècle* de l'Université de Paris-Sorbonne (Paris IV-CNRS). À l'heure actuelle une quinzaine de chercheurs en font partie[1] — nombre appelé à s'accroître au cours des prochaines années —, qui ont déjà œuvré en commun, non seulement pour fixer le programme de publication et se répartir les œuvres à éditer, mais pour déterminer les principes d'édition qui seront exposés plus bas.

En l'état actuel de ses travaux, cette équipe a fixé le programme de publication suivant pour les six premières années[2] :

- 1998 : les deux tragi-comédies historiques, *Bélisaire et Venceslas*.

- 1999 : les trois tragédies mythologiques, *Hercule mourant, Antigone* et *Iphigénie*.

- 2000 : un premier volume de comédies à l'italienne, constitué de deux adaptations de Della Porta, *La Sœur* et *Célie*.

- 2001 : un premier volume de tragi-comédies dites « de la route » : *Les Deux Pucelles* et *La Belle Alphrède*.

- 2002 : les tragédies historiques, *Crisante, Le Véritable Saint Genest* et *Cosroès*.

- 2003 : le deuxième volume de tragi-comédies de la route, *L'Hypocondriaque, Cléagénor et Doristée*, et *Amélie*.

Sont déjà programmés pour 2004 un volume de comédies pastorales, et pour 2005 un volume de comédies à l'antique.

---

1. Hélène Baby, Marianne Béthery, Claude Bourqui, Alain Couprie, Christian Delmas, Alice Duroux, Georges Forestier, Bénédicte Louvat, Emmanuel Minel, Dominique Moncond'Huy, Jacques Morel, Pierre Pasquier, Liliane Picciola, Alain Riffaud, Hélène Visentin, Marc Vuillermoz.

2. Étant entendu qu'il nous a paru inutile de nous asteindre à suivre un ordre chronologique que nul n'a pu établir avec un absolue certitude.

Principes d'édition

— l'orthographe

L'orthographe du texte a été modernisée, afin de faciliter l'accès à l'œuvre pour les étudiants et les non-spécialistes, et surtout de ne pas « archaïser » Rotrou par rapport à son contemporain immédiat Corneille qu'on lit toujours désormais dans une graphie moderne. L'orthographe originale peut néanmoins être respectée à la rime si la modernisation risque de produire des rimes fausses. Toutes les majuscules ont été conservées.

— la ponctuation

La ponctuation originale a été scrupuleusement respectée sauf lorsqu'elle est de toute évidence fautive, l'éditeur signalant alors à la fin de l'introduction ou dans les notes les cas particuliers où elle a été modifiée.

Dans la mesure où cette association du respect de la ponctuation originale dans le cadre d'une modernisation de l'orthographe ne va pas de soi (même si ce principe a été adopté depuis longtemps dans de grandes éditions scientifiques de textes du XVIIe siècle, comme celle des *Œuvres complètes* de Corneille par Georges Couton dans la Bibliothèque de la Pléiade, ou, plus récemment, celles de Pascal par Michel Le Guern dans la même collection), il nous a paru nécessaire d'en dire quelques mots.

Il n'en va pas, en effet, de la ponctuation comme de l'orthographe. Si celle-ci ressortit aujourd'hui à une stricte codification, elle n'obéissait qu'à un nombre de règles minimales dans les textes du XVIIe siècle et un même mot pouvait être orthographié de manière différente dans une même page, ou dans une même lettre autographe. Or on a longtemps cru qu'il en allait de même pour la ponctuation et que son caractère quelquefois déroutant pour nous devait être mis au compte de la fantaisie ou de l'ignorance des protes. On sait désormais que la ponctuation a en fait connu depuis le XVIe siècle deux systèmes différents de codification. Elle sert aujourd'hui (c'est-à-dire depuis la fin du XVIIIe siècle) à signaler les ruptures d'ordres syntaxique ou logique afin de faciliter la lecture silencieuse, mais aussi — ce qui laisse la porte ouverte à la subjectivité de chaque éditeur — d'ordre sémantique : certains mettront par exemple « : » avec une nuance explicative, là où d'autres auraient préféré « . », ou « , », ou encore « ; ». Au XVIIe siècle, qui ne connaissait guère que la lecture à haute voix — et *exclusivement* la lecture à haute voix pour les textes de poésie et de théâtre —, il s'agissait avant tout de marquer le rythme des vers ou des périodes, en guidant la voix et le souffle et en indiquant quelquefois les tons. Bref, les protes ne peuvent être accusés, comme les clavistes de notre temps, que de négligences ponctuelles, plus ou moins nombreuses selon la qualité apportée à l'ensemble de la publication[3].

Les traités de langue ou de grammaire des XVIe-XVIIIe siècles qui traitent de la ponctuation s'accordent, en effet, à marquer la gradation des pauses dans le discours que marquent la virgule, le point-virgule, les deux-points et le point, et soulignent par exemple que le point-virgule est une simple variante de la virgule, destinée à se substituer à elle dans une période un peu longue, et que les deux-points marquent une pause plus longue. C'est pourquoi il arrive fréquemment dans les textes du XVIIe siècle (c'est-à-dire chez Rotrou comme chez Corneille et Racine) qu'un point-virgule apparaisse à l'intérieur d'une même phrase, séparant une série de propositions subordonnées de la proposition principale. Pour les mêmes raisons, c'est-à-dire dans la mesure où la ponctuation n'a pas de fonction syntaxique, on jugera normal qu'un ensemble apposé à un

---

3. Ce qui n'empêche pas que l'on puisse distinguer des variations d'un atelier de composition à un autre, quelquefois au cours d'un même tirage ; il arrive aussi qu'au cours d'un même tirage, une nouvelle émission contienne des pages recomposées et donc des différences (généralement minimes) de graphie et de ponctuation Mais toutes ces variations restent dans le cadre des grandes règles de ponctuation que nous exposons ci-après. Il va de soi que les éditeurs du *Théâtre complet* de Rotrou dans la présente collection s'efforceront, dans la mesure du possible, de signaler les variantes présentées par les différents exemplaires (consultables) d'une même pièce.

substantif ne soit pas nécessairement encadré par des virgules, ou, inversement, qu'une virgule sépare un groupe
sujet du groupe verbal ou encore un ensemble sujet-verbe
de la proposition complétive qui le suit. On sait d'autre
part, et certains traités de poésie insistent sur ce point, que
la structure de l'alexandrin — deux hémistiches égaux
autour de la césure après la sixième syllabe — implique
une très légère pause au milieu du vers comme à la fin du
vers. Aussi certains textes poétiques soulignent-ils cette
pause en introduisant une virgule à l'hémistiche et/ou à la
fin du vers, sans aucun lien avec la structure syntaxique ou
sémantique de la phrase, tandis que d'autres, au contraire,
profitent de ce système pour se dispenser d'introduire une
ponctuation à la fin de certains vers. Rappelons enfin
qu'au théâtre la ponctuation sert aussi à indiquer la hauteur de voix[4] et à marquer les tons et les intensités et possède quelquefois une valeur de soulignement d'un mot
(comme par ailleurs nombre de majuscules, souvent jugées
inexplicables dans les textes de cette époque).

Autant dire que le respect de la ponctuation originale
nous invite à lire un texte de théâtre de cette époque selon
la manière même dont il a été conçu, c'est-à-dire dans le
but d'être énoncé à haute voix. Et Rotrou, qui a commencé
sa carrière comme poète à gages de la troupe de l'Hôtel de
Bourgogne, a écrit ses pièces telles qu'elles devaient être
prononcées par les comédiens pour qui il les écrivait. Et
c'est probablement pour cette raison que certaines éditions
de ses pièces nous apparaissent quelquefois aujourd'hui
surponctuées : nous inclinons à penser qu'elles ont été
imprimées à partir d'une copie très proche de celles
qu'avaient en mains les comédiens. Nous espérons que les
lecteurs s'essaieront à lire le théâtre de Rotrou à voix

---

4. Ainsi il arrive souvent que Rotrou termine une tirade par une
virgule, là où nous mettons aujourd'hui un point, ou, plus fréquemment, des points de suspension : c'est indiquer au lecteur et
au « déclamateur » qu'il ne doit pas baisser la voix à la fin de la
tirade.

haute, en marquant très légèrement les pauses impliquées par les hémistiches et les fins de vers et en se laissant guider par la ponctuation : ils découvriront, à *l'entendre*, que ce grand auteur ne vaut pas seulement par sa puissance dramatique.

Georges Forestier

***

Pour le présent volume, l'équipe « Édition de textes dramatiques du XVIIe siècle » a chargé Mlle Bénédicte Louvat et M. Claude Bourqui de surveiller l'établissement des textes en collaboration avec Mme Marianne Béthery, et MM. Christian Delmas et Pierre Pasquier de revoir l'introduction et les notes.

***

BÉLISAIRE

INTRODUCTION

UN SUJET DANS L'AIR DU TEMPS

Avec la disgrâce injuste et la mort cruelle du général byzantin Bélisaire, favori de Justinien, Rotrou renouvelle en les contaminant le sujet de l'innocent persécuté par une amoureuse éconduite et celui de l'illustre victime. En butte à la haine jalouse de l'impératrice Théodore, Bélisaire échappe par trois fois aux assassins qu'elle suscite contre lui, mais finit par succomber à ses accusations calomnieuses. L'Empereur, convaincu qu'il a tenté de séduire sa femme, le condamne à être aveuglé. Innocenté, mais trop tard, par les aveux de la coupable, il mourra de ce supplice. Variation sur le mythe de Phèdre, la pièce de Rotrou aurait pu trouver sa place dans le pénétrant travail de Paul Bénichou sur « Hippolyte, requis d'amour et calomnié »[1]. C'est aussi une lointaine adaptation de la tragédie latine du jésuite Stefonio, *Crispus* (1597)[2]. Dans les

---

1. *L'Écrivain et ses travaux*, Paris, José Corti, 1967. Bélisaire partage en effet avec Hippolyte et Crispe le malheur d'être en butte aux tentatives de séduction d'une femme qui a du pouvoir sur lui et qui est l'épouse de l'homme auquel il doit respect et soumission.

2. Voir M. Fumaroli, « Corneille disciple de la dramaturgie jésuite : le *Crispus* et la *Flavia* du P. Bernardino Stefonio, S. J. », *Héros et orateurs*, Genève, Droz, « Titre courant », p. 138-170.

années 1635-1645, une constellation de pièces directement inspirées de cette source (la tragédie de Grenaille[3] en
1639, celles de Tristan l'Hermite[4] et Gillet de La Tesson-
nerie en 1644) montre son influence durable et La Pine-
lière en 1635 avait justement écrit son *Hippolyte*[5]. Représentée vraisemblablement en 1643 et publiée en 1644[6],
Bélisaire a l'originalité de s'écarter du sujet antique sans
pour autant offrir une version explicitement chrétienne du
mythe, comme les pièces sur Crispe[7]. Par ailleurs, ce sujet
de *Bélisaire* est aussi celui du souverain qui se trouve
contraint d'envoyer à la mort le serviteur fidèle auquel il
doit tout et dont la disparition menace son pouvoir, ce qui
n'est pas sans rappeler *Le Comte d'Essex* de La Calprenède (1639)[8]. De plus, en 1641, deux ans avant Rotrou,
l'auteur-acteur Desfontaines avait également produit un
Bélisaire, mais au dénouement heureux. Peut-être peut-on
tenir pour notre pièce le même raisonnement que pour *Le
Véritable saint Genest*[9] et voir dans *Bélisaire* une commande des comédiens de l'Hôtel de Bourgogne soucieux
de rivaliser avec l'Illustre Théâtre.

Si Rotrou crut ce sujet dans l'air du temps susceptible
de réussir, il se trompa, comme en témoigne le bref aveu
de sa dédicace : « L'histoire [de Bélisaire] ne doit pas être
plus privilégiée que sa vie, ni sa représentation, que lui-
même ; [...] il est visible, que son sort est d'être persécuté,

---

3. *L'Innocent Malheureux.*, « Le Tragedie francesi su Crispo »,
D. Dalla Valle, Torino, 1986.

4. *La Mort de Chrispe*, « Le Tragedie francesi su Crispo »,
D. Dalla Valle, Torino, 1986.

5. Paris, Sommaville, 1635.

6. Le privilège de l'édition originale ne porte aucune date précise et l'achevé d'imprimer y manque.

7. M. Fumaroli, art. cit., p. 145.

8. A son tour, en 1659, La Calprenède écrira un *Bélisaire* qui,
malgré un grand succès, ne fut pas imprimé.

9. Voir G. Forestier, « *Le Véritable saint Genest* : enquête sur
l'élaboration d'une tragédie chrétienne », *XVIIe siècle*, n° 179,
Avr-juin 1993.

quoiqu'il soit admiré, et d'être condamné par des passionnés et par des jaloux. »

SOURCES

L'étude des sources de la tragi-comédie de Rotrou conduit
à poser immédiatement le problème de la spécificité de son
écriture car la pièce est à bien des égards une adaptation très
fidèle, voire pour certains passages une traduction littérale,
de *El Ejemplo mayor de la desdicha* (1625), *comedia* de
Mira de Amescua (1574-1644)[10]. Selon l'introduction de
l'édition des *clasicos castellanos* (p. XII), cette pièce fut
publiée dans un recueil[11] où elle se trouvait attribuée par
erreur à Montalban. Par la suite elle le fut à Lope de Vega.
Sans doute est-ce par ce biais que Rotrou l'a découverte.

Au IXe siècle, l'auteur anonyme des *Antiquités de
Constantinople*, suivi au XIIe siècle par le poète et gram-
mairien byzantin Jean Tzètzès (v. 1110-v. 1180) dans ses
Chiliades, serait le premier à mentionner le supplice
infligé à Bélisaire[12]. Le général est ensuite devenu le héros
de multiples fictions[13], mais Mira de Amescua se serait
inspiré[14] plus particulièrement de Procope de Césarée (fin
Ve - v. 562), secrétaire de Bélisaire et historien de l'empire de Justinien. Le manuscrit de ses *Anecdota* ou *Histoire secrète* fut découvert à la bibliothèque du Vatican
par Alemanni qui les traduisit en latin et les publia à Lyon
en 1623, deux ans avant la pièce de Mira de Amescua.

---

10. Éd. et Notes d'Angel Valbuena Prat, Madrid, La Lectura,
« clasicos castellanos », 1928, vol. II. Voir plus loin l'Annexe qui
reproduit une bonne part du texte de Mira de Amescua et souligne tous les emprunts de Rotrou.

11. *Parte veinticinco de comedias de diferentes autores*, Zara-
goza, 1632.

12. L. Chassin, *Bélisaire*, Paris, Payot, p. 211.

13. Voir l'article du *Nouveau Dictionnaire des Œuvres*, Laf-
font-Bompiani, Paris 1994, t. I ; p. 660-661.

14. Mira de Amescua, *Teatro*, p. X.

Le portrait que l'historien brosse dans ses deux œuvres jumelles mais opposées, *Les Guerres* et *L'Histoire secrète*, est violemment contrasté. Dans la première, Bélisaire est présenté à la fois comme un grand général et un homme de bien, exceptionnellement jugé digne d'un triomphe, « privilèges [que] depuis 600 ans environ, personne n'avait plus obtenu[s] [...] à l'exception de Titus, de Trajan et de tous les autres empereurs qui, au cours d'une expédition militaire qu'ils avaient dirigée contre tel ou tel peuple barbare, avaient été victorieux »[15]. Mira de Amescua (*I, v. 1-12 ; II, v. 1642-1643*)[16] comme Rotrou (I,1 ; III, 4, v. 979-980) font état de cette cérémonie.

L'Histoire secrète[17] montre, au contraire, qu'il n'y a pas plus de héros pour les secrétaires que pour les valets de chambre. Procope y peint un Bélisaire totalement sous la coupe de son épouse Antonina, qu'il aurait épousée par amour, dès 527 avant la première campagne perse (p. 149, n. 16), tolérant son inconduite et ses infidélités, capable de renier sa parole et de trahir de fidèles serviteurs pour lui plaire (I, 11-42, p. 28-32). Si Procope noircit Justinien et insiste partout sur l'influence néfaste de son épouse, nulle part il ne mentionne l'amour de Théodora pour Bélisaire, ni sa jalousie contre Antonina. Au contraire, d'abord en butte à l'hostilité de l'impératrice sans que Procope nous en donne les raisons, celle-ci en devient rapidement la favorite (I, 13-14, p. 29). Ainsi, c'est à cause d'Antonina que Théodora met fin à une disgrâce momentanée de Bélisaire (IV, 19-31, p. 42-43) où Procope nous le montre « comme un simple particulier, presque seul, toujours soucieux, triste et tremblant dans la crainte de quelque complot mortel. » (IV, 16, p. 41), situation

---

15. *La Guerre contre les Vandales*, trad. D. Roques, Paris, Les Belles Lettres, 1990, p. 142.

16. Pour éviter toute ambiguïté, toutes les références à l'œuvre de Mira de Amescua seront en italiques.

17. Trad. P. Maraval, Paris, Les Belles Lettres, 1990.

dont nous retrouvons les échos dans les pièces de Mira de Amescua (*III, v. 2314-2383*) et de Rotrou (V, 2, 3, 4).

En revanche, on chercherait vainement chez l'historien grec une allusion au supplice infligé au général disgracié. Et pour cause : « La tradition selon laquelle le grand général aurait eu les yeux crevés et se serait trouvé réduit à la mendicité n'est qu'une légende »[18] même si L. Chassin estime ces disgrâces « absolument vraisemblables »[19] eu égard aux mœurs politiques du temps. Il faut donc supposer à Mira de Amescua une source d'inspiration complémentaire. Quant à Rotrou, il est difficile d'affirmer qu'il a directement eu connaissance de l'œuvre de Procope, puisque les seuls souvenirs précis que nous avons pu en déceler dans sa pièce sont également dans la *comedia*.

Ce que ne mentionne pas M. Valbuena Prat, c'est que, avant Mira de Amescua, le sujet de Bélisaire a donné lieu à une pièce scolaire, *Belisarius*[20], du père jésuite Jakob Bidermann (1578-1639), représentée en 1607 à Munich et peut-être dès 1606 à Tournai, et a été également traité en 1610 par l'Italien Francucci[21] et en 1635 par Giattini (1600-1672), jésuite sicilien auteur de tragédies latines. Nous n'avons pu retrouver trace de cette dernière pièce[22], restée manuscrite. Celle de Francucci, en admettant que Rotrou l'ait lue, ne l'a guère influencé : elle raconte une conjuration contre le tyran Giustiniano, doublée d'une intrigue matrimoniale compliquée. Belisario, dont le rôle est en fait assez secondaire, a refusé de soutenir les conjurés, mais se retrouve tout de même aveuglé, réduit à l'errance et à la mendicité.

---

18. Article « Bélisaire », M. Mourre *Dictionnaire Encyclopédique d'histoire*, Paris, Bordas, 1978.

19. *Op. cit.* p. 213.

20. Dans *Ludi theatrales sacri*, Munster, 1666.

21. *Il Belisario*, apresso Evangelista Deuchino, 1620.

22. Le volume de ses *Quatuor tragoediae*, Dilingae, 1682, que nous avons consulté ne comprend que *Leo Philosophus*, *Cafres*, *Antigonus*, et *Ariadna Augusta*.

En revanche, comme le pense A. Stegmann[23], l'on peut repérer chez Rotrou (et peut-être chez Mira de Amescua) des souvenirs de la pièce latine. Belisarius, général estimé revenu victorieux de Perse, est envoyé chasser les Vandales de la Libye qu'ils oppriment illégitimement. Il y réussit, et fait prisonnier leur chef, le tyran Gilimer (acte I et II). L'acte III voit le triomphe du héros, salué Imperator et décoré des honneurs du triomphe. C'est à partir du quatrième acte que tourne la roue de la Fortune : redoutant la haine de l'impératrice, Belisarius, convaincu par de faux témoignages, accepte de condamner et d'exiler le pape Silverius accusé de comploter contre l'empereur avec Vitiges, roi des Goths. Or, à son tour, Belisarius est victime des haines et des jalousies de la cour ; on lui impute une conspiration contre la vie de Justinien. Malgré ses dénégations, l'empereur reste persuadé de sa culpabilité, lui ôte toutes ses dignités et tous ses biens et le fait aveugler. L'avant-dernière scène le montre hantant douloureusement, mendiant, aveugle, nouvel Œdipe mais appuyé sur son fils, les lieux qui le virent passer sur le char triomphal, et méditant sur le néant de la gloire humaine. Même si les différences sont nombreuses, tant sur le plan de l'intrigue que de l'esthétique, il n'en existe pas moins un jeu d'échos d'une pièce à l'autre[24].

Comme nous l'avons signalé, l'immédiat inspirateur de Rotrou, celui qui sans doute lui suggéra de se mesurer au sujet, fut Nicolas Desfontaines[25], auteur en 1641 d'une tragi-comédie au titre similaire, ce qui, selon Lancaster[26], expliquerait que *Bélisaire*, curieusement, appartienne aussi à cette catégorie malgré sa fin tragique. Desfontaines, qui

---

23. *L'Héroïsme cornélien*, t. II, p. 29.

24. Des notes préciseront à chaque fois dans le texte les traces de l'original latin.

25. Lancaster, *A History of French dramatic Literature in the Seventeenth Century*, Part. II, vol. 2, p. 533. En revanche, Lancaster dénie toute influence à *La Cour sainte* du père Caussin.

26. *Op. cit.*, p. 532.

imite aussi manifestement l'original espagnol mais en lui apportant de plus grandes modifications, le fit-il découvrir à Rotrou ? Lui a-t-il simplement remis en mémoire cette pièce déjà lue ? Il est impossible de le déterminer.

S'il garde sommairement la même trame et si son Bélisaire est aussi en butte à la haine de l'Impératrice qui cause sa disgrâce, Desfontaines se distingue de son successeur par une fin heureuse qui complique l'intrigue d'amour en introduisant un troisième personnage féminin d'importance, ce qui disperse complètement l'intérêt. Bélisaire est amoureux d'Amalazonthe, princesse de Saxe rebelle qu'il a vaincue et qui fait sa soumission à Justinien au début de la pièce. Mais celle-ci aime le roi des Goths, Vitiges, et lui reste fidèle[27]. Desfontaines imagine aussi une nièce de Justinien, Sophie, éprise de Bélisaire qui se résignera finalement à l'épouser, après la volte-face de Théodore et son retour en grâce.

Les situations communes aux deux pièces ne manquent pas, mais la différence se marque essentiellement dans leur *dispositio* : L'Empereur, en reconnaissance des services rendus, veut partager le pouvoir impérial avec Bélisaire qui refuse (*I, 1* ; III, 7)[28]. Théodore engage successivement Narsès (*I, 2* ; I, 6), Iskirion, soupirant de Sophie (*III, 1* ; II, 15) et Doristel (*IV, 4*) à tuer Bélisaire. Après l'échec de ces manœuvres, elle utilise une lettre ambiguë adressée à Sophie pour faire croire à Justinien que Bélisaire cherche à la séduire (*V, 6* ; IV, 6). Le héros vient anonymement au secours d'Iskirion attaqué (*II, 3* ; II, 18), reçoit de lui un diamant (*II, 4* ; II, 18) qui lui sauve la vie quand Iskirion le reconnaît à son doigt (*III, 5* ; III, 2). Il se méprend sur l'identité de son ennemie et croit reconnaître en elle Amalazonthe (*III, 5* ; II, 5). Après avoir arrêté son plan de bataille contre la Perse, il s'endort sur scène et Doristel, venu pour l'assassiner, l'épargne en se décou-

---

27. Ces deux personnages viennent de chez Procope et Caussin, *op. cit.*, p. 632.
28. Les références à la pièce de Desfontaines sont en italiques.

vrant à la tête d'une aile et lui laisse son poignard avec un mot d'avertissement (*IV, 5-7* ; II, 7-8).

La pièce de Desfontaines est mal équilibrée et ses personnages pèchent par inconsistance. Les multiples intrigues amoureuses rejettent dans l'ombre le héros éponyme, relativement peu présent et assez falot. La haine de Théodore reste inexpliquée jusqu'à la scène 7 de l'acte V où, pouvant perdre Bélisaire, elle révèle son ancien amour et balance un moment avant de le calomnier. Sa conversion très inopinée dans la prison et sa résolution à l'innocenter aux yeux de l'Empereur ne semblent motivées que par le choix d'une fin heureuse. Plus qu'une source de Rotrou, la pièce de Desfontaines apparaît plutôt comme une variation, légèrement antérieure, sur le sujet donné par Mira de Amescua, comme une autre adaptation possible, et seule la *comedia* peut vraiment prétendre au titre de modèle.

RÉÉCRITURE ET APPROPRIATION

La fidélité de Rotrou à l'original espagnol amène à des interrogations sur son rôle de créateur. A-t-il su imprimer sa marque au matériel qu'il a adapté ? Cette question de la réécriture en recoupe une autre, celle du genre. En effet, pour qui découvre la première édition de *Bélisaire*, avant même toute lecture, cette détermination pose un problème. Si la pièce est qualifiée de « tragédie » en page de titre, elle devient « tragi-comédie » entre la liste des acteurs » et le texte de la première scène[29]. Hasard ? Inadvertance d'éditeur ? Il se trouve que la date de représentation de la pièce est une date charnière, puisque « à partir de 1643, et jusqu'à la Fronde, la tragédie devient le genre dominant ; la tragi-comédie lui emprunte des thèmes et

---

29. La même hésitation entre les deux genres se voit dans l'édition originale d'*Iphigénie* (1641), sans doute à cause de sa fin heureuse.

des situations, et certaines pièces, en particulier celles de Rotrou, pourraient se classer indifféremment dans l'un ou l'autre genre »[30]. Le fait est que si son sujet aristotélicien (le renversement de fortune) et sa fin tragique incitent à compter *Bélisaire* au nombre des tragédies, d'autres éléments, et dans l'intrigue et dans l'action, font indiscutablement pencher la balance dans l'autre sens et sont des procédés typiques de la tragi-comédie que Rotrou a déjà employés ou réemploiera. Or ils correspondent presque tous aux éléments empruntés à Mira de Amescua.

Une tragi-comédie de palais

On est tenté, à première vue, de faire de *Bélisaire*, selon la distinction établie par H. Baby, une tragi-comédie « à volonté »[31], c'est-à-dire où les obstacles juxtaposés se succèdent dans un ordre arbitraire et contingent, telles les trois premières tentatives d'assassinat manquées contre Bélisaire. Pourtant, même si l'opposant est unique, la pièce de Rotrou voit s'ajouter au critère de « l'unicité spatiale » celui de « l'exploitation d'au moins un obstacle combiné ». En effet, contrairement à la pièce de Desfontaines, mais conformément à celle de Mira de Amescua, les attentats contre Bélisaire commandités par Théodore se combinent avec l'obstacle qu'elle met à son bonheur amoureux en obligeant Antonie à paraître infidèle. Même si Bélisaire réussit à découvrir la vérité, la nécessité de correspondre secrètement avec Antonie pour déjouer la jalousie de l'Impératrice va justement offrir à celle-ci l'occasion inespérée de lui porter le coup fatal. La vie du héros se trouve exposée cinq fois et quatre fois sauvée *in extremis* avant le

---

30. R. Guichemerre, *La Tragi-comédie*, p. 38. *Bélisaire* et *Venceslas* sont justement donnés comme exemples de cette indifférenciation, p. 39. Et dans sa thèse sur *L'Esthétique de la tragi-comédie*, H. Baby exclut de son *corpus* les pièces publiées après 1643, et donc notre pièce, alors que la tragi-comédie de Desfontaines en fait partie.

31. *Op. cit.*, p. 408.

dénouement tragique. Cette combinaison tient le spectateur en haleine, en multipliant les péripéties et les revirements dont le moindre n'est pas celui de l'Empereur. Les ennemis de Bélisaire se laissent subjuguer par son ascendant, alors que son obligé et celui qui devrait être son ami le plus fidèle l'abandonne de façon inexplicable. On a reproché à Rotrou cette invraisemblance psychologique[32], reproche déplacé si l'on prend garde au fait que dans la tragi-comédie, « sur le plan des structures, le revirement n'est pas contingent : il dépend toujours d'un événement qui le précède et qui lui sert de catalyseur » et que c'est une « erreur [...] de vouloir chercher des liens psychologiques dans une esthétique qui, manifestement, les ignore »[33].

Pourtant, la progression de l'action, qui présente si l'on ose dire la résistible ascension de Bélisaire, n'est pas linéaire mais en pyramide. Les trois tentatives mettent chacune en valeur une des qualités qui font de Bélisaire un héros parfait : clémence, bienveillance, courage. Celle de Théodore non seulement confirme sa supériorité morale mais conduit à son triomphe politique (III, 7), coïncidence aussi inouïe qu'éphémère, comme l'indiquent bien les derniers vers de l'acte III.

Par ailleurs, bien que la pièce mette en scène des personnages historiques de tout premier plan et que la tragédie latine du Père Bidermann ait donné des motifs politiques à la disgrâce de son Belisarius, on ne peut que noter le relatif effacement de la politique et de l'histoire[34] au

---

32. Notamment H.C. Lancaster quand il déplore « the large *rôle* given to chance and the superficiality of characters », *op. cit.*, p. 482.

33. H. Baby, *op. cit.*, p. 482.

34. « Certaines tragi-comédies s'inspireront tout de même de l'histoire, mais à la différence des tragiques qui analysent les desseins des princes et des grands ambitieux, ou qui exposent longuement les problèmes politiques de l'époque qu'ils évoquent dans leurs pièces, les auteurs de tragi-comédies ne s'intéressent guère qu'aux passions et aux problèmes sentimentaux de leurs personnages...» R. Guichemerre, *op. cit.*, p. 13.

profit du moteur essentiel qu'est l'amour-haine d'une femme jalouse.

La jalousie féminine : un thème-clé de la tragi-comédie[35]

Ce trait est en effet caractéristique d'autres tragi-comédies et même de comédies de Rotrou. Sur les pas de J. Morel[36], on peut entendre dans les mots rageurs de Théodore « Ma haine est un effet d'une amour irritée » (I, 3, v. 163) un écho de *L'Heureux Naufrage* (1637) où le motif apparaît à deux reprises :

> La reine peut enfin relever son courage,
> Et d'une extrême amour faire une extrême rage. (IV, 2)
> Et qu'est-ce que la reine en sa haine effectue
> Puisqu'aimant elle outrage et que son amour tue ? (V, 2)

De même dans *Filandre* (1637), une comédie, Nérée, croyant Thimante infidèle, déclare « Ce cœur, comme en l'amour, est constant en sa haine » (II, 2). Et dans *Agésilan de Colchos* (1637), la vie de la reine Sidonie est suspendue à l'idée fixe de faire mourir l'inconstant Florisel qui l'a abandonnée et qu'elle ne peut oublier :

> Et c'est ce que mérite une ardeur insensée
> Qui fait contre ma haine encore un tel effort,
> Que j'ai de la contrainte à désirer sa mort. (III, 4)
> Ma rage, mon mépris, ma fureur et ma peine
> Sont un excès d'amour qui prend le nom de haine. (V, 1)

Trait de caractère familial ou conception rotrouesque de l'amour ? Diane, fille de cette passionnée Sidonie, est sujette aux mêmes brusques retournements sentimentaux. Elle se déchaîne contre Agélisan quand il lui avoue son travestissement en femme pour l'approcher :

> Tu ne changes pas seul, et mon affection,
> Convertie en fureur, change comme ton nom. (IV, 2)
> ... de mon amour procède ma colère. (IV, 4)

---

35. R. Guichemerre, *op. cit.*, p. 53.
36. *Jean Rotrou, dramaturge de l'ambiguïté*, p. 48.

Il est vrai qu'il s'agit alors d'une colère feinte, étudiée pour punir Agélisan de son travestissement.

La tragi-comédie de *Célie* (1646) illustrera de nouveau cette réversibilité de l'amour, dans un cœur masculin toutefois : « Je l'aimais dans l'excès et je la hais de même », dit Alvare croyant à l'infidélité de Célie (IV, 1).

Une mise en scène spectaculaire

Plus encore que le *suspense* de l'intrigue et l'importance de ce thème de l'amour-haine, Bélisaire donne au spectacle une importance caractéristique de la tragi-comédie et l'on ne saurait lui reprocher de ne montrer que « les coudes de l'action ; ses mains [ne] sont [pas] ailleurs »[37]. C'est pour suivre cette action dans son déroulement spectaculaire que l'unité de lieu censément respectée, puisque la scène se situe « à Constantinople », n'est que relative[38]. *Bélisaire* se passe en fait dans le palais impérial et son voisinage[39], et cette unité de lieu élargie, satisfaisante entre 1630 et 1640, encourrait les critiques de Ménage et de l'abbé d'Aubignac[40] et ne convient pas, selon eux, à une tragédie.

Les effets de foule

Dès la première scène qui montre le retour à Constantinople de Bélisaire victorieux, la pièce, suggérant la pré-

---

37. *Préface de Cromwell*, Garnier-Flammarion, Paris, 1968, p. 82.

38. Il est vrai que *Bélisaire* marque plus d'attention à cette règle que les tragi-comédies comme *La Belle Alphrède* (1636) qui promène l'action d'Espagne en Angleterre en passant par Alger, ou *Agésilan de Colchos* qui fait voir la Guindaye après la Grèce.

39. Selon J. Morel, la pièce veut un « décor complexe : une entrée de ville. Une salle dans un palais donnant sur un cabinet praticable. Un jardin », *op. cit.*, p. 225. Il faudrait même ajouter une salle dans l'appartement de l'Impératrice, où se passe l'acte I à partir de la scène 3 et tout l'acte IV.

40. Voir notamment la mise au point de J. Scherer. *La dramaturgie classique en France*, Paris, Nizet, (1e éd., 1950) 1986, p. 185-194.

sence d'une foule nombreuse (v. 5-14)[41], fait la part belle au spectacle. Une certaine pompe s'observe dans presque toutes les scènes où l'Empereur apparaît, suivi de ses gardes. A leur première rencontre, le général est « suivi d'une nombreuse presse » (v. 240) et la scène 6 de l'acte I introduit sur scène, outre tous les personnages de la pièce, une « troupe de soldats » ainsi que des « gardes ». Quand Théodore feint de s'évanouir, des « pages » accourent avec Camille à l'appel de l'Empereur (IV, 7) et pour l'arrestation du héros, Justinien est accompagné, non seulement de ses « gardes » habituels mais aussi d'« archers », oubliés par ailleurs comme les pages dans la liste des « acteurs », et qu'on reverra à la dernière scène.

Le héros endormi [42]

Peut-on ranger dans cette catégorie du spectaculaire le sommeil du héros sur scène ? Sans doute, parce que ce sommeil est traité comme un tableau qui donne lieu à des réflexions générales (v. 595-606) ou à une description du héros (v. 983-990). Mais, se donnant à voir encore plus aux autres personnages qu'aux spectateurs, il fait aussi à chaque fois progresser l'action[43]. Par ailleurs, Rotrou varie l'utilisation et la signification de ce motif. Le premier sommeil (II, 7 et 8) est subi et livre Bélisaire apparemment sans défense au poignard d'un assassin. Il rappelle les scènes similaires[44], quoique d'une tonalité bien différente,

---

41. « Les auteurs de tragi-comédies ne dédaignent pas les effets de la foule. » R. Guichemerre, *op. cit.*, p. 191.

42. H. Baby rappelle que c'est une situation typique de la tragi-comédie : « La fréquence du personnage endormi sur la scène figure parfaitement cette passivité de l'homme face aux lois de l'univers qui l'héberge. », *op. cit.*, p. 610.

43. N'est-il pas symptomatique de retrouver ce type de scène dans le genre spectaculaire qu'est la tragédie en musique de la fin du siècle ? On peut citer notamment *Atys* (III, 3, 4) et *Armide* (II, 3, 4, 5).

44. Voir aussi *Les Occasions perdues* (I, 1), *La Célimène* (II, 3, 4).

d'*Agésilan de Colchos* (III, 2, 3) ou de *Filandre* (II, 4) qui montrent Diane ou Célidor endormis livrés passivement à la contemplation amoureuse, aux caresses, voire aux larcins érotiques (baisers dérobés, cheveux coupés) d'Agésilan ou de Céphise. Le second (III, 3, 4, 5), feint, mais fondé sur la convention théâtrale que celui qui parle en dormant dit nécessairement la vérité[45] montre l'habileté du courtisan à se protéger sans se compromettre (v. 958-960) et donne un peu d'ambiguïté à un héros jusqu'ici d'une vertu monolithique. Là encore, le procédé a été utilisé dans *Amélie* (1637) pour permettre à l'héroïne de déclarer sa flamme (II, 2)[46] sans blesser sa pudeur.

Tentatives de meurtre et duel

Que le héros soit endormi ou non, les tentatives de meurtre contre lui ont toutes lieu sous les yeux du spectateur ; Léonce (v. 41-42) et Philippe (v. 881-882) se disposent à le poignarder sous couleur d'implorer sa protection[47]. Narsès, le trouvant endormi, « tire un poignard » (II, 8) mais ce sera finalement pour le piquer théâtralement sur le mémoire qui le nomme gouverneur d'Italie. C'est Théodore, comme il convient pour la quatrième tentative de meurtre accomplie par l'ennemie irréductible, qui fait l'usage le plus spectaculaire (III, 5) de cette arme qui, selon M. Vuillermoz, « déclenche le suspense »[48]. Le dialogue et les didascalies concourent à focaliser l'attention sur cet accessoire symbolique. Philippe l'exhibe comme preuve de sa bonne volonté (v. 1019). L'Impéra-

---

45. C'est ainsi que le spectateur est sûr de l'amour de Célidor (*Filandre*) pour Nérée (II, 5).

46. Exemple donné par J. Morel, *op. cit.*, p. 26.

47. Les assassins apostés contre le héros se retrouvent dans d'autres tragi-comédies, notamment *L'Heureux Naufrage* (IV, 7 et 8).

48. *L'Objet dans le théâtre français du second quart du XVIIe siècle, (Corneille, Rotrou, Mairet, Scudéry)*, Atelier de reproduction des thèses de Lille III, 1996, p. 391-392.

trice le lui réclame et, devant ses refus, le lui « *arrache* ». Alors que « *proche de Bélisaire le poignard à la main* », elle manifeste sa résolution de le tuer, l'Empereur sort de sa cachette et lui « *retient le bras* ». Nous sommes loin de la discrétion, déplorée par Hugo, du meurtre de Britannicus et le poignard dans *Bélisaire* a un poids dramaturgique et une signification symbolique comparables à ceux de l'épée dans *Le Cid*.

Puisqu'il est question d'épée, il faut mentionner aussi l'embuscade de Narsès et Léonce contre Philippe et le duel[49] qui les oppose à Bélisaire venu *incognito* à la rescousse (II, 18). Il est vrai que Rotrou, peut-être par souci de bienséance, atténue ici le côté spectaculaire en reportant hors scène cet épisode mouvementé, alors que son inspirateur espagnol le situe entièrement sous les yeux du spectateur. Mais il n'y a aucun récit et les sens du spectateur sont tout de même sollicités, puisque « il se fait un bruit d'épées dans un parc la nuit » et que Bélisaire et Philippe entrent « l'épée à la main ».

Une dramaturgie de l'accessoire

Les accessoires n'ont pas nécessairement cette nature belliqueuse, mais leur rôle est d'une importance considérable et l'action s'organise fréquemment autour d'eux, ce qui est caractéristique de la manière de Rotrou et surtout de ses tragi-comédies [50].

---

49 Voir sur l'importance du duel la mise au point de R. Guichemerre, *op. cit.*, p. 177 et *sq.* Il y donne entre autres exemples celui d'*Agésilan de Colchos*.

50 Comme le montrent les exemples choisis par J. Morel, *op. cit.*, p. 279-281. A part *Cosroès*, ils sont tous empruntés à des tragi-comédies. Selon H. Baby, cette prégnance de l'objet est typique de la tragi-comédie où « tout se passe comme s'il était absolument nécessaire de passer de l'intériorité du sentiment à l'extériorité de l'objet, c'est-à-dire de l'abstraction à la matérialité. » *op. cit.*, p. 662.

Les signes du pouvoir

C'est par des objets que l'Empereur marque la faveur dont jouit Bélisaire : il lui donne une bague jumelle de son anneau impérial comme gage de leur accord et de leur égalité de puissance (v. 335-342), puis « *rompt le sceptre en deux morceaux* » (v. 1157-1158) et « *divise en deux* » la couronne (v. 1163-1166). Par là, ces objets métonymiques du pouvoir entrent dans un « procès métaphorique »[51] pour représenter de manière frappante le partage de ce pouvoir. Se reposant sur la foi de ces symboles, Bélisaire prend la liberté de contredire l'Empereur et de révoquer l'ordre d'exil de Théodore, en les déposant aux pieds de l'Impératrice (v. 1183-1190). De même que leur conquête, fût-ce à son corps défendant, avait été le signe et la mesure de son ascension, de même leur perte, dans l'ordre exactement inverse, sera à la fois le signe et la cause de sa disgrâce. A son renoncement fait suite la démarche de l'Empereur qui fait réclamer respectivement par Léonce, Narsès et Philippe, autrement dit les trois assassins repentis exactement dans le même ordre, l'anneau impérial (v. 1663-1664), « les clefs du cabinet et des caisses » (V, 4), et pour finir l'épée[52] du général (V, 5). Seule cette dernière requête provoque chez Bélisaire un fugitif mouvement de révolte, invention de Rotrou (v. 1710-1714).

Les gages d'amour

La scène où Théodore (IV, 2) laisse volontairement tomber ses gants et son écharpe pour obliger Bélisaire à les ramasser et ainsi le compromettre[53] est un nouvel exemple de cette dramaturgie de l'accessoire, où l'objet, pourvu par

---

51. M. Vuillermoz, *op. cit.*, p. 228.
52. « Expression métonymique du moi héroïque », M. Vuillermoz, *op. cit.*, p. 157.
53. Sur cette scène, voir les analyses de M. Vuillermoz, *op. cit.*, p. 237-239.

ailleurs d'un sens symbolique, ici érotique[54], est le pivot autour duquel s'organise l'action, ce que souligne la réflexion d'Antonie : « Cette écharpe et ce gant ne sont pas sans mystère » (v. 1407). Si Bélisaire esquive le piège tendu en décevant l'attente de Théodore, le fait qu'il appelle Antonie et la charge de les prendre permet au dramaturge d'introduire un nouvel objet, capital pour la conduite de l'action, la lettre[55].

Lettres et mémoires

Les écrits sont en effet utilisés de manière à la fois spectaculaire et dramaturgique, à commencer par les mémoires dont les auteurs revendiquent le gouvernement de l'Italie. L'Empereur s'en remet pour ce choix à Bélisaire (II, 6), qui les tire au hasard (II, 7). Le mémoire de Narsès sur qui le sort est tombé ne cesse de faire progresser l'action : son auteur l'utilise pour prévenir discrètement Bélisaire du danger qui le menace (v. 626-628) ; voulant l'inciter à le protéger, le général le montre à l'empereur (v. 665-666). A son tour, Justinien le fait voir à Narsès (v. 698) et comprend par son silence même que Théodore est la coupable ; il lui montre alors le fameux mémoire (v. 715) et la menace à mots couverts d'un châtiment exemplaire. Bien loin de l'impressionner, cela l'incite à organiser une nouvelle tentative de meurtre (II, 14-15).

La missive amoureuse où Bélisaire proteste de sa soumission aux volontés de sa dame passe successivement des mains d'Antonie à celles de Théodore puis de l'Empereur

---

54. Ces « gages » d'amour d'autant plus précieux qu'ils sont en contact avec la peau de la personne font penser aux cheveux que, dans *Filandre*, Céphise dérobe à Célidor endormi et qu'elle utilise ensuite pour susciter la jalousie de Nérée.

55. H. Baby insiste sur le « postulat de véracité, inhérent à l'objet écrit, qui confère à la lettre l'efficacité dramatique que peut exploiter la tragi-comédie. », *op. cit.*, p. 698, et M. Vuillermoz souligne le statut actanciel de cet « objet opposant », *op. cit.*, p. 361.

et détermine la catastrophe subie par le héros. Or cette lettre mal interprétée est encore un procédé typique de la tragi-comédie[56]. Rotrou l'a repris dans *Célie* (1646) où Flaminie fait croire à Alvare par une fausse lettre que Célie a une liaison avec lui (III, 8), ce qui déclenche entre autres le meurtre de Célie par son père qui la croit déshonorée. Ambigus, porteur de sens multiples selon le contexte et celui qui les utilise, les accessoires sont les signes d'un système dramatique du malentendu.

Espions et espionnés

La conversation écoutée par un personnage caché, procédé emprunté initialement au roman et pourtant éminemment théâtral que Rotrou utilise a plusieurs reprises (en II, 4, en II, 16 et en III, 4, 5), en est un autre exemple. Faute de s'entendre, on doit s'épier. Dans la scène 16 de l'acte II, ce procédé a pour fonction de renforcer la « suspension », chère à Corneille et préparer les péripéties suivantes : que vont faire Narsès et Léonce après avoir surpris la promesse de Philippe à Théodore ? La réponse ne tarde pas ; ils l'attaquent en coulisse, ce qui donne à Bélisaire l'occasion de le sauver et par contrecoup de déjouer l'attentat de l'Impératrice. L'acte III met en scène un espionnage à deux degrés : Bélisaire, dont le feint sommeil est l'équivalent d'une cachette, regarde l'Empereur qui épie Théodore et Philippe ; là encore, le procédé est au service du spectacle, comme en témoignent les nombreuses didascalies de la scène, et du *suspense* : Théodore va-t-elle se dévoiler ? Quand l'Empereur interviendra-t-il pour arrêter son épouse ? Le héros sortira-t-il de son sommeil diplomatique ? Bien entendu, cet outil dramaturgique, en donnant pour fonction à des personnages d'en regarder d'autres, renvoie au spectateur une sorte de miroir et exhibe comme telle la théâtralité à l'œuvre dans ces scènes. A cet égard, l'utilisation la plus intéressante est

---

56. Voir R. Guichemerre, *op. cit.*, p. 160.

celle de la scène 4 de l'acte II où l'un des personnages
espionnés, Antonie, est au courant de l'espionnage. Cette
scène met l'accent sur un subtil emboîtement des situations de communication et sur l'ambiguïté même de toute
parole. Seul Bélisaire parle, pour ainsi dire, au premier
degré, mais ses déclarations d'amour et de soumission
absolus ont une portée qu'il ne peut soupçonner. Bien au-
delà du but qu'il se propose, émouvoir Antonie, il exacerbe la jalousie de Théodore et suscite chez le spectateur
compassion et inquiétude. Les répliques d'Antonie, qui
doit satisfaire Théodore sans désespérer son amant, sont
susceptibles d'une double interprétation et l'aparté final de
l'Impératrice (v. 506) souligne avec insistance son rôle
manipulateur de metteur en scène, même si elle assiste
aussi en spectatrice impuissante aux protestations d'amour
que celui qui l'a dédaignée adresse à une autre. Or tous les
autres exemples de pièces indiquées par J. Morel[57] sont des
comédies ou des tragi-comédies : dans *l'Heureux Naufrage* (1637), Salmacis espionne sa sœur et assiste à ce
qu'elle croit une scène d'amour entre Cléandre et Céphalie
(IV, 5 et 6), alors qu'en fait Cléandre dupe Céphalie. Dans
le *Filandre* (1637), Filandre et Céphise prennent soin de
faire écouter leurs conversations mensongères à Théane (I,
2), puis à Célidor (II, 6) pour les détacher de Timanthe et
de Nérée qu'ils aiment en leur faisant croire à leur infidélité. Dans *Célie* (1646), Lucinde, la suivante de Célie, est
témoin d'une conversation entre Don Alvare et Don Flaminie. Le premier se réjouit de voir conclu son mariage
avec Elise que lui annonce le deuxième pour détourner ses
soupçons et lui cacher son amour pour Célie. Mais
Lucinde y voit la preuve de sa déloyauté (II, 5). Ismène
surprend les lamentations de sa sœur qui se croit trahie
(III, 4) et lui donne comme raison qu'elle répète une
comédie dont la situation correspond exactement à ce
qu'elle est en train de vivre. Dans ce dernier exemple,

57. *Op. cit.*, p. 276.

contrairement aux autres scènes, cet espionnage n'a aucune incidence sur l'intrigue et ne représente qu'un intermède ludique de mise en abyme.

L'aparté

Bélisaire offre de très nombreux exemples de ce procédé, que des critiques comme La Mesnardière dès 1639[58] ou d'Aubignac plus tard[59] ont dans l'ensemble condamné comme peu vraisemblable et qui s'épanouit essentiellement dans les pièces du début du siècle[60]. Pas toujours clairement signalés comme tels, par exemple aux vers 364-367, les apartés, parfois longs d'une dizaine de vers, occupent au moins 120 vers et s'inscrivent logiquement dans cette dramaturgie du malentendu et de l'objet, dont ils mettent en valeur l'ambiguïté. De ce point de vue, l'emploi le plus intéressant est celui de la tentative de séduction de Théodore (IV, 2). Les apartés soulignent la duplicité de l'Impératrice (v. 1377-1382) et révèlent l'éphémère hésitation de Bélisaire (v. 1362-1376), en même temps que la difficulté des deux personnages à interpréter les paroles et les actes de leur interlocuteur. Bélisaire se demande quelle « embûche » (v. 1387) lui est tendue ; Théodore ne sait si elle doit attribuer le manque de réaction du général à l'inattention, au respect, au trouble amoureux qu'elle lui inspirerait, ou au contraire à celui qu'il éprouve pour Antonie (v. 1386, 1391-1392). Le recours à l'aparté attire aussi l'attention sur les multiples significations qui s'attachent aux objets que Théodore laisse tomber : gages d'amour au premier degré, ce sont en fait des pièges ; toutefois l'insistance de l'Impératrice invite à leur redonner une signification amoureuse, mais enrichie, rendue complexe par l'ambivalence des sentiments de celle qui les utilise.

---

58. Dans *La Poétique*, Sommaville, 1639, p. 267-272.
59. *La Pratique du théâtre*, L. III, ch. 9, éd. P. Martino, p. 254 et *sq.*
60. Voir J. Scherer, *op. cit.*, p. 264.

Cette même scène offre un autre exemple d'utilisation très raffinée de l'aparté. Théodore feint d'être troublée par la bonté de Bélisaire et, submergée par l'émotion, dit « *un peu bas* » quelques vers (v. 1358-1361) qui trahissent « l'ardeur obstinée » qu'elle voue à celui qui l'a dédaignée. A première vue, c'est manifestement un faux aparté : par ce moyen, l'Impératrice semble avoir toujours le souci de sa pudeur et de sa dignité, mais elle veut, en fait, que Bélisaire entende ces paroles qui, témoignant de son émotion, sont propres à endormir toute méfiance et à susciter la compassion. En même temps, la situation est telle que le spectateur peut penser que Théodore est prise à son propre jeu et que ses « soupirs » sont authentiques, ce qui donne un accent de vérité à ce faux aparté.

Importance du spectaculaire, rôle des accessoires et dramaturgie du malentendu, tels sont donc les éléments qui tirent *Bélisaire* vers la tragi-comédie. Pourtant, il ne faudrait pas leur accorder un poids démesuré et oublier que « l'originalité de Rotrou vient peut-être de ce qu'il applique à tous les genres dramatiques des procédés qui paraissent avoir été réservés traditionnellement à la comédie »[61] et à la tragi-comédie[62]. Ainsi, indépendamment de sa fin et de sa thématique, révélatrices d'un authentique *sens du tragique*, on décèle dans la pièce un effort constant vers la concentration tragique, effort d'autant plus intéressant qu'il s'observe dans les modifications, rares mais significatives, que Rotrou fait subir à l'original espagnol.

Vers la tragédie

Suppression et concentration

En éliminant les expéditions guerrières du héros, en Afrique entre le premier et le deuxième acte, en Italie

---

61. J. Morel, *op. cit.*, p. 276.

62. Procédés qu'on retrouvera par ailleurs dans d'authentiques tragédies ultérieures, la conversation espionnée dans *Britannicus* (II, 6), la lettre ambiguë mal interprétée dans *Zaïre* (IV, 5).

entre le deuxième et le troisième, le dramaturge observe
l'unité de temps, même si l'action s'étend sur un peu plus
de vingt-quatre heures. Celle des deux premiers actes
occupe vraisemblablement un après-midi et une soirée
(une didascalie en II, 18 indique qu'il fait nuit). L'acte III
commence le lendemain (v. 920) et occupe la matinée (IV,
1, v. 1210) ; les deux derniers actes s'étendent sur l'après-
midi. Rotrou prend soin à plusieurs reprises de souligner
ce respect de l'unité de temps (v. 649, v. 1706) qui favorise aussi l'économie et la concentration de l'action
puisque il condense en une seule (I, 6) les multiples scènes
où l'Empereur accueille avec transport son général vainqueur (*Acte I, v. 241-268*, puis *acte II, v. 1278-1307*).

Renoncer aux guerres étrangères de Bélisaire permet
aussi à Rotrou d'éviter une invraisemblance psychologique : à la fin du premier acte de *El Ejemplo mayor de la
desdicha*, Belisario, envoyé guerroyer en Afrique, fait ses
adieux à Antonia. Alors que l'empereur, présent mais dis-
trait, ne s'aperçoit pas qu'elle est là, la jeune fille ne profite pas de l'absence de Teodora pour détromper Belisario,
échange avec lui des vers à double entente, et le laisse lui
reprocher de désirer sa mort (*v. 932-985*).

De même, le souci, étranger à l'esthétique de la tragi-
comédie, d'éviter le double emploi amène Rotrou à sup-
primer le passage où Teodora promet le gouvernement de
l'Italie à Narses[63] en échange du meurtre de Belisario
(*v. 632-638*), scène qui répète celle où elle cherche à
gagner Filipo (*v. 1110-1144*). Le choix du dramaturge français ménage un effet de « suspension » ; l'acte I se ferme
par une apostrophe à Narsès à qui Théodore veut dire « un
mot important » (v. 401). Le spectateur se doute évidem-
ment de la teneur de cet entretien, mais il n'aura la confirmation de la justesse de son hypothèse qu'à la scène 8 de
l'acte II. Encore cette confirmation suit-elle une savante

---

63. Celui-ci rappelle encore la récompense promise quand il
vient commettre son attentat (v. 827-830).

gradation : Narsès, après quelques généralités sur le pouvoir corrupteur de l'ambition (v. 583-586), révèle que la « régence de Rome » est le prix du sang de Bélisaire, mais attend jusqu'au vers 623 pour prononcer le nom de Théodore et la désigner ainsi explicitement comme l'instigatrice du crime. Rotrou joue ainsi sur le double stimulant de l'horizon d'attente et du plaisir d'avoir bien deviné.

Un autre indice qui ancre *Bélisaire* dans la tragédie est la recherche soigneuse de l'unité de ton, d'autant plus notable qu'elle s'écarte de la *comedia* originale : ont complètement disparu le personnage comique et savoureux du poltron vantard Floro, remplacé par le terne Alvare, ainsi que les épisodes qui le mettent en scène (voir Annexe) et surtout celui où, juste après l'arrestation de Belisario, il s'oppose à Fabricio à propos de ses prétendus exploits guerriers et se voit privé par l'empereur de la récompense promise. Du coup, il se dit « le plus petit exemple de malheur ».

> ... yo seré sin villa
> el ejemplo menor de la desdicha (*v. 2608-2609*),

écho plaisant qui en fait le double bouffon de son maître, « ejemplo mayor de la desdicha » (*v. 2574, 2826*). Non seulement cette scène détend l'atmosphère avant une reprise du ton tragique, mais elle donne même un tour dérisoire à l'aventure du héros.

Rotrou a également supprimé la pièce intérieure de *Pyrame et Thisbé (Acte II)* qui permet à Belisario et Antonia d'échanger des mots d'amour[64] sous couleur de répéter leurs rôles, et de dissiper ainsi tout malentendu. Là encore, c'est une brèche ludique qui fait de Teodora une dupe, statut peu conforme, et à la dignité de l'impératrice, et à sa méchanceté tenace.

---

64. Il a rejeté hors scène entre les actes II et III la réconciliation des amants qui pouvait être un passage souriant et détendu.

Réorganisation

Outre ces suppressions, les modifications que Rotrou fait parfois subir à l'ordre suivi par Mira de Amescua vont toutes dans le sens de la dramatisation et de la concentration de l'action. Ainsi, au début de la pièce, il introduit Théodore (I, 3) avant l'Empereur, semblant sacrifier pour lors la liaison des scènes. En fait, comme le montre J. Morel[65], celle-ci est assurée[66], sinon formellement, du moins par « le rapport étroit qui unit les deux conversations » entre Bélisaire et Léonce qui l'avertit de redouter la haine d'une femme (v. 131) puis entre Camille et Théodore qui explique pourquoi elle persécute ce fidèle serviteur de l'Empire. Avoir avancé cette scène fait ressortir le conflit larvé entre le héros et cette héroïne noire, révèle l'importance et la complexité accrue du personnage féminin et assombrit d'emblée l'éclairage de la pièce. C'est par l'Impératrice elle-même (v. 161-178), et non d'abord par le *gracioso* Floro (*v. 204-212*), que le spectateur apprend que Bélisaire a jadis repoussé son amour. Par ailleurs, la scène 6 de l'acte I, où Rotrou réunit deux passages séparés chez Mira de Amescua (*v. 241-472*, puis *585-586*) qui par certains aspects font double emploi, la rend témoin des éloges dithyrambiques de l'Empereur (v. 251-258, v. 268-282, v. 327-342), ce qui ne peut qu'accroître son animosité, comme le montre son aparté :

---

65. *Op. cit.*, p. 266-267.

66. Cette remarque vaut aussi pour les deux autres manquements apparents à la liaison des scènes (II, 17 et 18 ; V. 5 et 6). Comme Narsès et Léonce ont entendu Théodore demander à Philippe de tuer Bélisaire (II, 15, 16), il est cohérent, après le monologue et la sortie de scène de l'Impératrice, de voir revenir Philippe remerciant son sauveur inconnu. Et à la fin de la scène 5 de l'acte V, la scène reste un moment vide après la sortie successive de l'Empereur, de Bélisaire et de Philippe. Le retour de l'Empereur suivi de Léonce et de Narsès à la scène 6 s'explique par son incertitude, effet tardif du plaidoyer de Bélisaire à la scène précédente.

> Dieux ! peux-tu ma raison conserver ton usage.
> Et sans y renoncer entendre ce langage ? (v. 343-344)

qui ne se trouve que dans la pièce française. L'inquiétude du spectateur en est aiguisée. Cette condensation, en rendant simultané ce qui, chez Mira de Amescua, était successif, met également en valeur la situation contradictoire de Bélisaire, à la fois héros national et amant malheureux, contradiction qu'il souligne plus tard avec douleur dans deux vers originaux de Rotrou :

> Sans ta faveur, Amour, toute autre m'importune,
> Un peu plus de la tienne et moins de la Fortune... (v. 551-552)

Aux scènes 11 et 12 de l'acte II, l'Empereur veut interroger Narsès sur l'identité de l'ennemie mystérieuse de Bélisaire et ses faux-fuyants le convainquent qu'il s'agit de Théodore (v. 707-708). Du coup, ses menaces :

> Ma propre femme enfin trempant en ce délit,
> Perdrait sa part au jour, et sa place en mon lit (v. 733-734),

même si on les trouve dans l'original espagnol (v. 1089), sont plus redoutables et plus tragiques. En effet, Rotrou a avancé la scène par rapport à Mira de Amescua qui la place après le duel où Belisario sauve la vie de Filipo et ce qui, chez l'Espagnol, pouvait n'être qu'hyperbole et enflure rhétorique, voire prophétie involontaire, est chez lui avertissement implicite, prononcé en toute connaissance de cause. Et c'est bien ainsi que le comprend Théodore.

L'infléchissement tragique du dénouement

Le dénouement s'éloigne notablement de celui de Mira de Amescua. Une fois connue la nature du supplice subi par Belisario, le dramaturge confronte son héros aveugle et pitoyable (v. 2618) aux différents personnages du drame (Teodora exceptée) avant de le faire mourir (v. 2771) puis innocenter par Antonia (v. 2772-2785). L'empereur, après quelques vers de regret (v. 2788-2796), tâche vainement jusqu'à la fin de la pièce de persuader Antonia de l'épouser à la place de Teodora répudiée, ce qui montre que, pour lui, la page est tournée et que la vie continue.

Au contraire, Rotrou recherche la concentration et la « suspension » tragique : la fin reste indécise le plus longtemps possible. L'Empereur envoie Philippe exécuter un ordre mystérieux, sans doute terrible, écrit sur un papier dès le v. 1716 (V, 5). S'il semble insensible au plaidoyer de Bélisaire auquel il ne daigne même pas répondre, la scène suivante le montre hésitant (v. 1873-1884), sentiment absent de la pièce espagnole où l'empereur n'exprime que la pitié (v. 2726) devant Belisario en guenilles et les yeux ensanglantés. Alors que cette hésitation fugitive se trouve rapidement démentie, le récit de Camille (V, 6, v. 1909-1922) chargée d'innocenter le général sur l'ordre de Théodore vient remettre tout en question et provoque un contrordre pressant (v. 1931-1935) de l'Empereur[67]. On pourrait imaginer que, à l'instar de *l'Heureux Naufrage*, un délai dans l'exécution sauve le héros. Il n'en est rien et la dernière scène nous apprend à la fois la nature exacte du supplice subi par Belisaire (v. 1938-1939) et sa mort (v. 1946), rendue terrible par le refus de tout effet spectaculaire[68]. Entre cette nouvelle et la fin de la pièce ne sont prononcés que quarante-deux vers, la fin du récit de Philippe qui précise les circonstances de cette mort (v. 1947-1956) et l'expression amère des remords de l'Empereur (v. 1957-1988) qui demande comme une grâce de bientôt « suivre [l]es pas » (v. 1984) de son général. Si l'on admet avec H. Baby que « le dénouement tragi-comique [...] suspension et non pas conclusion [...] n'est que l'interruption momentanée des aventures qui vont sans doute recommen-

---

67. Rotrou reprend ici le dénouement d'*Antigone* (V, 7).

68. Ce que, dans *Rotrou, dalla tragicommedia alla commedia*, F. Orlando dit de *Venceslas* : « è scevra da orrore fisico, senechiano, sensorialmente sanguinoso o penoso » (p. 43), est valable aussi pour *Bélisaire*.

cer. »[69], on mesure à quel point le dénouement de *Bélisaire*
qui ajoute à la mort effective du héros la mort symbolique
de l'Empereur l'ancre dans la tragédie.

Selon G. Forestier, la tragédie vers 1640 est la « mise en
scène d'une activité héroïque face à un conflit politico-
amoureux et sous la menace d'un péril de mort »[70] ; il est
difficile de refuser à *Bélisaire* cette qualité. En fait, on n'y
trouve pas coexistence, mais succession de deux systèmes
esthétiques. Après deux actes où la tragi-comédie domine,
la tragédie prend le pas sur elle dans la mesure où les éléments qui semblent appartenir à la première ne sont ni gratuits, ni ludiques mais répondent à une nécessité[71]. A l'appui de cette analyse, l'effort de concentration, l'unité de
ton partout respectée et surtout, au dénouement, « la
découverte d'un ordre transcendant qui fait passer le *thème*
jusqu'alors développé à la dignité d'un *sujet* »[72]. Enfin,
malgré l'apparente incohérence du caractère de l'Empereur sur laquelle nous reviendrons, il faut noter dans cette
pièce le souci de vraisemblance et de cohérence psychologique des personnages qui ont déjà un passé, contrairement aux allégations de F. Orlando qui repousse jusqu'à
Venceslas une telle caractéristique[73].

LES PERSONNAGES

Le « Soleil de l'Empire »

Bélisaire met-elle vraiment en scène une « activité

---

69. *Op. cit.*, p. 496
70. *Dictionnaire du théâtre*, sous la direction de Michel Corvin,
Paris, Bordas, 1991, p. 838b.
71. C'est notamment vrai pour le sommeil simulé du héros
(voir F. Orlando, *op. cit.*, p. 82) ou les manœuvres de Théodore.
72. J. Morel, *op. cit.* p. 177.
73. *Op. cit.*, p. 158.

héroïque » ? J.-Cl. Vuillemin stigmatise la « passivité »[74] du héros, et il est indéniable que les scènes finales des actes III et IV insistent sur sa résignation face à la Fortune. Mais il ne faut pas confondre absence d'action et malchance dans l'action. Bélisaire épargne Léonce et obtient sa grâce, réaffirme son amour à Antonie, choisit un gouverneur pour l'Italie, révèle à l'Empereur qu'il a une ennemie, sauve la vie de Philippe, réussit à se réconcilier avec Antonie, utilise un subterfuge assez ingénieux pour dénoncer Théodore à Justinien sans se compromettre, contredit l'Empereur et recouvre apparemment les bonnes grâces de l'Impératrice, résiste à sa tentative de séduction, donne en secret un billet à Antonie, tâche dans un long plaidoyer de se défendre contre un crime qu'il ignore et choisit dignement d'aller à la mort. Voilà beaucoup d'actions pour un homme si passif. C'est même son activité à proprement parler, c'est-à-dire sa libre décision de choisir la grâce de Théodore au lieu de s'en remettre au sort ou à l'Empereur, qui cause sa catastrophe.

Rotrou prête à son héros, même endormi, par la seule vertu de sa présence, un ascendant sur autrui que n'a pas le personnage espagnol. Il insiste curieusement à deux reprises (v. 1046, 1946) sur sa jeunesse, alors même que sa longue série d'exploits suppose une certaine maturité (v. 1487). Ses assassins, Léonce saisi d'un « trouble importun » (v. 40), et Narsès, hésitent à le tuer (v. 609-610) et doivent s'exhorter à le faire (v. 41-42, v. 51). De l'aveu même de l'Empereur son « front grave et charmant » (v. 1163), son port céleste, et [son] divin aspect/Impriment à la fois l'amour et le respect » (v. 989-990). « Flambeau de l'Empire » (v. 1934), il est le rival du soleil, « Flambeau des cieux » (v. 1092-1094). Il est ainsi le seul, avec Justinien et Théodore, auquel Rotrou fasse

---

74. *Baroquisme et théâtralité, le théâtre de Jean Rotrou*, « Biblio 17 », *P.F.S.C.L.*, Paris, Seattle, Tübingen, 1994, p. 230.

l'honneur de la métaphore solaire[75] et significativement, la dernière occurrence de cette métaphore (v. 1936), placée dans la bouche impériale, le qualifie. Enfin, c'est sur sa personne que se concentrent tous les sentiments amoureux. Théodore n'a pu l'oublier malgré la dignité impériale ; sa mort lui ôte la connaissance et peut-être la vie (v. 1919-1920). Quant à Antonie, elle vit comme une torture le silence qui lui est imposé (v. 237-238 ; v. 403-414), mais se sacrifie pour le préserver.

Les vertus morales de Bélisaire sont à la fois celles d'un honnête homme et d'un homme honnête. Parfait amant, il protège noblement Antonie alors même qu'il la prend pour sa mystérieuse ennemie (v. 671-674), et sa lettre montre que l'amour, bien loin de l'amollir, le mène à un généreux mépris de la mort (v. 1543-1550). Courtois, ouvert, libéral, il fait preuve de bravoure quand il secourt un homme attaqué (II, 18) ou rappelle à l'Empereur comment il lui a sauvé la vie (v. 1737-1770) et de modestie quand il refuse de se faire connaître (v. 804-805) ou rehausse le rôle du sort dans le sauvetage de Justinien (v. 1771-1776). Son désintéressement, son amour du bien pour le bien sont aussi soulignés (v. 803, 812-813). Il est celui qui tend « au seul objet de vivre toujours bien » (v. 125), celui qui « fait bien à tous » (v. 582), « qui se plaît à bien faire, et sait l'art d'obliger » (v. 629). On ne peut que s'étonner de lire que sa générosité est « pur calcul » et son ambition aussi grande que celle des autres courtisans[76]. On sait que la convention théâtrale impose alors de faire totalement crédit aux sentiments qui s'expriment dans les monologues et plusieurs des siens (II, 7, 9 ; V, 1) témoignent d'une conscience pure et d'une ambition très modérée. Ne demande-t-il pas au sort de « retenir » sa gloire :

75. Selon W. Leiner, « soleil » fait partie des mots qui « obsèdent parfois » Rotrou : *Etude stylistique et littéraire de Venceslas*, Saarbrucken, 1955, p. 6.

76. J. Van Baelen, *Rotrou, le Héros tragique et la révolte*, Nizet, 1965, p. 129 et p. 139.

L'empire florissant que tu veux m'asservir
Vaut moins que l'amoureux que tu me veux ravir (v. 517-518) ?

Son intercession en faveur de Léonce, son choix de Narsès et le secours qu'il apporte à Philippe ne sont d'aucun
profit pour sa carrière. Révoquer le bannissement de Théodore serait un curieux calcul de la part d'un ambitieux qui
voulant gouverner l'Empereur, a pu mesurer l'influence
« d'un miracle animé qui partage son lit » (v. 954) et
devrait saisir cette occasion d'éloigner une rivale dange-
reuse. Le mot de « vertu » revient dans la bouche de tous
les personnages pour le caractériser (v. 70, 627, 660, 773,
806, 845, 925, 1108, 1362, 1837, 1954), parfois dans des
tours hyperboliques. Ainsi quand Léonce admire sa
« vertu sans exemple » (v. 356) ou le traite de « prodige de
vertu » (v. 374) ou que Philippe reconnaît en lui « la même
vertu » (v. 946), autrement dit la vertu même et le remercie
de sauver son âme (v. 932), remarque qui n'est pas chez
Mira de Amescua.
    Par ailleurs, quoique sujet modèle et « fidèle vassal »
(v. 1736), la solitude est le partage de Bélisaire ; ses deux
confidents n'ont que des rôles très épisodiques (I, 1, 2 ; III,
1) et ne lui sont d'aucun secours pour affronter ses
épreuves. Cette solitude n'est que le revers de son
héroïsme et Bélisaire tempère sa résignation par une
conscience de sa valeur plus nette que dans l'original
espagnol. En butte à une disgrâce inexplicable, il trouve
des accents hautains, presque cornéliens, pour affirmer un
moi qui se suffit pleinement à lui-même :

    Cet heur me reste, au moins en ce malheur extrême,
    Que la plus forte preuve est celle de soi-même,
    Que j'ai mille témoins en m'ayant pour témoin.
    Et que tout me manquant, je me reste au besoin. (v. 1649-1652)

Autre indice de cette fierté au-delà de la résignation :
son refus de rendre son épée à tout autre qu'à l'Empereur
(1710-1717), plus marqué que chez Mira de Amescua. De
même, alors que le début du plaidoyer du héros espagnol
n'est qu'implorant (*v. 2388-2395*), le sien est aussi exi-

geant que suppliant. Il fait appel au « droit » (v. 1731), à
« l'équité » (v. 1734), notion qu'il reprend en conclusion
(v. 1844) pour inciter Justinien à être vraiment « Roi »
(v. 1841). Son échec le montre plus amer et plus actif à la
fois que son prédécesseur : il énumère les services rendus
à son maître (v. 1860-1864) et sort de lui-même pour aller
à la mort (v. 1867-1868), alors que Belisario est emmené
prisonnier. Et si Rotrou choisit de raconter son supplice (V,
sc. dernière, v. 1940-1956) plutôt que de nous le montrer
en mendiant aveuglé, sordide et abandonné de tous, n'est-
ce-pas, au-delà du souci de la bienséance, la volonté de
préserver la dignité surhumaine de son héros et de laisser
de lui une image idéalisée qui l'anime ?

« Soleil de l'Empire » (v. 1936), héros rayonnant, tout
converge vers lui « Seul la butte, l'objet et l'estime de
tous » (v. 14). Son fatalisme même met en valeur sa grandeur d'âme et hisse ce « martyr de la vertu »[77] bien au-dessus des autres personnages.

Théodore : un soleil noir

Plus qu'un Justinien assez falot, c'est Théodore,
« céleste flambeau » (v. 1317) dont les yeux « vivants
soleils » donnent le « jour » (v. 1182) à la cour, qui représente l'autre pôle dominant de la pièce, ce que les exigences du sujet expliquent aisément. Cette farouche impératrice rappelle d'autres héroïnes de Rotrou. Elle a les
fureurs de Salmacis (*L'Heureux Naufrage*) que sa nourrice
essaie de détourner de poignarder Cléandre (IV, 10) et
annonce aussi l'implacable Syra de *Cosroès* (1649). C'est
peut-être le personnage que Rotrou a le plus modifié par
rapport à *El Ejemplo*... où elle a moins de poids dans l'action. Chez Rotrou, l'Impératrice est active jusqu'au bout :
elle donne à Justinien la lettre compromettante au lieu de
simplement la laisser prendre pendant son évanouissement, de réel devenu feint. Maîtresse du jeu, elle intervient

---

77. J. Morel, *op. cit.*, p. 153.

par le truchement de sa confidente, trop tard il est vrai, pour sauver le héros en racontant la vérité. Chez Mira de Amescua, ce rôle dans le dénouement est dévolu à Antonia et Teodora reste complètement passive. Par ailleurs, contrairement au personnage de Rotrou, elle ne s'occupe guère de politique.

L'importance des motivations politiques de Théodore, qui ancre la pièce dans la tragédie s'explique peut-être par un souci grandissant de la convenance des caractères, sous l'influence de Corneille qui, « à partir de *la Mort de Pompée* (1643) [met en scène des reines qui] parlent, aiment et agissent en reines »[78]. Or, 1643, c'est justement la date de représentation de *Bélisaire*. Dès le début, autant qu'à un amour déçu, la haine de l'Impératrice est attribuée à l'impatience d'une souveraine qui voit un sujet prendre trop d'importance (v. 195-202). Dans ses monologues (II, 14, 17) dont le second est un ajout pur et simple à l'original espagnol, plusieurs vers témoignent de la conscience exacerbée de son rang (v. 741-745 ; 789-792) et quand Philippe essaie de la dissuader de tuer le héros, il a recours à un argument d'ordre politique (v. 1032-1033), ce qui est absent chez Mira de Amescua. Bannie de la cour (III, 6), elle envisage de mourir (v. 1137-1138), témoignage d'ambition qu'on chercherait vainement chez Teodora (*v. 1829-1831*). Autre changement de taille : l'amour de l'impératrice pour Belisario se rallume vraiment dans la pièce espagnole (*v. 1978-1988*), alors que, selon Théodore, dont les motifs avoués ressortissent clairement à l'ambition et à la politique (v. 1227-1246), ce n'est qu'un stratagème cynique, malgré une certaine ambiguïté dans les vers 1279-1286.

Le sujet choisi par Rotrou, un héros parfait perdu par son refus de répondre à la passion de sa souveraine, exigeait l'élaboration d'un personnage féminin violent et ambigu. De ce point de vue, Théodore est une grande réussite. En effet, lucide quand elle attribue au dépit amoureux

---

78. G. Forestier, *Essai de génétique théâtrale*, p. 156.

sa « haine » (v. 163-164), elle montre par sa conduite que
la jalousie ne cesse de la tourmenter. Ôter Antonie à Bélisaire, c'est certes se venger de lui, mais c'est aussi le
condamner à la solitude amoureuse, le garder pour elle,
fût-ce dans la frustration et l'inaccomplissement. La violence de la métaphore (de l'invention de Rotrou) par
laquelle elle traduit sa jalousie :

> D'invisibles vautours de mon cœur font leur proie (v. 212),

l'ambiguïté du « feu » (v. 214), qui désigne sa haine mais
qui est aussi une métaphore très usuelle pour l'amour,
encouragent cette interprétation. Par une sorte de transfert,
quand elle oblige Antonie à dissimuler ses sentiments sous
peine de faire mourir son amant, elle reporte sur celle-ci la
puissance mortifère de sa propre passion. Sa menace « Et
vous l'assassinez enfin, si vous l'aimez » (v. 230) correspond très exactement à ce qu'elle est en train d'accomplir.
Quand elle envisage sans peur de mourir après Bélisaire,
pourvu qu'elle soit vengée de lui (v. 789), n'est-ce pas
reconnaître que cet objet haï est sa raison de vivre ? Le
meurtre qu'elle veut accomplir de sa main (v. 1044) serait
ainsi une compensation au corps-à-corps amoureux jamais
obtenu. Au reste, la présence de l'Empereur caché et son
intervention au moment crucial transforment la tentative
meurtrière de Théodore en une sorte d'adultère pervers.
Dans cette perspective, le cynisme dont elle se flatte (IV,
1) est une ruse de la mauvaise foi qui lui déguise ses
propres motivations pour retenter la conquête de Bélisaire.
L'aveuglement que Rotrou lui prête lui permet de motiver
psychologiquement et son acharnement et son revirement
final.

   Cette héroïne qui tient bien son rang dans la galerie des
grandes criminelles et des grandes passionnées mises en
scène par Rotrou n'est pas sans préfigurer des amoureuses
féroces comme Hermione ou Roxane.

Antonie

Le personnage épisodique d'Antonie est la conséquence directe du choix du sujet. Puisque la disgrâce de Bélisaire est due à la jalousie de Théodore, il fallait incarner la rivale de l'Impératrice. Sa fonction est également, comme destinataire de la lettre ambiguë de Bélisaire qu'elle se laisse arracher (IV, 4), de permettre la péripétie responsable du dénouement tragique. Noble, tendre et sensible, Antonie est donc l'amante vraisemblable du héros parfait et le contrepoint nécessaire, pour l'équilibre de la pièce (et pour les exigences des troupes de comédiens), de Théodore. Sa présence scénique est toutefois beaucoup plus discrète. Elle n'apparaît que dans trois actes (I, II, IV) et reste donc absente au moment du triomphe et de la chute, ce qui l'écarte de la sphère politique pour la cantonner à celle du sentiment. C'est une anti-Théodore : par son aptitude au sacrifice, quand elle demande à subir la colère de l'Impératrice pour épargner son amant (v. 231-232), par ses accents élégiaques (v. 414, 453-455) et sa volonté de mourir d'amour (v. 237-238, 437), et enfin par son attachement à la maîtrise de soi, perceptible jusque dans les conseils qu'elle donne à son amoureux rebuté (v. 427-429). Dans la scène où elle est espionnée par l'Impératrice, Rotrou lui prête, comme Racine le fera à Junie[79], une certaine habileté. L'intérêt du spectateur/lecteur est doublement en éveil : il plaint la jeune fille contrainte de « Refus[er] de bouche en promettant du cœur » (v. 458) et se demande si Bélisaire va savoir déchiffrer les allusions, par exemple les vers comme « votre salut dépend de ce refus » qui dit toute la vérité sans la dire. L'aveuglement (déjà symbolique) du héros ne peut que susciter une crainte et une pitié redoublées.

Outre ces caractéristiques psychologiques assez conventionnelles, Rotrou en a fait un double féminin de Bélisaire

---

79. *Britannicus*, II, 6.

qui subit de façon prémonitoire, mais métaphorique, le même supplice que lui. Si les vers 391-393 ne sont qu'une traduction libre de Mira de Amescua (v. *608-610*), le vers 456 est un ajout de Rotrou, et surtout le vers 404, par sa différence avec l'original, insiste sur la similitude entre Antonie et Bélisaire : les yeux d'Antonie sont « innocents » et subissent une « peine », alors qu'Antonia se plaint simplement qu'on impose la loi à ses yeux (*v. 657-658*). Comme son amant, elle manifeste une confiance sans faille dans le Ciel (v. 236, 286) et une soumission respectueuse à l'autorité (v. 236, 407-408), si l'on excepte une révolte à la fois fugitive et vaine (v. 1419-1420). Personnage témoin et impuissant, à la voix étouffée, au regard aveuglé, à l'action entravée (v. 221-226, 236, 283), elle porte toutefois un jugement lucide (v. 235, 1407) sur Théodore et sur cette cour où le « salut dépend de voir et de [se] taire » (v. 1408).

L'Empereur et les courtisans

Autour du « Grand Conquérant » (v. 73), du « clair flambeau » (v. 1934), le spectacle de la cour est d'une médiocrité affligeante. On y devine l'existence de multiples coteries quand, pour découvrir l'identité de sa mystérieuse ennemie, le héros énumère les noms de plusieurs femmes de la cour (v. 937-944). Les courtisans entrevus, Léonce, Philippe et Narsès sont peut-être de bons serviteurs de l'État (v. 559-562), mais on les éprouve velléitaires, servilement soumis au pouvoir, et l'amour qu'ils professent épisodiquement pour la vertu (v. 356, 627, 946) ne va pas jusqu'à contrebalancer leur ambition. Même leurs actions apparemment généreuses sont dictées par l'intérêt. Ainsi quand Léonce et Narsès vont au secours de Bélisaire (II, 16), ils gagnent à sauver un protecteur si influent. Les efforts de Philippe pour dissuader Théodore d'assassiner celui qui lui a sauvé la vie (III, 5) restent bien timides. Dans sa disgrâce, le héros est tragiquement seul et le soutien de ses trois obligés se borne à de bonnes paroles peu compromettantes. Les multiples répliques où la volonté des rois est présentée comme un absolu[80], qu'il s'agisse pour Narsès (v. 593-594) ou Philippe (v. 865-868) de justifier leur attentat contre Bélisaire ou leur abandon (v. 1871-1872) font de la cour un univers de « troubles » (v. 1130) et d'apparences, de mensonge et d'espionnage. Ainsi, Rotrou a su prolonger dans sa thématique l'utilisation dramaturgique qu'il fait des personnages espions[81]. La cour est en-deçà de la morale, livrée à l'ambition (v. 583-586), au cynisme (v. 589-592), aux « complots » (v. 645) et à l'envie (v. 1827-1830), comme le montre, outre le malheur du héros, la mésaventure de Léonce. L'injustice dont ce dernier fut victime préfigure celle que subit Bélisaire. Pour le faire sentir, Rotrou a mis en valeur, plus que Mira de Amescua, le rôle de l'envie et des « envieux » dans la chute de Léonce (v. 44-48).

Comment s'étonner de cette médiocrité morale quand on voit l'Empereur lui-même s'accommoder de l'injustice (v. 1907-1908) ? Justinien fait quelque peu pâle figure face à son général dont le poids politique, même si ce thème n'est que très secondaire dans la conduite de l'intrigue, est plus nettement affirmé par Rotrou que par Mira de Amescua. Si on ne le voit guère en acte, sinon dans le choix d'un gouverneur pour Rome (II, 6-10), on peut en mesurer les effets dans les paroles de bien des personnages à commencer par Camille pour qui

> ...de tous les maux que doit craindre l'Empire,
> La mort de ce Héros est, ce semble, le pire... (v. 151-152),

mais on pourrait citer Léonce (v. 129), Philippe (v. 1032), Théodore elle-même (v. 196) et surtout l'Empereur (v. 252, 277, 681-682, 685, 975, 1006, 1072, 1077, 1095-1100, 1475-1478, 1875-1880, 1901). Reconnaître le mérite

---

80. C'est un *topos* de la littérature dramatique, chez Rotrou comme chez ses contemporains. Voir notamment *L'Heureux Naufrage*, V. 2.
81. Voir *supra*, p. 30.

et le récompenser, voilà à quoi se borne la pratique du pouvoir par Justinien. Bélisaire est ainsi comblé d'honneurs car « ce n'est que par l'excès des récompenses que le roi peut affirmer sa supériorité sur le héros »[82]. De plus, l'influence que Théodore a sur son époux en fait, dans le contexte de la tragédie politique du XVIIᵉ siècle[83] un monarque faible. Cette influence est si bien connue à la cour que nul n'ose nommément accuser l'Impératrice. Narsès préférerait mourir (v. 700-704) ; Bélisaire feint le sommeil pour révéler le nom de sa persécutrice (III, 4). Et de fait, quand Justinien soupçonne son épouse, dans un premier temps, il se garde bien de l'affronter ; c'est de manière détournée qu'il la menace de sévères châtiments (II, 13) et quand la culpabilité de Théodore est patente, il la condamne non pas à la mort comme il le prétendait (v. 734), mais à l'exil (v. 1123-1130).

Rotrou lui a toutefois donné plus de complexité que Mira de Amescua : après avoir rappelé à Théodore l'importance de Bélisaire pour l'Empire (v. 1475-1478), il s'étonne longuement du contraste entre le manque d'ambition de son général et sa trahison sentimentale (v. 1555-1562), deux réactions que n'a pas Justiniano. Dans ce monologue délibératif (IV, 8), il s'abandonne aux sentiments contradictoires qui l'agitent, tantôt s'étendant davantage sur sa douleur de se voir trahi (v. 1563-1564), tantôt s'exhortant à la fermeté et à la vengeance (v. 1589-1596). Par ailleurs, alors que Justiniano s'accommode assez vite de la mort de son fidèle vassal et s'acharne à convaincre Antonia de prendre la place de Teodora, Justinien se désole d'avoir perdu « le soleil de l'Empire » (v. 1936), connaît la tentation du suicide (v. 1977-1980), et la pièce s'achève sur la sombre prophétie de la double mort de l'empire et de l'Empereur :

---

82. J. Morel, *op. cit.*, p. 104.

83. Comme le montrent *Nicomède*, *Théodore*, ou encore *Cosroès*.

Ta mort est un malheur à tout l'État funeste,
Et dont le coup fatal saignera trop longtemps
Pour frustrer mon espoir de celle que j'attends. (v. 1986-1988)

LES THÈMES

Maître et sujet : l'innocent coupable

Rotrou n'a que fugitivement abordé ce thème mais on
trouve déjà dans *Bélisaire* comme plus tard dans *Suréna* un
héros « coupable sur le plan politique tout en étant innocent
sur le plan humain »[84]. La différence est que Rotrou met en
scène un empereur trompé qui fait mourir son principal
appui, non parce qu'il le voit trop vertueux, mais parce qu'il
le croit criminel. En fait, c'est Théodore qui met l'accent sur
cette faute objective du héros trop puissant. A sa confidente
qui lui vante la générosité de Bélisaire, elle répond que cette
générosité même est le signe de sa culpabilité :

Faire rougir un front couvert d'un diadème,
Ne peut être qu'un crime à l'innocence même ;
Mais avoir dessus moi pris des droits absolus,
Jusqu'à me pardonner, m'offense encore plus ;
Je possède à regret le fruit de son audace,
Mon exil m'affligeait bien moins que cette grâce ;
Et c'est à ma grandeur un reproche fatal,
Que d'avoir eu besoin des faveurs d'un vassal ;
[...]
Et s'oser ingérer de faire grâce aux Rois,
Est d'un sourd attentat les soumettre à ses lois (v. 1227-1246).

Maître et sujet : l'illusion du double

Dans cette pièce où un maître vertueux et impuissant
doit tout à un sujet puissant mais parfait, le thème du rapport politique n'est pas abordé, sinon par Théodore, en
tant que tel, mais traité en sous-main par le biais du
double. Les relations entre l'Empereur et le général, entre

---

84. G. Forestier, *op. cit.*, p. 58.

le maître et le sujet, sont sous le signe de l'amitié, une amitié revendiquée à plusieurs reprises (v. 529-538, 972, 1169, 1574), manifestée dans une embrassade (I, 6) par l'un, acceptée avec respect par l'autre qui multiplie les témoignages d'humilité (v. 267, 345-346, 1167). Ce sentiment, chez Justinien, trouve son paroxysme dans l'affirmation que Bélisaire est son double : il se punirait d'un attentat, contre le général (v. 732) ; quand le héros dort, l'Empereur « repose avec lui » (v. 974) ; la mort de l'un serait celle de l'autre (v. 1011). Les remarques de l'Empereur à Narsès (III, 4), ses violents reproches contre Théodore (v. 1050), ses hésitations à sévir (v. 1589-1594) partent de la même conviction : Bélisaire est un autre « soi-même » (v. 369, 532, 684, 1056, 1476, 1594), son « image » (v. 1052). Rotrou a insisté là-dessus en leur donnant des répliques interchangeables : on trouve dans la bouche de l'Empereur des vers sur l'innocence protégée par le Ciel (v. 1103) qui font écho à ceux prononcés par Bélisaire (v. 581-582) ; le héros est un « rayon de l'essence divine » selon Justinien (v. 998) qui voit aussi dans les rois des « rayons de la divine essence » (v. 1139). De même, Bélisaire (v. 1091-1092) et Justinien (v. 322) sont comparés alternativement et l'un par l'autre au « soleil », seul rival digne d'eux. Bélisaire explique ses exploits par l'influence de Justinien :

Sur vos sujets, Seigneur, vos rayons refleurissent (v. 287),

Il se présente aussi comme une sorte de vice-soleil :

Du Levant au Couchant j'ai porté sa lumière (v. 1861).

Rotrou présente un Justinien si engagé dans cette relation de double qu'il semble parfois l'inverser et renoncer à son autonomie d'empereur pour se présenter comme le double de Bélisaire. Les analyses de J. Van Baelen[85] sur

---

85. *Op. cit.*, p. 133.

Bélisaire « chef-d'œuvre et auto-portrait vivant » (v. 1599) de l'Empereur sont judicieuses, mais elle ne voit pas assez que celui-ci insiste sur le fait que son sujet existe par lui-même, indépendamment de la faveur impériale (v. 275, 1080). Bien plus, il se dit dès le début et à plusieurs reprises la créature de Bélisaire (v. 275-282, 328-334). Il va même jusqu'à se présenter comme une sorte d'usurpateur des biens conquis par son général (v. 1150-1152), ce qui suscite à chaque fois les protestations de ce dernier (v. 345-346, 1185-1190).

La péripétie du quatrième acte et le dénouement dévoilent le caractère illusoire de cette relation de double. Le maître ne peut l'affirmer avec complaisance que parce que le sujet la récuse ; elle ne remet jamais en cause l'inégalité foncière entre eux. Bélisaire se prend-il au jeu et infirme-t-il une décision de l'Empereur ? C'est le début de sa chute. Sans doute la disgrâce du général ne vient-elle, en apparence, que des calomnies de Théodore. Mais, de manière révélatrice, elle suit le moment où il fait vraiment usage du pouvoir octroyé pour contredire l'Empereur et révoquer l'exil de l'Impératrice. Il a le tort de prendre à la lettre ce qui n'est qu'ostentation de générosité. Quand Bélisaire, à son tour, fait référence à cette relation de double, quand il proteste que l'Empereur seul peut porter son épée (v. 1715-1716), ou qu'il le supplie de ne pas effacer son « image » (v. 1850), Justinien reste sourd. Son amitié ne resurgit qu'après la mort de Bélisaire, autrement dit quand le brillant sujet ne peut plus menacer, par sa seule existence, un maître médiocre.

Un monde d'aveugles

En montrant une amitié finalement impossible entre le maître et le sujet, *Bélisaire* propose donc en filigrane une vision sévère des relations de pouvoir. Et ce pessimisme s'étend à toutes les réalités mondaines. Tragédie du malentendu, *Bélisaire* est aussi celle de l'aveuglement et beaucoup plus que Mira de Amescua, Rotrou[86] a exploité la signification symbolique du supplice infligé au héros pour en faire l'emblème de la condition terrestre. Avant d'être aveuglé, Bélisaire est aveugle, involontaire quand il ne reconnaît pas Léonce (v. 60), croit que son ennemie est Antonie (v. 520), pense pouvoir apaiser Théodore par ses soumissions (v. 1179-1190), ou s'imagine protégé par son innocence (v. 1656), volontaire quand il reste insensible à la séduction de Théodore (v. 169) ou fait semblant de ne pas voir les objets qu'elle laisse tomber (v. 1389). Cette prudence mal entendue accélérera sa perte au lieu de la détourner. Il est d'autant plus aveugle qu'il essaie d'être lucide, par exemple quand, feignant le sommeil, il a la confirmation de la haine de Théodore. Son aparté « Qui veille, et se tait, voit beaucoup » (v. 1034) prend une saveur tragiquement ironique si l'on songe au dénouement.

A son aveuglement correspond celui des autres personnages. Celui d'Antonie est contraint : Théodore veut éteindre le regard de la rivale (v. 225, 229, 283) et pour exprimer l'intensité de sa souffrance, celle-ci souhaite être effectivement aveugle (v. 391-393, 456). Quant aux autres, bien que « Toute la ville en foule a[it] couru pour [...] voir » le héros (v. 5), cette vision s'arrête à la surface ; personne, sauf Antonie, qui n'a pas le droit de le lui témoigner, ne sait le reconnaître pour ce qu'il est. Quand Philippe, faute d'identifier son bienfaiteur (II, 18 ; III, 2) se dispose à le tuer, seule la vision de la bague qu'il lui a donnée arrête son geste. Mais dans ce bijou, il ne reconnaît finalement que lui-même ; il est incapable de voir l'autre. Son peu d'empressement à défendre Bélisaire en disgrâce, ses larmes stériles et sa « vaine pitié » (v. 1851) en sont d'autres preuves.

L'aveuglement de Théodore se manifeste sur plusieurs

---

86. Qui a déjà mis en scène dans *Antigone* (V, 5) un tyran aveuglé face à un aveugle détenteur de la vérité.

plans : en politique, elle refuse d'admettre, malgré les avis de Camille, que sa puissance est liée à la vie de Bélisaire (I, 3) ; en amour, elle s'illusionne sur son pouvoir de séduction (v. 1289), mais n'a pas conscience de l'ambiguïté de sa « haine » (v. 204). Quant à l'Empereur, si facilement, si inexplicablement abusé, il s'aveugle explicitement quand il veut « éviter [la] vue » de Bélisaire (v. 1586) et refuse de le regarder (IV, 9). Auparavant (II, 13), Rotrou met dans sa bouche plusieurs expressions pleines d'ironie tragique : par exemple, quand il se doute de la culpabilité de Théodore et veut l'avertir de façon détournée, il répond à sa question que la colère qui le « trouble » est « aveugle » (v. 712). De ce mensonge, la suite fera une vérité qui coûtera la vie au héros. Il se prétend « l'Argus »[87] de Bélisaire (v. 1048) mais ces cent yeux métaphoriques ne l'éclaireront nullement. Il veut

> Les yeux bandés peser d'un poids égal
> Comme le prix du bien, l'importance du mal. (v. 1117-1118)

Si cette métaphore renvoie dans son esprit à son impartialité, elle s'avérera en fait une figure de son aveuglement. Cet aveuglement est à double fond : il méconnaît Bélisaire et méconnaît sa méconnaissance. Quand ses yeux se dessillent (v. 1958) et qu'il s'exclame :

> Bélisaire n'est plus ! hélas ! il paraît bien
> Que mon aveuglement a précédé le sien... (v. 1959-1960),

son amère et tardive lucidité ne peut que souligner l'irréparable.

Les yeux sont dangereux et trompeurs car c'est par leur biais que s'allume le désir (v. 168, 1289) ; c'est pourquoi il faut les punir (v. 1620, 1624). Mais s'ils permettent une apparence de communication immédiate, ils sont incapables de garantir sa validité ; au lieu de faire voir la vérité, ils créent l'illusion. La cour de Justinien est un

---

87. C'est aussi la prétention de Philippe (v. 928) ; elle sera tout aussi peu efficace.

théâtre d'ombres peuplé d'aveugles plus ou moins volontaires qui se méconnaissent et se blessent.

Fortune ou Providence ?

Dans ce monde d'aveugles, les personnages, et notamment Bélisaire, paraissent ballottés entre la Fortune et la Providence[88]. La puissance de la première, également désignée par le vocable de « sort » est affirmée maintes fois (v. 1291, 1573) mais surtout par le héros. Ainsi, quand il choisit un gouverneur pour Rome (II, 8), Bélisaire se soumet à la puissance de la Fortune et la souligne par un vers (v. 576) absent de l'original espagnol. Mais ses faveurs mêmes sont dangereuses et suscitent la crainte (v. 1203-1204, 1633-1636) puisque arbitraire et inconstance (v. 1626-1630, 1701-1702) sont ses caractéristiques. Là comme ailleurs, la Fortune et sa roue sont un motif qui découlent nécessairement du sujet choisi, mais que Rotrou a également trouvé chez Bidermann et Mira de Amescua. Fortuna est un des nombreux personnages allégoriques de la tragédie du père jésuite. Elle se borne à commenter l'action mais apparaît dans cinq scènes et en particulier dans la dernière. Pour Rotrou, la Fortune et le sort sont « changement » (v. 1693), « caprice » (v. 513, 1573), « légèreté » (v. 656) ; ils aiment à « se jouer » (v. 1670, 1672) des hommes. C'est aussi leur activité favorite chez Bidermann comme le montrent les fréquentes occurrences de « ludere » (II, 10), « ridere » (*ibid.*), « ludibrium ». Certaines réflexions de Bélisaire (v. 1626-1636) sont des traductions libres du texte de Bidermann.

Par ailleurs, pour traduire le rôle de la Fortune qui produit toujours à la fois une chose et son contraire, la défaite dans la victoire, la disgrâce dans la faveur, Rotrou a volontiers recours au même procédé stylistique que Bidermann : la rhétorique de l'antithèse. Entre autres exemples, le jésuite oppose « hodie » et « cras » (II, 10), une Fortuna

---

88. Voir J. Morel, *op. cit.*, p. 116-117.

« mater » et noverca » (V, 9), le « stetit in summo vertice »
du « felix » et le « subit ad suprema » de l'« infimus »
(V, 10). Des couples antithétiques se trouvent également
sans cesse sous la plume de Rotrou : « péril/gloire »
(v. 652) « rebuter/obligea » (v. 1628), « élever/jette »
(v. 1629-1630), « élever/abaisse » (v. 1635), pour aboutir
parfois à des paradoxes saisissants :

> Notre malheur n'est pas de choir, mais de monter (v. 1636).

Est-ce à dire que cette soumission au sort rejette *Bélisaire* du côté de la tragi-comédie puisque « l'intériorité de
l'homme tragi-comique n'existe pas : il ne sait plus ce
qu'il doit même souhaiter. L'événement décide à sa place,
et il le sait »[89] ? Cela nous semble inexact. Au contraire,
l'intériorité de Bélisaire est renforcée par le sentiment
fataliste. Comme le héros antique[90], il s'éprouve accablé
par une force incompréhensible qui l'écrase et à laquelle il
ne peut opposer que son innocence et l'intime conviction
de sa valeur.

Le thème de la roue de la Fortune est à la source d'un
système d'images développé autour de l'ascension
(v. 1195-1198) et de la chute, indissolublement liées,
comme le découvre amèrement le héros[91], condamné à
« trébucher » (v. 1820) : « Chaque pas de ma gloire en est
un de ma chute » (v. 1814). Dans une pièce qui raconte
précisément une ascension suivie d'un brusque et injuste
revirement de fortune, cela n'est pas une surprise. Or, plus
remarquable, on rencontre ce système d'images au service
de nombreux thèmes, l'amour, mais aussi la vengeance, la
politique, l'erreur, la nature humaine. Si Théodore

---

89. H. Baby, *op. cit.*, p. 608.

90. Ce n'est pas par hasard que Rotrou fait dire à Antigone des
stances sur la puissance de la Fortune (III, 1).

91. Et Léonce, dont le destin, comme souvent, préfigure le
sien, avant lui (v. 49-50).

reproche à Bélisaire de l'avoir méprisée pour « monter à
[la] grâce » d'Antonie (v. 1348), le général lui répond
qu'elle était destinée à Justinien et que

> tout autre tendant vers un objet si digne,
> N'eût en un vol si haut fait qu'une chute insigne. (v. 1331-1332)

Quand l'Impératrice voit enfin l'occasion d'assouvir sa
vengeance, elle se flatte de « renverser » et de « terrasser »
(v. 1441-1442) son ennemi. Mais la vie de Bélisaire est
aussi le seul garant contre la « chute » de l'Empire
(v. 149). L'Empereur se plaint d'avoir été « plongé » dans
un « gouffre » (v. 1967) ; enfin,

> la prudence humaine
> Qui fait gloire ici-bas des efforts les plus hauts,
> Tombe, quand il te plaît [au Ciel], en d'insignes défauts
> (v. 1970-1972).

Le dernier exemple frappant de cet imaginaire de la
chute est la présence récurrente de l'image du parcours
solaire, appliqué indifféremment à Justinien, au héros
(v. 1091-1094) ou à Théodorc (v. 188). Toute la vie
humaine est donc symbolisée par ce parcours ascendant
puis descendant et les images obsédantes sont en harmonie
avec la construction en pyramide de la pièce.

Si la Fortune domine, comme maintes répliques du
héros l'affirment (v. 1666-1672, 1693), les aventures de
Bélisaire et d'autres personnages, comme Léonce dont la
valeur n'a pas été reconnue (v. 44-48), sont sous le signe
de l'injustice et de l'absurdité. L'homme de bien ne peut
rien et le mal triomphe en définitive.

La Fortune aveugle n'est-elle pas plutôt le masque
d'une Providence difficile à déchiffrer mais bien réelle ?
Les vicissitudes du héros ressembleraient alors à celle
des martyrs ; la scène de séduction de Théodore serait la
dernière épreuve dont il sort victorieux (v. 1362) et sa
mort ignominieuse une apothéose qui lui ouvre l'accès
au monde parfait qu'est le Ciel (v. 1955-1956). On
s'étonne qu'A. Stegmann ne voie plus dans le « chrétien
de Bidermann [...] qu'un héros généreux et un loyal

sujet »[92] car la première réplique de Bélisaire met en valeur sa piété (v. 18-22) et la souveraine puissance de la divinité, véritable auteur de tous ses hauts faits. La pièce, dès la première scène où se trouvent justement des souvenirs de Bidermann, fait état d'une confiance envers le Ciel jamais démentie (v. 127, 143-146, 843-846, 1856), et pas seulement chez le héros (v. 810). Ainsi, on note un changement important par rapport à Mira de Amescua où Narses, le trouvant endormi, renonce à le tuer et l'avertit du danger qu'il court, puis sort en estimant désabusé que celui qui a un si puissant adversaire devrait veiller : « Vele, quien tiene/tan poderoso contrario. » (*v. 878-879*). Au contraire, Rotrou lui prête une réflexion toute opposée :

> Qui se plaît à bien faire et sait l'art d'obliger
> Repose sans péril au milieu du danger. (v. 629-630)

Cette conviction est partagée par l'Empereur et Rotrou ajoute à l'original espagnol l'idée que la divinité veille tout particulièrement sur le héros (v. 1103-1104). Ainsi, Camille voit une intervention du Ciel dans le brusque remords de Théodore (v. 1912).

Dans cette perspective providentielle, il faut souligner la double interprétation dont est susceptible l'emploi du mot « vie » dans les vers où Bélisaire exprime sa confiance :

> Le Ciel en ma faveur fera crever l'envie
> Et comme d'un dépôt aura soin de ma vie. (v. 127-128)

Le dénouement qui le prive de cette vie terrestre semble le démentir cruellement, mais est-elle la vraie vie ? D'autres vers nous rappellent que toutes les valeurs mondaines sont trompeuses (v. 1666-1674). La réussite de Bélisaire dans ce monde est illusoire ; ni son dévouement de sujet, ni ses vertus mondaines (bravoure, sens de l'amitié, séduction) ne le protégeront de l'injustice, de la solitude et de la mort. Sa disgrâce lui fait en revanche découvrir à quel point

---

92. *Op. cit.*, t. II, p. 89.

> Ce qui nous vient de Dieu, seul exempt de la mort,
> Est seul indépendant et du temps et du sort. (v. 1675-1676)

Même le pouvoir apparemment suprême de l'Empereur s'avère dérisoire et tous les vers qui y font allusion contiennent cette ambiguïté. Justinien est l'« arbitre souverain des fortunes humaines » (v. 1729) et « Roi du bas univers » (v. 1726) ; autrement dit, son pouvoir est limité à la terre. « Vive image de Dieu » (v. 1726), il n'est qu'une image et il n'est pas indifférent qu'il soit avec Dieu dans le même rapport que Bélisaire avec lui (v. 1052, 1850). Lui aussi peut, du jour au lendemain, être anéanti par une puissance supérieure. Les vers où l'Empereur exalte le plus son pouvoir :

> Les Rois comme rayons de la divine essence
> En leur gouvernement imite sa puissance,
> Font d'un mont élevé des abîmes profonds
> Élèvent un vallon à la hauteur des monts.
> Et tenant pour chacun la balance commune,
> Au prix de la vertu mesurent la fortune (v. 1139-1144).

se lisent après coup comme une antiphrase cruelle. Si les rois ont effectivement le pouvoir de faire ou défaire les puissants, la puissance qu'ils donnent n'est finalement qu'une ombre ; « les Rois contre Dieu, sont des Dieux sans pouvoir » (v. 846) et la clairvoyance, apanage de la seule « divine essence », leur manque. La pièce dessine une hiérarchie de pouvoirs dont seul le plus haut est véritable : Bélisaire n'est rien devant l'Empereur qui n'est rien devant Dieu. Pour déceler la vérité, Justinien n'est pas plus armé « qu'un sujet » (v. 1830-1831) alors que Dieu seul peut lire dans les cœurs (v. 1833). Il finit par découvrir le goût amer de l'impuissance de la « raison humaine » (v. 1970-1972), vérité qu'il avait refusé d'entendre de la bouche de Bélisaire.

L'accès à cette vérité ne dépend ni de preuves ni d'arguments. Les hauts faits ou l'éloquence du général, trop humains, trop mondains, sont impuissants. C'est sa mort sans souffrance, qui le montre « banni » d'un monde terrestre imparfait livré à l'apparence et « retiré » par le Ciel

(v. 1947), mort aux allures de miracle, qui dessille les yeux de Justinien. Elle préfigure la mort de Genest[93] (V, 7, v. 1731-1738) : même insensibilité à la souffrance, même émotion des bourreaux et des témoins. Remarquons qu'elle ne donne lieu à aucune complaisance macabre[94] ; au contraire l'horreur du supplice et de la mort est atténuée par la périphrase déréalisante qui, faisant des yeux des « globes animés d'argent vif et d'azur » (v. 1944), les arrache au corps et à la chair, périssables, putrescibles, pour les rattacher à une substance incorruptible. Cette mort a de plus, comme le souhaitait Bélisaire (v. 1677-1678), un effet d'entraînement et de conversion : elle transforme le courtisan Philippe et l'amène à regretter ouvertement un sujet en disgrâce (v. 1947-1956)[95] ; sa seule perspective cause le remords de l'implacable Théodore et son retour à la vérité, symbolisé par un évanouissement réel (v. 1919-1920), non plus feint, et peut-être mortel. L'Empereur, à son tour, renonce à une réalité terrestre fausse et cauchemardesque : « Ai-je appris ce trépas, ou si je l'ai songé ? », y répudie l'amour (v. 1973-1976), souhaite la mort comme seule réalité désirable (v. 1977-1980, 1985-1989) et pour cela, demande l'intercession de son ancien général (v. 1981-1984).

Du coup, l'absurdité arbitraire de la Fortune est le masque de la nécessité, comme l'échec mondain de Bélisaire est la condition et le signe de son salut. Son aveugle confiance, apparemment injustifiée, est l'envers d'une lucidité toute céleste. Si l'on accepte cette hypothèse, on ne peut plus reprocher à Rotrou l'invraisemblance de la

---

93. Or Le *Véritable saint Genest* est la tragédie qui suit *Bélisaire* et qui sera représentée l'année même de sa publication, selon l'hypothèse de G. Forestier, art. cit., p. 308.

94. Voir F. Orlando, *op. cit.*, p. 50-51.

95. Philippe ne parle pas seulement en son nom, mais se fait l'interprète de la cour et une sorte de contagion du martyre se lit dans le vers « Jusqu'à l'exécuteur nous l'avons tous pleuré » (v. 1948).

crédulité de Justinien[96], sans pour cela être obligé de l'expliquer par l'esthétique de la tragi-comédie[97]. Le dramaturge a lui-même pris soin de souligner cette invraisemblance dans un monologue de son héros (v. 1641-1648) pour montrer que son dénouement s'inscrit sur un autre plan que l'humain et fait intervenir des puissances surnaturelles[98]. D'ailleurs l'Empereur attribue explicitement à l'influence de l'enfer (v. 1961) son jugement erroné. Pourtant, il ouvre la voie du Ciel au héros et, comme tel, devient providentiel.

Ainsi la mort exemplaire du héros brouille la signification de la pièce. Bélisaire est-il vraiment comme chez Mira de Amescua, le plus grand exemple de malheur ? Reste qu'il serait hasardeux d'assigner à cette pièce une signification précise et assurée et que *Bélisaire* n'est pas explicitement une tragédie chrétienne. Dans ce flottement entre absurdité et nécessité supérieure, entre Fortune et Providence s'épanouit l'ambiguïté caractéristique de Rotrou.

STYLE

Nous avons déjà eu l'occasion d'évoquer certaines caractéristiques étroitement associées à tel thème ou tel personnage, comme la métaphore solaire, mais il nous faut maintenant voir comment les choix stylistiques de Rotrou sont cohérents avec l'infléchissement tragique qu'il a imprimé à la pièce espagnole.

Remarquons d'abord qu'il supprime tout ce qui peut paraître trop concret ou trop trivial. Ainsi, pour décrire l'effet que les armées romaines ont produit sur la Perse, il

---

96. Comme le fait H. C. Lancaster, *op. cit.*, p. 553.

97. Voir *supra*, p. 22.

98. Ne peut-on dire, sans perdre de vue la différence de contexte religieux, que Bélisaire est « retiré » par le Ciel comme Iphigénie est sauvée par Diane ?

garde les métaphores du « torrent », du « foudre » ou de la
« flamme » (v. 307-312), mais supprime celle de la saute-
relle (*v. 312-322*). Il omet aussi le stratagème par lequel
Belisario amène les éléphants à se retourner contre leur
camp : répandre le sang de cent bœufs (*v. 339-342*).

En général, il cherche à donner plus de pompe ou de
noblesse et, par suite, ajoute des images ou les développe.
Ainsi, à propos des trois courtisans qui briguent la place
de gouverneur de Rome, « peut gouverner le monde »
(*v. 794*) devient « mérite le timon de la barque du monde »
(v. 560) et Philippe, juste avant sa tentative de meurtre
déclare « L'occasion est belle, et m'offre les cheveux »
(v. 858) au lieu de « C'est l'occasion ou jamais » (*v. 1522*).
De même, dans les vers 155-158, l'original espagnol,
assez plat évoquant un homme « qui conquiert des
royaumes et qui capture les rois » (*v. 480-484*), est enrichi
par les métonymies des fleuves qui dessinent une géogra-
phie héroïque, élargissent la pièce et les exploits du héros
aux dimensions de l'univers, et exploitent une poésie des
noms propres à la fois familiers et exotiques. Le recours
aux allusions mythologiques, « Mars » (v. 2), « la Parque »
(v. 606) va dans le même sens. Le pouvoir de Bélisaire est
exalté par les métonymies du « glaive » et de la
« balance » (v. 195).

De même au vers 198, Théodore est « celle qui régit le
Couchant et l'Aurore » plutôt que la banale « impératrice
du monde « de Mira de Amescua (*v. 511*). Et alors que le
dramaturge espagnol fait simplement dire à Belisario que
la « vertu et la beauté » de Teodora étaient destinées à son
« maître et seigneur » (*v. 2045-2047*), Rotrou ajoute les
métaphores du « céleste flambeau » (v. 1317) qu'on ne
peut approcher à moins que de « voler sur l'aigle de l'Empire » (v. 1320) comme Justinien, et les métonymies du
« sacré bandeau » (v. 1323) et du « diadème » (v. 1325)
pour donner plus de majesté à son évocation du pouvoir.

Outre cette recherche de la pompe s'observe dans notre
pièce une esthétique de la pointe, dont la formule qui clôt
brillamment le second acte

Mets favorable nuit mon innocence au jour (v. 822),

offre un des meilleurs exemples. Rotrou y combine l'antithèse « nuit/jour » avec un jeu sur le sens propre et le sens
figuré renforcé par la distribution rythmique à la césure et
à la rime. On peut aussi citer le vers où Théodore veut

Pour perdre cet ingrat, tâcher de le gagner (v. 1626).

Rotrou aime jouer sur les possibilités que donne la dériva-
tion (v. 511, 1966) qui lui fournit aussi bien l'hyperbole
amoureuse où Bélisaire se dit « vaincu » par Antonie plus
que « vainqueur de la Perse » (v. 460) que l'antithèse par
laquelle Philippe exprime le bouleversement radical qui
est le sien en reconnaissant son sauveur dans celui qu'il
voulait assassiner :

J'y viens votre ennemi, j'y deviens votre esclave (v. 904).

Cette figure s'inscrit dans une succession (v. 898-912) de
pointes et de formules ambiguës (qui sont autant
d'énigmes pour Bélisaire) pour lesquelles Rotrou s'est inspiré de Mira de Amescua (*v. 1540-1551*) plus qu'il ne l'a
traduit. Ce feu d'artifice verbal peut sans doute s'expliquer
par la volonté de traduire la soudaineté du revirement du
personnage, mais il ressortit aussi à une esthétique de la
prolifération et de la gratuité où le spectateur s'abandonne
au double plaisir de déchiffrer et de voir le héros fugitivement interdit.
    L'antanaclase est aussi au service de cette esthétique de
la pointe, par exemple quand Antonie déclare à Philippe
« Tuez ce qui vous tue » (v. 427) pour lui conseiller
d'éteindre son amour, ou quand Philippe déclare à son
bienfaiteur :

Ta vertu me surprend plus qu'il ne m'ont surpris (v. 806).

La pointe n'est pas seulement gratuité et plaisir du jeu
verbal. Ainsi l'oxymore par lequel le billet entre Bélisaire
et Antonie devient une « muette voix » (v. 854) dévoile
justement l'essence de ce billet source de tous les malen-

tendus. C'est une voix qui transmet un message, mais elle est muette dans la mesure où elle est incapable de préciser la teneur exacte de ce message et susceptible de toutes les interprétations.

Dans un autre registre, Rotrou utilise beaucoup plus fréquemment que Mira de Amescua les apostrophes à des personnages hors scène ou à des abstractions, ce qui anime et dramatise le dialogue. Le spectateur entend ainsi successivement Théodore reprocher à Léonce son manquement de foi (v. 216), Narsès braver l'impératrice (v. 623), le héros louer le sommeil (v. 577), prendre à partie l'Amour ou la Fortune (v. 551, 1702), et Justinien répudier son épouse (v. 1973).

SUCCÈS ET FORTUNE

De l'aveu même de Rotrou, la pièce n'a pas réussi et nous n'avons trouvé nulle part d'indication sur les conditions de représentation. R. Jarry mentionne son insuccès[99] mais ne s'appuie que sur la dédicace. Si la pièce fut pourtant jugée digne d'une réédition en 1780, c'est peut-être surtout à cause du roman homonyme de Marmontel de 1767, dont l'adaptation qu'il a faite de *Venceslas* en 1759 montre la familiarité avec l'œuvre de Rotrou. Les pièces des Italiens Cicognini et Goldoni et les opéras de Philidor (1796) et de Donizetti (1836) s'inspirent apparemment de cette version postérieure des aventures de Bélisaire. Est-il interdit de rêver qu'un metteur en scène épris d'originalité et d'audace arrache le héros de Rotrou au Ciel des bibliothèques pour le ressusciter sur scène ?

---

99. *Essai sur les œuvres dramatiques de Jean Rotrou*, Lille, Paris, L. Quarré, A. Durand, 1868, p. 74.

TEXTE

La première édition est parue chez :
Sommaville et Courbé, 1644, in-4° : LE/ BELISSAIRE/ TRAGEDIE,/ DE Mᴿ DE ROTROV./ A PARIS,/ Chez ANTOINE DE SOMMAVILLE,/ et/ AUGVSTIN COVRBÉ,/ au Palais./ M.DC.XLIIII/ AVEC PRIVILEGE DV ROY.
Ars.Rf 7034.

Le texte a ensuite été réédité deux fois :
- *Recueil des meilleures pièces dramatiques faites en France depuis Rotrou jusqu'à nos jours, ou Théâtre français*, Lyon, 1780-1781, tome VII, p. 457-572.
Ars., 8° B.L. 13597.
- *Œuvres* de Jean Rotrou, Paris, Desoer, 1820, édition du théâtre complet dirigée par Viollet-le-Duc, tome IV, p. 455-549.

Pour l'établissement du texte, nous avons suivi l'édition originale, mais comme le texte est souvent défectueux, nous avons indiqué en notes les choix des autres éditeurs quand ils paraissaient intéressants ou significatifs, ou le texte original quand nos interprétations peuvent susciter la discussion, par exemple au vers 285.

Nous avons modernisé l'orthographe d'origine, sauf quand cette modernisation risquait de fausser la rime (v. 802, 1021, 1161). En revanche, nous avons conservé les majuscules dont la présence est presque toujours significative.

Nous avons également préservé, sauf à quelques endroits que nous indiquons ci-dessous, la ponctuation de l'édition originale, que corrige souvent l'édition de 1780 et systématiquement celle de Viollet-le-Duc. C'est une ponctuation pas toujours cohérente, plus expressive que grammaticale, sans doute destinée à donner des indications sur la déclamation. Mais, lorsque la phrase est manifestement interrompue, en milieu ou en fin de vers, nous avons remplacé systématiquement par des points de suspension le point[100], le point-virgule[101] ou les deux points[102] de l'édition originale. De même, nous avons rétabli un point d'interrogation quand nécessaire[103], et transformé en point la virgule en fin de réplique ou de tirade[104].

Voici la liste des corrections établies :

a) Corrections voulues par le sens.

- v. 206, *de* pour *du*.
- v. 559, *De* pour *Te*.
- v. 632, *sans* pour *sa*.
- v. 663, *trois* pour *deux*.
- v. 672, *révéler* pour *reverer*.
- v. 1183, *remets pour remettre*
- v. 1308, *avait* pour *avaient*
- v. 1478, *le* pour *me*.
- v. 1730, *les* pour *le*.
- v. 1930, *commence* pour *commencé*.

b) Fautes d'impression corrigées

Léonce (v. 23), *majestre* (v. 147), *mouvrir* (v. 153), *dequoy* (v. 204, 1437, 1440), *court* (v. 207), *à* (v. 364, 431, 466, 692, 1271, 1573, 1936), *haissant* (v. 421), *peut* (v. 468), *serts* (v. 485), *cherre* (v. 489), *sorts* (v. 549), *apropos* (v. 595), *rejallit* (v.714), *m'a* (v. 718), *sottent* (v. 775), *crains* et *poïnt* (v. 820), *embasser* (v. 888), *comblerons* (v. 889), *intérêt* (v. 930), *ayme* (v. 945), *interresse*

---

100. V. 347, 441, 503, 775, 947, 971, 1021, 1033, 1063, 1176, 1179, 1415.

101. V. 1111, 1176, 1357, 1935.

102. V. 226, 385, 609, 635, 1361.

103. A la place d'un point aux vers 103, 216, 1199, 1200, d'un point d'exclamation au vers 996, et d'un point-virgule aux vers 658, 1078, 1202.

104. V. 191, 772, 876, 1198.

(v. 1055), BIELISSAIRE (III, 7), *manquerons* (v. 1196), *sousmetre* (v. 1246), *emminent* (v. 1256), *quant* (v. 1279), *arreste* (v. 1286), *cousinne* (v. 1308), *marque* (v. 1329), *veine* (v. 1346), *moy Roy* (v. 1373), *vous* (v. 1394), *eut* (v. 1397), *est* (v. 1420), *vengeans* (v. 1433), *qui* (v. 1489), *de* (v. 1512), *cahos* (v. 1531), *là* (v. 1538), *cherche* (v. 1602), *diffame* (v. 1603) *qu'elle* (v. 1606, 1701, 1865, *importum* (v. 1622), *étteindriez* (v. 1682), *ressenrir* (v. 1686), *l'Empereur* (v. 1717), *éteingnant* (v. 1939), *n'y* (v. 1976), *d'une* (v. 1982).

c) Ponctuation originale modifiée

Dédicace, 1. 37, *heureuse.*
- inversion de la ponctuation finale des vers 171-172
- v. 178, *liberté,*
- v. 191, *allégeance,*
- v. 532, *soi-même ;)*
- v. 893, *temps,* (à cause de la majuscule du mot suivant).
- v. 998, *autorité,*
- v. 1180, *tristesse,)*
- v. 1562, *couche ;*
- v. 1588, *déclaré.*
- v. 1589, *vient ;* (à cause de la majuscule du mot suivant).
- v. 1721, *elle*
- v. 1858, *outrage !*
- v. 1913, *touchée,)*
- v. 1915, *accent ;*
- v. 1972, *tombe ;*

LE
BELISSAIRE

TRAGEDIE,

DE M^R DE ROTROV

A PARIS,

Chez { ANTOINE DE SOMMAVILLE,
et
AVGUSTIN COVRBÉ,
Au Palais.

M. DC. XLIIII.

AVEC PRIVILEGE DU ROY.

A
TRÈS HAUT,
TRÈS PUISSANT, ET
Très Illustre Prince, Monseigneur
HENRI DE LORRAINE,
Duc de Guise, Prince de Joinville,
Sénéchal héréditaire de Champagne,
Comte d'Eu, Pair de France[1].

MONSEIGNEUR,

Bélisaire a été trop cruellement traversé* pendant
sa vie, pour espérer de ne l'être point après sa mort ;
et quoiqu'il ait été l'admiration de tout le monde, il
n'a pas laissé d'être la haine de quelques-uns, parce
5 qu'il en a été l'envie : son histoire ne doit pas être
plus privilégiée que sa vie, ni sa représentation, que
lui-même ; et si ceux mêmes qui l'aimèrent le plus,
furent ceux qui le calomnièrent davantage, et qui lui
firent le plus de mal ; il est visible, que son sort est
10 d'être persécuté, quoiqu'il soit admiré, et d'être
condamné par des passionnés et par des jaloux. Mais

---

1. Cet Henri de Guise (1614-1664) destiné à la carrière ecclé-
siastique, puis duc de Guise par la mort de son frère aîné, était
connu pour ses exploits contre les armées du roi d'Espagne dans
le royaume de Naples, et pour ses conquêtes féminines.

ces traverses lui sont peu sensibles, MONSEI-
GNEUR, après avoir appris que vous lui faites
l'honneur d'être un de ses approbateurs; une per-
15 sonne de votre naissance et de votre mérite, peut
bien donner plus d'estime, qu'une infinité d'autres
n'est capable d'en ôter; et si votre Altesse a treuvé[2]
Bélisaire digne de son approbation, sa gloire est
achevée, et sa vertu dignement récompensée. Il y a
20 longtemps que je vous cherchais dans mes veilles,
quelque reconnaissance de l'honneur que vous
m'avez fait autrefois, MONSEIGNEUR, de souffrir,
et les représentations de mes ouvrages, et les protestations de mes très humbles services : Mais comme
25 l'établissement de mes affaires ne m'a pas permis
depuis longtemps un grand commerce avec les
Muses, je me suis acquitté bien tard de cette dette,
que je prie très humblement votre Altesse, de recevoir par les mains de Bélisaire, qui tiendra l'honneur
30 de votre amitié pour la plus digne de ses conquêtes,
et qui ne peut treuver contre ses envieux, ni de plus
noble, ni de plus heureuse protection que celle d'un
si grand Prince. Accordez-lui, s'il vous plaît, cette
faveur, MONSEIGNEUR, et à son Auteur, la per-
35 mission de se dire

De votre ALTESSE,
          Le très humble et très obéissant serviteur,

ROTROU.

---

2. Nous respectons la distinction que Rotrou fait entre
« treuver » et « trouver ». La première forme était alors sentie
comme un archaïsme, voir ci-dessous, p. 259.

Extrait du Privilège du Roi.

Par Grâce et Privilège du Roi, il est permis à Toussaint Quinet Marchand Libraire à Paris, de faire imprimer, vendre et distribuer une pièce de Théâtre, intitulée le BÉLISAIRE de Rotrou, et défenses sont faites à tous autres d'en vendre ni exposer en vente, sinon du consentement et de l'impression dudit Quinet, ou autres ayants droit de lui, ainsi qu'il est contenu plus amplement ès dites lettres. Signé EÉON.

Et ledit Quinet a associé avec lui audit Privilège Antoine de Sommaville et Augustin Courbé, aussi Marchands Libraires à Paris, suivant l'accord fait entre eux pour ce.

ACTEURS.

CÉSAR, Empereur de Constantinople.

THÉODORE, Impératrice.

BÉLISAIRE, Général d'armée.

NARSÈS,

PHILIPPE,　　　} Confidents de César.

LÉONCE,

ALVARE,

FABRICE,　　　} Confidents de Bélisaire.

ANTONIE, Maîtresse de Bélisaire.

CAMILLE, Suivante de l'Impératrice.

Troupe de soldats.

Gardes.

———————————

La Scène est à Constantinople.

BÉLISAIRE.

TRAGI-COMÉDIE.

ACTE I.

SCÈNE PREMIÈRE [1].

BÉLISAIRE, *Entrant dans Constantinople.* ALVARE.
FABRICE. Suite de Soldats.

ALVARE.

Comme votre courage a franchi des hasards*,
A mettre la frayeur au sein même de Mars,
Et rendant sa valeur aux Parques redoutable,
A lassé de moissons leur faux inévitable ;
5 Toute la ville en foule a couru pour vous voir,
Le peuple impatient s'empresse en ce devoir,

En hommes, plus qu'en grains, la campagne est fertile,
La ville est un désert, et les champs une ville ;
Chacun veut voir l'auteur de tant d'illustres faits,
10 Les arbres pleins de monde en courbent sous le faix,
Et ces hauts monts chargés des pieds jusques aux faîtes,

---

1. Cette première scène, imitée étroitement de Mira de Amescua (voir Annexe, p. 179), suit également le début de *Belisarius*,
où le héros, de retour d'une campagne victorieuse, après avoir
exhorté et remercié son armée, rend grâce au Ciel. Ce motif du
général triomphateur reparaît à l'acte III, sc. 6, dans la pièce
latine.

Paraissent des Géants, tout de bras et de têtes,
Qui n'ont du mouvement, ni des yeux que pour vous,
Seul la butte*, l'objet* et l'estime de tous.

BÉLISAIRE.

15 Si quelque marque*, Alvare, est due à mes victoires,
Laissons faire le peuple, et parler les histoires ;
Mais de souffrir ma gloire en la bouche des miens,
C'est en ôter le prix* au Ciel, dont je la tiens ;
Il combattait pour nous, il livrait les alarmes*,
20 Il adressait* mes coups, il soutenait mes armes,
Et mon bras n'est du sien qu'un chétif* instrument,
Qui ne meut, et n'agit que par son mouvement.[2]

[3]   SCÈNE II.

LÉONCE, *en habit de Pèlerin.* BÉLISAIRE,
ALVARE, FABRICE.

LÉONCE, *à part.*

Le sort tout à propos me l'offre à ce passage,
Outre mon intérêt*, ma parole m'engage[3] ,
25 Et l'ordre que je suis, part d'une autorité,
Qui promet un asile à ma témérité ;
Puis la peur de la mort sied mal au misérable ;

---

2. *Belisarius* Tuque immortale numen, cujus equidem ope
hostes devici, Wandalos ex Africa
imperium adauxi, et hodie patriam
triumphans inii…
tibi ego merito ob partam dedico victoriam
haec hostibus detracta spolia barbaris. (III, 6)
3. Outre le fait que je suis directement concerné, je suis lié par
la parole donnée.

Mourons, ou vengeons-nous, l'endroit est favorable.
Il l'aborde.
Vous, dont le bras vainqueur, du Gange révéré,
30 Vient d'étendre nos bords sur son sable doré,
Et de teindre de sang le cristal de son onde,
Glorieux conquérant de la moitié du monde ;
Ce Soldat misérable, en sa nécessité*,
Demande une assistance à votre piété .

BÉLISAIRE.

35 Quand je reviens vainqueur, quand tout m'est favo-
rable,
Puis-je entendre un Soldat se dire misérable ?
[4] Mon courage* y répugne, et ma compassion
Ne se peut refuser à ma profession[4] ;
Quel Chef t'a commandé ?

LÉONCE.
Léonce, dans l'Asie.

à part.
40 De quel trouble importun est mon âme saisie ?
Prends, mon bras, prends le temps d'accomplir ton
dessein,
Et porte au dépourvu ce poignard dans son sein.

BÉLISAIRE.

Il a servi l'Empire, et fut grand Capitaine.

LÉONCE.

Sa valeur, toutefois, lui fut ingrate et vaine,

---

4. Je ne puis refuser ma compassion à un soldat comme moi.

45 Puisqu'elle n'a rien pu contre ses envieux,
    Dont les sourds attentats l'ont banni de ces lieux,
    Et ne lui laissant rien qu'une ennuyeuse* vie,
    Lui font tenir sa mort pour un objet* d'envie ;
    Son sort était le mien, et je fus renversé
50 Du coup qui lui vint d'eux, et qui l'a terrassé :
à part.

        Lâche, que tardes-tu ? L'occasion est belle.

BÉLISAIRE.

    L'Empire eut en Léonce un Ministre* fidèle ;
[5] J'ai toujours vu son zèle égaler sa valeur,
    Et n'y crois point de crime autre que son malheur ;
55 Soldat, si mon crédit peut obtenir sa grâce,
    N'en désespère point, c'est un soin que j'embrasse,
    Je ferai son pardon du prix* de mes exploits,
    J'accroîtrai, s'il se peut, son rang et ses emplois,
    Et tiendrai pour un digne et glorieux trophée,
60 Sa vertu reconnue, et l'envie étouffée ;
    Le temps m'a de l'esprit son portrait effacé,
    Mais toujours dans mon âme son mérite est tracé,[5]
    Et si le Ciel seconde un dessein légitime,
    Mes soins lui produiront des fruits de mon estime.
65 Toi, pour ne pas souffrir qu'il me soit reproché,
    Qu'un Soldat indigent, sans fruit, m'ait approché,
    Tiens, et par ce présent soulage ta misère.
Il lui donne une chaîne d'or .

----

5. Pour éviter ce vers faux, l'édition de 1780 inverse l'ordre :
« Mais toujours son mérite en mon âme est tracé », tandis que
Viollet-le-Duc remplace « âme » par « cœur ». Nous donnons la
version de 1780 parce que c'est la seule édition entre le texte original et celui de Viollet-le-Duc. On pourra ainsi mesurer les
modifications imposées au texte.

LÉONCE.

O libéralité digne de Bélisaire!

à part.

Que résous-tu mon cœur, mon bras qu'entreprends-tu ?
70 Quelle rage tiendrait contre tant de vertu ?
Qu'un autre, Théodore, assouvisse ta haine,
Il m'a lié les bras avecque cette chaîne.

Il jette son poignard aux pieds de Bélisaire, et dit à genoux,

Le Ciel, Grand Conquérant, éternise tes jours ;
Je venais à dessein d'en terminer le cours,
[6] 75 On te cherche un meurtrier[6], j'avais promis de l'être,
Punis-en l'attentat, je te livre le traître,
Venge-toi du forfait que tu fais avorter,
Et donne-moi la mort que je t'allais porter ;
Tu m'as fait des leçons contre la violence,
80 Tu désarmes ce bras avecque ta clémence;
Mais laisse enfin tenir l'empire à la raison,
Et coupe en moi le cours à cette trahison[7] ;
Qui souffre un attentat, s'expose et l'autorise,
Punis-en la pensée, et non pas l'entreprise :
85 Car les Dieux n'ont jamais établi de tourment,
Qui ne fût pour ce crime un trop doux châtiment.

ALVARE, *tirant l'épée.*

Quel respect nous retient ?

FABRICE.

Qu'il meure le perfide.

---

6. Synérèse, c'est-à dire « Diction qui regroupe en une syllabe deux voyelles contiguës d'un même mot », H. Morier, *Dictionnaire de Poétique et de rhétorique*, P.U.F., Paris, 4e éd., 1989. Voir aussi vers 1576, 1682 et 1705.

7. L'édition de 1780 substitue à ce vers : « L'indulgence aujourd'hui serait hors de saison. »

BÉLISAIRE.

Arrêtez, ou ce bras en punit l'homicide ;
En voulant à ma vie, il méritait la mort ;
90 Mais son prompt repentir vous défend ce transport ;
Si m'étant redevable il le sait reconnaître,
Vous m'ôtez un ami, pensant tuer un traître ;
Votre zèle m'efface une obligation*,
Et me prive du fruit d'une bonne action.

[7]

LÉONCE.

95 Votre bonté m'outrage, en m'étant trop humaine,
Et je sentirais moins une mort plus soudaine,
Que la honteuse mort, qu'un remords éternel
Va livrer sans relâche à ce sein criminel.

BÉLISAIRE.

Cet heureux repentir répare assez ton crime,
100 Et je me venge assez si j'acquiers ton estime,
Payes-en mes bienfaits, si je t'en ai rendu,
Et ne me retiens point le fruit qui m'en est dû ;
Dis-moi, qui t'obligeait à conspirer ma perte ?

LÉONCE.

Outre l'indignité que Léonce a soufferte,
105 Dont je connais* qu'à tort on te faisait l'auteur,
D'un ordre exprès encor, j'étais l'exécuteur[8].

---

8. Non seulement je voulais te punir de l'injustice faite à Léonce, dont je te croyais responsable (à tort, il est vrai), mais j'obéissais à un ordre formel.

BÉLISAIRE.

Quelle prospérité s'offense de la mienne ?

LÉONCE.

J'ai promis le secret, souffrez que je le tienne.
[8]   En exigeant de moi cette confession,
110 Vous me sollicitez d'une lâche action,
Et je vous ferais tort de plus passer pour traître,
Passant pour votre ami, que vous m'obligez d'être[9].

BÉLISAIRE.

Qui me voit en péril, et sait mes ennemis,
S'il se dit mon ami, m'en doit donner avis*.

LÉONCE.

115 Mon serment violé[10] souffrant cette contrainte,
Ne vous libérerait, ni de soin*, ni de crainte ;
Il suffit que ce bras s'offre à votre secours,
Et se charge du soin de défendre vos jours,
Enfin que sous ma garde et sous ma vigilance,
120 Vous soyez à couvert de cette violence.

ALVARE.

Par force ou par douceur, si c'est votre dessein,
Nous tirerons bientôt ce secret de son sein.

---

9. Puisque vous m'obligez à être votre ami et que je passe pour tel, cela vous ferait tort qu'on voie encore en moi un traître.

10. Le fait de violer mon serment. Sur cette tournure latine, voir F. Brunot, *Histoire de la langue française*, Paris, A. Colin, 1909, t. III, vol. 2, p. 599.

BÉLISAIRE.

Non, je tiendrais ma vie encor moins assurée,
En devant l'assurance à sa foi violée ;
125 Tendant au seul objet* de vivre toujours bien,
Et ma sincérité ne me reprochant rien,

[9]   Le Ciel en ma faveur fera crever l'envie,
Et comme d'un dépôt aura soin de ma vie.

LÉONCE.

L'envie en vous heurtant heurterait trop l'État,
130 Elle ne trempe point en ce noir attentat ;
Mais craignez une femme, et redoutez sa haine.

BÉLISAIRE.

Une femme ! ha ce mot accroît encor ma peine ;
Ce sexe en la vengeance est le plus obstiné,
Et pouvant l'accomplir n'a jamais pardonné ;
135 Mais quelle femme encor, puis-je avoir outragée,
Que ce bras sur moi-même à l'instant n'eût vengée ?

ALVARE.

Vous en voulant, sans doute* elle est d'autorité.

BÉLISAIRE.

Toute femme est puissante avecque la beauté ;
Mais par le[11] compte exact que me rend ma pensée,
140 Nulle ne se plaindra que je l'aie offensée ;
Et je ne treuve rien à me rendre suspect,
Ni dedans mon amour, ni dedans mon respect.

---

11. L'édition de 1780 corrige en « ce ».

O toi de qui le bras prend toujours ma défense,
Puissant appui des bons, tu sais mon innocence[12] ;
10]   145   Et puisque sa candeur a tes yeux pour témoins,
Je repose sans crainte à l'ombre de tes soins.

SCÈNE III.

CAMILLE, THÉODORE.

CAMILLE.

Oui, (votre Majesté, s'il lui plaît, me pardonne)
Je ne lui puis nier, que ce dessein m'étonne*,
Puisqu'en effet* sa chute ébranle vos États,
150   Qu'en vous en défaisant vous vous ôtez un bras,
Et que de tous les maux que doit craindre l'Empire,
La mort de ce Héros est, ce semble, le pire :
Vous avez commencé de m'ouvrir votre sein,
Madame, achevez donc, quel est votre dessein ?
155   Sont-ce là les lauriers qu'on doit à Bélisaire,
D'avoir à vos États fait le Nil tributaire,
Assujetti le Tibre, et récemment encor,
De l'Euphrate et du Gange acquis les sables d'or ?

THÉODORE.

Mais enfin je le hais, cette louange est vaine,
160   Louer ce que j'abhorre, est accroître ma haine ;
[11]   Je connais son mérite, et l'ai trop estimé,
Le mal que je lui veux vient de l'avoir aimé ;

---

12. Cléandre (*L'Heureux Naufrage*, publ. : 1637), ayant tué trois assassins, a une réaction voisine :« A la fin, juste ciel, ta suprême puissance/ A de leur trahison sauvé mon innocence », IV, 8, éd. Viollet-le-Duc., t. II, p. 229.

Ma haine est un effet* d'une amour irritée,
Dont il était indigne, et qu'il a rebutée ;
165 Avant que l'Empereur eût porté l'œil sur moi,
Et daigné m'honorer des offres de sa foi,
Par une liberté, depuis désavouée,
A ce présomptueux mes yeux m'avaient vouée ;
Mais il n'écouta point la voix de mes regards,
170 Il parut insensible aux charmes*13 des Césars ;
Ma bouche, après mes yeux, lui parla de ma peine,
Et comme les regards la parole fut vaine14.
Tant que cet orgueilleux régna sur mes esprits,
Pour tout prix* de mes vœux je n'eus que des mépris ;
175 Je versai mes faveurs dedans une âme ingrate,
Et puisque j'ai tout dit, et qu'il faut que j'éclate,
Antonie, à ma honte, acquit l'autorité
Que je me promettais dessus sa liberté.
Cette honte depuis si lâchement soufferte,
180 Croissant avec mon rang, me fit jurer sa perte,
Quand le sort favorable à mon ressentiment*,
Me l'acquit pour sujet, n'ayant pu pour Amant15,
Et m'offrant en César ce qu'il refusa d'être,
Fit voir son mauvais goût par le choix de son Maître16.

---

13. L'édition de 1780 corrige en « chaînes ».
14. Ces vers rappellent la déclaration de Salmacis à Cléandre dans *L'Heureux Naufrage* : « Sans obliger ma voix à parler de ma flamme,/Lis, cruel, sur mon front les secrets de mon âme./Qu'a besoin mon amour du secours de ma voix ?/ Mes yeux et mes soupirs te l'ont dit tant de fois ! », III, 2, éd. Viollet-le-Duc, t. II, p. 204.
15. Alors que je n'avais pu lui inspirer de l'amour, le sort en fit mon sujet. La syntaxe est ici très lâche.
16. Le sort m'offrit César pour époux. Ce choix de l'empereur montra que le goût de Bélisaire qui m'avait refusée était mauvais.

CAMILLE.

185 Quand le temps a changé votre condition,
    Il a dû[17] dissiper cette indignation ;
12]   Il sied mal de venger l'affront de Théodore,
    A celle qui régit le Couchant et l'Aurore ;
    Ce front auguste enfin, quoique le même front,
190 N'était pas couronné quand il reçut l'affront ;
    D'un généreux* oubli tirez votre allégeance*.

THÉODORE.

    Je suis femme, et je hais, laisse agir ma vengeance ;
    Ne vois-tu pas qu'encor, pour comble de l'horreur
    Que m'en a pu produire une juste fureur*,
195 Il s'acquiert un pouvoir si près de l'insolence,
    Qu'il tient seul de l'État le glaive et la balance ;
    Je ne puis avancer Philippe mon parent,
    Que par le vil tribut des devoirs* qu'il lui rend ;
    Si je le veux bien mettre en l'esprit d'Antonie[18],
200 Cet orgueilleux y règne avecque tyrannie ;
    Sans son crédit enfin, le mien est imparfait,
    Je suis Reine de nom, et lui règne en effet*;
    Cette confession a passé ta louange,
    C'est d'où provient ma haine, et de quoi je me venge.

---

17. Il aurait dû.
18. « Le » désigne bien sûr ici Philippe et l'« orgueilleux » du
vers suivant est Bélisaire.

[13]   SCÈNE IV.

ANTONIE. THÉODORE.

ANTONIE.

205 Madame, Bélisaire en superbe appareil*,
     De retour d'où le peuple adore le Soleil,
     Dedans la basse cour vient de faire paraître
     Ce port grave et charmant qui le fait reconnaître
     Et l'Empereur qui passe en votre appartement,
210 Vient vous y faire part de son ravissement.

THÉODORE.

à part.
     L'insolente n'a pu dissimuler sa joie :
     D'invisibles vautours de mon cœur font leur proie,
     Sa louange, en sa bouche est un trait enflammé,
     Qui vient accroître un feu, déja trop allumé,
215 Ha perfide Léonce, âme vile et traîtresse,
     Est-ce, lâche, est-ce ainsi que tu tiens ta promesse ?
Elle dit à Antonie.
     Votre joie, Antonie, a paru clairement,
     Mais je jure le Ciel (écoutez ce serment)
     Et le jour qui m'éclaire, et que César respire,
220 Pour l'honneur de la terre et le bien de l'Empire,
[14] Que si par quelque signe, ou public, ou secret,
     Par quelque mouvement de joie ou de regret,
     Vous rendez votre amour visible à Bélisaire,
     Si par un geste seul, vous tâchez de lui plaire,
225 Si par un seul regard vous rallumez ses feux,
     Et si d'un mot enfin vous obligez ses vœux…

ANTONIE.

Qu'entends-je, juste Ciel !

THÉODORE.

Il n'a pas plus de vie
Qu'il ne lui faut de temps pour se la voir ravie ;
Vos regards lui seront des traits envenimés,
230 Et vous l'assassinez enfin, si vous l'aimez.

ANTONIE.

Faites que dessus moi cette tempête éclate,
Et ne m'ordonnez point la qualité d'ingrate.

THÉODORE.

Philippe est le parti dont je vous ai fait choix,
Votre goût doit du mien se prescrire des lois.

ANTONIE.

à part.
235 La haine d'une femme est un mal sans remède[19] :
Ne lui répliquons point ; Cieux ! j'implore votre aide ;
Ne pouvoir, cher Amant, répondre à ton amour !
J'en reçois la défense, et conserve le jour !

15]

SCÈNE V.

L'EMPEREUR, NARSÈS, PHILIPPE,
THÉODORE, ANTONIE,
CAMILLE, Gardes.

L'EMPEREUR.

Madame, à nos transports joignez votre allégresse,

---

19. *Belisarius*   …saevit foemina immedicabili
furore. (IV, 3)

240 Bélisaire suivi d'une nombreuse presse,
Environné de gloire et chargé de lauriers,
Vient recevoir le prix* de ses gestes* guerriers ;
Honorons son retour d'un accueil favorable,
Et révérons son nom à jamais mémorable.

THÉODORE.

à part.
245 Dissimulez, mes yeux, contiens-toi mon courroux :
à l'Empereur.
J'estime trop, Seigneur, ce qu'il a fait pour nous,
Pour n'être pas sensible à sa bonne fortune,
Et ne partager pas l'allégresse commune :
à part.
Le voici ; ma vengeance attends l'occasion,
250 Et ne te produis pas à ma[20] confusion.

[16]   ### SCÈNE VI.

BÉLISAIRE, ALVARE, FABRICE, Troupe
de Soldats, L'EMPEREUR, NARSÈS, PHILIPPE,
THÉODORE, ANTONIE, CAMILLE,
LÉONCE, Gardes.

L'EMPEREUR.

Viens posséder la paix que par toi je respire,
Soutien de mes États, ferme appui de l'Empire,
Qui par tant de succès viens de te signaler,
Jusqu'où notre Aigle encor n'avait osé voler ;
255 Ouvre pour m'embrasser ces deux foudres de guerre,

---

20. L'édition de 1780 corrige en « ta ».

Ces bras qui m'acquérant presque toute la terre,
Et me faisant régner sur toutes les deux mers,
M'ont avec le Soleil partagé l'Univers.

THÉODORE.

En ce commun tribut de souhaits et d'estime,
260 Aussi bien que nos vœux, votre heur* est légitime ;
Possédez le repos comme vous le donnez,
Et prenez part aux fruits que vous nous moissonnez.

[7]   ### LÉONCE *en un coin, en pèlerin.*

Voyons sous cet habit qui me fait méconnaître,
S'il m'est aussi courtois* qu'il m'a promis de l'être ;
265 O rare, ô divin homme ! on te doit des autels,
Si ta bonté répond* à tes faits immortels.

BÉLISAIRE, *embrassé par l'Empereur, lui dit.*

De ces faveurs, Seigneur, un vassal est indigne.

L'EMPEREUR.

Je dois bien davantage à ton mérite insigne,
Crois que rien ne l'égale, et qu'il n'est point de Roi
270 Qui vaille, en mon estime, un vassal comme toi.
Que voir à sa grandeur l'univers tributaire,
Est moins à souhaiter, que d'être Bélisaire ;
Puisque gagner la terre afin de la donner,
Est bien plus glorieux que de la gouverner ;
275 Sans besoin de mes biens, tu tiens tout de toi-même,
Moi je dois ma puissance à ta valeur extrême,
Tu rétablis, accrois et soutiens mes États,
Et pour régner enfin, j'ai besoin de ton bras ;
N'as-tu pas devant moi mes droits et mes Couronnes,
280 Si tu me les acquiers, et si tu me les donnes,

Ton bras peut-il manquer ce que ton cœur résout,
Et ta seule valeur comprend*-elle pas tout ?

[18]   THÉODORE, *à Antonie.*

Tiens, insolente, tiens cette vue abaissée,
Et réserve ta joie à ta seule pensée,
285 Ou ce zèle indiscret* lui²¹ coûtera le jour.

                    ANTONIE, *à part.*

Fais-moi justice, ô Ciel ! contiens-toi mon amour.

                    BÉLISAIRE.

Sur vos sujets, Seigneur, vos rayons²² refleurissent,
Et leur font mépriser les dangers qu'ils franchissent ;
Votre auguste Génie, aussi puissant que doux,
290 Lorsque nous vous servons, se communique à nous,
Nous ouvre le passage aux lieux inaccessibles,
Nous fait tout vaincre, enfin, et²³ nous rend invincibles,
Par lui toute l'Asie a tremblé sous nos pas.

                    L'EMPEREUR.

La Perse encor un coup accroît donc mes États ?

                    BÉLISAIRE.

295 Oui, Seigneur, sous vos lois tout l'Orient respire,
Le jour baise en naissant les pieds de votre Empire ;

---

21. L'édition originale porte « te », mais « lui » semble plus
satisfaisant en raison du contexte et de la pièce espagnole où Teodora dit « que **le** costará la vida ». Voir aussi plus haut les vers
227-228.
22. L'édition de 1780 corrige en « raisons ».
23. L'édition de 1780 corrige en « enfin il ».

.9]   Et certes je m'étonne, avec juste raison,
         Qu'avecque tant d'audace, et si hors de saison,
         Lorsque Justinien tient les rênes du monde,
300   La Perse ait osé rompre une paix si profonde,
         Heurtant l'Aigle fatale à tant de régions,
         Qui cent fois de l'Afrique a dompté les lions,
         Et cent fois affronté les tigres de l'Asie,
         Quand l'orgueil l'a portée à cette frénésie ;
305   Mais enfin nous avons dans ce superbe* État,
         Laissé des châtiments dignes de l'attentat ;
         Et si jamais, Seigneur, vous avez vu le foudre
         Tailler une maison, et la réduire en poudre,
         Les ravages d'un fleuve en son débordement,
310   Et les tristes effets* d'un prompt embrasement,
         Marchant pour ruiner cette fatale trame*,
         Nous étions ce torrent, ce foudre et cette flamme ;
         Le bruit* seul de nos faits domptait vos ennemis,
         Et nul ne s'est sauvé qui ne se soit soumis[24] ;
315   En vain leurs Éléphants et leurs tranchants ivoires,
         Ont voulu retarder le cours de nos victoires,
         Et de leurs tours en vain, quand leurs rangs appro-
                                chaient,
         Ils ont caché le Ciel des traits qu'ils décochaient ;
         J'ai malgré leurs efforts* soumis à votre règne
320   Ce que le Tigre[25] lave, et que le Gange baigne,
         Et l'Euphrate ravi d'un servage si doux
          Ne reconnaît plus rien que le Soleil et vous ;
20]   La prise des deux Rois de Pare[26] et de Médie,

---

24. On n'a pu sauver sa vie qu'à condition de se soumettre.

25. L'édition de 1780 corrige curieusement en « Tibre » alors que l'original espagnol parle bien du « Tigris ».

26. Texte de l'édition originale. Celle de 1780 corrige en « Perse », peut-être à juste titre car, chez Mira de Amescua, sont faits prisonniers le « roi d'Arménie » et le « général de Perse ».

De cette guerre, enfin, ferme la tragédie,
325 Et tous deux plus chargés d'opprobres que de fers,
Vous viennent témoigner de quel bras je vous sers.

L'EMPEREUR.

Comme rien n'est égal à ta valeur extrême,
Je ne la puis payer que du prix* de moi-même,
Et je répondrais mal à tant d'illustres faits
330 T'offrant moins que celui pour qui tu les as faits ;
Donne donc à tes vœux quoi que ton cœur aspire,
Possédant l'Empereur, tu possèdes l'Empire,
Il est tien, et je puis le ranger sous ta loi,
Te rendant seulement ce que je tiens de toi ;
Il tire deux bagues de son doigt.
335 Ces deux anneaux marqués de l'Aigle Impériale,
Marqueront entre nous une puissance égale,
Que l'un approuvera ce que l'autre aura fait,
Et comme même marque, ils auront même effet* ;
Tiens avec celui-ci, comme un second moi-même,
340 Prends dessus mes sujets un empire suprême,
Et nouons entre nous de si parfaits accords,
Que nous n'ayons qu'un cœur et qu'une âme en
deux corps.

THÉODORE, *à part.*

Dieux ! peux-tu ma raison conserver ton usage,
Et sans y renoncer entendre ce langage ?

[21]   #### BÉLISAIRE.

345 Ha, Seigneur, ces effets* de votre affection,
Passent et mon mérite, et mon ambition ;
Une moindre faveur qu'à vos pieds je réclame...
à genoux

L'EMPEREUR, *le relevant.*

Lève-toi, que fais-tu ? me peut-on voir sans blâme,
D'un aussi rare ami que glorieux vainqueur,
350 L'original aux pieds, et le portrait au cœur ?
Fléchir où tu peux tout, prier où tu commandes ;
Non, non, accorde-toi ce que tu me demandes,
Permets tout à tes vœux, ne te refuse rien,
Et puise en ton pouvoir ce que tu veux du mien.

BÉLISAIRE.

355 La grâce de Léonce est celle que j'implore.

LÉONCE, *à part.*

O vertu sans exemple, et digne qu'on t'adore !

L'EMPEREUR.

Qui peut de ta faveur fournir en son besoin,
Est digne de pardon, puisqu'il l'est de ton soin ;
22] Et Léonce doit être incapable de crime,
360 Puisqu'il a mérité l'honneur de ton estime ;
L'envie à sa fortune a fait ce mauvais tour ;
Mais rétablissons-la, je consens* son retour.

LÉONCE, *aux pieds de l'Empereur.*

A vos pieds prosterné, je reçois cette grâce.

THÉODORE.

Après le coup manqué, le traître a cette audace,
365 Et Bélisaire même implore son pardon ;
On te vend malheureuse, ô lâche trahison !
Il m'aura découverte*, et la trame* est connue.

L'EMPEREUR.

Cet habit suspendait* le rapport de ma vue,
Puisqu'un second moi-même ordonne ton retour,
370 Oui, rentre dans les rangs que tu tiens en ma Cour,
Et n'en reconnais point d'auteur que Bélisaire.

LÉONCE, *aux pieds de Bélisaire.*

Par quel humble devoir[27] te puis-je satisfaire*,
Qui ne me laisse encor la qualité d'ingrat !
Prodige de vertu, gloire de cet État !

[23]   ### BÉLISAIRE, *l'embrassant.*

375 Cet habit de ton rang m'obscurcissant la gloire,
M'avait trompé la vue, et surpris* la mémoire ;
Pardonne, cher Léonce, et malgré nos jaloux,
Jurons une amitié qui dure autant que nous.

THÉODORE, *bas à Léonce.*

Lâche, est-ce là l'ardeur que tu faisais paraître,
380 De servir ma vengeance, et de perdre ce traître ?

LÉONCE.

M'obtenant le pardon que vous m'aviez promis,
Le puis-je réputer* entre mes ennemis ?
Et sans ingratitude attenter sur sa vie ?

THÉODORE, *bas.*

Je te pourrai servir comme tu m'as servie.

---

27. Le texte original donne « quels humbles devoirs », mais
nous avons préféré le singulier, comme l'édition de 1780, à cause
de « laisse » au vers suivant.

BÉLISAIRE, *à Antonie.*

385 Enfin, chère beauté, nous voyons l'heureux jour…
Antonie feint de ne le pas voir.
     Mais que tant de froideur reçoit mal mon amour,
     Il semble qu'avec peine elle souffre ma vue[28] ;
     O doute qui me trouble ! ô soupçon qui me tue !
     Mais je lui fais injure, imputons sa froideur
390 A sa discrétion*, plutôt qu'à sa rigueur .

24]   ANTONIE, *à part.*

     S'il faut souffrir, mes yeux, un si sensible* outrage,
     Qu'on m'ôte la puissance* aussi bien que l'usage,
     Vous aurez moins de peine en cet aveuglement.

               L'EMPEREUR, *à Théodore.*

     Madame, je l'emmène en son appartement,
395 Pour ne lui pas ravir le repos qu'il nous donne,
     Quand avec tant de zèle il sert notre Couronne ;
     Laissons lui quelque trêve avecque ses travaux*.

                    BÉLISAIRE.

     Ce soin passe leur prix*, et ce peu que je vaux :
Voyant Antonie qui ne le regarde pas.
     O Dieu ! d'un seul regard ne pas flatter ma peine !
400 Son mépris paraît trop, ma doute*[29] n'est point
                                              vaine.

_____

28. Voir *Filandre* : « L'ingrate toutefois, sitôt qu'elle m'a vue
(*sic*),/ De mes tristes regards a détourné sa vue. », II, 3, éd. Viollet-le-Duc, t. II, p. 552.
    29. L'édition de 1780 corrige en « crainte ».

THÉODORE.

Narsès.

NARSÈS.

Madame.

THÉODORE.

Un mot, important pour ton bien,
Et qui peut établir mon repos et le tien.

ACTE II.

SCÈNE PREMIÈRE.

ANTONIE.

Quel secret intérêt de colère et de haine,
A mes yeux innocents impose cette peine ;
405 Puis-je observer, hélas ! cette barbare loi,
Au mépris de ses vœux, aux dépens de ma foi ?
Mais m'en puis-je défendre au mépris d'une femme,
Qui porte une Couronne et que la haine enflamme[30] ?
D'où nous vient à tous trois un si prompt changement,
410 Théodore commande, et hait sans fondement ;
Bélisaire languit, et sert sans récompense ;
Moi j'aime sans espoir, et sans reconnaissance*,
Je ne le puis souffrir sans le priver du jour,
O triste labyrinthe et de peine et d'amour !

SCÈNE II.

PHILIPPE, ANTONIE.

PHILIPPE.

415 Enfin puis-je espérer que ma douleur vous touche ?

---

30. *Belisarius*   Considera, Belisari, quam tu foeminam
impugnes, quae ut foemina sit, Augusta tamen est. (IV, 2).

ANTONIE.

Non, qu'avecque ce mot je vous ferme la bouche ;
Philippe au nom d'Amour, s'il porte ici vos pas,
Croyez qu'en m'honorant vous ne m'obligez pas,
Que votre affection me cause plus de peine,
420 Que vous ne m'accusez de vous être inhumaine ;
Et qu'en me haïssant vous avanceriez plus,
Que par ces vains respects, et ces vœux superflus ;
D'un tyrannique objet* déchargez votre estime,
Rangez-vous sous les lois d'un règne légitime ;
425 Faut-il d'autres efforts que ceux de la raison
A changer de liens, et rompre une prison ?
Tuez ce qui vous tue, armez-vous de constance*,
Et tâchez de trouver en votre résistance
Le généreux* moyen d'étouffer votre ennui*,
430 Que vous cherchez sans fruit en la pitié d'autrui.

[27]   PHILIPPE.

Bélisaire a plus d'heur*, comme plus de mérite.

ANTONIE.

Ou quittez-moi la place, ou que je vous la quitte,
L'heure où vous me trouvez, moins que tout autre
                                                     temps,
Pouvait de quelque espoir satisfaire vos sens ;
435 Comme ce que je hais j'évite ce que j'aime,
A peine, en ce chagrin, je me souffre moi-même ;
Je supporte à regret la lumière du jour,
Enfin soit par pitié, par haine, ou par amour,
Aujourd'hui, pour le moins, souffrez ma solitude,
440 Et m'abandonnez toute à mon inquiétude.

PHILIPPE.

S'il fut jamais Amant interdit et confus… *Il s'en va.*

ANTONIE.

Laissez-moi donc, adieu, je ne vous entends plus.

28]   ## SCÈNE III.

THÉODORE, ANTONIE.

ANTONIE.

O Dieux ! de tous côtés ce que je fuis m'approche,
Je m'éloigne d'un sable, et rencontre une roche.

THÉODORE, *à part.*

445 C'est ainsi qu'un grand cœur enfante un grand souhait,
Qu'une Reine se venge, et qu'une femme hait[31].
à Antonie
J'aperçois Bélisaire, opposez, Antonie,
A ses vœux infinis, une force infinie,
Préférez constamment* au plaisir de le voir,
450 L'intérêt de ma haine, et de votre devoir,
Ou craignez la fureur* dont mon âme est saisie,
Je vous écouterai par cette jalousie.

ANTONIE.

O rigoureux empire ! ô tyrannique arrêt !
Injurieux devoir, et cruel intérêt !
29] 455 Quelle tristesse, hélas ! est peinte en son visage ;

---

31. Voir note 30.

Contenez-vous mes yeux, suspendez* votre usage,
Couvrons des vœux ardents d'une fausse rigueur,
Et refusons de bouche en promettant du cœur.

SCÈNE IV[32].

BÉLISAIRE, ANTONIE, THÉODORE
à la fenêtre.

BÉLISAIRE, *sans voir Théodore.*

Sensiblement* atteint d'un soin* qui me traverse*,
460 Et plus votre vaincu, que vainqueur de la Perse,
Je viens prendre à vos pieds les ordres de mon sort,
Pour assurer ma vie, ou résoudre ma mort ;
J'ai comme un cher dépôt conservé la première,
Tant que j'ai pu juger qu'elle vous était chère ;
465 J'ai si bien ménagé tous mes gestes* guerriers,
Que fort peu de mon sang a taché mes lauriers,
Il s'en versait des mers, s'il m'en coûtait des gouttes,
Mes veines, peu s'en faut, vous les rapportent toutes,
Et de mes jours, enfin, j'ai prolongé le cours,
470 Comme de votre bien, non comme de mes jours ;
[30]   Mais je crains bien qu'au lieu de vous avoir servie,
Comme j'ai cru le faire en conservant ma vie,
Ce soin ne vous déplaise, et ne vous ait été
Un office* ennuyeux*, et fort peu souhaité,
475 Puisqu'en vous mon retour, contre mon espérance,
Trouve tant de froideur, et tant d'indifférence,
Et que vous semblez voir d'un esprit irrité

---

32. Comme J. Morel le fait remarquer (*op. cit.*, p. 276), Racine
reprendra la situation dans *Britannicus* (II, 3).

La gloire de l'Empire, et ma prospérité ;
Peut-être croyez-vous que dessous mes trophées
480 L'absence ait de mes feux les ardeurs étouffées,
Que Mars ôte aux beautés les tributs qu'on leur rend,
Et que l'on ne puisse être esclave et conquérant ;
Mais comme assez de gloire assez d'amour me presse
Pour servir à la fois mon Maître et ma Maîtresse ;
485 J'ai servi l'Empereur du cœur dont je vous sers,
Mais dessous mes lauriers je rapporte mes fers ;
Si c'est qu'absolument ma mort soit résolue,
Dites-moi seulement que vous l'avez conclue,
Elle me sera chère, et pour ne rien penser,
490 Qui vous doive déplaire, ou vous puisse offenser,
Je veux être inventif à me forger des crimes,
Qui rendent votre haine et sa fin légitimes ;
J'en préviendrai* le coup, ou sans le rejeter
Quand il m'arrivera, croirai le mériter.

ANTONIE.

495 Sans me faire expliquer, que ce mot vous contente,
Que ma froideur vous sert, et vous est importante[33].
Que si vous vous aimez vous me devez haïr,
Et que vous mieux traiter eût été vous trahir ;
Ou, sans vous ordonner ni d'amour, ni de haine,
500 Tirez d'un juste oubli la fin de votre peine ;
Et sachez-moi bon gré de ne vous souffrir plus,
Puisque votre salut dépend de ce refus ;
Adieu.

31]

---

33. Ne me demandez pas d'explication supplémentaire ;
sachez seulement que je vous rends service en étant froide avec
vous.

BÉLISAIRE.

Cruelle, attends, ma mort te va sur l'heure…

ANTONIE, *s'en allant.*

Dissuader d'aimer n'est pas vouloir qu'on meure,
505　Et vous recevez mal le bien que je vous veux.

THÉODORE, *à la fenêtre.*

Voilà me satisfaire, et répondre à mes vœux.

SCÈNE V.

BÉLISAIRE, *seul.*

Dans un calme si doux jamais un tel orage,
A-t-il aux Matelots fait craindre le naufrage,
[32]　Et dans un si beau temps jamais l'air en fureur
510　A-t-il si tôt ravi l'espoir du laboureur,
Que le rude renvoi que ce mépris m'envoie,
En cet état prospère a tôt détruit ma joie ;
O sort capricieux qui me fais en un jour
Recevoir tant de gloire, et perdre tant d'amour ;
515　Et qui jusques au Ciel veux graver ma mémoire,
Laisse-moi cette amour, et retiens cette gloire ;
L'Empire florissant que tu veux m'asservir,
Vaut moins que l'amoureux que tu me veux ravir :
De mon malheur, enfin, la trame* est découverte*,
520　C'est elle à qui Léonce avait juré ma perte ;
Mais Dieux! qu'ai-je commis à me coûter le jour[34],
Et que peut-elle en moi punir que mon amour ?

---

34. Quelle faute ai-je commise pour mériter de perdre la vie ?

Il n'est pas inouï qu'une femme se change,
Mais de ce changement le genre est bien étrange*,
525　Passer de la douceur d'un amoureux transport,
Au violent dessein de me donner la mort,
Et de détruire en moi son autel et son temple,
Cette infidélité n'a jamais eu d'exemple.

33]

SCÈNE VI.

L'EMPEREUR, Gardes, BÉLISAIRE.

L'EMPEREUR.

L'Amitié qui nous lie, et qui doit rendre égaux,
530　Et le vassal au Prince, et le Prince aux vassaux
(Puisqu'il ne peut ailleurs choisir d'objet* qu'il aime,
Ni d'un égal à soi, faire un autre soi-même)
Cette étroite amitié qui me ravale* à toi,
Ou plutôt qui t'égale et qui t'élève à moi,
535　M'oblige à faire voir à toute la nature,
Qu'elle est, comme tes faits, sans borne et sans mesure,
Et qu'aussi digne ami, que glorieux vainqueur,
Tu partages mon trône aussi bien que mon cœur ;
Il lui donne trois mémoires.
Remplis, pour commencer, l'une de ces requêtes,
540　Pour le gouvernement de tes propres conquêtes ;
Tiens, donne à l'Italie un second souverain,
Et comme en l'acquérant je la tins de ta main,
Ordonne qui des trois tu veux qui la régisse,
Et de ta même* main rends-lui ce bon office*.

34]

BÉLISAIRE, *un genou en terre.*

545　Cet honneur, grand Monarque, est sans proportion
Avec l'indigne état de ma condition.

L'EMPEREUR.

Si mes sens en sont crus d'équitables arbitres,
Tu mérites un nom par-dessus tous les titres ;
Je sors pour te laisser la liberté du choix,
550 Et t'ôter le sujet d'y souhaiter ma voix.
Il s'en va.

SCÈNE VII.

BÉLISAIRE, *seul.*

Sans ta faveur, Amour, toute autre m'importune,
Un peu plus de la tienne, et moins de la Fortune ;
Tu m'obligeras plus d'un trait de ta pitié,
Qu'elle de son crédit, et de son amitié :
Il lit les requêtes.
555 Par celle-ci Narsès prétend la préférence,
Par celle-ci Philippe en conçoit l'espérance,
Par cette autre, Léonce ; en qui puis-je des trois
Pour ce rang éminent faire un plus juste choix ?
[35]   De tous trois la vertu pareille et sans seconde,
560 Mérite le timon de la barque du monde,
Et tous trois signalés par d'illustres effets*,
Savent servir en guerre, et commander en paix ;
Ma voix de chacun d'eux justement prétendue,
Par cette égalité demeure suspendue* ;
565 Laissons ce choix au sort, dont rarement le soin
Permet que je m'abuse et me manque au besoin,
Et qui plus que mon bras travaillant pour ma gloire,
Semble avoir à mon char enchaîné la Victoire ;
Jamais son changement n'a trahi ma valeur,
570 Et celui d'Antonie est mon premier malheur.
Il brouille les mémoires.

Rome, voici celui que le sort te destine,
Il en tire un.
    Voyons ; c'est pour Narsès que la faveur incline,
    Cet heur* injustement lui serait débattu*,
    Et ce grade éminent est peu pour sa vertu ;
Il écrit sur le mémoire.
575   Confirmons son bonheur, et d'une voix commune,
    Souscrivons à l'arrêt qu'a rendu la Fortune.
Il s'endort.
    Que tu viens à propos, sommeil officieux*,
    Donner trêve à mon cœur, en me fermant les yeux,
    Et m'offrir le repos qu'une ingrate me nie ;
580   Je m'abandonne à toi, toute crainte bannie ;
    Le Ciel dessus les siens veille soigneusement,
    Et qui fait bien* à tous peut dormir sûrement.

SCÈNE VIII.

[36]

NARSÈS, BÉLISAIRE, *endormi.*

NARSÈS.

    Vice commun des Cours, de tous le plus extrême,
    Insatiable ardeur, supplice de toi-même,
585   Avide faim d'honneur, fatal poison des cœurs,
    Maudite ambition, jusqu'où vont tes rigueurs ;
    Mais pourquoi consulter* des choses résolues,
    Et ne poursuivre pas comme on les a conclues ;
    À tout prix un grand cœur achète un grand crédit,
590   Et tout crime est permis quand il nous agrandit ;
    Qui ne s'est obligé qu'à la perte d'un homme,
    Acquiert à peu de frais la régence de Rome[35] ;

---

35. Même maxime machiavélique dans la bouche de Syra (*Cosroès,* III, 1, v. 777-778, éd. J. Scherer) : « On achète à bon prix l'État dont la conquête/ Et l'affermissement ne coûtent qu'une tête. »

Puis les devoirs qu'on rend à des fronts couronnés,
Doivent s'exécuter sans être examinés.

Il tire un poignard.
Avisant Bélisaire.

595   Le voici, qu'à propos sans suite et sans défense,
      Le sommeil m'abandonne et livre en ma puissance ;
      En ce facile accès que ses gens m'ont permis,
      Leur feignant un secret que César m'a commis*,
      Et dont il me défend de verser les merveilles*,
[37] 600 Ni devant d'autres yeux, ni dans d'autres oreilles ;
      La mort prévient* mon bras, et ce repos fatal
      N'est pas tant son portrait que son original :
      O triste et vrai tableau des misères humaines,
      Combien de grands desseins, que d'espérances vaines,
605   La Parque qui tournait ce précieux fuseau
      Est prête de trancher d'un seul coup de ciseau :
      Mais souvent un instant ruine une entreprise,
      Nul ne nous aperçoit, et tout nous favorise,
      Donnons tôt... mon courage et ma condition
610   Ont peine à consentir* cette lâche action ;
      Voyons auparavant comment sur ces mémoires
      Il aura disposé du fruit de ses victoires,
      Et qui sera pourvu des charges de l'État.
      J'y reconnais le mien[36],

Il lit.

                              ô mille fois ingrat !
615   Quand de sa propre main ma requête remplie,
      Me nomme à l'Empereur, Gouverneur d'Italie,
      La mienne de ses jours éteindra le flambeau,
      Et de mon bienfaiteur je serai le bourreau :

Il lit.

      « C'est Narsès que je nomme ; » ô preuve non com-
                                                    mune

―――――――――

36. Ce pronom possessif reprend le « mémoires » du vers 611.

620 Du grand soin qu'ont de lui son astre et sa fortune !
    Puis-je après ce bienfait être méconnaissant*
    Jusqu'à plonger ce fer en son sang innocent ?
    Non, Théodore, non, et de quelque disgrâce
    Que pour ce coup manqué ta fureur* me menace,
625 Par cette même main qui t'offrit son secours,
    Il saura le péril qui menaçait ses jours,
Il écrit sur le mémoire.
    Sa vertu le mérite, et le Ciel me l'ordonne ;

38]

Il pique le poignard sur le mémoire de Narsès.
    Ce fer justifiera l'avis* que je lui donne ;
    Qui se plaît à bien faire*, et sait l'art* d'obliger,
630 Repose sans péril au milieu du danger.
Il s'en va.

SCÈNE IX.

BÉLISAIRE, *s'éveillant.*

    L'Amour ne m'a pas seul soumis à sa puissance,
    Le sommeil, comme lui, m'a trouvé sans défense,
    Tous deux sans grand travail se rendent nos vain-
                 queurs,
    L'un en fermant nos yeux, l'autre en ouvrant nos
                 cœurs ;
635 Et de quelque vigueur qu'une âme soit pourvue…
Voyant le poignard.
    Mais quel funeste objet se présente à ma vue ?
    Ce fer si près de moi sur l'écrit de Narsès,
    De ma juste frayeur renouvelle l'accès ;
    Ce tragique instrument ou de haine, ou d'envie,
640 Pour la seconde fois entreprend* sur ma vie,
    Et menace en ma tête un des Chefs de l'État ;

Me préserve le Ciel du troisième attentat :
[39]   Au bas de ce papier cette fraîche écriture
    Nous pourra de l'énigme expliquer l'aventure* ;
645   Ces damnables* complots sont les jeux[37] de la Cour,
    Voyons : « Avoir bien fait* t'a conservé le jour. »
    Et plus bas ; « Garde-toi du courroux d'une femme. »
    Quoi tant de haine, ingrate, à ma perte t'enflamme,
    Que deux fois pour un jour elle ait d'un vain effort*,
650   Au mépris de mes vœux, sollicité ma mort ;
    Je vois par cet acier planté sur ce mémoire,
    Que le péril, sans doute*, est proche de la gloire ;
    L'alliance d'une arme et d'un Gouvernement,
    N'est pas une union digne d'étonnement ;
655   Le sort donne aux plus Grands par d'infinis exemples,
    De sa légèreté des marques assez amples.
    Mais puisque qui fait bien n'a rien à redouter,
    Quel trouble, ou quel effroi me peut inquiéter ?
    Ne craignons point d'injure en n'en faisant aucune,
660   Et par notre vertu désarmons la Fortune.

[40]   SCÈNE X.

L'EMPEREUR, Gardes, BÉLISAIRE.

L'EMPEREUR.

Rome, enfin, de ton choix tient-elle un Lieutenant ?

BÉLISAIRE.

Le sort pourvoit Narsès de ce grade éminent,
Les estimant tous trois capables de ce titre,

---

37. L'édition de 1780 corrige en « des gens ».

J'en ai cru le hasard, et l'en ai fait l'arbitre,
665   En faveur de Narsès son dessein déclaré,
M'a pendant un sommeil cet avis* procuré ;
Lui montrant ce qui est écrit au bas du mémoire.
Voyez qu'une bonne âme est une sûre garde,
On ôte du mérite aux bienfaits qu'on retarde,
Puisque me le remettre était le consentir*,
670   Accordez-moi, Seigneur, l'heur* de l'en avertir.
En se retirant, il dit bas.
Ainsi je me défends, trop aimable inhumaine,
De la nécessité de révéler ta haine,
Et prends l'occasion d'aller à tes genoux,
Immoler sans regret ma vie à ton courroux.

[41]   SCÈNE XI.

L'EMPEREUR *seul, lisant l'écrit de Narsès.*

675   En vouloir à ses jours ! aux jours de Bélisaire !
Il se trouve une femme à ce point téméraire !
Et ce noir attentat s'est conçu dans ma Cour !
O Ciel ! « Avoir bien fait* t'a conservé le jour » :
Et dessous ; « Garde-toi du courroux d'une femme » :
680   C'est à moi de trancher cette fatale trame* ;
Son salut est le mien, et ce traître attentat
Regarde autant que lui le corps de mon État ;
Théodore ne peut, s'il est vrai qu'elle m'aime,
Avoir d'aversion pour un autre moi-même ;
685   Ôter à mon pouvoir son plus fidèle appui,
Et m'adorant en moi, m'assassiner en lui :
Antonie est l'objet* pour qui son cœur soupire,
Et le faisant périr détruirait son[38] Empire ;

_____

38. L'édition Viollet-le-Duc corrige en « mon ».

Qui donc a pu former ce projet inhumain ?
690 Narsès nous l'apprendra, l'avis* est de sa main.

[42]   SCÈNE XII.

NARSÈS, L'EMPEREUR, Gardes.

NARSÈS.

Tout fraîchement, Seigneur, j'apprends de Bélisaire,
Le choix qu'en ma faveur sa main a daigné faire ;
Et que par votre aveu* vous avez arrêté ;
J'en venais rendre grâce à votre Majesté.

L'EMPEREUR.

695 Ayant des qualités[39] dignes de son estime,
Le choix qu'il fait de toi sans doute* est légitime ;
Mais ne sois pas ingrat à qui te fait du bien :
Connais*-tu cet écrit ?

NARSÈS.

                    Oui, Seigneur, il est mien.

L'EMPEREUR.

Dis-nous donc quelle femme attente sur sa vie.

[43]   NARSÈS.

700 Souffrez, grand Empereur, qu'elle me soit ravie,
Plutôt que de tirer ce secret de mon sein.

---

39. Comme tu as des qualités. Même en l'absence de sujet
exprimé, le participe présent peut, au XVIIe siècle, ne pas être
apposé au sujet du verbe principal.

L'EMPEREUR.

Non, parle, ton refus m'en accroît le dessein.

NARSÈS.

Faites-moi d'un Bourreau voir la main toute prête,
Je souffrirai plutôt qu'elle m'ôte la tête.
Il s'en va.

L'EMPEREUR, *seul.*

705　J'en viendrais bien à bout, et pourrais à la fois
　　De son rebelle sein tirer l'âme et la voix ;
　　Mais la juste frayeur que le respect lui donne,
　　Nomme assez Théodore, en ne nommant personne,
　　Et j'ai peine d'ouïr qu'un nom qui m'est si cher,
710　D'un si lâche projet se soit voulu tacher.

[44]

SCÈNE XIII.

THÉODORE, L'EMPEREUR, Gardes.

THÉODORE.

Quel souci trouble l'air* de ce visage auguste ?

L'EMPEREUR.

Une colère aveugle, et toutefois bien juste,
Puisque ne sachant point l'objet* de mon courroux,
L'outrage nous regarde et rejaillit sur nous ;
Lui montrant l'écrit de Narsès.
715　Cet avis*, en un mot, s'adresse à Bélisaire.

THÉODORE, *l'ayant lu.*

Il n'a pas à combattre une forte adversaire,
S'il ne craint qu'une femme : ô perfide Narsès,
Tu portes ma frayeur à son dernier excès.

L'EMPEREUR.

C'est un fort ennemi qu'une méchante femme,
720 Que la rage domine, et que la haine enflamme[40] ;
Mais contre quelque assaut que lui livre le sort,
Son innocence, en moi, treuve un puissant support,
[45] Et mon État perdant un vassal si fidèle,
Je vengerais sa mort par une si cruelle,
725 Qu'on reconnaîtrait mieux en sa mort qu'en ses jours,
A quel point il m'est cher d'en conserver le cours ;
Sans privilège aucun de sang, ni de nature,
Mon plus proche parent m'ayant fait cette injure,
Le laverait du sien, et ne survivrait pas
730 D'un instant seulement celle de son trépas ;
J'immolerais mon fils à ma fureur* extrême[41],
Moi-même je voudrais m'en venger sur moi-même ;
Ma propre femme, enfin, trempant en ce délit,
Perdrait sa part au jour, et sa place en mon lit.
Il s'en va.

SCÈNE XIV.

THÉODORE, *seule.*

735 Ainsi, chétive*, ainsi, ton Époux te préfère

---

40. Dans *Belisarius*, la femme est dite « irata », « furens »,
« dirum caput », « nata in perniciem fera ».
41. Voir dans *Antigone* (publ. : 1639), Créon : « ... si mon fils
enfreignait ma défense, / Son sang, son propre sang en laverait
l'offense. » (IV, 1).

Un sujet, un vassal, l'objet* de ta colère,
Et malgré le saint nœud qui t'engage sa foi,
Un simple homme en son cœur a plus de part que toi :
Arrière tout respect, forçons toute contrainte,
740 Sa menace accroît plus ma fureur* que ma crainte ;
C'est en vain que je porte un diadème au front,
S'il ne m'est pas permis de venger un affront ;
[46] Soyons Reine une fois, et si le Ciel l'ordonne
Qu'avec ses jours, enfin, tombe notre Couronne,
745 Régner dans l'impuissance est un malheur plus grand,
Et le trépas est doux à qui tue en mourant[42].

Philippe entre.

SCÈNE XV.

PHILIPPE, THÉODORE.

THÉODORE.

Joins, cher Philippe, joins, ta fureur* à la mienne,
Son sujet te regarde, et ma cause est la tienne ;
Tandis que ton rival respirera le jour,
750 Ne crois pas qu'Antonie écoute ton amour ;
Leurs vœux sont mutuels, renonce à ton attente
Si tu ne perds l'Amant pour acquérir l'Amante.

PHILIPPE.

L'entreprise en est grande, et l'ennemi puissant ;
Mais j'acquiers Antonie en vous obéissant,
755 Et c'est me menacer d'un aimable supplice.

---

42. Dans *Cosroès*, Syra a la même conception intransigeante
du pouvoir et le même mépris pour la mort (V, I).

[47]   SCÈNE XVI.

LÉONCE, NARSÈS, *voulant entrer, avisent*
THÉODORE, et PHILIPPE[43].

NARSÈS.

Arrête, n'entrons pas, voici l'Impératrice.
                                   Ils écoutent.

THÉODORE.

Ne crains rien, si ton bras me promet son secours,
Mon crédit te répond et d'elle et de tes jours.

PHILIPPE.

Sous cette sûreté, je ne puis, grande Reine,
760 Refuser mon amour, non plus que votre haine,
Et puisque toutes deux me demandent sa mort,
Et ce cœur et ce bras en tenteront l'effort :
Oui, Madame.

LÉONCE.

              O cruelle[44] ! encor un coup ta rage,
Sur sa tête innocente excite cet orage !

[48]   THÉODORE.

765 Vois ce que tu promets, Léonce, comme toi,

43. On retrouve la même scène chez Mira de Amescua, mais
aussi dans *Belisarius* : Logotheta, témoin caché du serment que
font Marcellus, Sergius et Detractio d'assassiner Belisarius,
décide de les dénoncer à l'empereur (V, 1, 2).
44. L'édition de 1780 corrige en « cruel ».

Et le traître Narsès, m'avaient donné leur foi ;
Mais tous deux m'ont manqué de cœur et de parole.

PHILIPPE.

Vous n'en concevrez point une attente frivole*,
Et s'il faut de tous deux vous faire encor raison*,
770 Commandez, j'ai le cœur et le bras assez bon.[45]

NARSÈS, *bas.*

A la faveur de l'heure et d'un lieu solitaire,
Nous pouvons nous venger, et servir Bélisaire.

LÉONCE.

En effet, la vertu qui nous oblige* à lui,
Contre cet attentat exige notre appui ;
775 Épions sa sortie, allons l'attendre, écoute…
Il sortent

THÉODORE.

Ton cœur trop reconnu ne souffre plus de doute[46] ;
Mais en cas de vengeance, où rien n'est défendu,
Tu peux sans trahison le prendre au dépourvu.

[9]   ### PHILIPPE.

Je vous rendrai, Madame, une preuve certaine,
780 Que je fais de votre ordre une loi souveraine.
Il s'en va.

---

45. Nous laissons l'accord par voisinage pour préserver la rime. Voir aussi v. 1502.
46. Ta bravoure est connue et ne peut être mise en doute.

SCÈNE XVII.

THÉODORE, *seule.*

Fais-moi, César, fais-moi perdre pour ce délit,
Ma part en la lumière, et ma place en ton lit,
Que l'Amour ni l'Hymen, que rien ne te retienne,
Prépare ta vengeance, on travaille à la mienne ;
785 Qui se voulant venger pense à l'événement*,
N'a pas ou grand courage, ou grand ressentiment* ;
Périssons ou perdons ce qui nous importune,
Laissons-en le succès* au soin de la Fortune ;
Je mourrai satisfaite après cet orgueilleux,
790 Qui restreint mon pouvoir, qui rebuta mes vœux,
Sous qui César m'abaisse à force de l'accroître,
Et souffrirai la mort plus volontiers qu'un Maître ;
Après que j'aurai vu trébuché* son orgueil,
Du char de son triomphe en l'horreur d'un cercueil.

[50]

SCÈNE XVIII.

Il se fait un bruit d'épées dans un parc la nuit.

PHILIPPE, BÉLISAIRE *l'épée à la main.*

PHILIPPE.

795 Le Ciel joigne à tes ans l'heur* d'une longue suite,
Je dois à ta valeur mon salut et leur fuite ;
Je n'ai pu les connaître* en cette obscurité.

BÉLISAIRE, *le visage dans son manteau.*

Tout autre eût partagé leur propre lâcheté,

Qui d'un seul contre deux, sans autre connaissance,
800 Que du nombre inégal n'eût pas pris la défense[47].

PHILIPPE.

Joins de grâce au bienfait que j'ai reçu de toi,
La faveur de m'apprendre à quel bras je le doi.

BÉLISAIRE.

Je sers sans intérêt*, ce mot te doit suffire,
Et n'en veux autre fruit que de ne t'en rien dire,
805 De soi-même un bon acte est l'objet* et le prix*.

PHILIPPE.

Ta vertu me surprend, plus qu'ils ne m'ont surpris*[48] ;
En cette bague au moins reçois de mon hommage,
Et de ma passion un véritable gage.
Il lui donne une bague.

BÉLISAIRE.

Je ne m'en puis défendre avec civilité[49].

PHILIPPE.

810 Adieu, le Ciel te soit tel que tu m'as été.
Il se retire.

51]

---

47. Tout autre qui, simplement en voyant un homme seul attaqué par deux agresseurs, n'aurait pas pris sa défense serait aussi
lâche qu'eux. Dans le *Dom Juan* de Molière, le héros a la même
réaction (III, 2, 3).
48. Pointe fondée sur une antanaclase, voir introduction p. 63.
49. Comme je veux être civil, je suis obligé d'accepter.

SCÈNE XIX.

BÉLISAIRE, *seul.*

J'ai si bien feint* ma voix que nul ne l'a connue*,
Une bonne action se produit toute nue,
J'agis sans intérêt* que de bien faire* à tous ;

[52]   Mais je crains de passer l'heure du rendez-vous ;
815   Ce serait mal répondre à la grâce infinie,
Qu'Olinde m'a promis d'obtenir d'Antonie
De me souffrir ce soir un moment d'entretien,
D'où j'attends tout mon mal, ou prétends tout mon
bien ;
Le front à qui le cœur ne fait point de reproche,
820   Souffre aisément son Juge, et n'en craint point l'ap-
proche ;
J'ai pour mes partisans la Justice et l'Amour :
Mets favorable nuit mon innocence au jour.

ACTE III.

SCÈNE PREMIÈRE.

ALVARE, BÉLISAIRE.

ALVARE.

Le rendez-vous, enfin, vous fut donc favorable.

BÉLISAIRE.

Autant que je l'adore, et qu'elle est adorable ;
825 Oui ; sans doute*, et jamais plus juste étonnement,
Ni plus hcurcuse erreur ne surprit un Amant ;
Où je ne croyais voir que fureur* et que haine,
Où mon cœur interdit se rendait avec peine,
Où mon timide pied refusait d'avancer,
830 Je rencontrai deux bras ouverts pour m'embrasser,
Des caresses sans prix, des bontés sans exemple,
Les Grâces dans leur trône, et l'Amour dans son
Temple :
C'est Théodore, enfin, qui (par un ordre exprès)
L'oblige à me tenir ses sentiments secrets.

ALVARE.

835 O Dieux ! quel intérêt, ou plutôt quel caprice,
Peut à vous traverser* porter l'Impératrice ?

BÉLISAIRE.

L'intérêt de Philippe à qui sa Majesté
Dessous le joug d'Hymen promet cette beauté,
Et je ne doute point, puisque m'ôter la vie
840 Serait certes bien moins que me l'avoir ravie,
Que l'injuste attentat qui menace mon sein,
Ne me soit un effet* de son mauvais dessein ;
Mais j'espère au bon œil dont le Ciel me regarde,
La bonne conscience est une sûre garde ;
845 Ma vertu m'appuyant, rien ne peut m'émouvoir,
Et les Rois contre Dieu, sont des Dieux sans pouvoir ;
Pour nous[50] parler, enfin, toute crainte bannie,
Ma prière m'a fait obtenir d'Antonie,
Que dans un mot d'écrit nos pensers amoureux,
850 Nous portant chaque jour et rapportant nos vœux,
Charment* aucunement* l'ennui* de notre absence ;
Laisse-moi de ce mot méditer la substance,
Et m'acquitter par lui du soin* que je lui[51] dois,
De tenter le premier cette muette voix.
Bélisaire entre en son Cabinet, Alvare s'en va.

[55]

SCÈNE II.

PHILIPPE, BÉLISAIRE *en son Cabinet,*
Gardes.

PHILIPPE *dit à un Garde qui le suit.*

855 Garde, adieu, ce secret regarde la Couronne,
L'ordre de l'Empereur n'admet ici personne,

---

50. L'édition Viollet-le-Duc corrige en « vous ».
51. Antonie.

Et ma commission n'y souffre que nous deux :
Il dit étant seul.

L'occasion est belle, et m'offre les cheveux.
Plus je me plains, ingrate, et moins tu m'es humaine,
860 Autant que mon amour, le temps accroît ta haine !
Si cette cruauté ne rebute un Amant,
Il a beaucoup d'ardeur, ou peu de sentiment :
Rends-moi, mon bras, rends-moi digne de lui déplaire,
N'écoutons plus l'Amour, écoutons la colère,
865 Notre foi nous l'ordonne, et qui s'engage aux Rois,
Se fait de leurs desseins d'inviolables lois ;
Outre son insolence et l'affront qui m'anime,
Une Reine m'engage à cet illustre crime ;
Comme j'ai le courage, elle a l'autorité,
870 Elle est intéressée*, et je suis irrité.
C'est peu pour la fureur* qui tous deux nous con-
                                        somme*,
Qu'une seule vengeance, et le sang d'un seul homme ;
Je m'y suis obligé, je l'ai fait espérer,
L'œuvre perd de son prix* à trop délibérer[52].

BÉLISAIRE,
sortant de son Cabinet, et baisant sa lettre.

875 Va, porte-lui mon cœur, et force la contrainte
Qui traverse* une amour si parfaite et si sainte.

PHILIPPE, *à part.*

Le voici, mon Génie à propos me conduit,
Ses gens sont demeurés, et pas un ne me suit ;
Mais à l'occasion, encor qu'assez propice,
880 De peur de la manquer, ajoutons l'artifice,

---

52. …quand on délibère trop.

Incliné, sous couleur de lui baiser la main,
Lui retenant le bras, traversons-lui le sein :
Donne Grand Conquérant cette main triomphante,
Du trône des Césars la colonne et l'attente,
885 Et souffre que je baise en ce foudre vivant,
La gloire de l'Empire, et l'honneur du Levant,
Ce miracle animé par tant d'exploits insignes.

BÉLISAIRE, *le voulant embrasser.*

Réservez* ces devoirs*, ma main en est indigne[53],
Et vos embrassements me combleront d'honneur.

[57] PHILIPPE.

890 Je ne me lève point qu'obtenant ce bonheur.

BÉLISAIRE.

Si c'est pour nous unir d'une étroite concorde,
Comme j'en ai dessein, tenez, je vous l'accorde.

PHILIPPE, *tirant son poignard.*

Ne perdons point de temps. Que vois-je, justes Cieux !
Cette bague en son doigt déçoit*-elle mes yeux ?
895 Ou serait-ce de lui que je tiendrais la vie ?

BÉLISAIRE.

De quel transport, Philippe, est votre âme ravie,
Et que marque à mes pieds ce muet entretien ?

---

53. L'édition Viollet-le-Duc corrige en "mes mains en sont
indignes"; on a ainsi la rime pour l'œil.

PHILIPPE.

J'y proposais un mal, et j'y médite un bien ;
Le dessein d'un affront à des vœux y fait place,
900 J'y tentais un outrage, et j'y cherche une grâce ;
Ma cruauté m'y rend[54], et ma fureur* s'y perd,
Mon bras vous y menace, et mon œil vous y sert ;
J'y pèche et m'y repens, je m'y souille et m'y lave,
J'y viens votre ennemi, j'y deviens votre esclave,
58] 905 Et parmi ces douteux et divers mouvements,
J'y suis ce qu'un acier est entre deux aimants.

BÉLISAIRE.

Expliquez-moi ce trouble et me tirez de peine.

PHILIPPE.

Vous produisez l'amour dans le sein de la haine,
Où je suis la fureur* je cède à la raison,
910 Et je vous suis loyal dedans la trahison ;
Pour achever, enfin, par un bonheur extrême,
Je vous redonne un bien que je tiens de vous-même,
Et mon remords fait voir par un utile effet*,
Que jamais on ne perd l'intérêt d'un bienfait.

BÉLISAIRE.

915 Je vous comprends, enfin (si ma doute* n'est vaine)
Le dessein de ma mort, peut-être vous amène ;
Et cet heureux anneau que vous reconnaissez,
Vous épargne[55] des jours tant de fois menacés.

---

54. L'édition de 1780 corrige en « s'y rend ».
55. Vous amène à épargner.

PHILIPPE.

Oui, Seigneur, je l'avoue, et qu'il est de justice
920 Que ce bras qu'au besoin j'eus hier si propice,
Et qui sauva mes jours par un pieux effort,
[59]   Soit aujourd'hui celui qui me donne la mort.
Ce seul point vous pourrait faire excuser mon crime,
Que son impunité m'accroîtrait votre estime[56],
925 Et de votre vertu conserverait le prix*,
En un cœur qu'elle oblige, et qui vous est acquis ;
Malgré tous les desseins où l'amour me convie,
Je serai, si je vis, l'Argus[57] de votre vie ;
Je renonce au mépris et du sort et du jour,
930 A tous les intérêts et de haine et d'amour,
Et ne servirai point le courroux d'une femme,
Contre un à qui le corps devra deux fois son âme[58].

BÉLISAIRE.

Quelle est cette inhumaine à qui mon mauvais sort
Fait tant prendre, sans fruit, d'intérêt* en ma mort ?

PHILIPPE.

935 Je ne la puis nommer, j'ai promis le silence :
Mais qui soupçonnez-vous de cette violence ?

BÉLISAIRE.

Est-ce Camille ?

---

56. La seule chose qui peut vous amener à excuser mon crime,
c'est que, s'il reste impuni, l'estime que je fais de vous grandirait.
57. Gardien d'Io, célèbre pour ses multiples yeux.
58. Parce qu'il l'a sauvé de la mort et qu'il l'a préservé de
commettre un assassinat.

PHILIPPE.

Non, pour tenter ce dessein
Son crédit est trop faible, et son esprit trop sain.

[0]   BÉLISAIRE.

Et Murcie ?

PHILIPPE.

Encor moins ; sa jeunesse innocente
940 Ne lui pourrait fournir qu'une haine impuissante.

BÉLISAIRE.

Olinde ?

PHILIPPE.

Elle est trop sage, et n'entreprendrait* point
Un homme comme vous, à qui le sang la joint.

BÉLISAIRE.

De croire qu'Antonie ?

PHILIPPE.

Elle qui vous adore !

BÉLISAIRE, *l'embrassant.*

Le Ciel te soit propice ; et qui donc, Théodore ?

PHILIPPE.

945 Adieu.

BÉLISAIRE.

Tu ne dis mot ?

PHILIPPE.

J'ai tout dit.

BÉLISAIRE.

M'aimes-tu ?

PHILIPPE.

N'aurais-je pas d'amour pour la même* vertu ?

BÉLISAIRE.

Tu dois donc m'avouer…

PHILIPPE.

Je n'ai plus rien à dire.
Il s'en va.

[62]   SCÈNE III.

BÉLISAIRE, *seul.*

Ni moi, rien à douter ; ce mot me doit suffire,
Ce silence forcé parle trop clairement ;
950 Qu'une femme est à craindre, et hait obstinément !
Me plaindre à l'Empereur serait croître ma peine,
Ou me flatter, au moins, d'une espérance vaine,
Que de croire en son cœur égaler le crédit
D'un miracle animé qui partage son lit ;

955 Quelque rang qu'un ami s'acquière en notre grâce,
Une femme toujours tient la première place.
Le voici ; sous couleur d'un moment de repos,
Je puis, comme en rêvant lui toucher ce propos,
Et comme sans dessein, nommant mon ennemie,
960 L'engager sans me plaindre à protéger ma vie.

Il fait semblant de dormir.

53]

SCÈNE IV.

NARSÈS, L'EMPEREUR, BÉLISAIRE, ALVARE, Gardes.

NARSÈS.

La révolte, Seigneur, renouvelant son cours,
Le salut d'un État dépend d'un prompt secours ;
Le bruit* trop confirmé de ces tristes nouvelles,
Doit obliger votre Aigle à déployer ses ailes,
965 Pour fondre au pied des monts où ces peuples mutins,
D'une grêle d'acier battent les champs Latins ;
L'emploi que votre choix me donne en Italie,
Joint à mon zèle ardent, à ce soin me convie ;
J'attends pour ce sujet l'ordre de mon départ,
970 Et crains que mon secours ne leur vienne trop tard ;
C'est à vous…

L'EMPEREUR.
Parle bas ; Bélisaire repose,
Et puisque deux amis sont une même chose,
64]   Et qu'il est de mes soins* et le charme* et l'appui,
Par ce même sommeil je repose avec lui ;
975 Tandis que sa valeur soutiendra cet Empire,

Que contre ma grandeur tout l'univers conspire[59],
Tous ses[60] peuples soumis fléchiront sous ma loi,
Et n'en remporteront que la honte et l'effroi ;
Prépare pour demain l'appareil* magnifique
980 Du triomphe ordonné pour ce cœur héroïque ;
Narsès s'en va.

Et de ses ennemis réprimons l'attentat,
Après nous pourvoirons aux besoins de l'État.
Gloire de la nature et du siècle où nous sommes,
Tu serais le premier des Rois comme des hommes,
985 Si les biens et les rangs que le sort nous départ*,
Se donnaient au mérite, aussi bien qu'au hasard ;
Quelque lieu d'où ton sang tire son origine,
Tu dois être un rayon de l'essence divine,
Puisque ce port céleste, et ce divin aspect,
990 Impriment à la fois l'amour et le respect.

BÉLISAIRE, *feignant de rêver.*

Si je vous ai soumis, cruelle Théodore,
Et le Golfe du Gange, et le rivage More,
Et si je n'ai jamais d'effet*, ni de penser[61],
Rien ni fait, ni conçu qui vous pût offenser,
995 Quel fruit espérez-vous de m'ôter une vie
Bien plus vôtre que mienne, et qui vous a servie ?

L'EMPEREUR.

[65]   Il rêve, écoutons-le.

---

59. Subjonctif à valeur de concession.
60. L'édition Viollet-le-Duc corrige en « ces ».
61. Ni en réalité, ni en pensée.

BÉLISAIRE.

Si ma fidélité
A secoué le joug de votre autorité,
Votre courroux est juste, et ma mort légitime ;
1000 Mais au moins, grande Reine, apprenez-moi mon
crime,
Et ma main aussitôt s'offre à vous dégager
Du besoin d'implorer un secours étranger.

L'EMPEREUR.

Le songe est un tableau des passions humaines,
Qui dedans le repos représente nos peines ;
1005 Un confident peu sûr, un parleur peu discret,
Qui des plus retenus évente le secret ;
La vérité veillant en sa bouche endormie,
Malgré lui-même, enfin, m'apprend son ennemie ;
Mais puisqu'il m'est aisé d'en réprimer l'effort*
1010 Je ferai, par mes soins, un songe de sa mort[62],
Ou qui l'effectuera m'ôtera la lumière ;
Craignant de l'éveiller, tirons-nous plus arrière,
D'où nous puissions ouïr s'il n'ajoutera rien
Qu'il nous soit important d'apprendre pour son bien.
Il se met lui, Alvare, et les Gardes derrière la tapisserie.

SCÈNE V.

THÉODORE, PHILIPPE.

THÉODORE.

1015 Infâme, cœur sans cœur, homme indigne de l'être,

---

62. De la mort de Bélisaire.

Après ta lâcheté tu peux encor paraître ?
Quand d'un coup de ta main Antonie est le prix*,
La peur plus que l'espoir peut toucher tes esprits ?

PHILIPPE.

Voici le fer encor destiné pour sa perte,
1020 Mais la commodité ne s'en est pas offerte.

THÉODORE.

Jamais l'occasion…

L'EMPEREUR.

Dieu ! qu'est-ce que je voi ?

[67]   ### THÉODORE.

Ne s'offre assez commode aux poltrons comme toi ;
Donne-moi ce poignard.

PHILIPPE.

                    Laissez, grande Princesse,
Dompter à la raison le transport qui vous presse.

THÉODORE.

1025 Ne me conseille point.

PHILIPPE.

                    Voilà mon bras tout prêt
Pour l'exécution de ce funeste arrêt.

THÉODORE.

Va, je ne te crois plus.

PHILIPPE.

            Epargnez-vous le blâme
D'un coup peu convenable à la main d'une femme.

THÉODORE, *lui arrachant le poignard.*

N'osant pas l'entreprendre, et me manquant de foi,
1030 La tienne en a fait un bien moins digne de toi.

PHILIPPE.

Ne puis-je l'éveiller ? Si j'ose vous le dire,
Madame, Bélisaire est utile à l'Empire ;
Il soutient votre trône, et vous tentez un coup…

THÉODORE.

Tais-toi, lâche.

BÉLISAIRE, *bas.*

            Qui veille, et se tait, voit beaucoup.

THÉODORE.

1035 N'entre pas plus avant, et garde cette porte,
Tandis que je l'immole au courroux qui m'emporte.

PHILIPPE.

Dieu ! tant de bruit est vain, et ne l'éveille pas !
Je n'ose plus parler mais feignons un faux pas.
Il fait du bruit du pied.

THÉODORE.

Contiens-toi, traître.

[69]   PHILIPPE.

   O Dieu ! ce sommeil léthargique
1040 Fera, malgré mes soins, l'aventure* tragique.

THÉODORE,
proche de Bélisaire le poignard à la main.

Ce qu'aux plus résolus en vain j'ai proposé,
Et ce qu'en ma faveur trois hommes n'ont osé,
Va satisfaire enfin la fureur* qui m'enflamme,
Et s'exécutera par la main d'une femme.

L'EMPEREUR,
sortant avec Alvare, et lui retenant le bras.

1045 Arrête, malheureuse !

THÉODORE.

O Ciel !

L'EMPEREUR.

    Ne sais-tu pas,
Que ce jeune Héros m'a toujours sur ses pas ?
Qu'une inclination rare au point qu'est la nôtre,
Fait qu'au besoin toujours l'un est l'Argus de l'autre ;
Et qu'outre le bon œil dont il est vu des Cieux,
1050 Quand il repose encor il veille par mes yeux ?
[70] Ses intérêts sont miens, et qui lui fait outrage,
S'il ne s'adresse à moi, s'adresse à mon image,
Et qui sur le portrait porte aujourd'hui la main,
Contre l'original la peut porter demain[63] ;

---

63. Voir *Venceslas*, V, 6, v. 1715-1716.

1055 Ainsi quand ta fureur* contre lui t'intéresse*[64],
C'est à moi-même, à moi, que l'attentat s'adresse.

THÉODORE.

A vous, Seigneur !

L'EMPEREUR.

Tais-toi, que par ce vain propos
Tu ne me fasses tort, en rompant son repos,
Et son corps et le mien n'étant que même chose,
1060 Dont une moitié dort, et dont l'autre repose,
Ne me réplique point de peur de m'éveiller,
En la moitié de moi que tu vois sommeiller.

THÉODORE.

L'équité toutefois vous doit…

L'EMPEREUR.

Tais-toi, te dis-je,
Je sais bien les devoirs où l'équité m'oblige ;
1065 Et que le fondement d'un si noir attentat,
Et de tel préjudice à celui[65] de l'État,
N'est que le déplaisir qu'il faille que sa gloire
Des plus grands de ma Cour efface la mémoire,
Et que malgré tes soins, Philippe ton parent
1070 Voie au dessus de lui ce fameux Conquérant,
Posséder un objet* pour qui son cœur soupire,
Et m'aider à porter les rênes de l'Empire[66] ;
Mais ne puis-je pas dire, avec juste raison,

64. L'édition Viollet-le-Duc corrige en "s'intéresse".
65. Le fondement.
66. L'édition de 1780 corrige en « d'un empire ».

Que ton ingratitude est sans comparaison,
1075 De souhaiter sa perte, et voir d'un œil d'envie
L'éclat d'une fortune, et le cours d'une vie,
Par qui l'Empire a fait de si fameux progrès,
Et de qui [67] tout l'emploi passe en nos intérêts ?
A-t-il à sa valeur permis jamais de trêve ?
1080 N'est-ce pas plus son bras que le mien qui l'élève ?
Et ne s'est-il pas fait et tracé de son sang,
Un chemin pour monter à cet illustre rang ?
Il a si loin d'ici sa valeur signalée,
Que l'Aigle pour le suivre a forcé* sa volée,
1085 Et que jamais Trajan n'a vu nos bords si loin,
Qu'on les voit de mon règne, étendus par son soin ;
Ses célèbres exploits ont étonné* les Parques,
Ils ont à mon pouvoir soumis douze Monarques,
Et ce grand cœur, l'effroi des peuples et des Rois,
1090 Triomphera demain pour la quinzième fois ;
Tous les jours pour ma gloire il court la terre et l'onde,
Et rival du Soleil en l'Empire du monde,
Fait briller sa valeur presque en autant de lieux,
Que brillent les rayons de ce Flambeau des Cieux ;
[72] 1095 Tu veux désespérée ôter par ta furie
Un Ministre* à l'État, un Père à la patrie,
Au trône une colonne, au Prince un favori,
Aux hommes un chef-d'œuvre où le Ciel s'est tari,
Un miracle à la paix, un prodige à la guerre,
1100 Et l'ornement, enfin, d'un Héros à la terre ;
Mais ta haine entreprend*, en ce dessein pervers,
Un Lion Africain qui dort les yeux ouverts ;
Celui dort sûrement qui dort dans l'innocence,
Et, tous les yeux du Ciel veillent pour sa défense ;

---

67. L'antécédent est « vie ».

1105 C'est pour le garantir*, et t'arrêter le bras,
      Que son soin provident* adresse* ici mes pas ;
      Et, je jure le Ciel, et cette même* vie,
      A qui tant de vertu procure[68] tant d'envie,
      Depuis que sur ses soins mon trône se soutient,
1110 Que sans quelque respect dont l'honneur me retient,
      Ce fer… Mais modérons l'ardeur qui nous emporte,
      Je suis Prince et Chrétien, de qui l'exemple importe,
      Mais pour ne faire pas qu'il me soit imputé,
      Que recueillant le droit[69], je manque d'équité,
1115 Et réduisant* les lois dans l'ordre où je les range,
      Je sois impunément le premier qui les change,
      Je dois les yeux bandés peser d'un poids égal,
      Comme le prix* du bien, l'importance du mal,
      Et punir le dernier comme le droit l'ordonne,
1120 Fût-ce, au lieu de ma femme en ma propre personne ;
      Holà, quelqu'un.

BÉLISAIRE, *feignant de s'éveiller en sursaut.*

                          Seigneur.

              NARSÈS, *vient et dit.*

                          Seigneur.

                  BÉLISAIRE.

                          Que vois-je, ô Cieux !
      Quel importun sommeil s'est glissé sous mes yeux ?

---

68. L'édition de 1780 corrige en « procura ».
69. Allusion au code Justinien (*Institutes* et *Digeste*), compila-
tion que l'Empereur fit faire en 533, qui recueillait tout le droit
romain et a inspiré le droit civil moderne.

SCÈNE VI.

NARSÈS, BÉLISAIRE, L'EMPEREUR,
THÉODORE, PHILIPPE, LÉONCE, Gardes.

L'EMPEREUR.

Certain chagrin conçu dans l'esprit de la Reine,
Dont j'ignore la cause, et partage la peine ;
1125 M'a fait, entre autres[70] avis, estimer à propos
(Autant pour sa santé, comme pour mon repos)
De l'envoyer attendre au logis de son père,
[74] Et des lieux et du temps, l'effet* que j'en espère ;
Et dedans la douceur de son natal séjour,
1130 Se remettre l'esprit des troubles de la Cour :
Je vous charge, Narsès du soin de sa conduite,
Avec deux, seulement, des filles de sa suite ;
Et pour lui faire voir la faveur que je dois
Au bras qui fait si loin reconnaître mes lois,
1135 Et me rend si serein le jour que je respire,
Léonce, apporte ici les marques de l'Empire.
Léonce sort.

THÉODORE.

Passe, mon désespoir, passe au dernier effort*,
Et préviens* cet affront par le coup de ma mort.

L'EMPEREUR.

Les Rois comme rayons de la divine essence,
1140 En leur gouvernement imitent sa puissance,
Font d'un mont élevé des abîmes profonds,

---

70. Vers faux.

Élèvent un vallon à la hauteur des monts,
Et tenant pour chacun la balance commune,
Au prix de* la vertu mesurent la fortune ;
1145 Je te mettrai si haut que la faux du trépas,
Sans te pouvoir toucher passera sous tes pas,
Et que le peu de fruit d'attenter sur ta vie,
Fera crever la haine et lassera l'envie[71].

75]   SCÈNE VII.

LÉONCE, *tenant un bassin d'argent, dans lequel il*
y a une Couronne de laurier et un Sceptre,
L'EMPEREUR, THÉODORE, NARSÈS,
PHILIPPE, BÉLISAIRE, Gardes.

L'EMPEREUR, *prenant le Sceptre.*

Partageant avec toi ma puissance et mes biens,
1150 J'estime encor t'ôter la part que j'en retiens*,
Puisque m'étant acquis par ta valeur insigne,
Ils viennent de toi seul, et toi seul en es digne ;
César doit sa fortune à ses bras indomptés,
Possèdes-en le nom comme les qualités,
1155 Et digne successeur du rang de ce grand homme[72],
Règne sur l'Occident, et sois Maître de Rome.
Il rompt le Sceptre en deux morceaux.
Tiens, en cette moitié du Sceptre Impérial,
A mon autorité prends un pouvoir égal ;
Tiens te dis-je.
                Il s'en défend

_____

71. Voir Venceslas, III, 7, v. 1128-1132.
72. Contrairement au reste de la pièce, César ici n'est pas Justinien lui-même, mais le grand Jules César, fondateur de la dynastie
julio-claudienne.

BÉLISAIRE.

Seigneur !

L'EMPEREUR.

                    Ce refus m'importune ;
1160 Ta main l'honore plus qu'il n'accroît ta fortune ;
     Je te rends en effet* moins que je ne te doi,
     Et te faisant justice[73] il serait tout à toi.
Il prend la Couronne et la divise en deux.
     Ce front grave et charmant, digne front d'un
                                        Monarque,
     Aussi bien que ton bras, en doit porter la marque ;
1165 Ce laurier partagé le ceignant fera voir,
     Que je t'ai, comme lui, partagé mon pouvoir[74].

BÉLISAIRE.

Pour un vassal, Seigneur, une gloire si rare !

L'EMPEREUR.

Quoi que le sort te donne, il t'est encor avare,
S'il pèse ton mérite et mon affection ;
1170 Pour marque, maintenant, de ta possession,
Et du rang souverain que tu tiens en l'Empire,
Ordonne sur-le-champ quoi que ton cœur respire*[75],
Et fût-ce au détriment de mon propre intérêt,
Moi-même je m'en fais un immuable arrêt.

---

73. Si je te faisais justice.
74. En ceignant ton front, ce laurier que j'ai partagé avec toi est une image de ma volonté de te donner aussi la moitié de mon pouvoir.
75. L'édition de 1780 corrige en « ce que ton cœur désire ».

BÉLISAIRE.

1175 Si, sans le mériter[76], ma fortune est si grande,
77]   J'ose prier, Seigneur…

L'EMPEREUR.

Que dis-tu ?

BÉLISAIRE.

Je commande…

(Mais en votre présence!)

L'EMPEREUR.

Achève.

THÉODORE.

A cette fois,
L'effroi me saisit l'âme, et m'interdit la voix.

BÉLISAIRE.

Que Madame…

THÉODORE.

Ha cruel !

BÉLISAIRE.

Ma Reine et ma Maîtresse,
1180 (Quelque secret ennui* que marque sa tristesse)
78]   Par son éloignement ne prive point la Cour

---

76. Sans que je le mérite.

De ces vivants Soleils, dont elle tient le jour ;
Et remets à vos pieds ces marques souveraines,
De l'Empire sacré, dont vous tenez les rênes,
1185 Puisqu'enfin par les droits du mérite et du sang,
Vous seul êtes pourvu de cet auguste rang,
Et que de votre éclat, et de votre lumière,
Je ne suis qu'une ébauche, imparfaite et grossière,
Sans avantage aucun sur les autres humains,
1190 Que d'être seulement l'ouvrage de vos mains.
Il remet sa Couronne et son Sceptre aux pieds de l'impé-
ratrice[77].

L'EMPEREUR.

Quoique mon cœur répugne à cette obéissance,
M'en étant fait la loi, je n'ai point de défense ;
Il suffit que ce bras, (si comme je prétends,
Il accomplit en toi l'œuvre que je prétends[78])
1195 T'élèvera si haut, qu'en ce rang magnifique,
Les souhaits manqueront à ce cœur héroïque,
Et que la passion des plus ambitieux,
Ne peut monter plus haut, sans s'attaquer aux Cieux.

LÉONCE.

Qui jamais entendit une telle aventure* ?

[79]   ### PHILIPPE.

1200 Qui jamais pour son Prince eut une foi si pure ?

---

77. L'édition de 1780 corrige en « aux pieds de l'Empereur ».
78. (*sic*). L'édition de 1780 corrige en « que j'en attends ».

NARSÈS.

Quelle rage tiendrait contre tant de bonté ?

BÉLISAIRE.

Quel vassal à ce lieu s'est jamais vu monté ?
Toi qui pour m'y placer m'as tiré de la boue,
Arrête ici, Fortune, arrête ici ta roue.

ACTE IV.

SCÈNE PREMIÈRE.

THÉODORE, CAMILLE.

THÉODORE.

1205 Non, non, Camille, non, je ne renonce pas
A la prétention d'un si juste trépas ;
Une ardeur raisonnable, autant que véhémente,
Ne peut pas s'alentir* quand la cause en augmente,
Et le mal qui redouble est loin de s'alléger ;
1210 Je n'avais ce matin qu'un mépris à venger,
Et ce soir d'un exil l'outrageuse* sentence,
Quoiqu'enfin révoquée, appelle ma vengeance ;
Si je ne suis sans cœur, de quel œil, de quel front
Puis-je souffrir l'auteur d'un si sensible* affront ?

CAMILLE.

1215 Si la grâce vous vient d'où l'affront vous procède*,
Si la source du mal l'est aussi du remède,
Même l'un arrivant contre sa volonté,
Et l'autre vous naissant de sa pure bonté ;
Pouvez-vous conserver contre l'ombre d'un crime,
1220 Au mépris d'un service, un courroux légitime,
Et loin de lui payer l'intérêt d'un bienfait,
Le châtier d'un mal qu'il ne vous a pas fait ?

THÉODORE.

Quelque part d'où l'injure, ou la grâce procède*,

Tout en est criminel, le mal et le remède,
1225 Et ce qui m'est venu contre sa volonté,
Et ce qui m'est produit de sa pure bonté ;
Faire rougir un front couvert d'un diadème,
Ne peut être qu'un crime à l'innocence même ;
Mais avoir dessus moi pris des droits absolus,
1230 Jusqu'à me pardonner, m'offense encore plus ;
Je possède à regret le fruit de son audace,
Mon exil m'affligeait bien moins que cette grâce ;
Et c'est à ma grandeur un reproche fatal,
Que d'avoir eu besoin des faveurs d'un vassal ;
1235 Il ne suffisait pas à cet esprit superbe*,
Que sous moi la Fortune a mis plus bas que l'herbe,
[82] Qu'autrefois mon amour ait dépendu de lui,
Il veut que mon sort même en dépende aujourd'hui ;
Et faisant peu d'état de m'avoir outragée,
1240 Prétend m'avoir rendue encor son obligée ;
Payons d'un même prix l'une et l'autre action,
Et l'injure reçue, et l'obligation ;
Punissons son pardon autant que son offense,
Mon repos souffre en l'une, en l'autre ma puissance ;
1245 Et s'oser ingérer de faire grâce aux Rois,
Est d'un sourd attentat les soumettre à ses lois.

CAMILLE.

La haine confond tout, et quoi qu'on lui propose,
En son propre aliment convertit toute chose ;
Mais quelle voie, encor, s'offre pour vous venger,
1250 Qui ne vous jette pas en un second danger ?

THÉODORE.

Après tous les moyens qu'une mortelle haine,
Pouvait faire tomber en l'esprit d'une Reine ;
Que le fer quatre fois mis en usage en vain,

M'a paru de sa mort un moyen peu certain ;
1255 Que j'ai cru le poison une douteuse voie,
Vu l'éminent péril de celui qui l'emploie ;
Que je n'ai pas jugé qu'on lui pût sur l'État
Imposer* d'apparent*, ni croyable attentat,
[83]   Non plus que lui former de parti*, ni de ligue,
1260 Dont par sa vigilance il n'éventât la brigue* ;
Enfin, je n'ai jugé, pour lui ravir le jour,
Lui pouvoir susciter autre ennemi qu'Amour ;
Je veux avec tout l'art* et toutes les caresses,
Qui pourraient d'un barbare arracher des tendresses,
1265 Et par qui sur un cœur un autre peut régner,
Pour perdre cet ingrat, tâcher de le gagner ;
Et si par tous les soins, dont mon sexe est capable,
Je puis embarrasser* cet esprit indomptable,
Le dessein de sa perte est si bien concerté,
1270 Que ses jours de bien près suivront sa liberté ;
Nise, en qui l'Empereur, plus qu'en nulle a créance*,
M'a touchant ce dessein promis son assistance ;
L'offre de tel parti qu'elle voudra choisir,
Jointe à quelques présents, la range à mon désir :
1275 S'il ne m'aima sujette, il a l'âme assez vaine*
Pour donner dans le piège, et m'aimer Souveraine ;
Et la Couronne a joint au peu que j'ai d'appas,
De nouvelles splendeurs, qu'alors je n'avais pas ;
Quand au lieu de sa perte, où tend mon entreprise,
1280 Je n'obtiendrais que l'heur* d'engager sa franchise*,
Pour punir cet esprit autrefois si glacé,
Par mes dédains présents de son mépris passé,
Je l'en verrais, peut-être, avecque moins de peine,
Et sa confusion dissiperait ma haine ;
1285 Mon courroux satisfait pourrait souffrir ses jours,
[84]   Et ma juste vengeance arrêter là son cours.
Le voilà, souviens-toi que cette confidence,
Commet* ma propre vie au soin de ta prudence ;
Adieu ; faites mes yeux mieux que n'a fait ma main.

CAMILLE.

Camille se retire disant.
1290 Que d'inhumanité dedans un cœur humain[79] !

SCÈNE II.

BÉLISAIRE, THÉODORE.

BÉLISAIRE *se voulant retirer.*

Dieu !

THÉODORE.

Bélisaire, un mot ; le sort m'est bien contraire,
De m'affliger au point de toujours vous déplaire,
De rebuter si fort qu'on ne me souffre pas,
Et vous être un sujet de détourner vos pas !

BÉLISAIRE.

1295 Qui sait valoir beaucoup, librement* se méprise,
Le respect me chassait, et non pas la surprise.

THÉODORE.

Comme le Ciel sur nous répand avec le jour
Les secrets mouvements, et de haine et d'amour,
Nous semblons l'un pour l'autre en tenir de naissance,
1300 Moi l'inclination, et vous l'indifférence :
Vous souvient-il du temps qu'en pareil entretien,
Je ne vous pus nier de vous vouloir du bien ?

_____

79. Dans *Antigone*, Hémon traite Créon d'« inhumain cœur
humain » (V, 9).

BÉLISAIRE.

Comme vous pressentiez l'éclatante Couronne,
Qu'autant que votre hymen, votre vertu vous donne ;
1305 Comme futur vassal de votre Majesté,
Je méritai dès lors des traits de sa bonté.

THÉODORE.

S'il vous souvient aussi, dès lors un trait de flamme,
Des yeux de ma cousine avait blessé votre âme,
Et ce fut le sujet qui fit qu'avec froideur
1310 Vous prêtâtes l'oreille à ma naissante ardeur ?

[86]   ### BÉLISAIRE.

Qu'entends-je, juste Ciel ! veut-elle l'inhumaine,
Me perdre par l'amour, n'ayant pu par la haine ?
Et votre rang, Madame, et cet auguste aspect,
Restreignirent mes vœux aux termes du respect ;
1315 J'eusse eu tort de tenter un espoir impossible,
Je fus respectueux, et non pas insensible ;
Je sus qu'à m'approcher du céleste flambeau,
Je ne pouvais gagner qu'un illustre tombeau ;
Et qu'en vain un mortel à cet honneur aspire,
1320 A moins que d'y voler sur l'Aigle de l'Empire ;
Sur lui Justinien, mon Maître et votre Époux,
Mérita cette gloire, et s'approcha de vous ;
Et du sacré bandeau qu'il vous mit sur la tête,
Acheta de vos vœux la superbe conquête ;
1325 Mais moi, quel diadème avais-je à vous offrir ?
Que pouvais-je pour vous, qu'adorer et souffrir ?
Et sous quel front, hélas! eussé-je osé paraître,
Amant de ma Maîtresse, et rival de mon Maître ?
Le Ciel devant les temps avait marqué pour lui,
1330 Ce trésor amoureux qu'il possède aujourd'hui ;

Et tout autre tendant vers un objet* si digne,
N'eût en un vol si haut fait qu'une chute insigne.

THÉODORE.

Si l'amour inégal* ne produit des effets*,
7]   Il oblige toujours et n'offense jamais ;
1335 S'il ne plaît, il honore, et si votre service*
     N'est reçu pour amour, il l'est pour sacrifice ;
     De quelque étroit respect qu'un amour soit contraint,
     N'osant pas demander, pour le moins il se plaint ;
     Même sans ressentir de véritable atteinte*,
1340 Qui ne veut pas déplaire, oblige par la feinte ;
     Et l'art*, quoique trompeur, d'un cœur indifférent,
     Est bien moins offensif* qu'un mépris apparent ;
     Mais il vous importait pour l'amour d'Antonie,
     Que de vos procédés la feinte fût bannie,
1345 Et vous ne vouliez pas perdre une occasion,
     Qui la pût rendre vaine* à ma confusion ;
     Ce rebut de mes vœux, ce mépris, cette glace,
     Vous était des degrés pour monter à sa grâce ;
     Si cette indignité dût me désobliger,
1350 Je ne vous le dis point, vous le pouvez juger ;
     Pour marque seulement que j'étais généreuse*,
     J'étais noble, il suffit, et de plus amoureuse ;
     Le sort m'ayant aussi fait naître la saison,
     D'essuyer cette injure et d'en tirer raison*,
1355 J'ai cherché, je l'avoue, en ma juste colère,
     Des moyens de vous perdre, et de me satisfaire ;
     Mais depuis vos bontés rétablissant vos lois…
     Achevez mes soupirs qui me coupez la voix,

                                   Un peu bas.

     Puisque vouloir forcer cette ardeur obstinée,
1360 Est lutter vainement contre ma destinée,
3]   Témoignons-lui… Mais lâche! à quoi te résous-tu ?

BÉLISAIRE *à part.*

Sois-moi propice, ô Ciel ! et soutiens ma vertu !
J'ai d'un cœur invincible affronté la Fortune,
J'ai vu d'un œil constant* le courroux de Neptune,
1365 J'ai franchi sans trembler les plus sanglants hasards*,
Et rendu sans effet* les menaces de Mars ;
Rien n'a pu m'étonner*, et cette force d'âme,
Se rend sans résistance à la voix d'une femme ;
Sa fureur* s'apaisant en obtient mieux ses fins,
1370 Et fait plus par trois mots, que par trois assassins ;
Le trouble me saisit, la frayeur me possède,
Mais ma foi tient toujours si ma constance* cède ;
On peut, grand Empereur, mon Seigneur et mon Roi,
On peut m'ôter le jour, mais non m'ôter la foi ;
1375 Et l'on me fait grand tort de me croire assez traître,
Pour devoir attenter sur l'honneur de mon Maître.

THÉODORE.

Il se trouble ! espérons, c'est déjà quelque effet*,
L'adversaire en désordre est à moitié défait ;
Achève, ô feinte amour, d'établir ton empire,
1380 Par l'adroite faveur qu'un heureux sort m'inspire ;
Quand il se baissera, nous retirant soudain,
Sortons, et lui laissons cette écharpe à la main.

[89]   *Elle laisse choir son écharpe de son bras.*

BÉLISAIRE.

Je cherchais l'Empereur qui m'attend pour la chasse,
L'heure en presse, Madame, accordez-m'en la grâce.

THÉODORE.

1385 Je m'y rends avec vous, l'ébat* m'en sera cher ;
Il ne l'aperçoit pas, ou ne l'ose toucher.

BÉLISAIRE *à part.*

Sous cette écharpe, encor, quelque embûche* est
tendue.

THÉODORE, *laissant tomber un de ses gants
sur l'écharpe : à part.*

Ce gant dessus l'écharpe adressera* sa vue.

BÉLISAIRE *à part.*

Défendez-vous mes yeux de ce second appas,
1390 Et quoi que vous voyiez, feignez de ne voir pas.

THÉODORE *à part.*

Ou ma faveur le trouble, ou l'amour qui l'engage,
0] Des yeux comme des mains lui dérobe l'usage :

Elle lui dit.
Un gant me vient de choir[80], et pour le ramasser,
Vous ne m'obligez pas du soin de vous baisser.

BÉLISAIRE.

1395 Madame je l'ai vu, mais en cette occurrence,
J'aurais cru d'un devoir faire une irrévérence ;
C'est un gage divin, et le soin qu'en eût pris
Une profane main, eût profané son prix* ;
Et vous eût fait injure en vous faisant service.
1400 Une plus belle main vous rendra cet office* ;
Il appelle Antonie dans l'antichambre.
Antonie.

---

80. L'édition de 1780 corrige en « Mon gant vient de tomber ».

THÉODORE.

Ha cruel ! cœur insensible et fier !

BÉLISAIRE, *tenant sa lettre.*

Dans la main en passant coulons-lui ce papier.
Il baille sa lettre à Antonie qui la met dans sa manche.

SCÈNE III.

ANTONIE, BÉLISAIRE, THÉODORE.

THÉODORE, *à part.*

Quoi, ni vœux, ni faveurs, rien ne touche son âme !

BÉLISAIRE.

Cette écharpe et ce gant sont tombés à Madame ;
1405 Ce devoir vous regarde.

ANTONIE.

          Et l'honneur m'en est doux.

BÉLISAIRE *à part, se retirant.*

Le piège est échappé, fuyons, retirons-nous.

[92]   ### SCÈNE IV.

THÉODORE, ANTONIE.

ANTONIE.

Cette écharpe et ce gant ne sont pas sans mystère,

Mais mon salut dépend de voir et de me taire.
Elle lève l'écharpe et le gant, et les donne à Théodore.

THÉODORE.

Vous accourez bien vite à cette chère voix.

ANTONIE.

1410 Manqué-je en vous rendant l'honneur que je vous
dois ?

THÉODORE.

Vous me rendez toujours assez de témoignage,
Et de vos passions, et de votre servage ;
Est-ce là de quel soin vous vous en détachez ?
Mais quel est ce papier ?

ANTONIE.

Quel ?

THÉODORE, *prenant la lettre de Bélisaire*
dans la manche d'Antonie.

Que vous me cachez[81]   ?

ANTONIE.

1415 Madame...

THÉODORE.

Je suis femme, et l'obstacle m'anime ;

_____

81. Racine s'est peut-être souvenu de ce procédé du billet sub-
tilisé à la rivale dans *Bajazet* (IV, 5).

Aux esprits curieux un refus est un crime ;
N'irritez point le mien.

ANTONIE.

                    La curiosité
N'est pas la passion dont il est agité.

THÉODORE.

Et quelle donc ?

ANTONIE.

                    L'envie ; ô dure servitude !
1420 Que tu m'es importune, et que ton joug est rude !
Elle s'en va en colère.
[94]

SCÈNE V.

THÉODORE, *seule.*

Je vous ferai laisser sur votre liberté,
L'honneur d'une absolue et pleine autorité.
Enfin tu reconnais, chétive* Souveraine,
Qu'aussi bien que l'effet*, la feinte encor t'est vaine ;
1425 Que sans fruit le mensonge entreprend aujourd'hui,
Ce que la vérité n'a pu gagner sur lui ;
Que de ce fier rocher[82] toute approche est bannie,
Et que sans différence, hors celui d'Antonie,

---

82. De même Salmacis, dans *L'Heureux Naufrage*, traite
Cléandre de « rocher mouvant », IV, 4, éd. cit., t. II, p. 225.

Il foule tous les cœurs à ses pieds abattus,
1430 Et tient de grands mépris pour de grandes vertus :
Essayons toutefois un moyen qui succède*,
A nouvel accident* trouvons nouveau remède ;
Assurons, en vengeant un amour irrité,
Et notre bonne estime, et notre autorité ;
1435 Nuisons sans répugnance* à qui nous pourrait nuire,
Détruisons un géant, qui nous pourrait détruire ;
J'ai de quoi triompher de ce superbe* esprit,
Le sort m'offre à propos une arme en cet écrit.

Elle lit la lettre de Bélisaire.

Leurs plus secrets pensers, leur propre intelligence*,
1440 Quand je perds tout espoir, s'offrent à ma vengeance ;
Voici de quoi détruire, et de quoi renverser
Ce Colosse orgueilleux, si fort à terrasser,
Contre qui la fureur* n'a que de vaines armes,
Et pour qui l'Amour même a d'inutiles charmes* :
1445 Commençons donc l'ouvrage, ô mes justes douleurs,
Fournissez-moi de cris, de sanglots et de pleurs[83] ;
Intéressez* mon sein, et mes yeux, et ma bouche,
Autrefois si courtois* à cet esprit farouche,
A venger les soupirs, les regards et les vœux,
1450 Qui le purent laisser insensible à mes feux :
Ha !

SCÈNE VI.

THÉODORE, L'EMPEREUR, Gardes.

L'EMPEREUR.

Que vois-je, Madame, à quel torrent de larmes

---

83. L'édition de 1780 corrige à chaque fois en « des ».

Laissez-vous effacer la splendeur de vos charmes* ?
Un si doux ennemi par ses abaissements,
N'a-t-il pas étouffé tous vos ressentiments* ?

[94]
(sic)

THÉODORE.

1455 Je ne sais dans l'ennui* dont je me sens confondre*,
Ni comment respirer, ni comment vous répondre ;
Ordonnez que d'un fer le sein me soit ouvert,
Exposez à vos yeux mon cœur à découvert,
Il vous dira bien mieux que ne fera ma bouche,
1460 Et l'ennui* qui me tue, et l'affront qui vous touche :
O Dieux ! avoir pour lui témoigné tant d'horreur,
Fait voir tant de mépris, conçu tant de fureur*,
Avoir par tant de gens sa perte poursuivie,
Et de ma propre main attenté sur sa vie,
1465 Tant abhorré son nom, perdu tant de repos,
Tant pleuré, tant gémi, tant poussé de sanglots,
N'a pu vous faire ouïr des oreilles de l'âme,
Que ce traître !

L'EMPEREUR.

Attendez, n'achevez pas, Madame,
Pesez auparavant que de rien intenter,
1470 La juste occasion qui vous y doit porter ;
Songez quel intérêt m'attache à Bélisaire,
Qu'il m'est également, et cher, et nécessaire,
Et que les qualités et de femme et d'époux,
Prenant votre querelle*, et me parlant pour vous ;
1475 L'éclat où sa valeur maintient mon diadème,
Parlera, d'autre part, pour cet autre moi-même ;
Qu'étant de mon État le plus solide appui,
On ne le peut heurter qu'on ne me choque* en lui ;

[95]
(sic)

Qu'autant que votre amour son amitié m'enflamme,
1480 Et qu'il est mon ami, si vous êtes ma femme.

THÉODORE.

Quel ami, juste Ciel, et quel solide appui,
Et vous, et votre État, rencontrez-vous en lui ?
Hélas ! souhaitez-vous le débris* de l'Empire,
Et, s'il se peut encor, quelque chose de pire,
1485 Procurez-vous sa haine et son hostilité,
Plutôt qu'une amitié de cette qualité ;
Croyez qu'il ne vous a, depuis quinze ans de guerre,
Subjugué d'ennemi, ni sur mer, ni sur terre,
Qui vous ait fait le tort qu'il vous fait aujourd'hui,
1490 Et ne vous ait été moins ennemi que lui ;
L'Enfer ne peut former de si noire pratique*,
Il n'est tigre d'Asie, il n'est lion d'Afrique,
Ni monstre si funeste, et si fort à dompter,
Qu'au prix de* cet ami, vous deviez redouter ;
1495 J'ai trop longtemps, hélas ! sous la clef du silence,
De cet audacieux retenu l'insolence ;
Et ne pouvant, enfin, en divertir* le cours,
J'en faisais à l'effet*, précéder le discours,
Croyant qu'aux attentats qui vont à votre couche,
1500 La main, impunément, pût dénoncer la bouche,
Et l'exécution en prévenir* l'arrêt ;
Vous m'avez vu le bras et le poignard tout prêt ;
Mais vous l'avez soustrait à ma fureur* extrême,
Et pris son intérêt* contre le vôtre même ;
1505 J'ai reçu, pour le moins, ce fruit de mon malheur,
De connaître à quel prix* vous mettez ma valeur,
De savoir quel degré j'occupe en votre grâce,
Et de quel avantage un vassal m'y surpasse ;
Contre toute justice, et contre toute loi,

1510 Quand j'ai voulu parler, on m'a tranché la voix,
     Et l'on m'a refusé ce que sans tyrannie,
     Aux plus noirs des forfaits jamais on ne dénie*;
     J'eusse reçu d'un Scythe un traitement plus doux,
     Et j'avais toutefois mon Juge en mon Époux ;
1515 Votre seul intérêt* me rendait criminelle,
     Je n'avais pris le fer que pour votre querelle*,
     Et l'arrêt d'un exil, des blâmes, des mépris,
     Ont d'une foi sincère été le juste prix*.

Elle lui donne la lettre de Bélisaire[84].

     Ce papier vous peut dire au défaut de ma bouche,
1520 Si je suis véritable*, et si l'affront vous touche ;
     Nise encor, que ce traître a voulu suborner,
     Et par qui l'insolent a cru me gouverner,
     Peut, si vous l'enquérez*, joindre à ce témoignage,
     Combien pour vous celer un si sensible* outrage,
1525 Contre mes sentiments j'ai longtemps combattu ;
     Et le Ciel, cependant, va payer ma vertu,
[97] Il veut par mon trépas vous en ravir la gloire,
     Et lui seul a des prix* dignes de ma victoire.

Elle tombe comme évanouie.

L'EMPEREUR.

     Que dites-vous, Madame ? Il ne demeure, ô Cieux !
1530 Ni roses à son teint, ni lumière à ses yeux !
     O funeste chaos de désordre et de trouble,
     Quand tout semble apaisé, c'est quand le mal
                                        redouble ;
     Et quand je crois jouir d'un repos apparent,
     La querelle* d'autrui devient mon différend :

---

85. L'édition originale et celle de 1780 placent également ici la didascalie sur le feint évanouissement.

1535 Mais avant toute chose, arrêtons sa faiblesse ;
A moi, quelqu'un.

SCÈNE VII.

CAMILLE, Pages, L'EMPEREUR.

CAMILLE.

Seigneur.

L'EMPEREUR.

Secourez la Princesse,

[8] Qu'un accident* subit prive de mouvement.

CAMILLE.

Madame !

L'EMPEREUR.

Passez-la dans son appartement.

SCÈNE VIII.

L'EMPEREUR *seul.*

O Revers de Fortune, à mon repos contraire !
1540 J'en connais* l'écriture, elle est de Bélisaire ;
Et le défaut d'adresse en marque le secret[85] ;

---

85. Voltaire reprendra ce quiproquo tragique dans *Zaïre*.

Je répugne à l'apprendre, et m'instruis à regret.
Il lit la lettre de Bélisaire.

  « Quand j'ai cru que ma mort vous devait être chère,
  Et que vos belles mains s'en proposaient l'effort*,
1545 Tout ce que je possède, et tout ce que j'espère,
  Me satisfaisait moins qu'une si belle mort.

[99] Qu'importait à mon cœur languissant dans vos
               chaînes,
  De mourir par les coups, ou des yeux, ou des mains[86] ;
  Si vos mains, en effet* étaient mes souveraines,
1550 Aussi bien que vos yeux étaient mes souverains. »

BÉLISAIRE.

Il continue.

  Le foudre, ce vengeur des querelles des Cieux,
  Grondant à mon oreille, et tombant à mes yeux,
  Ni le commun débris* de toute la nature,
  Ne m'étonnerait* pas, comme cette aventure*[87] ;
1555 Quoi, celui que jamais grandeur n'a pu tenter,
  Que le respect d'un trône empêche d'y monter,
  Qui content de s'en voir la plus ferme colonne,
  Et soutenir du bras le faix de ma Couronne,
  Se défend par respect de s'en charger le front,
1560 T'a voulu, mon honneur, couvrir de cet affront !
  Libre* d'ambition, permet qu'Amour le touche,
  Et refusant mon trône, entreprend* sur ma couche !
  Je dois être immortel, si de mes tristes jours,
  Ce sensible* accident * ne termine le cours ;
1565 Les devoirs* qu'il lui rend, et sa paix qu'il réclame,

---

86. Voir *Venceslas*, IV, 6, v. 1454.
87. Voir *Dom Garcie de Navarre* (IV, 7), rapprochement signalé par F. del Valle Abad, *Influencia española sobre la literatura francesa : J. Rotrou*, p. 215-216 et E. Martinenche, *Molière et le théâtre espagnol*, Paris, 1906, p. 73.

Assez visiblement manifestent sa flamme ;
Cette soumission, ce pardon généreux*,
Est moins une pitié, qu'un effet* amoureux ;
[0]   L'Amour seul, dont le joug tient son âme asservie,
1570 Pardonne aux attentats qui vont jusqu'à la vie ;
Lui seul en est capable, et la compassion
N'étend pas ses effets* jusqu'à cette action ;
Par quel caprice, hélas! le sort a-t-il pu faire,
De mon plus grand ami, mon plus grand adversaire,
1575 De l'objet* de mes vœux celui de mon horreur,
Et d'un bras de l'État, le fleau[88] de l'Empereur !
Que de ce même cœur, si jaloux de ma gloire,
Il ait pu proposer de flétrir ma mémoire !
Inutile douleur, aveugle affection !
1580 Vains intérêts d'État, frivole* ambition !
Injustes conseillers d'une lâche indulgence,
Je n'ouvre qu'aux avis* qui vont à la vengeance ;
Je vous ferme l'oreille, et de peur de pencher
Du côté du coupable, à son Juge si cher,
1585 Et croire la pitié qui me pourrait surprendre*,
J'éviterai sa vue, et ne veux point l'entendre,
Je douterais d'un crime amplement avéré,
Et qu'assez, sans sa voix, sa main a déclaré !
Mais il vient. Que mon cœur souffre de violence !
1590 Impose, mon honneur, impose-moi silence ;
Tiens ferme, ma constance*, agis sans t'émouvoir,
Ma raison, ma vertu, faites votre devoir,
Ne m'abandonnez pas en ce combat extrême,
Où j'ai si grand besoin de moi contre moi-même,
1595 Où d'un si fort instinct je me sens incliner,
Pour le fatal parti que je dois condamner.

---

88. Nous avons gardé l'orthographe originelle pour respecter la
synérèse.

SCÈNE IX.

BÉLISAIRE, L'EMPEREUR.

BÉLISAIRE.

L'on attendait, Seigneur, mais l'heure qui se passe,
Prive pour aujourd'hui de l'espoir de la chasse.

L'EMPEREUR, *bas, se promenant sans le regarder.*

L'ouvrage de mes mains ! l'effort* de ma grandeur !
1600 De ma plus chère estime attaquer la splendeur !
Un indigne ruisseau qui tient de moi sa course,
Chercher impunément à corrompre sa source,
Et le plus cher des miens diffamer ma maison[89] !
O noire ingratitude ! ô lâche trahison !

BÉLISAIRE.

1605 Prince, honneur des Césars, mon Seigneur et mon
Maître,
Hélas ! quelle froideur me faites-vous paraître ?

[102]

L'EMPEREUR, *bas.*

En vain tu m'attendris, inutile pitié,
L'intérêt* de l'honneur va devant l'amitié.

BÉLISAIRE.

Qui m'altère, Seigneur, une amitié si tendre ?
1610 Quoi, vous sans me parler, sans me voir, sans m'entendre ?

---

89. L'édition de 1780 corrige en « Quoi ! L'indigne ruisseau
qui tient de moi sa course,/Cherchoit impunément à corrompre sa
source,/Et le plus cher des miens diffame ma maison ! ».

En vous tant de froideur, ou tant d'aversion !

L'EMPEREUR.

Vous avez mal usé de mon affection.

BÉLISAIRE.

Si de ce sentiment mon esprit est capable,
Prononcez mon arrêt, Seigneur, je suis coupable ;
1615 Mais le Ciel m'est témoin d'une fidélité,
Incapable, ou d'atteinte*, ou d'inégalité*,
Et qui se maintiendrait inviolable et pure,
Dans le commun débris* de toute la nature ;
O Terre tu le sais ! je vous atteste, ô Cieux !

L'EMPEREUR, *s'en allant.*

1620 Les yeux répareront le mal qu'ont fait les yeux.

03]

SCÈNE X.

BÉLISAIRE, *seul.*

Achève ton ouvrage, ô disgrâce inhumaine ;
Je deviens importun, on me souffre avec peine !
Et je respire encor où je suis odieux !
Les yeux répareront le mal qu'ont fait les yeux !
1625 Quel mystère est caché dessous cette menace ?
Mais quel ? sinon qu'enfin la Fortune se lasse ;
Qu'elle est femme, et qu'il est de son ordre inconstant
De rebuter enfin ce qu'elle obligea tant,
Et n'élever personne au plus haut de sa roue,
1630 Que la fin de son tour ne jette dans la boue[90] ;

---

90. Dans *Belisarius*, c'est Fortuna elle-même qui développe

Ce n'est point ce revers, quoique si rigoureux,
Qui cause mon désastre, et me rend malheureux,
Et puisqu'on ne peut voir cette instable[91] Déesse,
Élever jamais rien qu'après elle n'abaisse,
1635 Et que c'est un instinct qu'elle ne peut dompter,
Notre malheur n'est pas de choir, mais de monter[92].

---

cette image : « ...Hac omnes sistunt in rota / hanc verso in horas, et momenter, qui stetit / in summo felix, et securus vertice / agitur deorsum ad nutum Providentiae / extemplo, subitque ad suprema infimus / aeterna lege » (V, 10).

91. L'édition de 1780 corrige en « la changeante ».

92. Voir *Belisarius* : « ...cum rideret olim prospera / Fortuna, tunc ego, tunc debebam conqueri, / timere risum debui, ne lacrimas / quondam has timerem » (V, 9).

ACTE V.

SCÈNE PREMIÈRE.

BÉLISAIRE, *seul.*

Plus je rentre en moi-même, et plus je m'examine,
Moins j'y puis de mon mal rencontrer l'origine ;
Et moins j'y puis juger l'ombre d'une action,
1640 En quoi j'aie abusé de son affection ;
D'oser de quelque embûche*, ou de quelque artifice,
Connaissant l'Empereur, taxer* l'Impératrice,
C'est contre l'apparence et le raisonnement,
Douter de ses bontés et de son jugement ;
1645 Et lui-même ayant pris et le temps et la peine
De retenir son bras, et réprimer sa haine,
Il est hors de soupçon, qu'elle ait pu m'imposer*
Rien d'assez vraisemblable à pouvoir m'abuser[93] ;

Cet heur* me reste, au moins en ce malheur extrême,
1650 Que la plus forte preuve est celle de soi-même,
Que j'ai mille témoins en m'ayant pour témoin,
Et que tout me manquant, je me reste au besoin ;
Dans l'assiette* où la Parque en sa plus forte rage,
Au milieu des combats a trouvé mon courage ;
1655 Attendons, ma raison, le coup de ce malheur,
Puisque mon innocence égale ma valeur ;
Que par elle à couvert du bras de la Justice,
Je puis craindre l'outrage, et non pas le supplice,

---

93. L'édition de 1780 corrige en « l'abuser ».

Et que dans la candeur où j'ai toujours vécu,
1660 Je puis être accusé, mais non pas convaincu.

SCÈNE II.

LÉONCE, BÉLISAIRE.

LÉONCE.

Je vous suis trop acquis, pour vous pouvoir sans peine,
Faire savoir, Seigneur, le sujet qui m'amène,
J'ai de sa Majesté reçu l'ordre fatal
De retirer le sceau de l'Aigle Impérial,
[106] 1665 Et m'acquitte à regret de ce mauvais office*94.

BÉLISAIRE *tirant de son doigt l'anneau que l'Empereur lui a donné.*

Rends, chétif*, rends au sort ton premier sacrifice ;
Quelque part qu'il nous donne en la faveur des Rois,
Nous sommes tous mortels, et sujets à ses lois ;
Le plus cher favori n'est rien qu'un peu de boue,
1670 Dont l'inconstant fait montre, et puis après s'en joue ;
Et ses honneurs ne sont que des sables mouvants,
Qui servent de jouet aux haleines des vents :
Il n'est si haut crédit que le temps ne consomme*,
Puisque l'homme est mortel, et qu'il provient de
                                        l'homme ;
1675 Ce qui nous vient de Dieu, seul exempt de la mort,
Est seul indépendant et du temps et du sort ;
Tenez, et profitez de ce funeste exemple,
Qui vous en peut servir d'une preuve assez ample.

---

94. *Belisarius* : « Aegre hoc defungor munus » (V. 5).

LÉONCE.

Le Ciel sait de quel œil je vois votre malheur,
1680 Mais je ne vous en puis témoigner ma douleur.
Il s'en va.

BÉLISAIRE.

Le sort n'en veut qu'à moi, n'attirez point sa haine,
Que vous n'éteindriez pas pour partager[95] ma peine.

07]

SCÈNE III.

NARSÈS, BÉLISAIRE.

NARSÈS.

Commis* à retirer les brevets des emplois,
Qui vous ont fait l'envie et la terreur des Rois,
1685 L'amitié qui nous joint d'une si forte chaîne[96],
Me fait premier que* vous ressentir votre peine ;
Mais une charge expresse adresse* ici mes pas.

BÉLISAIRE.

J'ai bien prévu mon mal, il ne me surprend* pas ;
L'Empereur m'honorant de ses magnificences,
1690 Je ne les reçus pas comme des récompenses,
Mais, ou comme des biens que j'empruntais de lui,
Ou comme des dépôts que je rends aujourd'hui ;
Devant ce changement, j'ai connu la Fortune.
Il lui baille les clefs de son cabinet, et de ses caisses.

---

95. Même si vous partagiez.
96. *Belisarius* ... quem mihi unicum
          in paucis habui amicum (V, 5).

NARSÈS, *entrant dans son cabinet,*
où il prend ses papiers.

[108] Croyez que sa disgrâce avec vous m'est commune.

BÉLISAIRE.

1695 Trop de monde y prend part, et me voyant périr,
Je vois chacun me plaindre, et nul me secourir[97].

SCÈNE IV.

PHILIPPE, BÉLISAIRE, Archers.

PHILIPPE.

Je viens le cœur atteint d'une douleur mortelle,
Vous annoncer, Seigneur, une triste nouvelle,
Dont je ne puis porter, sans ressentir les coups[98] ;
1700 César m'a commandé de me saisir de vous.

BÉLISAIRE.

Avec quelle furie, avec quelle vitesse
Détruis-tu ton ouvrage, inconstante Déesse[99] ?
Que ton faste est trompeur ! et quoi qu'il ait de beau,
Que le chemin est court d'un Palais au tombeau !
1705 Vous voilà vains honneurs, qui m'enfliez le courage,
Écoulés en un jour, comme l'eau d'un orage ;

---

97. Dans *Cosroès*, Syra, arrêtée, s'éprouve pareillement abandonnée (éd. cit., III, 3, v. 813-824).
98. Ellipse : « coups » est aussi complément d'objet direct de
« porter ».
99. Le P. Bidermann faisait dire à Justinien devant Gilimer
enchaîné : « Heu me, fortunae inconstantiam ! » (III, 7).

[9]   Sans que de mes pensers le secret entretien,
      Me propose un scrupule, et me reproche rien !

PHILIPPE.

Mon ordre porte encor de saisir votre épée.

BÉLISAIRE.

1710 Elle ! que son service a toujours occupée !
      Elle par qui l'Aurore est sujette à ses lois !
      Elle qui fume encor du sang de tant de Rois !
      Que de mes ennemis si longtemps redoutée,
      Par mes amis, enfin, elle me soit ôtée !
1715 Je ne la rends qu'à lui, son bras seul, ou le mien,
      D'un si noble fardeau sont le digne soutien ;
      Je la veux bien placer, s'il faut que je la rende.
L'Empereur vient.

[01]
ic)

SCÈNE V.

L'EMPEREUR, Suite de Gardes, PHILIPPE,
BÉLISAIRE, Archers.

L'EMPEREUR.

C'est moi qui vous arrête, et qui vous la demande.

BÉLISAIRE.

Tenez, elle ne peut mieux tomber de mes mains,
1720 Qu'aux pieds du plus puissant et plus grand des
                                          humains,
      Et de qui la valeur, comme elle, est sans pareille ;
      Tenez, foulez aux pieds la huitième merveille,
      De tant de légions l'heur* et l'étonnement*,

Et de votre grandeur le plus digne instrument ;
1725 Et s'il vous servit mal, reprochez-m'en la honte.

L'EMPEREUR, *s'en allant, dit à Philippe*
à qui il baille un papier.

Exécutez cet ordre, et m'en rendez bon compte.

[111]   BÉLISAIRE, *l'arrêtant et se jetant à ses pieds.*

Prince l'espoir des bons, et l'effroi des pervers,
Vive* image de Dieu, Roi du bas univers,
Arbitre souverain des fortunes humaines,
1730 Si pour distribuer et les prix* et les peines,
Et discuter le droit avec un juste soin,
De l'une et l'autre oreille un Monarque a besoin ;
Après avoir ouï ma mauvaise fortune,
L'équité vous oblige à m'en accorder une,
1735 Pour vous justifier la plus sincère foi,
Qu'un fidèle vassal eut jamais pour son Roi ;
Quand le Tigre effrayé de ses grottes profondes,
Jusqu'aux monts d'alentour fit dégorger ses ondes,
À dessein d'éloigner, ou d'engloutir en vous,
1740 Le sujet de l'effroi d'où naissait son courroux ;
Lors, s'il vous en souvient, hors de course et d'haleine,
Votre cheval bronchant, vous laissait dans la plaine,
Et ce débordement à l'Empire fatal,
Vous menaçait tout vif* d'un tombeau de cristal ;
1745 Quand pour rendre sa rage et ses menaces vaines,
Guidé de ces deux bras, ces deux rames humaines,
Ce corps que l'amitié fit servir de vaisseau,
S'alla charger du vôtre, et vous tira de l'eau ;
Et lorsque du coteau qui faisait le rivage,
1750 Je vous fis contempler le péril du naufrage,
Avecque vos esprits, votre voix de retour,
[112]   Reconnut qu'en effet* vous me deviez le jour ;

S'il vous souvient encor du combat où les Perses,
Après tant de refus et de fuites diverses,
1755 En un lieu favorable, enfin venus aux mains,
Eurent sitôt rompu les escadrons Romains,
Vous suivant de la vue, au plus fort de la presse,
Où vous précipita votre ardente jeunesse,
Je vis votre cheval percé de mille coups,
1760 Vous manquer comme l'autre, et se coucher sous vous,
Et presque en même temps dans le fort des alarmes*,
En mille éclats d'acier choir et voler vos armes ;
Mon cœur à cet objet* saisi d'une chaleur,
Dont les bouillants effets* passèrent ma valeur,
1765 Me fit fendre les rangs, et sans toucher à terre,
Sur ceux qui vous pressaient fondre comme un ton-
                                                    nerre,
Là de tous mes efforts dont je n'espérais rien,
De votre cheval mort, je vous mis sur le mien,
Vous rendis la vigueur, qui vous était ravie,
1770 Et vous fis un chemin de la mort à la vie ;
Je crois bien que le sort, bien plus que ma valeur,
D'un si triste accident* divertit* le malheur,
Et que vous destinant à ce degré suprême,
Et devant à ce front l'éclat d'un diadème,
1775 Il ne put s'oublier dedans vos intérêts,
Sans faire préjudice à ses propres décrets ;
Mais à ses soins, enfin, c'était joindre mon zèle,
Comme il vous était bon, je vous étais fidèle,
13] Si je ne vous causai je vous voulus du bien,
1780 Et mon dessein vous fut un instrument du sien ;
Depuis, comme à votre heur*, toute chose conspire,
Votre oncle encor vivant vous résigna* l'Empire ;
Et j'étendis ses bords jusqu'aux fameux déserts,
Qu'arrose le grand fleuve émulateur* des mers,
1785 Qui dedans son sépulcre entre avec violence,
Et dedans son berceau garde un si doux silence,

Que le lieu de sa source est encore douteux,
Le Nil qui meurt si vain*, et qui naît si honteux.
Sous[100] combien de climats, et sur combien de terres,
1790 N'ai-je à l'Aigle Romain fait étendre ses serres,
Ne l'ai-je pas rendu depuis que je vous sers,
Monarque de la terre, aussi bien que des airs ?
Je l'ai conduit si loin, que j'en ai fait dépendre,
Presque tous les pays ignorés d'Alexandre ;
1795 Le Gange dont le jour voit la source en naissant,
Par l'heur* de mes travaux*, vous est obéissant ;
Par moi l'une et l'autre Inde est sujette à l'Empire,
Par moi dessous vos lois tout l'Occident respire,
Et, si je l'ose dire à votre Majesté,
1800 Elle a par ma valeur plus acquis qu'hérité.
Mais outre tant d'éclat joint à votre couronne,
Combien ai-je servi votre propre personne ?
Combien ai-je arrêté par un heureux effort*,
De bras déja levés pour vous porter la mort ;
1805 S'il ne vous en souvient, nul que vous ne l'ignore,
[114]   Et du traître Archytas[101] la cendre en fume encore ;
Accroître vos États, et vous sauver le jour,
Sont-ce d'indignes fruits d'une[102] sincère amour ?
Je sais qu'avec excès vos mains Impériales,
1810 Des charges de l'État m'ont été libérales ;
Mais vous n'aviez dessein en m'élevant si haut,
Que de me faire après choir d'un plus rude saut,
Et m'abaisser autant que l'on m'avait en butte*,
Chaque pas de ma gloire en est un de ma chute,
1815 Et le seul souvenir restant de vos présents,

---

100. L'édition de 1780 corrige en « sur ».
101. Nous n'avons trouvé nulle mention de cet Archytas chez Procope, ni chez Mira de Amescua. L'édition de 1780 corrige en « Archilas ».
102. L'édition de 1780 corrige en « du plus ».

Fait de mes biens passés autant de maux présents ;
Le médiocre état d'une fortune basse,
M'eût bien été, sans doute*, une plus chère grâce,
Que celle des grandeurs qui me coûtent si cher,
1820 Et du rang éminent dont il faut trébucher* ;
En me faisant du bien vous me fûtes barbare,
En m'obligeant, cruel, en me donnant, avare ;
Le Crocodile, ainsi, tue en versant des pleurs[103],
La Sirène en chantant, et l'aspic sous les fleurs ;
1825 Si par quelque rapport ma foi vous est suspecte,
Est-il rien que l'envie ou n'attaque, ou n'infecte ?
Ce monstre si cruel, sous un front si courtois*,
N'a-t-il pas l'accès libre en la maison des Rois[104] ?
Quels siècles et quels temps n'ont pas porté des traîtres,
1830 En ont-ils exempté les Cours de vos ancêtres ?
Et l'œil d'un Empereur, non plus que d'un sujet,
Peut-il lire en un cœur, ni savoir son projet ?
Dieu seul de nos esprits pénètre les abîmes.
Si j'avais pu faillir, j'aurais pu de beaux crimes,
1835 J'ai pu[105] m'assujettir cent lieux où vous régnez,
Retenant* les États que je vous ai gagnés ;
Mais je vous ai gardé cette vertu sincère,
Que le fils, pour régner, ne garde pas au père,
Et faisant tout pour vous, n'ai souhaité pour moi,
1840 Que la gloire et le bruit* d'une immuable foi ;
Les Rois ne sont plus Rois depuis que* leur puissance
Laisse à la calomnie opprimer l'innocence,
Vous dépouillerez-vous de cette qualité,

15]

---

103. Cette allusion aux pleurs du crocodile vient de la pièce
espagnole (v. 2517).
104. Invidia, accompagnée de Mendacium et Detractio, est un
des personnages allégoriques de *Belisarius*.
105. J'aurais pu. L'édition de 1780 corrige en « J'ai su ».

Et pour moi seul, hélas ! n'est-il point d'équité ?
à genoux
1845 En quel lieu qu'à vos pieds faut-il que je l'attende ?
       Vous m'y voyez, Seigneur, et je vous la demande,
       Apprenez-moi le crime, auparavant[106] l'arrêt,
       Ma conservation est de votre intérêt ;
       Admettez l'innocence à réprimer l'outrage,
1850 Et ne vous hâtez pas d'effacer votre image.
L'Empereur lui tourne le dos, et s'en va.

PHILIPPE, *pleurant.*

Cesse vaine pitié, dont mon cœur est transi !

BÉLISAIRE.

Ainsi, mon maître, hélas ! vous me quittez ainsi,
       Et votre dureté rend ma plainte inutile !
[116]   A qui donc me plaindrai-je, où sera mon asile ?
1855 Ha ! puisqu'ici mes cris et mes soupirs sont vains,
       C'est à vous, justes Cieux ! à vous que je me plains ;
       Voyez mon innocence, et rendez témoignage
       De l'injuste rigueur dont la terre m'outrage,
       Et du prix* dont César reconnaît mon amour ;
1860 J'ai fait aller ses lois partout où va le jour !
       Du Levant au Couchant j'ai porté sa lumière,
       Et je trouve la mort au bout de ma carrière* ;
       Son pouvoir n'ayant plus où s'étendre plus loin,
       Il brise l'instrument dont il n'a plus besoin.
1865 Philippe, à quelle fin destine-t-on ma vie ?
       A quoi l'ont condamnée, ou la haine, ou l'envie ?
       Allons, s'il faut mourir il est temps de partir,
       La mort qui frappe tôt s'en fait moins ressentir.
Il sort.

---

106. Avant de m'apprendre la condamnation.

PHILIPPE *dit bas.*

J'ai regret que le sort m'emploie à la ruine*
1870 De la plus éclatante et superbe Machine* ;
Mais César me l'ordonne, et les ordres des Rois
Lèvent toutes défenses, et passent toutes lois.

[17]

SCÈNE VI.

L'EMPEREUR, LÉONCE, NARSÈS.

L'EMPEREUR.

Je souffre, je l'avoue, en cette inquiétude,
Un reproche secret de mon ingratitude ;
1875 Quand je pense aux États que son bras m'a soumis,
Qu'il a fait mes sujets de tous mes ennemis ;
Qu'il a mis par ses soins, en délices fertiles,
L'abondance en mes champs, et la paix en mes villes ;
Et que je puis fermer par l'heur* de ses exploits,
1880 Le Temple[107], qu'un même heur* n'a fermé qu'une
                                                    fois ;
Ma raison justement condamne ma colère,
Sa perte est de ses faits un indigne salaire,
Je les reconnais mal, et laisse à ses rivaux
De tièdes passions d'égaler ses travaux* ;
1885 Mais l'affront d'autre part sensiblement* me touche
De voir en un vassal des pensers pour ma couche,
Et repassant des yeux ce que j'ai fait pour lui,
Que je l'avais élu* pour mon plus ferme appui,

---

107. Allusion au temple de Janus à Rome dont les portes
étaient ouvertes en temps de guerre pour que le dieu puisse porter
secours à la cité.

118]   Que je lui départais* l'éclat qui m'environne,
1890   Et qu'ayant avec lui partagé ma Couronne,
        Il a voulu souiller l'honneur de ma maison,
        Ma colère avec droit condamne ma raison ;
        Ce crime, de mes vœux, est un prix* bien indigne ;
        Nise m'a confirmé cette insolence insigne,
1895   Et le souffrant je laisse en cette impunité,
        Un exemple fatal à mon autorité.

LÉONCE.

        Sans prétendre, Seigneur, taxer* l'Impératrice,
        La haine d'une femme a beaucoup d'artifice.

NARSÈS.

        Et son art* redoutable aux esprits les plus forts,
1900   Pour produire un dessein meut de puissants ressorts.

L'EMPEREUR.

        Sa perte est à l'État de trop grand préjudice,
        Pour ne lui rendre pas raison de ma justice ;
        C'est pour cet intérêt que je vous ai fait voir
        A quel point son amour a trahi son devoir ;
1905   Et comme par des traits, moins d'encre que de
                                        flamme,
        Sur ce fatal papier sa main produit son âme ;
        Joint qu'au moindre attentat contre un front couronné,
        C'est être criminel que d'être soupçonné.

[119]

SCÈNE VII.

CAMILLE, L'EMPEREUR, LÉONCE, NARSÈS, Gardes.

CAMILLE.

    Suspendez* votre arrêt, Seigneur, l'Impératrice,
1910 Au bruit* que l'on menait Bélisaire au Supplice,
    Surprise* tout à coup d'un funeste accident*,
    D'un jugement du Ciel, effet* trop évident,
    Et (comme de son bras visiblement touchée)
    S'est à force du sein la parole arrachée,
1915 Pour s'écrier d'un triste et pitoyable accent,
    Qu'on sauve Bélisaire, et qu'il est innocent ;
    Qu'elle doit sa décharge* au remords qui la presse,
    Et qu'Antonie est celle à qui l'écrit s'adresse :
    Là son teint est pâli, son œil s'est égaré,
1920 J'ai cru voir de son corps son esprit séparé ;
    Et laissant Nise, Olinde, et Murcie auprès d'elle,
    Vous en viens, par son ordre, apporter la nouvelle ;
    Antonie à ce bruit* si funeste à ses vœux,
    Se meurtrissant le sein, s'arrachant ses[108] cheveux,
1925 Et nommant son amour de son malheur coupable,
[120] Passe à tous les excès dont la rage est capable ;
    Nise que ce malheur afflige également,
    S'accuse à haute voix d'en être l'instrument,
    D'avoir d'un faux rapport surpris* votre justice,
1930 Et par son désespoir commence son supplice.

---

108. L'édition de 1780 corrige en « les ».

L'EMPEREUR.

Cours Narsès, courez tous, du pas le plus pressé,
Dont on puisse arrêter le trait que j'ai lancé,
Sauver de mes États la plus vive lumière,
Et de ce clair flambeau prolonger[109] la carrière* ;
1935 Empêchez que Philippe[110] …

SCÈNE DERNIÈRE.

PHILIPPE, Archers, L'EMPEREUR, NARSÈS, LÉONCE, CAMILLE, Gardes.

L'EMPEREUR *continue.*

                                        O Funeste retour !
Au Soleil de l'Empire a-t-on ravi le jour ?
Avez-vous satisfait au jugement inique,
D'aveugler sans flambeau la fortune publique,
Éteignant de ses yeux l'immortelle clarté ?

[121]

PHILIPPE.

1940 Votre ordre le portait, il est exécuté ;
Et l'exécution a passé l'ordre même ;
Car au ressentiment* de la douleur extrême,
Que le fer imprimait en un endroit si pur,
Ces globes animés d'argent vif* et d'azur,
1945 Ont parmi quelque sang dans une main infâme,
De ce jeune Héros, versé le sang[111] et l'âme ;

---

109. L'édition de 1780 corrige en « sauvez » et « prolongez ».
110. Voir *Antigone* où Créon ordonne également trop tard de sauver la jeune fille (V, 6, 7).
111. Négligence due à une rédaction trop rapide ?

Quand vous l'avez banni, le Ciel l'a retiré*,
Jusqu'à l'exécuteur nous l'avons tous pleuré ;
Nous avons de sa mort partagé les atteintes*,
1950 S'il en souffrait le mal, nous en poussions les plaintes,
Et sans que la rigueur de ces[112] sanglants efforts*,
Ait pu faire à l'esprit suivre la loi du corps,
De ce cœur généreux* démentir la noblesse,
Ni souiller sa vertu d'aucun trait de faiblesse,
1955 Son âme s'envolant par la brèche des yeux,
D'un invisible effort* a pris sa route aux Cieux.

L'EMPEREUR.

O Funeste disgrâce ! ô douleur non prévue !
De quel aveuglement dessillez-vous ma vue ?
Bélisaire n'est plus ! hélas ! il paraît bien
1960 Que mon aveuglement a précédé le sien[113],
Et qu'il faut que l'Enfer d'un étrange* nuage,
De ma raison charmée* ait offusqué* l'usage,
Pour m'avoir fait treuver dedans sa pureté,
Quelque ombre de faiblesse et d'infidélité ;
1965 Lourd et grossier abus, croyance ridicule,
Incroyable à moi-même, aujourd'hui si crédule ;
Hélas ! quel est le gouffre où vous m'avez plongé ?
Ai-je appris ce trépas, ou si je l'ai songé ?
Ai-je, méchante femme, assez servi ta haine ?
1970 O Ciel ! il paraît bien que la prudence humaine,
Qui fait gloire ici-bas des efforts les plus hauts,
Tombe, quand il te plaît, en d'insignes défauts.
Cherche, indigne sujet de mes feux légitimes,
Barbare, cherche ailleurs l'instrument de tes crimes ;

---

112. L'édition de 1780 corrige en « ses ».
113. Voir *Antigone* : « Plus aveugle est que moi, tel qui ne croit
pas l'être » (V, 5).

1975 Et ne te promets plus, objet* de mon horreur,
     Ni de part en mon lit, ni d'accès en mon cœur !
     Ha ! s'il m'était permis, après cette aventure*,
     De répandre mon sang dessus ta sépulture,
     Et prévenir* du Ciel l'inviolable arrêt,
1980 Agréable ennemi, que tu m'y verrais prêt !
     Du pied du Tribunal, où tu vas rendre compte
     D'une si belle vie, et d'une mort si prompte,
     Chère âme, obtiens-moi l'heur* d'expier ton trépas,
     Par celui de te joindre, et de suivre tes pas ;
1985 Aussi bien, après toi, quelle attente me reste,
     Ta mort est un malheur à tout l'État funeste,
     Et dont le coup fatal saignera trop longtemps,
     Pour frustrer mon espoir de celle que j'attends.

                    F I N.

ANNEXE

Nous proposons ici un tableau comparatif du déroulement de l'action chez Rotrou et Mira de Amescua suivi des extraits de la pièce espagnole que Rotrou a plus particulièrement traduits.

ROTROU Acte I	MIRA DE AMESCUA Acte I
1 Triomphe de Bélisaire	Triomphe de Belisario,
2 Léonce, aposté pour tuer Bélisaire, l'épargne, et lui apprend l'existence d'une ennemie. Le spectateur sait qu'il s'agit de Théodore. *Rotrou a adapté ce long passage en I, 6.*	Leoncio, au lieu de le tuer, lui apprend qu'il a une ennemie L'Empereur sort pour accueillir Belisario qui lui raconte sa victoire sur la Perse et demande la grâce de Leoncio. L'Empereur lui donne en outre un anneau jumeau du sien. Scène comique avec Floro, *gracioso*, serviteur de Belisario. Leoncio se fait reconnaître de Belisario. Teodora révèle à sa confidente qu'elle veut se venger de Belisario qui a méprisé son amour pour préférer Antonia.
3 Théodore hait Bélisaire parce qu'il n'a pas répondu à son amour. Elle est jalouse d'Antonie qu'un amour réciproque unit à Bélisaire mais qu'elle veut marier à son parent Philippe. De plus, le général a trop de puissance à la cour.	

4 L'Impératrice ordonne à Antonie de cacher son amour à Bélisaire si elle veut lui sauver la vie.

Elle ordonne à Antonia de dissimuler son amour à Belisario et lui annonce qu'elle veut la marier à Filipo.

5 L'Empereur annonce l'arrivée de Bélisaire; Théodore se résout à faire bonne figure.

6 L'Empereur rend un dithyrambique hommage à Bélisaire qui proteste ; Théodore dissimule et surveille Antonie.

A l'entrée de l'empereur et de Belisario, elle dissimule sa colère et surveille Antonia.

Bélisaire raconte sa victoire sur la Perse. L'Empereur lui donne un anneau jumeau du sien ;

Belisario s'inquiète de la froideur d'Antonia.

Bélisaire obtient la grâce de Léonce qui se fait aussitôt reconnaître. Théodore l'accable de reproches en aparté. Bélisaire s'inquiète de l'indifférence d'Antonie, puis suit l'Empereur.

Léoncio se fait reconnaître et pardonner de l'empereur. Teodora l'insulte puis promet à Narses l'Italie en échange du meurtre de Belisario. Il accepte.

Théodore appelle Narsès.

Belisario, inquiet de l'indifférence d'Antonia, sort avec l'empereur et Teodora.

Là encore, l'ordre adopté par Rotrou diffère de celui de Mira de Amescua.

Acte II

1 Antonie, seule, se lamente.

Antonia, seule, se lamente.

2 Elle repousse l'amour de Philippe et le congédie.

3 Théodore annonce l'arrivée de Bélisaire et impose à Antonie de feindre l'indifférence.

Teodora prévient Antonia qu'elle l'espionne.

4 Bélisaire offre à Antonie de mourir pour elle ; elle répond évasivement.

Belisario proteste de son amour ; Antonia l'engage à l'oublier et sort.

5 Seul, il se lamente et croit reconnaître en elle son ennemie.

Il la soupçonne d'être son ennemie.

6 L'Empereur lui demande de choisir entre trois candidats, Narsès, Philippe et Léonce, le prochain gouverneur d'Italie.

L'empereur lui demande de choisir entre trois candidats, Narses, Filipo et Leoncio, le prochain gouverneur d'Italie.

7 Bélisaire remet le choix au sort qui désigne Narsès, puis s'endort.

Belisario remet le choix au sort qui désigne Narses, puis s'endort.

8 Narsès entre, un poignard à la main pour l'assassiner, mais y renonce en se voyant choisi et l'avertit en écrivant quelques lignes et en laissant le poignard comme pièce à conviction.

Narses entre, un poignard à la main pour l'assassiner, mais y renonce en se voyant choisi et l'avertit en écrivant quelques lignes et en laissant le poignard comme pièce à conviction.

9 Bélisaire, s'éveillant, y voit une nouvelle preuve contre Antonie.

Belisario, s'éveillant, y voit une nouvelle preuve contre Antonia.

10 Il remet l'écrit à Justinien.

L'empereur inquiet envoie guerroyer en Afriquc Belisario qui, en des adieux ambigus, ne parvient pas à dissiper son malentendu avec Antonia.

Acte II

11 Celui-ci veut interroger Narsès sur l'ennemie mystérieuse.

L'empereur se demande qui est l'ennemie mystérieuse de Belisario qui lui a montré l'écrit de Narses.
Les dames de la cour veulent jouer *Pyrame et Thisbé* ; Antonia sera Thisbé ; l'empereur choisit Belisario pour jouer Pyrame.

12 Narsès refusant de parler, l'Empereur comprend qu'il s'agit de Théodore.

Il soupçonne Antonia ou Teodora, annonce faussement la mort de Belisario

Rotrou a ici anticipé par rapport à Mira de Amescua. Les menaces de l'Empereur en prennent d'autant plus de relief.

13 Il lui montre le papier, sans dévoiler ses soupçons, mais l'avertit qu'il sera sans pitié pour cette femme, quelle qu'elle soit.

pour voir leur réaction, et dit qu'il la vengera, même sur ses plus proches parents.

14 La fureur de Théodore est exacerbée.

15 Elle engage Philippe à tuer Bélisaire.

Teodora, furieuse, engage Filipo à tuer Belisario.

16 Narsès et Léonce, témoins de cette conversation, décident de le défendre.

Narses et Leoncio, témoins de cette conversation, décident de le défendre.

Filipo veut profiter de la nuit pour parler à Antonia.

Leoncio et Narses l'attaquent ; Belisario et Floro prennent sa défense.

17 Monologue haineux de Théodore.

18 On entend un bruit d'épées dans un parc. Philippe veut savoir qui vient de le sauver ; Bélisaire refuse de se faire connaître mais accepte une bague.
Voir II, 12.

Filipo veut savoir qui vient de le sauver ; Belisario refuse de se faire connaître mais accepte une bague.

19 Il a obtenu un entretien d'Antonie et espère éclaircir la situation.
Rotrou a utilisé des passages de cette scène en I, 6 et en II, 6.

Narses refuse de dévoiler l'identité de l'ennemie à l'empereur qui en conclut que c'est Teodora.

Il accueille avec transport Belisario revenu d'Afrique vainqueur.

Marcia et Camila saluent Belisario et lui annoncent qu'il joue Pyrame dans la comédie avec Antonia pour partenaire en Thisbé. Il s'en réjouit.

Sous couleur de jouer, Antonia et Belisario dissipent leur malentendu, malgré les questions soupçonneuses de Teodora qui assiste à la répétition.

Belisario comprend que l'impératrice est son ennemie.

Acte III

1 Bélisaire s'est pleinement réconcilié avec Antonie ; il correspondront par écrit pour déjouer la surveillance de Théodore.

2 Philippe, prêt à poignarder Bélisaire, reconnaît sa bague à son doigt, lui révèle ses desseins, proteste de ses remords, et avoue implicitement la responsabilité de Théodore.

Filipo, prêt à poignarder Belisario, reconnaît sa bague à son doigt, lui révèle ses desseins, proteste de ses remords, et avoue implicitement la responsabilité de Teodora.

3 Bélisaire décide de feindre le sommeil pour tout révéler à l'Empereur.

Belisario décide de feindre le sommeil pour tout révéler à l'empereur.

4 L'Empereur ordonne à Narsès de tout préparer pour le triomphe et le congédie.

L'empereur ordonne à Narses de tout préparer pour le triomphe et le congédie.

Bélisaire, « endormi », se plaint de Théodore.

Belisario, « endormi », se plaint de Teodora.

Ainsi instruit, l'Empereur se promet de le protéger et se cache pour en savoir davantage.

Ainsi instruit, l'empereur se promet de le protéger et se cache pour en savoir davantage.

5 Théodore accable Philippe de reproches et saisit

Teodora accable Filipo de reproches et saisit l'occal'occasion qui s'offre de tuer Bélisaire endormi, mais l'Empereur l'arrête. Le général sort de son feint sommeil.

6 Bannissement de Théodore.

7 L'Empereur partage avec Bélisaire les attributs de sa puissance et l'invite à commander en empereur. Celui-ci révoque alors la sentence d'exil et renouvelle ses protestations de soumission à l'égard de l'Impératrice.

Acte IV

1 Théodore, toujours implacable, révèle à sa confidente qu'elle veut perdre Bélisaire en lui inspirant de l'amour.

2 Elle se déclare. Bien qu'ébranlé, il s'abrite derrière son peu de mérite et sa loyauté de sujet pour la repousser et feint d'abord de ne pas voir le gant et l'écharpe, gages d'amour qu'elle veut lui faire ramasser, puis appelle Antonie,

sion qui s'offre de tuer Belisario endormi, mais l'empereur l'arrête. Le général sort de son feint sommeil.

Bannissement de Teodora.

L'empereur partage avec Bélisaire les attributs de sa puissance et l'invite à commander en empereur. Celui-ci révoque alors la sentence d'exil et renouvelle ses protestations de soumission à l'égard de l'impératrice.

Acte III

Leoncio et Filipo essaient d'attiser l'ambition de Belisario, revenu vainqueur d'Italie ; Floro, par une fable, l'incite à cesser de se sacrifier pour l'empereur, mais le héros reste d'une loyauté à toute épreuve.

Teodora s'avoue que l'amour qu'elle éprouva autrefois pour Belisario s'est rallumé.

Seule avec lui, elle s'encourage à parler.

Elle se déclare. Bien qu'ébranlé, il s'abrite derrière son peu de mérite et sa loyauté de sujet pour la repousser et feint d'abord de ne pas voir le gant et l'écharpe, gages d'amour qu'elle veut lui faire ramasser, puis appelle Antonia,

3 la charge de cette tâche, lui glisse secrètement une lettre et sort.
4 Théodore s'empare de la lettre,
5 la lit, et décide de l'utiliser pour se venger.
6 Avec des pleurs simulés, elle prétend devant l'empereur que Bélisaire a voulu la « suborner », lui donne la lettre comme preuve et feint un évanouissement.
7 L'Empereur la fait reconduire chez elle.
8 Il lit la lettre, croit que l'amour qui s'y exprime s'adresse à Théodore, développe sa surprise et sa tristesse mais s'excite à la vengeance et se promet de ne pas écouter Bélisaire.

9 Bélisaire entrant, il refuse de lui parler malgré ses supplications, et sort sur une phrase énigmatique « les yeux répareront le mal qu'ont fait les yeux ».
10, Bélisaire s'interroge et voit dans son malheur un effet de l'inconstance de la Fortune.

la charge de cette tâche, lui glisse secrètement une lettre et sort.
Teodora s'empare de la lettre et décide de l'utiliser pour se venger.

En pleurant, elle répond aux questions de l'empereur en accusant Belisario à demi-mot et s'évanouit.

L'empereur prend la lettre et s'indigne douloureusement de la trahison supposée de Belisario.

Il fait reconduire Teodora chez elle.
Belisario vient lui annoncer sa victoire en Italie, mais n'obtient pas de réponse. L'empereur sort en menaçant ses yeux.

Belisario, incertain, voit dans son malheur un effet de l'inconstance de la Fortune.

Acte V

1 Bélisaire se perd en conjectures mais se rassure sur son innocence.
2 Léonce vient lui réclamer l'anneau donné par l'Empereur.

Filipo vient lui réclamer l'anneau donné par l'empereur.

3, Narsès lui enjoint de renoncer à ses « emplois ».

4 Philippe vient l'arrêter et lui demande son épée. Bélisaire refuse de la donner, sinon à l'Empereur.

5 Celui-ci en personne la demande, ordonne à Philippe d'exécuter un ordre inscrit sur un papier et sort, malgré un long plaidoyer pathétique de Bélisaire.

Narses lui redemande ensuite ses richesses.

Leoncio vient l'arrêter.

L'empereur lui demande son épée, ordonne à Leoncio d'exécuter un ordre écrit sur un papier et refuse de parler à Belisario qui, malgré un long plaidoyer pathétique, est emmené prisonnier.

Dialogue plaisant entre Floro et Fabricio.

Leoncio et Filipo parlent du sort réservé à Belisario qui entre, les yeux crevés et en guenilles. Il mendie de la nourriture mais ils ne lui donnent qu'un bâton et sortent.

Narses refuse aussi de l'aider.

Floro lui reste fidèle.

6 L'Empereur revenu exprime une certaine hésitation, mais la pensée de la lettre qu'il veut montrer à Narsès et à Léonce emporte tous ses doutes.

L'empereur, ému par ce spectacle craint d'avoir été trop cruel.

Antonia découvre avec horreur le sort de Belisario qui meurt en lui confiant son honneur.

Elle raconte toute la vérité à l'empereur qui fait amende honorable, répudie Teodora et veut convaincre Antonia de l'épouser. Elle refuse, par fidélité à Belisario, « el ejemplo mayor de la desdicha ».

7 Camille vient, de la part
de Théodore saisie par le
remords, révéler la machi-
nation. L'Empereur envoie
un contrordre…

8 mais Bélisaire a déjà subi
le supplice de l'aveugle-
ment et y a laissé la vie.
L'Empereur s'indigne, se
lamente et souhaite la
mort.

Nous avons reproduit des extraits du texte de Mira de Amescua. Les parenthèses (R., v. n) (M., v. 1-240) renvoient à la pièce de Rotrou ; celles (M., v. n) à celle de l'Espagnol.

(R., I, 6)

EMP.
¡Belisario amigo!

BELIS.
El nombre,
gran señor, de la amistad
en tí contiene deidad ; no se
debe dar a un hombre.
Proporción no ven contigo
mis merecimientos, y hallo
que en llamarme tu vasallo
me honras más que en ser
tu amigo.

EMP.
Más, Belisario, mereces.
Dame los brazos. (R., v. 255)

BELIS.
Señor,
a tus pies estoy mejor.

EMP.
La modestia miente a veces.
¡Vive Dios, que más qui-
siera
ser yo tú, que ser el dueño
del mundo, reino pequeño,
clima estrecho, corta esfera
para tus meritos. Dí,
¿ no es mas saberlo ganar
que acertarlo a gobernar?
(R., v. 273-274)
Tu no dependes de mí.

Contigo trays el valor,
ser te dá tu mismo ser; (R.,
v. 275)
pero yo te he menester
para ser emperador. (R.,
v. 278)
Reinos me ganas, y así,
¡cuánto mejor me estuviera
que yo provincias te diera
que no dármelas tu a mí!

BELIS.
Como tu deidad es mucha
reflejos de luz nos dá. (R.,
v. 287)

EMP.
¿Persia es del imperio ya?
(R., v. 294)

BELIS.
Sí, señor. (R., v. 295)

EMP.
Dí, cómo.

BELIS.
Escucha.
Cuando Persia, señor, las
armas toma (R., v. 300-303)
sin temer del imperio los
blasones
y la fatal violencia conque
doma
tigres en Asia, en Africa
leones,

con las invictas águilas de
Roma (R., v. 300-303)
rompieron tus gallardos
escuadrones
hondas de plata, arenas de
granates
en el rápido curso del
Eúfrates.

Récit détaillé d'opéra-
tions militaires (M.,
v. 281-320)

Si viste, gran señor, langosta parda
talando rubia miés; si viste
un río
que la ley de sus márgenes
no guarda
porque las lluvias le causa-
ron brío;
si viste fiero incendio que
acobarda
las fértiles campañas del
estío, (R., v. 309-310)
nuestro ejército, así, latino
y griego,
río, langosta, fué, diluvio y
fuego. (R., v. 312)
Su ejército me oponen y
confían
en la bárbara furia de ele-
fantes
que con navajas de marfil
(R., v. 315) herían
las tropas de caballos y de
infantes.
Cien torres que montañas
parecían
llevaban estos brutos arro-
gantes,

y tantas flechas disparaban
dellas
que eclipsaron el sol y las
estrellas. (R., v. 317-318)

Il expose sa tactique
contre les éléphants (M.,
v. 337-345)

Ya es del Imperio cuanto el
Tigris baña; (R., v. 320)

Les rois et les peuples
de l'Asie reconnaissent
le pouvoir de Justinien
(M., v. 347-352).

EMP.
Belisario, ¿ qué favor
no es pequeño para darte?
Sólo pretendo pagarte
con mí mismo, (R., v. 328),
con mi amor;
que él es inmenso, y ansí
grandes mercedes te doy,
dando lo mismo que soy
para que vivas en mí.
Dos anillos con dos sellos
mandé hacer de un propio
modo, (R., v. 335)
porque podamos en todo
ser los dos uno con ellos.
(R., v. 342)
Toma el uno (R., v. 339), y
la amistad
finezas haga y extremos.
Cástor y Pollux seremos.
Belisario es mi mitad. (R.,
v. 339)

BELIS.
Sólo una cosa te ruego. (R.,
v. 347)

EMP.
Hazla, tú. ¿Qué me pro-
pones
ni ruegas ? (R., v. 352)
BELIS.
Es que perdones
a Leoncio. (R., v. 355)
EMP.
Venga luego,
y no sólo le perdono,
pero mercedes le haré;
porque hombre, que digno
fué (R., v. 357-360)
de tu intercesión y abono,
ofenderme no ha podido.
(R., v. 357-360)
Por buen vasallo le tengo;
y por eso a entender vengo
que envidias le han perse-
guido. (R., v. 361)
BELIS.
Beso tu mano.
LEON.
(Aparte)   ¿Que yo
viniese a matar así
al que me dá vida a mí?
¡Mal haya quien lo mandó!
¡Mal haya quien lo ha
intentado
y quien le fuere traidor!
(M., v. 387-1591)
(R., III, 3)

BELIS.
¿qué tengo más que saber?
(R., v. 948)
De Teodora es la porfía.
¡Con qué afecto y agonía
aborrece una mujer! (R.,
v. 950)

Considération sur les

attitudes contrastées du
couple impérial et sur le
danger encouru par lui.
(M. v. 1596-1611)

Quejarme al Emperador
es ponerme en más cui-
dado,
porque el hombre bien
casado,
con prudencia y con amor,
crédito ha de dar mayor
a su mujer que a su
amigo.(R., v. 951-956)
¡Cruel estrella, hado enemigo!
El viene. Yo he de fingir
que me duermo, (R.,
v. 958), y en dormir
veré la estrella que sigo.

Narses instruit l'empe-
reur de l'invasion lom-
barde en Italie (M.,
v. 1622-1633)

EMP.
Habla paso,
porque he visto allí dormidos
los ojos de Belisario, (R.,
v. 971)
y en lo dulce de aquel
sueño
yo mismo estoy reposando.
(R., v. 974)
Mientras este varón vive;
(R., v. 975-980)
vengan los reinos extraños
al imperio, que saldrán
llenos de horror y de
espanto.

Haz que se prevenga el
triunfo
para mañana; (R., v. 975-
980)

Narses sort. (M., v. 1643-
1645)

¡Oh, admiración de los
hombres! (R., v. 983-990)
Del mundo fueras milagro
si hubieras nacido rey
como naciste vasallo.
Causándome estás respeto;
a amor estás provocando.
Eres un rasgo divino.
Eres un prodigio humano.
(R., v. 983-990)
    BELIS. (soñando)
¿Por qué, Emperatriz, me
matas? (R., v. 991-996)
¿Cuando te hicieron agra-
vio
mi lealtad y mis servicios?
(R., v. 991-996)
    EMP.
Entre sueños está hablando
(R., v. 997)

Belisario,   toujours
« endormi », proteste de
son innocence. (M.,
v. 1658-1662)

    EMP.
Como son unos retratos
los sueños de las pasiones,
(R., v. 1003)
del alma en dormidos
labios
ví despierta la verdad (R.,
v. 1007-1008)

que saber he deseado.

L'empereur se promet de
le protéger et se cache.
(M., v. 1668-1675)

    TEOD.
Eres cobarde. (R., v. 1015)
    FIL.
No pude.
Yo buscaré más despacio
la ocasión. (R., v. 1020)
    TEOD.
    Dáme esta daga. (R.,
v. 1023)
    FIL.
No te vaya despeñando
tu crueldad. (R., v. 1023-
1024)
    TEOD.
    No me aconsejeres.
(R., v. 1025)
    FIL.
Si yo, señora, le mato,
¿qué más quieres? (R.,
v. 1025-1026)
    TEOD.
No te creo. (R., v. 1027)
    FIL.
¡Quién pudiera despertarlo,
(R., v. 1031)
que allí durmiendo lo veo!
A tu decoro gallardo
no conviene. (R., v. 1027-
1028)
    TEOD.
    No dés voces. (R.,
v. 1034)
    FIL.
Por que despierte lo hago.
    BELIS.
Claro está que si durmiera

que hubiera ya despertado.
Mucho ve quien vela y
 calla. (R., v. 1034)
  TEOD.
Guarda la puerta, entretanto
que yo llego a darle muerte.
(R., v. 1035-1036)
  FIL.
¡Oh, qué sueño tan pesado!
Quiero tropezar. ¡Jesús!
(R., v. 1037-1038)
  TEOD.
No hagas rumor. (R.,
v. 1039)
  FIL.
  ¿Tan ingrato
he de ser si me dió vida?
Parece que es un letargo
su sueño. (R., v. 1039)
  TEOD.
  ¡Viven los Cielos,
que pues tres hombres no
   osaron
vengarme del que abor-
   rezco,
que ha de morir a las
   manos
de una mujer!
  EMP.
  Tente loca.
(R., v. 1042-1045)
¿No miras que yo le
guardo? (R., v. 1045-1046)
Con sus ojos y los míos,
hacemos los dos un Argos.
(R., v. 1048)
La mitad está durmiendo
y la otra mitad velando.
(R., v. 1050)
Mi imagen es, y, otro día,
(R., v. 1052-1054)

traerá el acero villano
contra el mismo original
la que se atreve al retrato.
(R., v. 1052-1054)
¿Matarme quieres? (R.,
v. 1056)
  TEOD.
  ¡Señor!
¿Yo contra tí? (R., v. 1057)
  EMP.
  Paso, paso;
(R., v. 1057-1058)
que aun interumpille el
 sueño
he de sentir por agravio.
(R., v. 1057-1058)
  BELIS.
¡Oh, señor, cuánto te debo!
  TEOD.
Yo quise…
  EMP.
 Cíerra los labios,
(R., v. 1063)

Il refuse de l'écouter.
(M., v. 1718-1720)

porque sus triunfos y lau-
ros, (R., v. 1067-1072)
sus victorias y trofeos,
sus pompas y magistrados,
quisieras para tu primo;
(R., v. 1067-1072)
y es tu pecho tan ingrato,
(R., v. 1074)
tu condición tan terrible,
tu humor tan extraordina-
  rio,
que envidias (R., v. 1075)
lo que debieras
estimar.

Il retrace la carrière et les exploits de Belisario…(M., v. 1729-1763)

Fué general, y la esfera (R., v. 1083-1086)
del imperio ha dilatado
a los términos que tuvo
en los tiempos de Trajano. (R., v. 1083-1086)
Doce reyes ha vencido, (R., v. 1088-1094)
quince veces ha triunfado,
con el triunfo que mañana
le está previniendo carros
competidores del sol. (R., v. 1088-1094)

et s'indigne de l'entreprise de Teodora. (M., v. 1773-1780)

Mas es león africano,
que, abiertos los ojos,
duerme. (R., v. 1102)

Longs reproches. (M., v. 1783-1799)

¡Vive dios, y por la vida
del que tú aborreces tanto, (R., v. 1107-1108)
que, a no ser atento y cuerdo,
este acero…! Reprimamos,
cólera, tales razones,
que soy príncipe cristiano, (R., v. 1110-1111)
amante de mi mujer,
y me llama el mundo, sabio.

Mas si el derecho civil (R., v. 1113-1121)
y leyes de los romanos
pongo en orden y reduzgo
a un volumen reformado,
justiciero debo ser,
satisfacer debo agravios,
castigar debo delitos,
y huir respetos humanos.
¡Ola!
(hace que despierta Belisario)

    BELIS.
  ¡Señor!
    NARS.
  ¿Qué nos mandas? (R., v. 1113-1121)
    EMP.
A la Emperatriz le han dado (R., v. 1123-1127)
algunas melancolías,
y parece acuerdo sano
que se retire algún tiempo
de la corte y de palacio.
A Antioquía ha de irse. Allí
pasar puede este verano
en la casa de su padre. (R., v. 1123-1127)
Id los tres acompañando
su persona; y, porque vea
lo que debo a Belisario, (R., v. 1131-1134)
traed las imperïales
insignias. (R., v. 1136)
(vase Narses)

    TEOD.
  Estoy temblando;
de cólera puede ser,
no de temor.

EMP.
        Breve rasgo
(R., v. 1139-1142)
es de Dios el Rey, y ansí
humildes valles levanto,
soberbios montes inclino.
(R., v. 1139-1142)

Il fera battre monnaie à
son effigie et à celle de
Belisario. (M., v. 1835-
1839)

(*a Teodora*) Muere de envi-
        dia, cruel. (R., v. 1148)
Saca Narses en una fuente
un bastoncillo y una
corona de laurel dorado.

NARS.
Aquí están.
        EMP.
        Mi imperio parto
(R., v. 1149-1158)
con quien lo merece entero.
Por sucesor te declaro
de mi imperio. César eres;
Rey eres ya de romanos.
El bastón imperial, hoy
dividido en dos pedazos,
dirá que un alma tenemos.
(R., v. 1149-1158)
        BELIS.
    Señor.
        EMP.
        No repliques. (R.,
v. 1159)
        BELIS.
        Hago
lo que mandas. (*Parten*
entre los dos el bastón.)

EMP.
    El laurel
del imperio sacrosanto
también se ha de dividir,
que con esto estoy mos-
                    trando
que hay un poder en los
                    dos.
        BELIS.
¿Tantas honras a un
esclavo? (R., v. 1165-1167)
(*Parten la corona.*)
        EMP.
Tantas honras a un amigo.
(R., v. 1169)
¡Ea! Mandar debes algo
(R., v. 1170-1177)
en señal de posesión,
que aun yo tus preceptos
                    guardo.
        BELIS.
Si eso, señor, ha de ser
suplico...
        EMP.
        ¿Qué dices?
        BELIS.
        Mando
en tu presencia, señor. (R.,
v. 1170-1177)
- esta voz me causa empa-
cho-
mando que la Emperatriz
(R., v. 1179-1190)
mi señora...
        TEOD.
        ¡Ah, cruel villano!
        BELIS.
No se vaya de la corte
ni salga de tu palacio
y este bastón y laurel
pongo a sus pies soberanos

porque todo es suyo, y yo
soy un pequeño traslado
un borrón, una pintura
de su poderosa mano. (R.,
v. 1179-1190)

Teodora se déclare apaisée. (M., v. 1874-1877)

EMP.
Obedecido serás, (R.,
v. 1191-1192)
y ya en lugares tan altos
(R., v. 1195-1198)
serás el mayor ejemplo
de la dicha. (R., v. 1195-1198)

Belisario répond avec
modestie. (M., v. 1881-1185)

FIL.
¿Quién vió tan grande ventura? (R., v. 1199)
LEON.
¿Quién vió tan feliz soldado?
NARS.
¿Quién oyó tales favores?
EMP.
¿quién tuvo tan buen
vasallo? (R., v. 1200)
TEOD.
¿Quién no venció sus
enojos? (R., v. 1201)
BEL.
¿Quién subió a lugar tan
alto? (R., v. 1202)
Fortuna, tente; fortuna, (R.,
v. 1204)

pon en esta rueda un clavo.
(R., v. 1204)
(M., v. 1894-2311)
(R., IV, 9)

EMP.
Los ojos han de pagar
lo que pecaron los ojos.
(R., v. 1620) (vase)

(R., IV, 10)
BELIS.
¿Cuándo en verle he dado
enojos?
¿Qué podrá significar
«los ojos han de pagar
lo que pecaron los ojos»?
Fortuna, ya te has cansado;
(R., v. 1624-1625)
fuerza fué, si nunca paras,
(R., v. 1629-1630)
que agora me derribaras
cuando me ves levantado.
(R., v. 1629-1630)
No me llamo desdichado,
(R., v. 1631-1636)
por lo que empiezo a sentir;
que si el correr y el huir
son calidad de tu ser,
no es la desdicha el caer,
Fortuna, sino el subir. (R.,
v. 1631-1636)

Réflexions sur l'exemplarité de son cas.
(M., v. 2328-2337)

(R., V, 2)
(sale Filipo.)

FIL.
¿Cómo, amigo desleal, (R.,
v. 1663-1664)
(fuerza ha de ser el decillo)
me envía por el anillo
de su sello imperïal
su majestad? (R., v. 1663-
1664)

BELIS.
si es mortal
cualquiera por más que
prive, (R., v. 1667-1668)
¿qué merced eterna vive?
Todas mueren, claro está,
(R., v. 1673-1678)
porque es hombre quien las
da
y es hombre quien las recibe.
Todo favor es violento
cuando no viene de Dios.
Tomaldo, y ¡dichoso vos,
si yo os sirvo de escar-
miento! (R., v. 1673-1678)

FIL.
Sabe Dios mi sentimiento,
pero no puedo mostrallo.
(R., v. 1679-1680)

L'attitude de Filipo ne
surprend point Belisario.
(M., v. 2354-2357)

(Vase Filipo y sale Narses.)
(R., V, 3)

NARS.
Su majestad ha ordenado
(R., v. 1683-1692)
que os secrete vuestra
hacienda.
Vuestra amistad no se ofenda
que en efecto soy mandado.

BELIS.
No me coge descuidado
ese mal; ya lo temía;
y ansí, cuando recebía
las mercedes que me daba
en mí las depositaba
para darlas este día. (R.,
v. 1683-1692)
(Sale Leoncio.)

(R., V, 4)

LEON.
El césar manda prenderte
(R., v. 1700)
y de tus males me pesa.
(R., v. 1697-1699)

BELIS.
¡Con qué priesa, con qué
priesa
se cambia la humana
suerte! (R., v. 1701-1702)
El rey es como la muerte.
Despacio favores hace (R.,
v. 1704-1706)
la vida al hombre que nace,
y la muerte -¡ah, desen-
gaños!-
lo que hizo en muchos años
con sólo un soplo deshace.
(R., v. 1704-1706)
Yo no le he ofendido en
nada; (1707-1708)
el mismo sol es mi fe,
y solamente daré
a su majestad mi espada,
(R., v. 1715)
más gloriosa y más honrada
porque siempre le he ser-
vido. (R., v. 1710)
(Salen Jullio, Fabricio y el
Emperador.)

(R., V, 5)

EMP.

Yo te prendo y yo la pido.
(R., v. 1718)

BELIS.

Pisen tus pies la cuchilla
que fué otava maravilla.
(R., v. 1722)

EMP. (*Dále un papel a
Leoncio.*)

Guarda ese orden, adver-
tido. (R., v. 1726)

BELIS.

Monarca de dos imperios,
rey del orbe (R., v. 1728),
dueño mío,
si para honrar las virtudes
y castigar los delitos (R.,
v. 1730)
ha menester el que es rey
usar de los dos oídos, (R.,
v. 1732)
que le dió naturaleza,
que me déis uno os suplico.
(R., v. 1734)

Appel à l'autorité de
Sénèque pour justifier
l'énumération de ses
services. (M., v. 2396-
2403)

Cuando el Tigris os temió
(R., v. 1737-1740)
como a celestial prodigio,
y de sus cóncavos senos
salió con mayores bríos,
(R., v. 1737-1740)
tropezó vuestro caballo
(R., v. 1742)
y amenazaba el peligro,

si no en globos de cristal,
muerte en montañas de
vidrio. (R., v. 1744)
Mi amor os vió agonizando
y me arrojé a los abismos
de nieve, donde estos brazos, (R., v. 1746-1748)
remos humanos y vivos,
hecho yo bajel con alma,
del hundoso precipicio
os libraron, (R., v. 1746-
1748) y el sepulcro
os negaron cristalino;
porque el amor que os
tenía
las ondas ha dividido
con bombas de fuego. -
¿Cuándo
teme nada el que bien
quiso?-
Otra vez, cuando los pe-
sas, (R., v. 1753)
que son legítimos hijos
de Marte, porque pelean
vencedores y vencidos,
rompieron los escuadrones
del imperio, y, sin aviso,
(R., v. 1756-1758)
vuestra juventud bizarra
se empeñó en los enemi-
gos, (R., v. 1756-1758)
con valor se defendía,
pero con vanos desinios.
Hidras eran; roto un cuello,
resultaban infinitos.
Ya el caballo sin aliento
(R., v. 1759-1762)
manchado el acero limpio,
despedazado el escudo,
vos vencido de vos mismo,
os ví yo, (R., v. 1759-
1762), porque mis ojos

de vista no os han perdido.
Bien como a la luz del cielo
girasoles amarillos,
acometí, pareciendo
rayo (R., v. 1765-1766) que
en ardientes giros
bajó violento abrasando
chapiteles de edificios.
Amor fué, no el corazón
el que aquella fación hizo.
(R., v. 1763-1764)
La dicha fué, no el valor
(R., v. 1771-1776)
el que os sacó de peligro,
y como felices hados
os tenían prometido
un imperio, no pudieron
ser allí contra sí mismos.
(R., v. 1771-1776)
De vuestro muerto caballo
pasásteis, señor, al mío,
(R., v. 1768)
y yo delante de vos
os iba abriendo camino.
Desde la muerte a la vida
os hice allí un pasadizo,
(R., v. 1770)
que dar vida a un casi
                    muerto
amagos de Dios han sido.
Vos el imperio heredastes,
(R., v. 1782)
yo lo dilaté hasta (R.,
v. 1783) el Nilo, (R., v. 1788)
competidor de los mares
(R., v. 1784)
y monarca de los ríos, (R.,
v. 1785-1787)
aquel que entra en su sepul-
                    cro
con estruendo y con rüido
y la cuna calla tanto

que aun no saben su princi-
                    pio. (R., v. 1785-1787)
Cuanto Alejandro ignoró
(R., v. 1794-1796)
sujeté a vuestro albedrío,
hasta el origen del Ganges
que vé al sol recien nacido.
(R., v. 1794-1796)
Más reinos os tengo dados
que heredastes. (R., v. 1800)-
                    Abisinos,
etiopes, medos, persas,
vándalos, lombardos, indios,
por mí besan vuestro pie.
(R., v. 1797-1798)
Cuando Anastasio y Lisinio
contra vos se conjuraron,
¿no os dí vida? (R.,
v. 1802-1806)

Il poursuit l'énumération
de ses services.
(M., v. 2483-2495)

¿Por qué allí me habéis
                    honrado
con magistrados y oficios,
si era el subirme tan alto
para mayor precipicio? (R.,
v. 1809-1813)
Más bien me hubiérades
hecho, (R., v. 1817-1818)
más piedad hubiera sido
dejarme en mi humilde
estado, (R., v. 1817-1818)

Le roseau vit sans crainte,
mais le pin redoute la
foudre. (M., v. 2503-2509)

Cruel sois haciendo bien,
(R., v. 1821-1822)

avaro en el beneficio,
tirano dando la vida; (R.,
v. 1821-1822)
engañoso es vuestro estilo.
(R., v. 1823-1824)
¿Qué más hiciera algún
áspid
entre acantos y narcisos,
una sirena cantando
y llorando un cocodrilo?
(R., v. 1823-1824)
Si pensáis que os ofendí,
(R., v. 1825)
¿en qué tiempos, en qué
siglos
no hubo traidores (R.,
v. 1829) y engaños,
porque son un laberinto
los humanos corazones,
(R., v. 1832)
y en los palacios más ricos
(R., v. 1826-1828)
anda la envidia embozada
con máscara y artificio?
(R., v. 1826-1828)

Les sens sont trompeurs,
à plus forte raison les
hommes. (M., v. 2526-
2537)

¡Vive Dios, que pude ser
en los reinos adquiridos
más poderoso que vos, (R.,
v. 1835-1836)
pero no quise; que os sirvo
con lealtad, (R., v. 1837) y
por reinar
no la guarda al padre el
hijo, (R., v. 1838)

yo sí que he sido vasallo
el más fiel, el más digno
de eterna fama! (R.,
v. 1839-1840) Señor,
a vuestras plantas me
inclino. (R., v. 1845-1846)

Protestations d'inno-
cence et appel à Dieu.
(M., v. 2548-2553)

¡No deshagáis vuestra imagen! (R., v. 1850)
(*vuelve el emperador las
espaldas y paséase.*)
¿Así os vais, airado,
esquivo, (R., v. 1851-1852)
que no me habéis conso-
lado,
que no me habéis respon-
dido? (R., v. 1851-1852)
Pues, daré a los cielos
voces; (R., v. 1856)
con mis quejas y suspiros
(R., v. 1855)
romperé esferas del aire.
¡Sed testigos, sed testigos,
(R., v. 1857-1859)
Cielos, hombres, fieras,
plantas,
de mi inocencia, y a gritos
publicad la ingratitud
de los monarcas del siglo!
(R., v. 1857-1859)

Il est emmené prison-
nier. (M., v. 2566-2574)
(M., v. 2575-2826)

VENCESLAS

INTRODUCTION

> Ce passage du *Venceslas* de Rotrou lui
> revint tout à coup.
>   LADISLAS
>   ... Mon âme est toute prête
>   LE ROI, *père de Ladislas.*
> L'échafaud l'est aussi ; portez-y votre tête.
> Belle réponse ! pensa-t-il, et il s'endormit.
>
>   (STENDHAL, *Le Rouge et le Noir*)

Si *Bélisaire* est la tragédie de l'innocent malheureux,
Venceslas, représentée en 1647 et publiée l'année suivante, a pour personnage principal un coupable chanceux,
un « grand seigneur méchant homme » (v. 84-90) que le
dénouement, loin de l'accabler, couronne. La première
tomba, la seconde eut un si durable succès que Marmontel
en 1759, Colardeau et Lekain en 1774, entreprirent de la
remettre au goût du jour. Avec ce sujet paradoxal où un
roi surnommé le Juste abdique pour ne pas avoir à
condamner son fils meurtrier, où la raison d'État prend le
pas sur la morale commune, Rotrou, dont le « jeu d'admi-
ration-émulation » avec Corneille a été maintes fois mentionné par la critique[1], contamine plusieurs pièces de son
confrère. Il reprend à certains égards le sujet d'*Horace*
puisqu'il doit conserver la sympathie du public pour un
héros coupable d'un fratricide et faire admettre son par-

---

1. G. Forestier, « *Le Véritable saint-Genest* de Rotrou : enquête
sur l'élaboration d'une tragédie chrétienne », *XVIIᵉ Siècle*, avr.-
juin 1993, n° 179, p. 309. Voir aussi R. Garapon, « Rotrou et Corneille », *R.H.L.F.*, 1950, p. 385-394 et les pages XXII à XXVII de
l'édition de W. Leiner.

don et son triomphe. En même temps, le personnage controversé de Théodore rappelle l'Infante du *Cid* et l'abdication inattendue du roi le dénouement de *Cinna*. *Venceslas* est par ailleurs, plus explicitement que *Bélisaire*, une incursion vers le théâtre politique.

SOURCES

Une fois de plus, c'est chez un Espagnol que Rotrou a trouvé les grandes lignes de sa pièce. L. Person[2] et W. Leiner[3] ont tous deux longuement montré ce que la pièce française doit à la *Comedia famosa* de *No ay ser Padre siendo Rey*[4] de Francisco de Rojas Zorilla (1607-1663) représentée avant 1640, et le second y reconnaît également l'influence d'une pièce de Guillén de Castro (1569-1631), *La Piedad en la Justicia* (1623-1625)[5] parce que, contrairement à *No ay ser Padre siendo Rey*, elle se termine sur la perspective d'un mariage entre le meurtrier et la veuve. Dans la pièce de Rojas Zorilla, qui selon H. C. Lancaster s'est lui-même inspiré de l'*Historia Bohemica* de Dubravius[6], un « Rey de Polonia » a deux fils Rugero et Alejandro. Le premier est un prince violent et rebelle que son père craint ; le second lui donne toute satisfaction. Tous deux sont épris de la duchesse Casandra, mais elle est secrètement l'épouse d'Alejandro. Rugero s'introduit chez elle pour assouvir sa passion, mais elle lui échappe et il rencontre son frère. Soucieux de garder le secret, Alejandro lui raconte que son ami

---

2. *Histoire du Venceslas de Rotrou*, 1882, p. 33-64.

3. Éd. citée, p. XIV-XXII.

4. *Primera Parte de las Comedias*, Madrid, 1640, p. 23-47. Voir en annexe le déroulement comparé de l'original espagnol et de la pièce de Rotrou ainsi que les passages imités de très près ou directement traduits par le Français.

5. Éd. citée, p. XII.

6. *A History of French dramatic Literature in the Seventeenth Century*, 1635-1651, vol. II, p. 546.

le duc Federico, favori du roi, a épousé Casandra et qu'il l'accompagne. Là-dessus revient Casandra, et comme le roi est annoncé, elle les cache tous les deux. Le roi arrive et découvre Alejandro. Celui-ci sort avec l'intention de lui dire la vérité. Casandra restée seule avec Rugero confirme que le duc est son époux et le fait sortir. Rugero se répand en menaces contre Federico. Plus tard, on le retrouve bouleversé racontant à des comparses comment il a tué l'époux de la duchesse dans le lit conjugal. Au roi qui s'étonne de son trouble, il répond de manière ambiguë : « J'ai tué celui que tu aimes le mieux. » Le malentendu est bientôt dissipé par l'arrivée du Duc et de Casandra qui réclame justice pour le meurtre d'Alejandro et demande la mort de Rugero. Le roi décide d'envoyer son fils à l'échafaud. Ni l'argument de la raison d'État développé par Federico, ni les prières de Casandra soudain émue par la détresse du prince ne le convainquent de renoncer à ce dessein. Mais l'annonce d'une émeute populaire le détermine à abdiquer et à donner sa couronne à Rugero.

Outre le sujet, la conduite générale de l'intrigue et le nom de certains personnages (Alexandre, Cassandre et jusqu'à la forme espagnole et peu polonaise de Fédéric) montrent à quel point Rotrou est tributaire de sa source. Reste à déterminer pourquoi, parmi la mine de sujets que pouvait lui fournir la littérature dramatique espagnole, il a alors choisi celui-ci, quelque peu « exotique ». Sans doute tout simplement d'abord parce que l'actualité politique et diplomatique — le mariage en 1645 de Marie-Louise de Gonzague avec le roi de Pologne Ladislas IV — avait mis ce pays à la mode, comme le montrent les multiples articles dans la *Gazette* de Renaudot de 1645 à 1647[7]. Rotrou y a vraisemblablement trouvé des renseignements sur la politique étrangère de la Pologne (une nouvelle du 4 mai 1645 fait état d'un différend avec la Moscovie[8]), des allusions à

---

7. Éd. citée, p. XIV. Voir aussi l'introduction de J. Scherer dans l'édition de la Pléiade, p. 1347 et celle de D. Watts, p. XII.

8. W. Leiner, éd. cit., p. LII.

la monarchie élective (v. 1655-1656, 1779) ainsi que les quelques traits de couleur locale de sa pièce : noms de lieu comme Varsovie, dont Octave est le gouverneur, Moscovie (v. 75), ou Curlande. Déjà dans *La Sœur*, il prêtait à un de ses personnages une évocation de la Pologne, « Déserts toujours de glace et de neige couverts… », qui n'est pas dans l'original italien de della Porta[9]. Cette actualité expliquerait pourquoi Rotrou a changé en Ladislas le nom de Rugero alors qu'il n'a pas eu ce souci pour les autres personnages. Quant à celui du roi éponyme, W. Leiner remarque que le « Rey de Polonia » de Rojas n'a pas de prénom et suppose, après L. Person, que Rotrou aurait « saisi la première occasion pour utiliser ce nom d'origine slave qui le hantait depuis une dizaine d'années »[10]. Sans vouloir déceler dans ce choix une fascination particulière, on peut relever que le nom de Venceslas apparaît dans la cinquième du tome VII des *Histoires tragiques* de Belleforest[11] ; mais rien n'indique que Rotrou ait connu ce texte. En revanche, on a déjà vu à propos de *Bélisaire* qu'il n'ignorait pas le théâtre scolaire[12]. Or, dès 1567 et jusqu'en 1647, c'est-à-dire l'année de la représentation de notre tragi-comédie, *Venceslas* fait partie des sujets portés à la scène par les Jésuites et cinq d'entre eux, au moins, l'ont illustré[13]. Ce prénom n'étant donc pas tout à fait étranger au public, sans doute Rotrou le choisit-il pour titre, selon l'usage constant de la tragédie française, de préférence à la sentence qui donnait le sien à la pièce espagnole.

---

9. IV, 4, v. 1257-1262, éd. critique de B. Kite, University of Exeter Press, 1994.

10. Introduction, p. LI, n. 17.

11. « De la Haine des princes de Boesme Wenceslas & Boleslas, d'où elle print source, & la fin pitoyable de Wenceslas par les menees & trahisons de son frere », P. Rigaud, Lyon, 1616, t. XIII, p. 147-162.

12. Voir Introduction p. 17-18.

13. A. Stegmann, *L'Héroïsme cornélien*, t. II, p. 90.

D'après les différentes sources consultées[14], saint Wenceslas (908-935) était né de Wratislas, duc de Bohème et d'une païenne Dragomire. Élevé dans la religion chrétienne par sa grand-mère après la mort de son père, il chassa du pouvoir sa mère, devenue régente, qui persécutait les chrétiens, et édifia tous ses sujets par sa piété et la sagesse de son gouvernement. Mais par sa soumission à l'empereur Henri Ier, il mécontenta le parti national, dont son frère Boleslas prit la tête, et fut assassiné au milieu d'une cérémonie religieuse. Boleslas lui succéda, mais son tombeau devint rapidement un lieu de miracles et de pèlerinage. Si tel était bien le sujet illustré par les pièces jésuites — malheureusement, la disparition des textes empêche de préciser les influences —, Rotrou y aura trouvé à la fois le thème des servitudes du pouvoir et la lutte fratricide.

Même si Rojas Zorilla reste la source principale de *Venceslas*, on ne peut que souscrire au jugement de H. C. Lancaster quand il écrit que « Rotrou's play is by no means a translation [...] and can hardly be called an adaptation »[15]. Dès la scène 3 de l'acte I, les deux pièces divergent notablement. Rotrou y introduit en effet l'intrigue secondaire, celle des amours empêchées de Fédéric et de Théodore. Invité à indiquer quelle récompense il souhaite après les grands services rendus à l'État, le favori se voit brutalement réduit au silence par Ladislas devant le roi impuissant. Le deuxième acte est celui des femmes et des échecs amoureux. Malgré l'éloquence fraternelle de Théodore, Cassandre refuse de répondre à l'amour de Ladislas et défie le Prince. L'Infante, égarée par la jalousie de son frère, croit à l'amour de Fédéric pour Cassandre, et s'en afflige. A l'acte III, Alexandre, sur les conseils de Fédéric, prend la décision d'épouser Cassandre mais demande à

---

14. *Dictionnaire pratique des connaissances religieuses*, dir. J. Bricout, Paris, 1928, t. VI, p. 959 et *Biographie universelle*, dir. Hoeffer, Paris, 1866, t. XLVI, p. 661.

15. *Op. cit.*, p. 546.

son ami de lui servir de prête-nom. Celui-ci est encore une fois interrompu par Ladislas au moment où il va prononcer le nom de la femme qu'il aime. Le quatrième acte s'ouvre sur les plaintes de Théodore, soucieuse à cause d'un cauchemar et inquiète de ne pas trouver le Prince dans son appartement. Rotrou retrouve Rojas dans les scènes suivantes où Ladislas raconte son crime, répond aux questions de son père, découvre, devant les plaintes de Cassandre, qu'il a tué son frère, puis se fait arrêter. Il s'en écarte de nouveau brièvement au début de l'acte V quand Théodore demande à Fédéric de plaider pour le Prince, et à la fin quand Venceslas ajoute au pardon de Ladislas l'éventualité de son union avec Cassandre.

Parmi ces ajouts et modifications, un grand nombre montre l'influence de Corneille : Théodore, comme doña Urraque[16] dans le *Cid*, est amoureuse d'un sujet ; elle a douloureusement conscience des devoirs de son rang (v. 705-710) tout en exaltant la valeur de celui qu'elle aime (v. 715-716) ; elle connaît les tortures de la jalousie (v. 725-730) mais étouffe son amour pour le bien de l'État (v. 1551-1554). Comme elle aussi, mais cette fois sans être directement concernée, elle intervient dans les inclinations de ses sujettes quand elle tâche d'amener Cassandre à écouter Ladislas.

La pièce de Rojas contient un songe prémonitoire et tout à fait clair : Alejandro y raconte à Casandra que, blessé à mort par son frère, il s'est vu noyant ses soupirs dans son sang et ses pleurs (p. 26, 393a)[17]. Celui que raconte Théodore (v. 1165-1170) est beaucoup plus ambigu : obscur à elle-même et aux spectateurs, il semble annoncer la mort de Ladislas puisque d'après les paroles de Léonor on sait que le Prince a découché et que c'est de lui que Théodore s'inquiète. Or la suite du songe montrera que c'est à pro-

---

16. Comme elle, elle a une confidente nommée Léonor.

17. Nous donnons les deux paginations, celle du texte original et celle de l'édition de 1866.

pos d'Alexandre que les vers 1165-1166 sont prophé-
tiques, puisque Ladislas est blessé au « bras » (v. 1234),
non au « flanc ». Le dénouement prouvera par ailleurs que
le reste de la prédiction, la mort de Ladislas sur un échafaud (v. 1167-1168), est faux. Mais Rotrou brouille ainsi à
nouveau les pistes et ménage le *suspense*. Or *Polyeucte*,
entre autres exemples[18], lui offrait justement un exemple
récent de songe pathétique et confus (I, 3). En ce sens,
même s'il n'intervient pas dans l'exposition, le songe ima-
giné par Rotrou répond parfaitement aux exigences de
Corneille dans son *Examen d'Horace*. Il donne « l'idée de
la fin véritable de la Pièce, mais avec quelque confusion,
qui n'en perm [et] pas l'intelligence entière »[19].

Nous aurons l'occasion de préciser plus loin dans
l'étude des caractères, des thèmes et du style à quel point
Rotrou s'est approprié son modèle.

TRAGI-COMÉDIE OU TRAGÉDIE A FIN HEUREUSE ?

Pour l'édition des œuvres complètes de 1820, *Venceslas*
est une tragédie. Pour J. Scherer, la question ne se pose pas
non plus : si la deuxième édition Elzevir de 1648 fait de la
pièce une « tragédie » alors que l'originale la présentait
comme une « tragi-comédie », c'est « à juste titre »[20]. Il est
vrai qu'en 1647 la tragi-comédie est un genre déclinant
qui « emprunte des thèmes et des situations » à la tragédie,
et *Venceslas* est donné comme exemple d'une de ces
pièces qui « pourraient se classer indifféremment dans l'un

---

18. Voir l'article de J. Morel, « Mise en scène du songe »,
Agréables Mensonges, Paris, Klincksieck, 1991, p. 35-44.

19. Éd. G. Couton, Pléiade, Gallimard, 1980, t. I, p. 843.

20. Éd. cit., p. 1346. H. C. Lancaster donnait déjà cette indication (*op. cit.*, p. 546), mais d'après W. Leiner (éd. cit., p. XLIII),
cette édition, dont nous n'avons pu consulter aucun exemplaire,
est également sous-titrée tragi-comédie.

ou l'autre genre »[21]. Pourtant l'édition Sommaville de 1655 reprend le sous-titre de tragi-comédie, et J. Scherer lui-même remarque que « *Venceslas* néglige, d'une manière trop nette pour qu'elle ne soit pas volontaire, une des règles essentielles de la technique classique, celle de la vraisemblance »[22]. C'est nous inviter à revenir sur cette question prétendument réglée.

Une tragi-comédie malgré tout

Un sujet non historique

On ne saurait nier la permanence de traits propres à la tragi-comédie, à commencer par son sujet non historique. L. Person et après lui W. Leiner, J. Scherer et D. Watts rappellent qu'on ne peut identifier Venceslas avec un roi de Pologne bien déterminé[23], même s'il se rapproche de Venceslas IV le Vieux (1270-1305), roi de Bohême, de Pologne et de Hongrie[24]. Il prend donc place dans la galerie des rois de tragi-comédie, à côté entre autres de Félismond, roi d'Épire (*L'Innocente Infidélité*), du roi de Hongrie (*Laure persécutée*), de Don Pèdre, roi d'Aragon (*Don Bernard de Cabrère*), de Don Philippe, lui aussi roi d'Aragon (*Don Lope de Cardone*).

La technique dramatique

Certains procédés de technique dramatique, comme le nombre et l'importance des monologues et des apartés tirent également *Venceslas* vers la tragi-comédie. La pièce est écrite à une époque où les critiques des théoriciens

---

21. R. Guichemerre, *La Tragi-comédie*, P.U.F., 1981, p. 38-39.
22. Éd. cit., p. 1349.
23. Respectivement p. 31-32, XIII, 1347 et XII.
24. Renommé pour sa justice et sa sagesse et élu roi de Pologne (1300), il dut combattre un Vladislas Lokeitek pour conquérir effectivement ce trône. Il refusa la couronne de Hongrie pour lui-même et la fit attribuer à son fils auquel ses sujets donnèrent le nom de Ladislas. *Biographie universelle* (Michaud), nouvelle éd., Paris-Leipzig, s. d., t. XLIII, p. 95-96.

contre l'invraisemblance du monologue rejoignent la pratique des dramaturges qui l'éliminent ou peu s'en faut des tragédies[25]. Or, alors que *Cosroès* n'en compte que trois très brefs (III, 1, 3 ; IV, 2), *Venceslas* en contient sept, prononcés par Théodore (II, 4, 36 vers), Alexandre (II, 6, 10 vers), Fédéric (III, 1, 24 vers ; V, 2, 6 vers), et surtout Venceslas (IV, 7, 4 vers ; V, 3, 5, 12 et 10 vers). Cela dit, ils sont justifiés par la tension émotionnelle des personnages qui les prononcent : jalousie inattendue chez l'Infante, désarroi d'Alexandre et de Fédéric obligés de feindre, dilemme tragique du roi justicier.

Selon N. Fournier, Rotrou a pour l'aparté « un goût que n'a pas Corneille et l'emploie dans tous les genres, avec une moyenne de 10,8 par tragédie, 44,5 par tragi-comédie »[26]. Or, dans *Venceslas*, on trouve 23 apartés, pas toujours signalés par des didascalies (par exemple v. 607-610), qui occupent en tout plus de 44 vers[27]. On est donc plus proche de la tragi-comédie que de la tragédie. Ces apartés ont de multiples fonctions : renforcer le pathétique en soulignant notamment la confusion d'identité opérée par Ladislas (v. 1301-1302), la prise de conscience de son erreur (v. 1371-1372) et son désarroi (v. 1313-1316) ; mais aussi égarer momentanément le spectateur pour mettre en relief la douloureuse lutte intérieure du roi quand Fédéric se méprend sur l'attitude de Venceslas (v. 1570).

Les ruptures de ton

Alors que l'ensemble de la pièce est uniformément grave et soutenu, certaines scènes détonnent, soit par leur tonalité familière, soit par leur crudité. L'échange entre

---

25. J. Scherer, *La Dramaturgie classique en France*, p. 258-259.

26. *L'aparté dans le théâtre français du XVIIe siècle au XXe siècle*, Louvain-Paris, Peeters, 1991, p. 4.

27. J. Scherer, *op. cit.*, p. 263 et W. Leiner, *Etude stylistique et littéraire de Venceslas*, p. 90.

Théodore et Léonor (IV, 1) où la confidente explique avec une pointe assez facile qu'il ne faut pas chercher

> [...] des clartés dans les nuits d'un jeune homme
> Que le repos tourmente et que l'amour consomme (v. 1151-
> 1152),

ne déparerait pas une comédie. Mais surtout, les allusions à peine voilées de Ladislas au viol qu'il aurait dû faire subir à Cassandre (v. 583-584, 1005-1007), les injures ironiques qu'il lui lance pour montrer qu'elle n'a plus de pouvoir sur lui (v. 984-994), la goujaterie avec laquelle il fait gloire de ne l'avoir courtisée que pour en faire sa maîtresse (v. 998) sont tout à fait incongrues dans une tragédie en 1647-1648, surtout quand on pense que les mots ont toujours fait plus peur que les situations[28]. Il faut reconnaître ici des souvenirs de Rojas où, dans la Deuxième Journée (p. 34, 396-397), le *gracioso* Coscorron, acheté par Rugero, consent à l'introduire dans les appartements de Casandra, se compare cyniquement à Judas et conseille au Prince d'imiter Tarquin. En comparaison, Rotrou a ménagé une relative unité de ton en supprimant ce Coscorron et la servante Clavela qui, chez Rojas, jouent un rôle non négligeable en apprenant au spectateur le mariage de Casandra et d'Alejandro et en ponctuant les moments dramatiques de l'intrigue de leurs remarques goguenardes[29].

Les invraisemblances

Plus déterminantes : les entorses à la vraisemblance, nombreuses et relevées par maints critiques depuis Laharpe : « Pourquoi l'Infant craint-il tant d'offenser son père en aimant une princesse à peu près son égale [...] ? Il faudrait au moins donner quelque raison d'une crainte

---

28. J. Scherer, *op. cit.*, p. 385 et *sq.*
29. Notamment dans l'entrevue à l'aube entre le roi et Rugero, juste après le meurtre. Désespérant d'obtenir des explications de son fils, le roi se tourne vers Coscorron dont les apartés bouffons et les réponses dilatoires atténuent la tension tragique.

assez forte pour l'obliger à un mystère si étrange, et il n'en donne aucune »[30]. Rotrou lui-même conforte cette critique quand il fait dire à Venceslas qu'un mariage entre Cassandre et l'un de ses fils l'aurait satisfait (v. 1333).

« Comment le duc de Courlande (*sic*), qui de son côté aime l'Infante Théodore, [...] a-t-il consenti à feindre un amour si contraire à ses vues, qui peut le perdre dans l'esprit de celle qu'il aime, et donne en effet à l'Infante une jalousie qu'il doit s'empresser de détruire ? Il devait au moins la mettre dans le secret »[31]. Remarquons tout de même que Fédéric demande à Théodore une entrevue que celle-ci, égarée par l'erreur de Ladislas, lui refuse (v. 724-725). Si l'absence de réaction immédiate de Venceslas quand Ladislas impose grossièrement silence au favori (v. 354-361) s'explique par le souci qu'il vient d'exprimer de ménager « cette âme hautaine » (v. 247), il est invraisemblable que, la seconde fois, il ne profite pas du départ de son fils « furieux » (v. 1122) pour demander à Fédéric de s'expliquer entièrement et se borne à des promesses générales. Si les exploits passés de Ladislas (v. 95) lui ont valu une grande popularité, on peut s'étonner de la voir subsister malgré ses nombreux méfaits (v. 84-90) au point que le peuple se révolte à l'annonce de sa condamnation. Il est vrai que Rotrou, contrairement à Rojas où le roi dit que personne n'aime Rugero, a préparé cette intervention en attribuant explicitement la faveur dont Ladislas jouit à « un heur inconcevable », à son « bon astre », au « secret pouvoir d'un charme qu'[il] ignore » (v. 99-103), tous arguments plus vraisemblables peut-être pour les contemporains de Rotrou que pour les commentateurs postérieurs.

Les effets spectaculaires

Contrairement à *Bélisaire*, *Venceslas* ne prévoit aucun effet de foule, alors que l'insurrection du dernier acte aurait pu y donner lieu. La pièce n'est pourtant pas

---

30. *Lycée*, Paris, H. Agasse, An VII, t. 5, p. 291-292.
31. *Ibid.*

dépourvue d'un certain sens du spectacle, notamment dans la représentation de la dignité royale, renforcée par les « gardes » présents dès l'ouverture de la pièce, mais que Venceslas congédie pour sa conversation avec Ladislas (v. 3). On les retrouve aux actes III (6, 7), IV (4, 5, 6, 7) et V (3, 5, 6, 7, 8, 9). C'est à eux que le roi demande une première fois d'arrêter Ladislas avant que Fédéric ne s'interpose. Il est vrai que ces gardes sont des marques usuelles de la royauté qu'on rencontre également dans les tragédies. Et d'ailleurs, une didascalie de l'édition de 1774 (version Colardeau-Lekain qui considère la pièce comme telle) mentionne que, au vers 1784, « les grands de Pologne tirent alors leur sabre, signe qui confirme l'Élection du nouveau Roi ». Difficile de savoir si la présence de ces figurants obéissait à une tradition en vigueur depuis la création ou si les comédiens ont innové pour la circonstance.

Comme souvent dans les tragi-comédies de Rotrou, les didascalies sont nombreuses et précises. Avant même qu'il ait pris la parole, « *entrant à grands pas* » indique l'état de passion et d'exaspération où est Ladislas (II, 2). De même le trouble de Théodore, « *effrayée s'appuyant sur Léonor* » en apprenant la fausse mort du Duc (v. 1231), et la méditation du roi « *rêvant et se promenant à grands pas* » (v. 1760) sont ainsi mis en relief.

Dans la scène capitale où Cassandre révèle la mort d'Alexandre, dévoile l'identité du meurtrier et réclame son châtiment (IV, 6), se trouvent pas moins de dix didascalies dont plusieurs indiquent des déplacements ou des mouvements précis, notamment « *aux pieds du Roi pleurant* » (v. 1317), « *la faisant lever* » (v. 1325) et « *ayant fait la révérence au Roi et à Cassandre* » (v. 1473). Celle qui suit le vers 1372 « *le Roi se sied, et met son mouchoir sur son visage* » est intéressante parce que, venant après l'aparté de Ladislas (v. 1371-1372), elle est détachée de la réplique, très brève et très simple, où le Roi déplore la mort d'Alexandre (v. 1371) et la prolonge par la seule mise en scène. Contrairement à d'autres, Rotrou ne l'a pas trouvée chez Rojas. En outre, elle rappelle un détail du sacrifice d'Iphigénie chez Euripide que Rotrou n'a d'ailleurs pas repris dans sa propre version du drame[32]. Ce que le tragique grec racontait, le dramaturge baroque le fait voir. Ici, la *poesis* est vraiment *pictura* et l'on songe au texte où Montaigne évoque le peintre qui « ayant à représenter au sacrifice de Iphigenia le deuil des assistants [...] quand ce vint au père de la fille, [...] le peignit le visage couvert, comme si nulle contenance ne pouvait représenter ce degré de deuil »[33]. Le jeu de scène vient se substituer à la déploration pathétique pour exprimer une douleur au-delà des mots, réduits à n'être qu'une information redondante et inutile. En même temps, c'est vraiment du spectacle à l'état pur puisqu'on ne voit, à proprement parler, rien de la douleur paternelle : on voit simplement qu'il y aurait quelque chose à voir mais que ce quelque chose est au-delà de la représentation.

D'autres didascalies sont révélatrices de sentiments que le dialogue laisse dans l'ombre, voire le contredisent. Quand le roi demande à Ladislas de rendre son épée (v. 1468), la précision du « se levant » est une marque de soumission significative vu l'état de faiblesse du Prince, même si ses paroles témoignent d'une velléité de résistance. Le « bas » qui accompagne son « la voilà ! » (v. 1471) traduit-il la honte, la douleur, la révolte réprimée, tout cela ensemble ? En tout cas, cette indication confère une ambiguïté à la réplique et la sauve de la banalité. Plus loin, la double révérence au roi et à Cassandre qui précède un aparté amer sur la roue de la Fortune (v. 1474) marque, d'une part la reconnaissance par le rebelle des pouvoirs politique et paternel, d'autre part à la fois le respect devant la douleur de la veuve et l'affirmation muette de la persistance de l'amour.

---

32. Mais Racine le fera (V, 5, v. 1708-1710).

33. Voir *Les Essais*, l. I, ch. 2 « De la tristesse », Paris, Garnier-Flammarion, 1969, p. 44.

Le jeu de scène de Venceslas (v. 1471) est aussi riche d'interprétations : le fait de donner à Fédéric l'épée de Ladislas consacre l'échec du Prince face au ministre et le triomphe — à ce moment-là de la pièce — du fils d'élection sur le fils du sang. Fédéric, double de l'Infant à plus d'un titre, occupe la place du bon fils qui n'a pas failli et à qui le père transmet sa confiance.

Parfois, comme aux vers 1364 et 1408, la didascalie n'est qu'une redondance par rapport à l'énoncé, vraisemblablement dans le but d'insister sur la théâtralité (au sens étymologique) : il faut vraiment faire voir le chagrin ou l'horreur ; c'est le signe (les larmes) ou l'objet (le poignard) qui est un garant de la vérité, les mots seuls n'y suffisent pas.

A l'intérieur du discours, se trouvent aussi des indications sur la contenance des personnages. Ainsi l'allure pitoyable de Ladislas et sa démarche incertaine (v. 1179-1181) suscitent les interrogations de son père (v. 1258-1262). Ses pleurs rendent le débit de Cassandre haché (v. 1326). Le trouble de Ladislas est souligné par son accusatrice (v. 1389-1390) et demande à l'acteur un jeu particulier qui réponde au « *montrant le Prince* » de Cassandre (v. 1387).

Rien ne montre mieux l'importance du spectacle que l'usage du verbe « voir » dans la plaidoirie où Cassandre, tirant théâtralement de sa manche un poignard sanglant, enjoint, par-delà le roi, aux spectateurs de voir « le sang dont ce poignard dégoutte » — et l'impératif est asséné deux fois (v. 1408). Quand elle suggère que Ladislas est dangereux pour son père, c'est encore ce verbe qu'elle emploie (v. 1397).

Le poids des accessoires

Dans le *Mémoire de Mahelot*, les accessoires nécessaires à la représentation de *Venceslas* sont « un fauteuil, un tabouret pour le premier acte et pour le quatrième acte [...] un poignard, 2 billets »[34]. On a déjà souligné la théâ-

---

34. Éd. H. C. Lancaster, Paris, Champion, 1920, p. 115. Lancaster fait bien remarquer qu'il n'y a en fait qu'une lettre.

tralité et la symbolique de l'arme dont l'apparition
(v. 1408) est comme préparée par les allusions de Ladislas
à son combat dans l'obscurité (v. 1230, 1233) et de Cassandre (v. 1370). Objet métonymique du meurtre, sa seule
présence en signifie la monstruosité et la barbarie. Rétros-
pectivement, son apparition souligne l'aspect fratricide du
duel. Mais c'est aussi un indice puisque

> Ce fer porte le chiffre et le nom du coupable (v. 1412),

et, comme tel[35], il intervient dans la construction dramatique, car la culpabilité avérée de Ladislas provoque son
procès et sa condamnation.

La lettre, objet-clé de la tragi-comédie, donne aux deux
premières scènes de l'acte V une tonalité beaucoup moins
tragique et plus galante (v. 1493-1496) que celle de l'acte
qui précède. Contrairement au poignard et à la couronne,
Rotrou ne l'a pas trouvée chez Rojas[36]. Elle permet l'entrevue entre Fédéric et l'Infante et dénoue leur malentendu
en provoquant enfin l'aveu du Duc. On pourrait même
penser que cet amour n'est pleinement effectif que parce
qu'il est authentifié par l'écrit[37], même si paradoxalement
la lettre n'est pas de celui qui avoue son amour (v. 1491).
Envoyée à Fédéric puis utilisée habilement par lui pour
déclarer ses sentiments en attribuant à Théodore la responsabilité de cet aveu (v. 1531), cette lettre gagne une sorte
d'autonomie. De simple formalité de cour, elle devient

---

35. Voir la thèse de M. Vuillermoz, *L'objet dans le théâtre
français du second quart du XVIIᵉ siècle (Corneille, Rotrou, Mairet, Scudéry)*, Lille III, Atelier de reproduction des thèses, 1996,
p. 75, 178-180.

36. Rojas utilise bien une lettre, celle que Casandra fait
envoyer au Roi pour lui demander sa protection contre les entreprises de Rugero, mais elle n'a pas de matérialité scénique.

37. H. Baby rappelle le « postulat de véracité, inhérent à l'objet
écrit, qui confère à la lettre l'efficacité dramatique que peut
exploiter la tragi-comédie. » dans *L'Esthétique de la tragi-comédie*, Lille III, p. 698.

correspondance intime ; renvoyée à son émettrice, elle change de sens. Outil dramaturgique pour justifier une intervention de Fédéric à laquelle Rojas ne donnait que des motifs politiques, on peut y lire aussi un signe de l'échange amoureux dissimulé, de la circulation du désir.

Le rôle de la couronne[38], dont *Le Mémoire de Mahelot* ne fait pas mention, n'est pas moins considérable. Présente à maintes reprises dans le discours des personnages (v. 159, 399, 715, 1294, 1500, 1708, 1763), évoquée aussi par des termes tels que « bandeau » (v. 22, 307) ou « diadème » (v. 55, 111, 167, 364, 439, 552, 553, 943, 1796, 1800, 1808), elle donne toute sa solennité au dernier acte et à l'avènement de Ladislas. Alors que Rojas fait apporter la couronne en scène au moment de l'abdication pour que le roi en couronne Rugero, il faut supposer que Venceslas la porte quand il la « *baill[e]* » (v. 1779) à son fils et donc depuis son entrée en scène (V, 3), car c'est un élément normal de costume. La transmission du pouvoir, pour avoir pleine efficace, doit passer par la médiation de l'objet[39]. Comme métonymie du pouvoir, on la retrouve ensuite dans des répliques de Fédéric (v. 1813) puis de Ladislas (v. 1823, 1847), ce qui souligne, d'une part que le premier ministre reconnaît pleinement la légitimité du nouveau roi, d'autre part que celui-ci assume entièrement sa nouvelle fonction. Le mot réapparaît dans la dernière réplique de Venceslas qui clôt la pièce (v. 1866). Ce vers apparemment contradictoire où le roi espère « voir de [sa] couronne un digne possesseur » insiste sur la question successorale. Il faut bien prendre conscience que dans toute la fin de la pièce, c'est Ladislas qui porte le symbole royal.

---

38. Sur cet objet, voir les analyses de M. Vuillermoz, *op. cit.*, p. 288-293.

39. A l'inverse, mais selon le même système, l'épée ôtée à Ladislas et remise à Fédéric par le Roi (v. 1468-1471) est le signe de la disgrâce du Prince, cf. *supra*, p. 214.

Un dénouement matrimonial

Enfin le dénouement, avec un (peut-être double) mariage et une réconciliation générale qui expédie en deux vers les funérailles de la victime (v. 1863-1864), sent à première vue sa tragi-comédie. Cette fin ouverte et l'éventuel mariage entre Cassandre et Ladislas donnent lieu à des interprétations diverses. Elle révoltait si bien Marmontel que, dans la remise au goût du jour qu'il fit de la pièce, il imagina le suicide de Cassandre pour punir le meurtrier. Si D. Watts remarque justement qu'« il est difficile d'interpréter ses dernières paroles autrement que comme un refus »[40], le fait qu'elle ne réponde rien à Ladislas quand il espère la gagner par ses soumissions (v. 1860-1862) autorise l'opinion de L. Person, H. C. Lancaster, W. Leiner et J. Scherer qui, sous l'influence du dénouement du *Cid*, comprennent que le mariage se fera[41].

Laharpe critiquait vigoureusement l'intercession de Cassandre en faveur du coupable par laquelle elle « dément » son caractère[42]. Certes, Rotrou a trouvé cette volte-face chez Rojas, mais elle y est mieux amenée : Casandra est plus douce et plus sensible que Cassandre et elle explique son changement par un entretien hors-scène avec Rugero où celui-ci lui a humblement demandé pardon. Cassandre met en avant un choc émotif, la rencontre de Ladislas chargé de fers (v. 1688-1689) — et là on retrouve le thème du *felix* Ladislas, aimé malgré ses crimes —, puis des motifs rationnels comme la raison d'État (v. 1692-1698), alors qu'elle avait toujours manifesté jusque-là une superbe indifférence à ce type d'argument (II, 1). Cette abondance de raisons les rend paradoxalement peu convaincantes, d'autant plus qu'elle résiste de nouveau à l'argument de la raison d'État et du bien public

---

40. Éd. cit., p. XXI.

41. Respectivement *op. cit.*, p. 87-89, p. 547, et éd. cit., p. XI et 1350.

42. *Op. cit.*, p. 298.

quand Venceslas lui suggère d'épouser Ladislas (v. 1856). Là encore, Laharpe est sans appel : « [Cassandre] se défend [de ce mariage] si faiblement, qu'elle laisse croire au spectateur comme au roi, qu'elle finira par se rendre ; imitation maladroite du *Cid*, et qui ne sert qu'à faire voir combien le rôle de Chimène est mieux entendu que celui de Cassandre »[43].

En fait, plus qu'à Chimène, amoureuse de Rodrigue depuis le début de l'action et dont le consentement au mariage n'est pas vraiment une surprise pour le spectateur, c'est à Émilie que peut faire penser l'attitude de Cassandre : la fin de *Cinna* la voit en effet renoncer subitement à sa haine et à ses poursuites contre Auguste. Mais cette conversion d'Émilie ne dément pas son caractère, elle est motivée par « l'expression du sublime monarchique »[44], par l'acte extraordinaire qu'est le pardon d'Auguste, alors que l'indulgence de Cassandre — qui précède la conversion de Ladislas — ne correspond pas à une évolution nécessaire de son caractère ; elle n'est qu'un élément dans la construction du dénouement où Rotrou a besoin que tous prennent le parti de Ladislas pour camper un roi qui résiste à toutes les pressions et rendre d'autant plus saisissant l'effet de surprise de sa décision finale. Le revirement de Cassandre est un de ces « revirements tragi-comiques [qui], loin de garantir la marche vers l'intériorité classique, sont les témoignages de la résistance tragi-comique au classicisme : ils soulignent *a contrario* le pouvoir des événements sur les personnages »[45].

Un dénouement politique

Pourtant, le revirement du roi, pas plus que la conversion de Ladislas, ne ressortissent à la tragi-comédie, et Rotrou semble avoir contaminé le dénouement d'*Horace*

---

43. *Op. cit.*, p. 305.
44. G. Forestier, *Essai de génétique théâtrale, Corneille à l'œuvre*, Paris, Klincksieck, 1996, p. 306.
45. H. Baby, *op. cit.*, p. 484.

et celui de *Cinna*. La seule différence — elle est de taille, il est vrai — est qu'il n'a pas la caution de l'Histoire. Comme dans la première pièce, le roi fait grâce à un criminel avéré, dénaturé, mais nécessaire à la survie de l'État. Comme dans la seconde, il est étroitement impliqué dans le conflit et non pas simple arbitre : son fils a été tué, et par son fils ; il est personnellement exposé, comme le rappellent successivement Cassandre (v. 1397-1404), Ladislas (v. 1460) et Venceslas lui-même (v. 1715-1716). Nul ne songerait à traiter le revirement d'Auguste de revirement de tragi-comédie ; au contraire, qu'on se place du point de vue dramaturgique ou thématique, celui-ci apparaît comme le comble d'un tragique du « sublime »[46] et de l'« arrachement à soi »[47]. Or, ce revirement apparaît complètement subit et Corneille ne le motive qu'*a posteriori :* les vers 1661-1662 promettent à Émilie et Cinna un « supplice » à la mesure de leur crime et c'est sans transition aucune qu'Auguste, apprenant par surcroît la trahison de Maxime, prend la décision de la clémence. De même, Venceslas pardonne à son fils alors qu'il avait triomphé de toutes ses hésitations au nom de ses devoirs de roi juste (v. 1655-1658), et résisté aux prières de Cassandre et de Théodore (v. 1707-1722). Mais dans son émulation avec Corneille, Rotrou ne s'est pas borné à la clémence ; il y a ajouté l'abdication, en lui prêtant une signification à la fois psychologique et politique. C'est une réaction royale et non pas seulement paternelle. Dans un système électif comme la monarchie polonaise, Venceslas s'incline devant la volonté du peuple (v. 1761-1762) et abandonne le pouvoir au nom même de son exigeante conception du devoir monarchique de justice (v. 1777-1778). Jamais il n'est aussi pleinement roi qu'à l'instant où il transmet la couronne à son fils criminel puisque, par ce geste, il concilie les deux plus hautes

---

46. G. Forestier, *op. cit.*, p. 326.

47. S. Doubrovsky, *Corneille et la dialectique du héros*, Paris, Gallimard, « Tel », 1982 (1963), p. 213.

vertus royales contradictoires, la justice et « la clémence,
[... qui] transgresse les lois ordinaires de la justice
[... mais] est une vertu essentiellement royale »[48]. En cela,
le dénouement de *Venceslas* met aussi en œuvre la catégorie de l'invraisemblance vraisemblable[49].

Il est aussi exemplaire d'un des types de tragiques défi-
nis par *La Poétique* : celui où le personnage « a l'intention
[de tuer] en pleine connaissance, mais ne le fait pas »[50]. Si
Aristote critique ce choix comme « faible [...et non] tragique faute d'événement pathétique », en fait, comme
l'écrira Corneille un peu plus tard, il n'apparaît condam-
nable que si le revirement est l'effet « d'un simple changement de volonté »[51], ce qui n'est pas le cas ici. Quoique
ouvert, ce dénouement n'est ni simple suspension, ni
« interruption momentanée des aventures qui vont sans
doute recommencer »[52]. Quelle que soit la décision ultérieure de Cassandre, le pouvoir a changé de mains, et pour
Ladislas l'avènement au trône se double d'une régénéra-
tion morale.

Cette « assomption royale »[53] et l'importance, inhabi-
tuelle dans une tragi-comédie, prêtée aux questions politiques nous inciteraient plutôt à voir dans *Venceslas* une
authentique tragédie. Il se trouve de plus que, de tous les
procédés hérités de la tragi-comédie, certains se couleront
sans mal dans le moule tragique, par exemple le *decorum*
autour de la personne royale ou l'usage des lettres ; que les
ruptures de ton chez Ladislas ajoutent à la violence et
alourdissent l'atmosphère ; et que le dénouement matrimonial se rencontre aussi dans bien des tragédies. Avant

---

48. G. Forestier, *op. cit.*, p. 305.
49. *Ibid.*, p. 306.
50. Introduction, traduction et annotation de M. Magnien,
Paris, L.G.F., « Le Livre de poche », 1990, 1453b, p. 106.
51. *Discours de la Tragédie*, O. C., t. III, p. 153.
52. Tel est le dénouement tragi-comique selon H. Baby, *op. cit.*,
p. 496.
53. J. Scherer, éd. cit., p. 1353.

d'examiner en détail les éléments de structure et de thématique qui nous font ranger, en définitive, *Venceslas* dans le camp tragique, une brève comparaison avec la tragi-comédie *Don Lope de Cardone* devrait nous persuader du bien-fondé de ce choix.

En effet, l'intrigue et les thèmes de cette pièce postérieure à *Venceslas* ne sont pas sans rappeler la tragédie du roi de Pologne. Le prince Don Pèdre a tué le jour de son mariage Don Louis, l'amant aimé d'Élise. Son amour le réduit à l'inaction. Entendant Élise affirmer sa haine inébranlable, il menace de « se satisfaire » par la force puis se répand en excuses devant son indignation. Ce prince a une sœur, Théodore, dont Don Lope (le frère d'Elise) et Don Sanche sont tous deux amoureux. Don Pèdre demande à sa sœur d'être aussi dure avec Don Lope qu'Élise l'est avec lui et, malgré son amour pour Don Lope, Théodore refuse de se déclarer. Don Lope et Don Sanche décident alors de se battre en duel malgré la défense du roi, puisque Théodore ne choisit pas. Alors qu'Élise persiste à maltraiter le prince qui éclate en injures et prétend reprendre sa liberté, Don Lope tue son rival. Théodore lui conseille de fuir, mais le roi le fait arrêter et le condamne à mort. Élise refuse de prier le prince pour la vie de Don Lope, mais est résolue à mourir s'il meurt. Le père de Don Sanche annonce que son fils est seulement blessé et plaide pour Don Lope, mais le roi ne cède pas. Par un brusque revirement, le prince se fait gloire auprès de son père d'avoir oublié Élise et demande, pour récompense, la vie sauve pour Don Lope. Le roi la lui accorde. Émue, Élise renonce à sa haine et les deux mariages font le dénouement.

On retrouve donc l'affrontement, quoique moins grave, entre un roi et son fils, l'amour impossible entre une femme et le meurtrier de celui qu'elle aimait, l'inclination d'une princesse pour un sujet, un prince déchiré et réduit à l'inaction par sa passion, oscillant entre la soumission absolue et la haine, un duel entre proches, et un roi qui refuse obstinément la grâce d'un condamné qui lui est cher, puis y consent subitement. Mais l'inexistence de tout enjeu politique ou successoral, la réversibilité de la mort de Don Sanche, le dénouement franchement matrimonial et l'absence de cohérence psychologique dans le comportement des protagonistes, qu'il s'agisse du roi, du prince, ou d'Élise, font mesurer la distance avec *Venceslas*.

Une tragédie à fin heureuse

En effet, Rotrou y satisfait dans l'ensemble aux critères aristotéliciens propres à la tragédie : imitation d'une action sérieuse et complète qui provoque la crainte et la pitié, faute d'un héros médiocre, capable de susciter une certaine sympathie, et violence familiale, « l'intention d'assassiner ou toute autre action de ce genre entreprise par un frère contre son frère [...faisant même partie des] cas qu'il faut rechercher », selon *La Poétique*[54]. A cet égard, *Venceslas* mettrait en jeu le tragique d'*Œdipe Roi*, où le personnage tue sans mesurer l'horreur de son crime et ne la reconnaît que trop tard.

Une « machine infernale »[55]

Dès la première scène, étroitement imitée de Rojas il est vrai, Rotrou impose une atmosphère de violence et de crainte que la lenteur calculée de l'exposition ne fait qu'accentuer. Il faut en effet attendre la première scène de l'acte III pour que le spectateur soit en possession de toutes les cartes et sache qui aime qui et qui trompe qui.

Cette première scène présente tous les conflits mais sans leurs tenants et aboutissants : on connaît l'inimitié entre les deux frères (v. 73), l'opposition politique entre Venceslas et Ladislas (v. 21-22) et, à demi-mot, la rivalité amoureuse de ce dernier avec le Duc (v. 222-226). Si Fédéric confirme son amour (v. 352), l'identité de celle qu'il aime reste mystérieuse, car Ladislas (v. 358) l'empêche de le

54. Éd. cit., 1453b, p. 105.
55. J. Scherer, éd. cit. p. 1349.

dire. Ce n'est qu'à la dernière scène de l'acte I que le nom (v. 375) de cet objet d'amour et de rivalité à qui le Prince va proposer le mariage (v. 385) est connu. Mais Cassandre refuse de l'épouser au nom de son honneur blessé (v. 405-406) et dans un violent affrontement avec lui insinue qu'elle a déjà « soumis » sa « franchise » (v. 564). Ladislas, et le spectateur avec lui, comprend que c'est une allusion au Duc. Égarée par la méprise de son frère, Théodore passe du statut de confidente à celui d'amoureuse d'autant plus déçue qu'elle souffrait d'aimer un sujet. Son refus de recevoir le Duc (II, 5) anéantit toute chance de dissiper un quiproquo dont le spectateur n'est même pas encore conscient puisque Alexandre demande à Théodore de plaider la cause du Duc auprès de Cassandre. On doit attendre le monologue de ce même Alexandre à la fin de la scène 6 pour découvrir que c'est lui qui aime la Duchesse (v. 764).

A ce moment-là seulement, le spectateur en sait plus long que les personnages, mais sa crainte redouble. Une rivalité amoureuse entre frères laisse prévoir de terribles conséquences, vu la fureur de Ladislas quand il sera désabusé. Enfin, la première scène de l'acte III fait connaître que Fédéric aime Théodore sans oser le dire (v. 780) et se désespère d'être rebuté. L'inquiétude ne fait que grandir quand Alexandre prend la décision du mariage secret (v. 918). Très habilement Rotrou introduit les scènes où Ladislas, par dépit amoureux, prétend renoncer à Cassandre et servir Fédéric, pour finalement le faire taire et exciter par là la colère du roi. Inquiétantes en elles-mêmes, ces scènes entretiennent l'attente du spectateur : Cassandre et Alexandre pourront-ils mener à bien leur projet ? Ladislas va-t-il le découvrir et l'empêcher ? Et si oui, comment ? L'acte III s'achève sans apporter de réponse à ces questions.

Le début de l'acte IV n'en apprend pas davantage. On découvre seulement les craintes de Théodore sans savoir qui elles regardent précisément. Le vers 1142 « Pour n'avoir pas couché dans son appartement » incite à penser qu'il s'agit d'Alexandre puisque le spectateur sait qu'il devait enfin épouser Cassandre. Mais la suite oriente son inquiétude dans une autre direction. Puisqu'il est question de Ladislas, qu'a-t-il fait ? que lui est-il arrivé ? Le récit du songe, fait pour entretenir la suspension et l'horreur, vient encore retarder les réponses. Dans ce moment hautement pathétique, Rotrou se refuse à tout effet spectaculaire et, même si l'Infante martèle cinq fois « j'ai vu » (v. 1165-1168) pour communiquer sa « terreur » à son interlocutrice - et au spectateur -, seul le pouvoir du langage, et non le sens de la vue, suscite la « passion » de la crainte[56].

L'entrée de Ladislas blessé dissipe des interrogations, mais suscite d'autres questions. L'analepse[57] de son entretien avec Octave (v. 1211-1212), qui l'a informé du mariage tout en maintenant le quiproquo sur la personne de l'époux, est une trouvaille qui permet de précipiter l'action et qui fait revivre au spectateur les événements de la nuit du point de vue du personnage ; il prétend avoir tué le Duc (v. 1230). Par cette invention, Rotrou a donné lieu à un surcroît de crainte et de pitié par rapport à Rojas Zorilla. Chez lui en effet, Rugero raconte comment il a tué l'époux de Casandra dans le lit conjugal, sans voir son visage recouvert par les cheveux de la jeune femme. Mais aucun doute n'est possible ; c'est son frère que Rugero a tué par méprise. Au contraire, dans *Venceslas* où le meurtre a lieu avant la consommation du mariage et sur un escalier, il n'est pas impossible que le Duc ait accompagné Alexandre et qu'il soit effectivement mort. Se combinent donc plusieurs émotions fortes : violent désir de savoir le fin mot de l'affaire, pitié pour le mort quel qu'il soit, crainte de voir confirmée l'hypothèse la plus horrible, celle du fratricide, pitié pour Ladislas peut-être bien plus coupable qu'il ne le croit, pitié pour Théodore qui apprend de manière affreuse la mort de son amant, sans pouvoir manifester son désespoir.

---

56. Voir *La Poétique*, éd. cit. 1453b, p. 105.

57. On peut transposer dans le domaine théâtral ce terme employé à propos du discours narratif par G. Genette (*Figures III*, Paris, Seuil, 1972, p. 82).

Avec les scènes suivantes de l'aveu à Venceslas (3 et 4), le *suspense* psychologique prend le relais et le spectateur se met à craindre pour Ladislas : comment va-t-il se sortir de ce pas délicat ? quelle sera la réaction de Venceslas après ses menaces de l'acte III ? Le roi ne peut qu'exciter une forte pitié : aux malheurs qu'il connaît et déplore, son grand âge (v. 1279-1288), la mort de son fidèle ministre (v. 1296-1299) s'ajoute celui que le spectateur pressent et auquel l'entrée de Fédéric (v. 1300) donne plus de probabilité, car la confirmation de la mort de l'Infant ne vient qu'avec les pleurs de Cassandre.

Ce n'est plus alors le désir de savoir, mais la réaction des deux protagonistes qui soutient l'intérêt : Rotrou concentre l'attention d'une part sur la manière dont Ladislas entrevoit la véritable nature de son acte (v. 1315-1316) et l'abattement qui en résulte, d'autre part sur l'évolution de Venceslas partagé entre le désespoir (v. 1371) et la sévérité (v. 1468). Pitié et crainte ne sont pas moins sollicitées pendant la majorité du dernier acte, pitié devant la lutte intérieure du roi comme devant la résignation accablée de celui qui n'est plus le bouillant Ladislas, crainte redoublée pour la vie du Prince devant les tentatives infructueuses de Théodore (v. 1659-1682) et de Cassandre (v. 1683-1700).

Ainsi, jusqu'à la condamnation, l'action avance selon un ordre rigoureux : chaque péripétie amène nécessairement la suivante. La réconciliation imposée par le roi entre Ladislas et Fédéric relance leur conflit ; la jalousie pousse le Prince à offrir le mariage à Cassandre ; le refus de la Duchesse exacerbe sa violence ; inquiète, celle-ci presse Alexandre de décider leur mariage ; il s'y résout mais en secret. Partiellement connue de Ladislas, cette nouvelle le conduit au meurtre. Le jugement et la condamnation s'ensuivent naturellement. L'intrigue secondaire est étroitement subordonnée à la principale puisque l'ignorance où Théodore est des sentiments de Fédéric à son égard et le silence auquel le favori est contraint contribuent au quiproquo tragique. De même, la résolution de leur malen-

tendu a des conséquences sur l'action principale ; tous
deux se retrouvent unis pour plaider en faveur de Ladislas.
Quant au revirement final, nous avons vu qu'il relevait
davantage d'une esthétique du sublime que du coup de
théâtre tragi-comique. Si l'on ajoute que les invraisem-
blances héritées de la tragi-comédie ne sont que le prix à
payer pour ce montage infernal[58], on voit bien que Rotrou
a voulu écrire en *Venceslas* une tragédie prenante, à fin
heureuse, synthèse et non hésitation ou juxtaposition de
formes et de genres.

En accord avec sa « fable » tragique, Rotrou a su motiver les enchaînements de l'action par de multiples conflits
psychologiques : jalousies amoureuses étroitement liées à
des rivalités de pouvoir. Cette imbrication des passions
privées et des enjeux politiques est également un trait dis-
tinctif de la tragédie. Ses caractères, s'ils manquent parfois
de cohérence[59], répondent aux critères d'Aristote : ils sont
« bons […], convenables […] et ressemblants »[60]. Ils ont
une intériorité et un passé[61].

LES CARACTÈRES

Du père-roi au roi-père

Dès le début, Rotrou sait camper un personnage de souverain déchiré et le drame ne fera que cristalliser au plus
haut point sa division intérieure avant la réconciliation du
dénouement. Les tout premiers vers (1-4) de l'exposition
mouvementée où ses ordres tombent sans réplique le montrent beaucoup plus autoritaire et en possession de ses
moyens que le roi de Rojas qui demande un siège parce

---

58. Voir J. Scherer, éd. cit., p. 1349.
59. A propos de Cassandre, voir *supra*, p. 217-218.
60. Éd. cit., 1454a, p. 107.
61. F. Orlando, *Rotrou, dalla tragicommedia alla tragedia*,
p. 158.

qu'il a la goutte et qu'il faut soutenir (p. 23, 388a), mais l'aparté du vers 5 et les suivants (v. 247-250, 269-270) dévoilent la fragilité de cette royale assurance. La « science de régner » (v. 27) que Venceslas se targue de posséder débouche sur le constat désabusé de l'incompréhension des sujets (v. 33-44) et sa lucidité pour analyser le caractère et les motivations de Ladislas (v. 17-24, 52, 57-58, 63-67, 83-90, 95-98) n'a d'égale qu'une impuissance douloureusement ressentie (v. 247-250). Son absence dans l'acte II et la majeure partie de l'acte III, contrastant avec le poids que l'exposition lui prête, est la traduction scénique de cette contradiction. Pourtant, à partir de l'acte IV, le personnage redevient le centre de la pièce et Rotrou a su en ménager à la fois la cohérence et l'évolution.

L'amour paternel est le trait dominant de Venceslas au début de la pièce. Mais plus complexe que le roi de Rojas qui craint Rugero et réserve pour Alejandro sa sollicitude, il préfère visiblement son aîné. Ainsi, l'aparté où il regrette de maltraiter Alexandre (v. 269-270) est beaucoup plus ambigu. Chez Rojas, le roi dit explicitement avant l'entrée d'Alejandro qu'il va se réconcilier avec Rugero pour préserver « celui qu'[il] aime » ; et quand il refuse de l'écouter, il le traite dans un aparté douloureux de « fils de [son] âme » avant de se reprocher de « flatte[r] qui l'outrage et d'offense[r] qui [il doit] estimer ». En revanche, l'« Amour » qui contraint Venceslas à dissimuler est-il le souci de protéger Alexandre de l'agressivité fraternelle ou un nouveau témoignage du pouvoir qu'a Ladislas de se faire aimer en dépit de ses vices ? Plus tard, au moment de l'entrevue où il signifie à Rugero sa condamnation, le roi manifeste une certaine émotion par des signes (pleurs, embrassades) que Rotrou a repris : mais, sourd aux arguments de son fils, il résiste à ses supplications et fait preuve d'une réelle cruauté : il se targue d'imiter l'intransigeance de Trajan qui fit crever un œil à son fils, et de Darius qui, ayant fait mourir le sien, s'asseyait sur un siège recouvert de sa peau pour rendre la justice. Pour finir, il ne répond à sa longue plaidoirie pathétique qu'en lui tournant le dos. Chez Rotrou, la scène est beaucoup plus courte ; le vers où le roi est bouleversé à la simple vue de son fils (v. 1580), ceux où il décrit ses combats intérieurs (v. 1607-1609) sont de son invention. Puisque Ladislas revendique la mort, Venceslas a une épreuve de moins à soutenir. Il a pourtant deux monologues de déploration supplémentaires (V, 3, 5).

L'équilibre entre cet amour paternel et la dignité de la fonction royale s'exprime subtilement dans le choix des apostrophes. A les considérer, Ladislas est sans conteste le fils préféré. Alexandre n'a droit qu'à l'appellation protocolaire d'« Infant » (v. 1, 301). Même quand il apprend subitement sa mort (v. 1371) ou évoque ses funérailles (v. 1863), Venceslas n'use que du titre. Au contraire, avec Ladislas, il a recours à un « Prince » bien officiel devant les gardes (v. 1) et Fédéric (v. 1303), dans la scène du procès (v. 1432, 1468), pour marquer son irritation (v. 292, 301, 363) ou la gravité de la transmission du pouvoir (v. 257, 1763) ; mais il sait trouver des accents moins solennels. Il l'appelle alternativement « Ladislas » ou « mon fils » pour gagner son attention et sa confiance (v. 8, 11, 107, 116, 251, 313), quand il s'inquiète à son propos (v. 1257, 1258, 1265), se confie à lui (v. 1279), ou encore au moment de leurs adieux (v. 1585). Même au moment solennel de l'abdication, il se sert du prénom (v. 1784), ce qui montre à cet instant l'accord intime profond entre le père aimant et le roi soucieux de justice.

Car, paradoxalement, puisque la pièce se clôt sur son abdication, on peut dire que Venceslas devient au cours de la pièce ce qu'il n'était qu'en puissance, vraiment roi. Le savoir théorique, mais passif, du début se mue en une pratique effectivement royale, telle que l'entendent les conceptions politiques contemporaines, capable de sublimer les affections humaines. C'est ainsi qu'il faut interpréter la réitération d'un vocabulaire du devoir dans la bouche du roi (v. 1604, 1608, 1612, 1719) au moment de l'épreuve. Les étapes de cet avènement de Venceslas à une royauté essentielle et pas seulement factuelle sont soigneusement relevées. Le Roi du début est prisonnier de ses contradictions ; il passe de la leçon de morale à l'aveu d'une indulgence coupable et fautrice de désordre (v. 91-94), des menaces (v. 128-130) à une comédie sans gloire (v. 247-250). Même quand il avertit Ladislas de « penser à [sa] tête » (v. 364-365, 370), il sort « *en colère* », mais il sort pour ne pas avoir à mettre sa menace à exécution. De même, la première arrestation (v. 1123) n'est qu'ébauchée ; le Roi se laisse bien vite convaincre par Fédéric d'y renoncer et ce que nous avons de prime abord traité d'invraisemblance — le fait que Venceslas ne songe pas à interroger son ministre pour le satisfaire — est finalement une subtile touche ajoutée au caractère du Roi qui se refuse à vraiment affronter son fils et à lui déplaire.

Tout change après le crime de Ladislas. La scène du procès magnifie un roi arbitre vraiment impartial et au-dessus des plaignants pris dans le jeu des passions, comme le montre sa réplique à Cassandre :

Je me dépouillerai de toute passion (v. 1465),

et son *distinguo* entre « punir », action royale, et « venger », passion humaine (v. 1486). Son fugitif et apparent retour de faiblesse quand il voit son fils, avec la reprise significative du verbe « dépouiller » (v. 1581) ne sert qu'à mettre en valeur cette volonté d'échapper à l'humanité commune, et Rotrou à l'acte V campe, jusque dans le revirement final, un Venceslas inébranlable et totalement possédé par sa fonction royale. Ainsi, son pardon inattendu, loin d'apparaître comme une faiblesse, est l'exercice ultime de cette royauté parfaite, puisque, tout en cédant à la volonté du peuple (v. 1761, 1775-1776), il préserve intacts les droits intransigeants de la monarchie (v. 1777)[62]. Ayant montré à quel point il était roi, il peut

---

62. Voir W. Leiner, « En cédant sa place, il agit en roi, non pas en père », dans « *Venceslas* ou le triomphe de la royauté », *French Review,* déc. 1969, p. 256.

sans déchoir redevenir simplement homme et père
(v. 1795-1796). Étant monté « sur le faîte » d'une royauté
exigeante, il peut « descendre ». D'ailleurs, les protestations de Ladislas déclarant qu'il restera, quoique roi, soumis à son père (v. 1805-1808) ne sont pas de simples formules de politesse et traduisent la conscience de cette
royauté essentielle malgré l'accident de l'abdication.

C'est dans cette assomption royale que Venceslas
dépouille aussi ce qui en fait un personnage attachant, le
sentiment aigu de sa solitude et de sa vieillesse. D'abord
raillé par Ladislas dans un aparté brutal qui sent sa tragi-
comédie, voire sa comédie (v. 6), le grand âge du Roi est
un élément du débat politique, selon qu'on l'interprète en
termes de « parfaite raison » (v. 26), d'« usage » (v. 81) ou
de « fardeau » condamnant à l'impuissance (v. 150, 155-
158, 163). Mais les brèves confidences de l'acte IV
(v. 1279-1288) en font une douloureuse expérience existentielle, bien mise en valeur par la belle antithèse du vers
1286 : « Ce que j'ôte à mes nuits, je l'ajoute à mes jours. »
Elle est d'autant plus remarquable que, si « nuits » est au
sens propre, « jours » est une métonymie pour la « vie » de
l'original espagnol (p. 40, 401c).

Venceslas n'est plus qu'un vieil homme tourmenté par la
perspective de sa mort prochaine et qui dépose devant son
fils, lui aussi affaibli, son masque de roi. Cet abandon tout
humain est pourtant le prélude à sa conquête, au prix d'un
sacrifice surhumain, d'une royauté authentique. Le dénouement actualise ce qui n'était au premier acte que paroles en
l'air pour amadouer Ladislas (v. 257-262) ; puisque Ladislas accepte d'être un simple *alter ego*, la transmission du
pouvoir arrache Venceslas à la solitude et, d'une certaine
façon, à la vieillesse : de fait, il « commenc[e] à [son] âge
un règne de cent ans » (v. 262) et l'adjectif « vivant »
(v. 1235) est le dernier par lequel il se qualifie.

De l'homme au roi

Le parcours de Ladislas suit les traces paternelles :

celui-ci dépouille le père aimant, celui-là l'amant brutal, le fils rebelle, le prince capricieux. Rotrou a multiplié les efforts pour rendre son personnage plus sympathique que Rugero. Il faut prendre au sérieux la conversion de cet homme du désir (v. 20) et du défi (v. 366, 1115) jusque dans la culpabilité et l'humilité (v. 1460) en homme et en roi respectueux de la loi (V, sc. dernière).

Bien plus qu'un politique, Ladislas est un amoureux. Sa discussion avec son père (I, 1) ne doit pas faire illusion : certes, il a une conception bien à lui de la monarchie, mais sa situation de prince héritier l'y oblige et il ne développe ses arguments que pour se défendre des griefs paternels. Seul, avec Théodore ou avec Octave, être roi ne l'intéresse guère, c'est Cassandre qui l'obsède. On peut avancer qu'il ne désire le pouvoir que pour le lui offrir ; Théodore l'insinue (v. 401) et lui-même le proclame (v. 1847-1851)[63]. Il souffre pourtant de l'amour aliénant (v. 394, 616, 656, 1110, 1195-1200, 1216, 1221) qui le possède et les didascalies « *entrant à grands pas* » (II, 2) ou « *Il s'en va furieux* » (III, 6) s'unissent au texte pour insister sur son impuissance à se dominer.

Centré passionnément sur lui-même, il ignore autrui : il supporte avec peine les sermons du Roi (v. 6-7), ne respecte pas les refus de Cassandre (v. 541-546) et ne prête aucune attention à l'émotion de Théodore, sa confidente, quand il lui annonce l'amour de Fédéric pour la Duchesse (v. 667-671) ou sa mort (v. 1231-1247). Personnage saturnien, Ladislas témoigne d'une tendance à la mélancolie (v. 1217-1218), voire d'un certain masochisme (v. 542-546, 610, 617-622) ; les refus de Cassandre semblent exacerber son amour et non le décourager. De même est saisissante l'espèce de délectation rageuse avec laquelle il s'accable et réclame la mort (v. 1433-1460). Dans cette

---

63. On peut s'étonner de voir J. Van Baelen négliger cet aspect de la question quand elle écrit que « Ladislas ne se justifie qu'au nom de son désir d'action et de pouvoir », *Rotrou, le héros tragique et la révolte,* p. 182.

tirade, le lieu commun galant de la « mourante vie »
(v. 1434) prend du relief à cause de l'état de faiblesse bien
réel du Prince.

Par l'importance donnée au thème amoureux, Rotrou
s'est totalement approprié la donnée trouvée chez Rojas
où, même si Rugero se plaint que « l'amour [l]'entraîne
hors de lui » (Deuxième Journée, p. 30, 394c), la passion,
surtout sensuelle, n'a pas ce caractère douloureux ni
absolu. Les résolutions successives de Ladislas s'efforçant
de triompher de lui-même (v. 656-664, 675-682, 1191-
1194) et ses amères rechutes (v. 1110-1114, 1207-1210)
sont un apport de Rotrou. Si Ladislas veut mourir, ce n'est
pas à cause d'Alexandre, mais de Cassandre (v. 1438-
1442, 1626-1636)[64], alors que Rugero cherche à sauver sa
tête, ne pense jamais à Casandra pendant sa captivité et ne
lui adresse la parole après son couronnement que pour lui
demander pardon.

L'abandon passionné à un amour dévorant, voire mortifère, est un trait caractéristique des personnages de
Rotrou[65]. Sans parler des héroïnes, avant Ladislas Félismond (*L'Innocente Infidélité*), après lui le prince Don
Pèdre (*Don Lope de Cardone*)[66], offrent d'autres exemples
du pouvoir insurmontable de l'amour. Mais c'est surtout
de Cassie (*Crisante*) qu'il faut rapprocher Ladislas, Cassie
à qui son confident reproche ses « folles amours » (I, 2) et
Crisante sa « brutale flamme » (I, 4), et qui lui-même dit
cyniquement à une suivante de la reine qu'à défaut de
l'amour « la force [lui] peut obtenir tout » (II, 1). Pourtant,
comme Ladislas, il souffre de cet amour, déteste son crime
à peine accompli et se suicide après d'horribles impréca-
tions (III, 6).

---

64. Comme Horace à sa « gloire et non pas à [sa] soeur » (V, 2,
v. 1594), Ladislas accepte d'être immolé à l'amour, et non pas à
son frère.

65. Voir J. Morel, *op. cit.*, p. 36-38.

66. Voir *supra* p. 221.

Cet amour absolu, insatisfait, se retourne contre l'objet aimé. J. Scherer y a vu un « viol psychologique »[67], expression d'autant plus justifiée que Ladislas, sous le coup de la colère et par provocation, exprime le regret de ne pas avoir effectivement violé Cassandre (v. 584, 1005-1007). Cette « grossièreté brutale »[68] qui choquait aussi Marmontel met en valeur la sauvagerie intérieure du personnage. Dans cette perspective, la métaphore usuelle, pour ne pas dire usée, de « flamme » pour désigner l'amour reprend ici toute sa force. Ce sentiment qui s'est totalement emparé de l'âme du Prince a consumé tout le reste et, loin de l'aiguillonner selon les valeurs courtoises, a dissipé sa vertu guerrière (v. 95-98) et lui fait négliger son salut éternel (v. 1639-1640). D'ailleurs, Rotrou n'emploie guère le mot qu'à propos des sentiments de Ladislas (v. 502, 535, 545, 972) qui fait de cet amour son être même :

Et le Ciel a pour moi fait un sort tout de flamme (v. 628).

Dans la bouche de Cassandre qui lui ajoute la qualification d'« impudique » (v. 448, 472) et du roi (v. 1639, 1712), le mot désigne encore son sentiment. De son côté, incapable de concevoir un amour autre qu'absolu et violent, le Prince qualifie ainsi les sentiments supposés de Cassandre et de Fédéric (v. 680).

A certains égards, Ladislas annonce Oreste. Les vers 51-56 d'*Andromaque* peuvent être lus comme une version condensée, plus conforme à la bienséance de la violente tirade de Ladislas (v. 979-1019). Racine s'est peut-être souvenu de « Et suivant à ce nom la fureur qui m'emporte » (v. 1228) quand il fait dire à Oreste « Je me livre en aveugle au transport qui m'entraîne »[69], car Ladislas, seul dans la pièce, est la proie de la « colère », du « courroux », de la « rage », toutes passions qualifiées

67. Éd. cit., p. 1351.
68. J.-F. Laharpe, *op. cit.*, p. 308.
69. I, 1, v. 98, variante de 1668 à 1687.

d'« aveugle[s] »[70] (v. 63, 609, 1371), tout comme l'« effort » (v. 1229) qui, dans le noir, lui fait commettre son fratricide. Enfin sa volonté arrogante de « mériter au moins par un grand crime » la « mauvaise estime » du peuple (v. 243-244) préfigure le « Mon innocence enfin commence à me peser »[71] du héros racinien.

Mais contrairement à Oreste, le crime de Ladislas, sa descente aux enfers, est l'occasion d'une conversion, pleinement accomplie à la dernière scène, mais pas totalement inattendue. Annoncée par la scène où il fait amende honorable auprès de Fédéric (III, 5) avant de retomber, et l'aparté des vers 1371-1372, elle fera de ce sensuel exigeant un amoureux soumis, de cet être de l'instant (v. 599-600), sans mémoire, incapable de cohérence (v. 651-654), ballotté de revirement en revirement (II, 2, 3 ; III, 4, 5, 6) un homme prêt à assumer (v. 1615-1616) et dépasser, sans le renier, ce qu'il fut (v. 1820).

La faute de Ladislas est d'abord une erreur (v. 1617-1618). Rotrou a pris soin de le faire souligner aussi par Théodore (v. 1666-1670). Ainsi le vers « M'as-tu trompé, ma main, me trompez-vous, mes yeux » (v. 1314) fait du Prince le jouet et la victime de ses sens plutôt qu'un criminel. De même a disparu de la pièce française la réplique où le roi explique à Rugero qu'il le punit non à cause de la personne du mort, mais pour l'intention de meurtre.

Cet assassinat lui permet paradoxalement de révéler son courage. Si Rugero poignardait un homme endormi dans le lit conjugal, Ladislas attaque, par surprise et dans le noir il est vrai, un homme qui se défend et le blesse (v. 1227-1234) avant de mourir. Ensuite, il confesse sans détour, sans recourir à la formule ambiguë de Rug̃ero, le meurtre

---

70. Il dit aussi qu'il feindrait d'être aveugle devant les manœuvres de Fédéric (v. 211) si le ministre ne cherchait pas à lui nuire.

71. Acte III, sc. 1, v. 272.

commis (v. 1293-1295). Quand il découvre l'étendue de sa faute, il la reconnaît simplement et en accepte les conséquences (v. 1433-1434), « les rigueurs de la loi » alors que jusque-là la seule loi qu'il reconnaissait était celle de Cassandre, autrement dit, celle de son désir (v. 1025). Encore était-ce justement un simulacre de loi dont il voulait s'affranchir.

Dans la scène d'adieu avec son père, l'attitude courageuse de Ladislas ne se dément pas. Les longues prières de Rugero se bornent chez lui à une défense par prétérition (v. 1617-1624) et à un aparté amer sur la dureté de Venceslas (v. 1647-1648). Il accepte la mort, sans peur, mais sans forfanterie (v. 1599, 1613). Cette épreuve lui donne l'occasion de coïncider avec son essence royale encore insoupçonnée, suivant en cela les ultimes conseils paternels (v. 1643-1646) ; Fédéric le souligne lui-même (v. 1723-1726) et cette caution de la politique et de la vertu réunies n'est pas à négliger. L'échafaud est le chemin du trône, mais ce n'est pas le seul « pur hasard »[72] qui fait le triomphe de Ladislas.

Il serait d'ailleurs plus juste de parler de triomphe de l'essence royale. Annoncé par Fédéric, c'est un Ladislas régénéré qui fait son entrée en scène. L'ancien ambitieux commence par refuser la couronne (v. 1799-1800), l'ancien rebelle multiplie les preuves de soumission (v. 1797-1798, 1804-1808), l'ancien amant brutal promet d'être un Céladon (v. 1860-1862). Surtout, Ladislas est investi d'une véritable grâce d'état qui lui permet, « Roi, [de ne pas hériter] des différends du Prince » (v. 1820). Ce vers fait très précisément écho à celui où Venceslas conseillait justement cette attitude à son fils (v. 320), mais sans succès alors. La conversion qui fait de l'ennemi juré de Fédéric son plus ardent zélateur (v. 1827-1836) et son futur beau-frère (v. 1837-1838) est le signe politique que Ladislas devient un autre, devient roi. Mais ce n'est pas seule-

---

ment la raison ou le sens de son intérêt bien compris qui
l'amène à retenir le ministre ; il retrouve pour lui exprimer son attachement (v. 1835-1836) les accents passionnés de son père (v. 1310-1311). La fonction royale
façonne l'homme et Ladislas, en quelque sorte, devient
Venceslas : il régnera comme lui, emploiera les mêmes
hommes et éprouvera les mêmes sentiments. Dans ces
conditions, pour lui aussi, « Le passé devient juste, et
l'avenir permis » et l'on comprend mieux l'éventualité du
mariage avec Cassandre (v. 1853-1854). Il n'est plus cho-
quant si, comme l'affirme Venceslas, le roi Ladislas n'a
plus rien de commun avec l'homme. Ainsi, le triomphe de
la royauté se marque encore bien davantage dans la
conversion de Ladislas que dans l'abdication de Venceslas.

« Veuve avant l'hymen »

Si le personnage de Ladislas est tout amour, un amour
que transforme sans l'éteindre sa conversion, celui de
Cassandre respire la haine de l'amour et de la chair. Dans
sa bouche, les « désirs » ou « plaisirs » sont « sales »
(v. 409, 478) et « l'ardeur infâme » (v. 523). Son projet
de mariage avec Alexandre n'en fait pas une amoureuse.
Ses sentiments pour lui ne sont guère exprimés, sinon
dans un vers sec (v. 938), et le bref récit qu'elle fait au
Roi de leurs amours la montre choisissant l'Infant par
égard pour sa « vertu » (v. 1343) et non sous l'effet d'une
véritable attirance. Sa tendresse prend sa source dans le
devoir (v. 1690) et ne se manifeste qu'*a posteriori* alors
que toute union charnelle est définitivement exclue. Cette
tendresse posthume est le masque de son aspiration à la
mort (v. 1373-1374, 1691, 1701-1702) et de son horreur
fascinée pour la vie désordonnée du désir, incarnée par
Ladislas. Si l'on examine l'organisation des scènes, il est
le seul à l'intéresser et à lui inspirer des sentiments vraiment passionnés. Elle lui consacre l'essentiel de son
temps et de ses répliques. Alors que chez Rojas Casandra

n'a qu'une seule entrevue avec Rugero[73], Rotrou a ménagé à son héroïne de beaux duos/ duels avec le Prince (II, 2 ; III, 4 ; IV, 6). Acharnés à s'humilier, à se torturer réciproquement, ils forment une sorte de couple pervers. Elle ne veut épouser Alexandre que pour lui échapper (v. 935), mais s'abandonne au plaisir de le défier (v. 973-978). Doit-on voir dans ses refus arrogants la trace du dépit amoureux de n'avoir pas été d'emblée recherchée comme épouse (v. 513-532) ?

Animée par le ressentiment, la haine, la provocation et le désir de vengeance (v. 1381), Cassandre est un personnage féminin assez original et bien dessiné. C'est aussi une redoutable jouteuse et une remarquable oratrice. Avec Ladislas, son arme favorite est l'ironie (v. 471-478, 603, 951, 1021) ; elle sait manier les vers échos, soit pour détourner cruellement ses déclarations enflammées (v. 530-532/ 510-512), soit pour souligner ses contradictions (v. 975-976/ 595-596, 977-978/ 601-602). Le discours où elle révèle le meurtre d'Alexandre et en demande vengeance est composé avec une présence d'esprit remarquable pour une veuve de quelques heures. Son exorde n'oublie ni la *captatio benevolentiae* (v. 1317-1320), ni l'insinuation (v. 1320-1324), ni le pouvoir de l'*actio* (didascalie des v. 1317 et 1326). Dans sa narration, avec le préambule sur la noblesse de sa famille avant d'évoquer l'amour des deux frères, elle ménage soigneusement l'attente. La différence entre le Prince et l'Infant est soulignée par de nombreuses antithèses — « Légitime/vicieux » (v. 1335-1337), « aimer/haïr » (v. 1341), « amant/ennemi » (v. 1342), « vertu/vice » (v. 1343-1344) — que couronne le chiasme « J'aime en l'un votre sang, en l'autre je le hais » (v. 1346).

Cassandre recompose le meurtre et comme un policier et comme un metteur en scène, progressant pas à pas dans le dévoilement de la vérité et sachant faire attendre et mettre

---

73. A la fin de la Deuxième Journée où elle appelle quand il veut s'approcher d'elle et lui apprend qu'elle est mariée au duc.

en valeur chacune de ses révélations. Elle évoque l'atmosphère apaisée du « sommeil, semant partout ses charmes »
(v. 1363) par contraste avec l'horreur du meurtre
d'Alexandre (v. 1366-1370) et retarde son récit pour laisser
place à l'*actio* (v. 1364-1365). Soucieuse de pathétique, elle
insiste sur la crainte et la vulnérabilité d'Alexandre (v. 1348,
1356, 1367) et, par contraste, sur la sauvagerie de son
adversaire, non encore nommé et réduit à « une barbare
main » (v. 1369) armée. Dans un même souci de suspension, douze vers séparent son affirmation « J'en connais le
meurtrier » (v. 1375) de son accusation pure et simple au
moyen des prénoms (v. 1388). Cette fois, c'est une énigme
(v. 1385-1386) qui sous-entend l'horreur de la situation,
mais, là encore, le geste précède (v. 1387) et accompagne
l'accusation, elle-même remarquable exemple de litote,
puisque la phrase énonce une simple information, l'identité
respective du meurtrier et de la victime, et que seul le
contexte lui donne sa signification terrible et contre-nature.

Pour obtenir du Roi le châtiment qu'elle réclame, Cassandre joue dans tout son discours sur le double sens de
« sang » ; elle met le sens propre au service du spectacle et de
l'horreur (v. 1392, 1408) et, par le sens métonymique, donne
son poids de concret au lien de filiation (v. 1385). A cet
égard, le vers 1377 — « C'est votre propre sang, Seigneur,
qu'on a versé » — avec sa syllepse saisissante, possède au
moins trois niveaux de signification : il revient sur la brutalité
nue du crime, rappelle à Venceslas qu'il a perdu un fils et
contient la menace que le vers 1399 explicitera. Le vers 1419
où le « sang » qui réclame la punition du coupable peut-être
interprété comme le sang répandu et comme le symbole du
lien de filiation, exploite la même figure. Très consciemment
sans doute, Rotrou reprend le procédé mis en œuvre par Corneille pour le réquisitoire de Chimène (v. 665-672)[74], mais en
insistant plus que lui sur les pouvoirs du spectacle.

---

74. Voir G. Forestier, *Introduction à l'analyse des textes classiques. Éléments de rhétorique et de poétique du XVIIᵉ siècle*,
Paris, Nathan, 1993, p. 34-35.

Ainsi, les preuves extra-rhétoriques comme le poignard sont mises en valeur par la mise en scène et par une rhétorique de l'horreur et du monstrueux, comme la répétition expressive : « Votre fils l'a tiré du sein de votre fils » (v. 1410). De même, le caractère offensif de l'arme est souligné par la synecdoque du métal, au vers 1412, et surtout au début de la péroraison (v. 1415) où les deux secs monosyllabes « ce fer » s'opposent aux trois vers suivants qui renforcent le caractère de « victime » d'Alexandre, frappé par l'amour avant de l'être par son frère, exalté par les hyperboles et le rythme ternaire (v. 1416-1418). Là encore, l'oratrice joue de la syllepse sur « cœur » (v. 1418), à la fois organe traversé par le fer et synecdoque de la personne ; en même temps, les vers 1417-1418 soulignent la réciprocité qui unit le père et le fils. Dans cette péroraison, Cassandre récapitule son argumentation par une énumération expressive des « témoins à charge » (v. 1419) qui alterne pathétique (« cœur, fils ») et horreur (« sang, victime »). Par le lieu de la division (« roi, père », v. 1421-1422), elle prive Venceslas de toute alternative. Dans un mouvement ascendant, elle convoque pour son amplification finale les notions abstraites de justice, d'équité, de tendresse (v. 1422-1424), pour finir par le recours à la transcendance du « Ciel » (v. 1425-1431).

Lee dénouement ne dissipe pas l'ambiguïté du personnage. En lui refusant tout épanchement avec Alexandre, en soulignant la non-consommation de leur union (v. 1382), en lui donnant une sorte d'entente, toute négative, avec Ladislas, Rotrou a soigneusement préparé le spectateur à l'éventualité de son remariage. Pourtant, Cassandre, après un dernier cri de refus (v. 1859), se renferme dans un mutisme difficile à interpréter. Si les commentateurs y ont vu généralement un consentement tacite, rien n'empêche d'y lire la persistance d'une résistance intime qui dédaigne de s'exprimer. Le silence de Cassandre, qui n'obéit pas au souci de la bienséance puisque l'héroïne de *Don Lope de Cardone*, dans la même situation, n'hésite pas à exprimer son consentement, nuance la tonalité tragi-comique de la fin et jette une touche sombre sur le triomphe apparent de Ladislas.

Une victime coupable

Le personnage d'Alexandre, à première vue, est une utilité qui n'existe qu'en relation avec son frère et son éphémère épouse. Laharpe a vivement critiqué « le défaut réel [qu'est] la mort d'un jeune prince innocent et vertueux, qui ne s'est montré jusque-là que sous un aspect favorable » parce qu'elle n'est « qu'un épisode, et [que] c'est un incident vicieux en lui-même, de faire périr au milieu d'une pièce un personnage qui ne l'a pas mérité »[75]. W. Leiner a su voir en revanche que, loin d'être une simple victime, Alexandre est partiellement responsable de son malheur — c'est sa dissimulation qui cause le quiproquo tragique — et même coupable : « en décidant d'épouser Cassandre, sans avoir obtenu le consentement du roi, [il] commet un acte d'insoumission délibérée à l'égard de l'autorité suprême »[76]. Sans doute Venceslas aurait-il refusé son consentement pour ménager la jalousie de Ladislas et parce que — le dénouement le montrera — il souhaite réserver Cassandre au Prince. Ainsi, « la main fratricide qui exécute ce crime passionnel agit en même temps, bien qu'à son insu, comme l'instrument d'une justice immanente en punissant un coupable qui avait délibérément violé l'ordre du monde »[77]. Cette culpabilité politique se double d'une culpabilité morale. Alexandre, fils soumis, est un frère agressif, hostile à son aîné. Ladislas se plaint qu'il ait « sur l'épée os[é] porter la main » (v. 237) contre lui pour défendre Fédéric, et Alexandre ne s'en excuse que de mauvais gré et pour obéir à l'injonction paternelle (v. 285-288, 297). Son regret est si peu sincère qu'il se propose peu après de provoquer son frère en duel pour « réprime[r] ses licences » (v. 825-830). Il est ainsi fra-

75. *Op. cit.*, p. 293.
76. Art. cit., p. 251.
77. Art. cit., p. 252.

tricide d'intention quand Ladislas ne l'est que par erreur[78].

Rotrou l'a fait également moins amoureux qu'Alejandro. Sans doute trouve-t-il des accents convaincus quand, sous couleur de peindre les sentiments de Fédéric, il décrit à Théodore son amour pour Cassandre (v. 751-755) mais il faut les exhortations du ministre (v. 881-907), appuyées des prières de la Duchesse (v. 935-938), pour le décider à se marier. Fédéric lui reproche d'ailleurs de montrer moins d'amour que son frère (v. 912-914). Quand il croit deviner l'amour du Duc pour Cassandre (v. 847-852), on pourrait presque interpréter les vers 855-857 comme un mouvement cornélien de renoncement à la femme aimée pour la donner à un autre[79]. C'est que l'amour chez lui cède le pas à l'amitié (v. 855, 869). Ses premiers mots libres, loin du Roi ou de Ladislas, concernent le Duc (v. 731) ; il réclame de lui une confiance totale (v. 794-806), veut tout partager avec lui (v. 815). Sans pour autant voir dans cette amitié le masque d'un sentiment plus ambigu, on peut dire que Cassandre ne règne pas seule sur le cœur de l'Infant. Là encore, sa modération dans les sentiments amoureux vise à rendre moins scandaleuse l'éventualité du remariage de sa veuve avec un rival plus passionné.

Un couple pastoral

Le couple que forment Fédéric et Théodore apporte un contrepoint tragi-comique, voire pastoral, à la violence tragique des autres personnages. Rotrou a trouvé chez Rojas ce personnage de ministre éprouvé, vaillant (v. 75-76, 329-

---

78. La « haine […] intense pour son frère » que D. Watts, d'après les vers 227-242, prête à Ladislas (éd. cit., p. XVIII) est une formulation excessive. Ladislas s'estime alors offensé et le texte montre bien qu'Alexandre est l'agresseur. Certes, le prince témoigne d'un empressement très relatif à se réconcilier avec lui (v. 291-296), mais son « M'a-t-il pas satisfait ? » (v. 1274) prouve que cette réconciliation était sincère et que pour lui l'incident était clos.

79. Voir *La Place royale*, *Polyeucte*.

338), désintéressé (v. 1077-1082), doué du sens de l'État (v. 1812)[80.] Il souffre dignement les agressions de Ladislas (v. 361-362) et, avant même les prières de Théodore, s'en fait généreusement le défenseur, contre son frère (v. 835-838) ou son père (v. 1123-1126). Outre ces qualités politiques, Fédéric est aussi un parangon de vertu morale. Sa conception de l'amitié n'est pas moins exigeante que celle de l'Infant (v. 866, 927-930). L'innovation de Rotrou est d'en avoir fait un Céladon, parfait amant toujours soumis, pénétré de son indignité face à sa dame (v. 1092-1094, 1525-1526), d'une constance immuable et disposé à souffrir toutes les rigueurs (v. 783-790). Prêt à se suicider pour complaire à Théodore (v. 1557-1558), il se voit contraint à l'inconfortable situation de « vivre, et de mourir » (v. 1156) à la fois[81]. Sans la moindre hésitation, il réclamera la vie sauve pour celui qui l'a toujours injustement persécuté (v. 1556, 1732) et sera le plus empressé à prévenir les désirs supposés du nouveau roi en réclamant la « faveur » d'un exil (v. 1814-1818).

Théodore, loin d'être un « personnage insipide et à peu près inutile »[82], équilibre la pièce. Avec elle, Rotrou a pu créer une héroïne-confidente, directement impliquée dans l'intrigue et non simple témoin. Sans être vraiment la confidente d'une Cassandre qui reste muette sur sa liaison avec Alexandre, elle reçoit ses doléances (II, 1). Avec Ladislas, elle en joue pleinement le rôle, soit qu'il lui expose ses tourments amoureux (II, 3), soit qu'il lui raconte son crime nocturne (IV, 2). Elle lui donne aussi de judicieux conseils de raison et de maîtrise de soi, d'une tonalité toute cornélienne (v. 648-650), qu'il s'avoue incapable de suivre. Le Prince, pas plus qu'Alexandre du reste

80. Certains des arguments que Rotrou prête à Théodore sont chez Rojas dans la bouche de Federico.

81. Sans vouloir faire de Corneille un imitateur de Rotrou, il est frappant de constater une similitude entre cette plainte de Fédéric et celle de Suréna (I, 3, v. 347-348).

82. J.-F. Laharpe, *op. cit.*, p. 305.

(II, 6), ne songe jamais à elle et, absorbé dans son drame personnel, ne remarque ni son soupir à l'annonce d'un amour secret entre Cassandre et Fédéric (v. 671), ni sa défaillance en apprenant la mort du Duc (v. 1231). Par ses interventions convaincues, au nom de la raison d'État, en faveur de l'amour (v. 395-402) ou de la vie de Ladislas (v. 1551-1554, 1659-1682), elle fait le lien entre les deux facettes de l'intrigue, politique et amoureuse. Confidente dans l'intrigue principale, Théodore est l'héroïne de l'intrigue secondaire, et la véritable amoureuse de la pièce, contrairement à Cassandre. C'est à elle qu'est réservé un monologue pathétique (II, 4). Seule, elle a le cœur « tendre » (v. 1247), alors que cet adjectif n'apparaît ailleurs que pour caractériser les sentiments paternels (v. 1387, 1395) ou dans la bouche de Cassandre (v. 952), pour décrire avec une ironie acerbe la cour que lui fait le Prince. Personnage discrètement élégiaque, l'Infante pleure Alexandre sans accabler Ladislas (v. 1505-1509). Capable de sacrifier son bonheur personnel pour la sauvegarde d'un frère, c'est une Antigone en mineur.

Dans ce contrepoint qui juxtapose des personnages d'une rare violence à des caractères plus sereins, qui fait entendre les voix complémentaires de la « fureur » et de la tendresse, des passions et de la raison, se lit de nouveau l'effort d'équilibre d'un dramaturge soucieux de réunir dans une synthèse harmonieuse les qualités dramatiques de la tragi-comédie et de la tragédie.

THÈMES

Pouvoirs et devoirs de la royauté

Nous avons eu l'occasion, dans l'étude des caractères, d'aborder la thématique politique de *Venceslas*. Comme dans nombre de tragédies précédentes ou contemporaines (sans parler de Corneille qui vient immédiatement à l'esprit, on peut citer *Pyrame et Thisbé* (I, 3) de Théophile de

Viau), Rotrou y insère le lieu commun de la tragédie[83]
qu'est la controverse sur le métier de roi. Avec la scène de
pédagogie politique (I, 1), il reprend notamment la discussion qui oppose Hémon et Créon dans son *Antigone* (IV, 6)
mais en inversant partiellement les rôles, puisque si Créon
reproche aussi à Hémon d'être trop jeune et trop influencé
par son amour, le père y défend une royauté tyrannique
contre un fils qui se veut à l'écoute des sujets.

Venceslas présente concurremment une conception
sublime et une vision machiavélique de l'exercice du pouvoir. La première est celle de Venceslas : « secret » (v. 27),
l'art de régner ressortit au sacré. La monarchie impose
avant tout des devoirs et des « peines » (v. 32) ; elle est
condamnée à déplaire (v. 33-44), réclame « la plus pure
vertu » (v. 46), la maîtrise de soi et de ses passions (v. 109-
118) ; c'est une ascèse qui suppose le renoncement à la
simple humanité et à ses émotions. Adaptant le titre de la
pièce espagnole, Rotrou fait soupirer à son personnage :
« Et je ne lui puis être et bon père et bon roi » (v. 1654).
Un roi ne s'appartient plus, ne lui sont permis que des sentiments royaux, et non plus humains. C'est le sens du
conseil à Ladislas : « Prenez mes sentiments, et dépouillez
les vôtres » (v. 316).

La royauté est aussi un dilemme permanent car elle suppose la recherche incessante d'un équilibre impossible, la
conciliation difficile de la justice et de la clémence. Si
celle-ci est vigoureusement défendue par Théodore, pour
sa noblesse morale comme pour son efficacité politique
(1671-1672), celle-là, « aux rois la reine des vertus »
(v. 1777) est constamment associée à Venceslas (v. 1032,
1071, 1119, 1291, 1319, 1376, 1424, 1575, 1611, 1649,
1684) ; il s'en fait l'incarnation en préférant l'abdication à
l'injustice. Rotrou a trouvé ce thème chez Rojas, mais il
l'a davantage développé, notamment dans les monologues

---

83. Sur la politique comme embellissement de théâtre, notamment chez Corneille, voir G. Forestier, *op. cit.*, p. 178.

de Venceslas, sans doute à cause de l'actualité encore récente de la question. Il est difficile en effet de ne pas penser que le roi de France, défunt certes au moment de *Venceslas*, mais sous lequel Rotrou a fait l'essentiel de sa carrière, se voulait Louis le Juste et qu'il avait souvent eu, dans des affaires d'État impliquant des proches, à choisir entre la clémence et la justice, le plus souvent, comme Venceslas, au bénéfice de cette dernière.

Enfin la royauté recherche l'amour des sujets et est attentive à leur avis. Venceslas se félicite de voir le Prince aimé et l'encourage à entretenir cet amour (v. 99-110). Comme l'émeute finale montre qu'il a perdu le contact avec ses sujets qui refusent de souscrire à sa conception intransigeante de la justice, il se range à la voix du peuple en renonçant à la couronne (v. 1761-1762, 1778).

Si Venceslas « à l'État doi[t] » (v. 1604) le sacrifice de son fils, puis son propre effacement, le même État, selon Fédéric, commande d'épargner l'héritier :

> L'État qu'il doit régir lui doit bien une grâce ;
> Le seul sang de l'Infant par son crime est versé,
> Mais par son châtiment, tout l'État est blessé ;
> Sa cause, quoiqu'injuste, est la cause publique !
> Il n'est pas toujours bon d'être trop Politique,
> Ce que veut tout l'État se peut-il dénier ? (v. 1740-1745)

L'opposition apparente entre un roi qui veut punir le coupable et un ministre qui demande sa grâce n'est que superficielle. Ils partagent au fond la même conception : pour eux, la raison d'État est la valeur suprême, qui dispense d'observer la morale commune ou les sentiments naturels. Le plaidoyer de Fédéric, qui a l'intérêt de ne pas éluder, au contraire de Théodore (v. 1666-1668), la grave responsabilité de Ladislas, rehausse d'autant la prééminence de cet État au nom duquel un criminel devrait rester impuni. On retrouve ici un écho du cinquième acte d'*Horace*, où s'opposent de même l'effort du vieil Horace pour atténuer la culpabilité de son fils (v. 1648-1658) et la réfutation du roi qui, sans se dissimuler la gravité de l'acte

(v. 1733-1738), choisit de l'abolir[84] par raison d'État (v. 1754-1758).

Le premier Ladislas, qui se conduit en prince tyrannique (v. 83-86), manque apparemment de ce sens de l'État et envisage la royauté de façon plus pratique et plus machiavélique (v. 165-190). Tout ce passage est sans doute avant tout destiné à dessiner le caractère du Prince et à justifier ses prétentions au pouvoir. La monarchie pour lui n'est pas affaire de vertu mais de « politique » (v. 166) et de savoir-faire. Contrairement à Rugero, il insiste beaucoup sur la nécessaire dissimulation royale (v. 177-180). Par ailleurs, le roi selon lui est « souvent » un autocrate (v. 182). La jalousie amoureuse qui le dresse contre Fédéric se double d'une hostilité politique. Il accuse le ministre d'usurper le pouvoir royal et d'en mal user (v. 202, 205, 376-379, 672-674). Pourtant, nous l'avons vu, le roi Ladislas se ralliera aux conceptions de son père et régnera de la même façon en s'appuyant sur un ministre compétent (v. 1821-1836). On a voulu voir dans les éloges dont Ladislas est prodigue un hommage à Mazarin[85] ; c'est possible, mais la tirade vaut surtout par le poids qu'elle apporte à la conversion du Prince. Son renoncement à une haine privée se double d'un renversement politique. Le régime idéal tel qu'il s'esquisse à la lecture de *Venceslas* est donc une monarchie modérée, respectueuse des sujets et appuyée sur un ministre efficace et dévoué.

Venceslas à cet égard est un anti-*Bélisaire*. Nul conflit entre le roi et son tout-puissant ministre, nulle jalousie chez l'un, nulle ambition chez l'autre. Venceslas ne perd pas une occasion de rendre chaleureusement hommage à Fédéric (v. 59-62) dont il célèbre « les combats... le cœur... le bras... la gloire... les incroyables faits » (v. 329-340), auquel il s'af-

---

84. Notice d'*Horace*, éd. G. Couton, Paris, Gallimard, « Pléiade » t. I, 1980, p. 1548.

85. Dans un article de Raynouard du *Journal des Savants* de 1823 mentionné par Th. Crane (éd. cit., p. 355), W. Leiner (éd. cit., p. 89), et repris par D. Watts (éd. cit., p. 103).

firme redevable (v. 341-343, 1083-1086). On a même pu interpréter sa fermeté à le défendre contre Ladislas (v. 1127-1136) comme une intention d'abdiquer en sa faveur[86]. Son attachement est tel que le faux bruit de la mort de Fédéric le blesse mortellement (v. 1307-1311) ; sa douleur se manifeste alors bien plus, du moins verbalement, que quand il apprendra la mort réelle d'Alexandre. Quant à Fédéric, mis à part le soutien apporté au projet sournoisement rebelle d'Alexandre, c'est le modèle des serviteurs. Il ne se départ à aucun moment de sa modestie et de son obéissance, proclame sa dette envers le roi (v. 344), prétend trouver sa récompense dans ses services mêmes (v. 1077-1082) et ne consent à demander cette récompense que sur l'injonction du roi (v. 349-350). Là encore, aucune prétention ambitieuse ou politique ; l'amour est son seul objet. Bref, c'est un Bélisaire qui ne prend jamais le risque d'usurper le pouvoir royal et a rencontré le souverain qu'il lui fallait.

L'abdication

La tentation de l'abdication, de l'abandon d'un pouvoir écrasant et décevant, apparaît chez Rotrou, avant même qu'Auguste dans *Cinna* n'en fasse un thème tragique. Déjà dans *Antigone* (I, 6) en effet, publiée en 1639, Adraste proposait à son gendre Polynice d'abdiquer pour lui épargner son duel criminel. Repoussée par Polynice, à notre connaissance, cette éventualité est toute de l'invention de Rotrou. Ici, outre sa fonction d'ultime péripétie conduisant à un dénouement sublime, l'abdication donne de la vraisemblance au caractère électif de la monarchie polonaise[87]. Et dans la dernière tragédie de Rotrou, la décision de Cosroès de renoncer au pouvoir en faveur de Mardesane (II, 1, 2) résout Syroès à passer à la rébellion ouverte.

---

86. J. Scherer, éd. cit., p. 1351.

87. On sait que dans la conception française de la monarchie, l'abdication est inconcevable. Le roi, ne disposant pas de la couronne, n'a pas plus le droit d'abdiquer que de désigner son successeur.

Par ailleurs, même s'il en est paradoxalement l'instrument, ce thème conduit aussi à nuancer la réconciliation générale et l'optimisme apparent du dénouement. L'abdication de Venceslas « efface » certes le crime de Ladislas sur le plan juridique (v. 1853) et consolide sa conversion, mais elle ne peut rien contre l'irrémédiable mort d'Alexandre. Aucun messager ne viendra *in extremis* révéler que l'Infant a survécu à ses blessures. Les « tendresses » vaines et la « sépulture » accordées au malheureux en deux vers expéditifs (v. 1863-1864) créent un sentiment de malaise. On les a qualifiés de maladroits. Il est plus intéressant d'y voir, comme l'incertitude au sujet de Cassandre, un effort pour assombrir un dénouement qualifié trop vite de triomphal.

Malgré l'effort de Venceslas pour les concilier, l'abdication consacre l'inéluctable séparation entre la loi morale et le pouvoir, puisque le Juste ne peut que devenir barbare ou se démettre. Le pouvoir est par nature corrompu ou corrupteur. On se remémore que la pièce s'est ouverte sur l'impuissance avouée du vertueux Venceslas, qu'on a pu interpréter sa longue absence scénique comme la traduction théâtrale de la vacance du pouvoir. Si Venceslas découvre effectivement ce qu'est l'essence royale, il ne peut la mettre en pratique. Le fait même d'être digne de régner interdit de le faire. On peut se demander, en admettant la réalité de la conversion de Ladislas, s'il ne sera pas, lui aussi, condamné à l'impuissance.

On a pu considérer comme « mensonger le dernier vœu de la pièce »[88] ou donner une interprétation uniquement cynique du dénouement[89]. L'ambiguïté de l'abdication aurait dû préserver de ce manque de nuance. Elle couronne en Ladislas un criminel, mais sa conversion laisse espérer la coexistence dans le futur roi de la force et de la vertu. En même temps, l'expérience de Venceslas laisse sceptique sur cette possibilité.

---

88. F. Orlando, *op. cit.*, p. 344 (nous traduisons).
89. J. Van Baelen, *op. cit.*, p. 176.

Une pièce initiatique

Pièce initiatique dans la mesure où elle enseigne l'art de régner et sur soi et sur les hommes, *Venceslas* peut se lire comme une tragédie du passage à l'âge adulte, si l'on entend par là une place bien définie et indépendante dans la société, la liberté du choix amoureux ainsi que la faculté de continuer sa lignée. Elle met en effet face à face trois jeunes hommes et un vieillard. Structurellement, il est intéressant de noter que Ladislas, Alexandre et Fédéric sont dans une situation similaire vis-à-vis de Venceslas : sujets désirants, ils le rencontrent comme opposant. Ils sont tous trois aimés de lui et leur mort, l'annonce de leur mort ou la menace de leur mort est par lui également déplorée. De la même génération, ils lui doivent le respect, dépendent étroitement de lui, n'ont aucun pouvoir ou seulement celui qu'il veut bien leur laisser. Pour tous trois, l'accès à la femme et à une postérité ultérieure est problématique et douloureux.

L'opposition au père, déclarée (Ladislas) ou larvée (Alexandre et Fédéric), se double d'une lutte entre les frères. Est-ce parce que Rotrou retrouvait dans la pièce de Rojas le thème des frères ennemis, abordé dans *Antigone* et *Célie*, que le sujet l'a séduit ? Il y tenait puisqu'il le reprendra avec *Cosroès*. Ici, ce motif est compliqué par l'intervention édulcorante d'un tiers qui permet, nous l'avons vu, de séparer l'intention meurtrière et l'acte, et qui rend admissible le dénouement. Cela dit, Fédéric, symboliquement est frère des deux autres (au reste, le dénouement qui en fait l'époux de Théodore l'intègre à la famille). Outre les similitudes évidentes déjà évoquées, la pièce multiplie entre eux les redoublements de situation : si Alexandre et Ladislas sont effectivement amoureux de Cassandre, Fédéric est supposé l'être, et par tous deux. Tous trois portent l'épée[90], signe de leur jeunesse

---

90. Selon M. Vuillermoz, l'épée est un « objet déterminant [...] expression métonymique du moi héroïque » (*op. cit.*, p. 154, 157).

agressive : Alexandre en menace son frère (v. 237, 276) ;
Ladislas s'en voit privé (v. 1468) et Fédéric met la sienne
au service de Théodore. Tous trois sont aussi des « victime[s] »[91], successivement au sens métaphorique d'amoureux (v. 788, 1416, 1453) puis au sens propre (v. 1419,
1606) pour les deux princes. Si Alexandre est à première
vue complètement éloigné de la sphère du pouvoir, il faut
considérer que son *alter ego* est ministre et que, si les
intentions agressives qu'il exprime contre Ladislas
(v. 826) avaient connu le succès, il se trouvait de fait en
situation de prince héritier.

Parfois les rapprochements n'en concernent que deux
sur trois. Ladislas et Fédéric sont « esclaves » de l'amour
(v. 393, 789, 1203) ; tous deux, capables d'exploits guerriers, sont potentiellement associés au pouvoir royal
(v. 257-258, 307, 313, 1135, 1136) tandis que le « coup
fatal » porté par Cassandre (v. 1449) à Ladislas est un
double du coup réel reçu par Alexandre (v. 1370). De toute
façon, le sujet (au sens actanciel du terme) est Ladislas ;
les tribulations de ses doubles fraternels et haïs servent
d'amplification aux siennes. La création du tiers permet à
Rotrou de distinguer les trois niveaux de lutte et de jalousie dans le cœur de son héros : lutte pour le pouvoir
(contre Fédéric), lutte pour la femme (contre Fédéric et
Alexandre), lutte pour le cœur du père (contre Alexandre
et Fédéric) (v. 197-198, v. 306).

Du bon usage de la transgression

Les deux frères font l'apprentissage du passage à l'âge
adulte par la transgression. Alexandre par son mariage
secret qui défie le double pouvoir royal et paternel, Ladislas par le refus anarchique de toute loi, sociale, morale ou
politique qui le conduit à un crime « énorme » (v. 1415,

---

91. Théodore, en tant que princesse soumise à la raison d'État,
se range aussi dans la catégorie des « victimes » (v. 707), mais le
nom est alors au pluriel.

1469), c'est-à-dire hors norme. Mais cette transgression débouche sur l'échec. Celui d'Alexandre est indiscutable. Il n'assume même pas sa révolte puisque sa décision de mariage secret est prise sous la double influence de Fédéric et de Cassandre et que, jusqu'au bout, il dissimule son identité derrière celle du ministre. Son excès de précaution lui vaudra la mort ; dépourvu de pouvoir jusqu'au bout, il perd de plus la femme convoitée et toute chance de postérité, même posthume, puisque le mariage n'est pas consommé.

Alexandre mort, restent Fédéric et Ladislas dont la réussite demeure partielle. Le premier épouse Théodore mais voit définitivement lui échapper le pouvoir. Le second devient roi mais Cassandre, l'objet essentiel de son désir (v. 1849-1851) se refuse momentanément et peut-être pour toujours à lui. Venceslas au début se plaignait des aléas de la paternité :

> J'attends toujours du temps, qu'il mûrisse le fruit
> Que pour me succéder, ma couche m'a produit (v. 9-10).

Ladislas court le risque de rester seul et sans descendance. A y regarder de plus près, son triomphe politique n'en est pas un puisqu'il renonce totalement à ses propres conceptions pour adopter celles de son père. Les vers où il se présente comme futur roi de paille (1806-1808) sont un ajout de Rotrou. Rugero commence par protester, certes, et par refuser la couronne, mais une fois acceptée, il en assume toute l'autorité, embrasse Federico qui a plaidé pour lui, mais sans l'introniser comme « âme de cet Empire » (v. 1836). Le mot de la fin lui reste alors que chez Rotrou Venceslas conclut et parle encore de « [sa] Couronne » comme si elle lui appartenait toujours.

Ladislas est ici un anti-Rodrigue : celui-ci accomplit jusqu'au bout et parfaitement son devoir filial, avant d'exprimer une certaine révolte, l'affirmation de ses propres valeurs et de son indépendance pour devenir enfin le Cid et conquérir Chimène. Celui-là s'abandonne à une révolte anarchique avant de renoncer à soi pour se soumettre aux valeurs d'autrui.

Le passage à l'état adulte, délicat, suppose un usage approprié de la transgression dont aucun des personnages ne donne l'exemple. Fédéric n'essaie même pas, Alexandre et Ladislas se trompent dans leurs tentatives. Le prix à payer est la mort ou l'incomplétude. C'est le décalage entre l'apparence du triomphe et l'échec sous-jacent qui explique la gêne causée par ce dénouement de « tragicomédie superposé à un quatrième acte de tragédie »[92], dénouement en trompe-l'œil pour une tragédie, en définitive moins politique qu'existentielle.

STYLE

La langue et le style de cette tragédie ne s'éloignent pourtant guère des procédés caractéristiques de Rotrou. Si le traitement du sujet et des thèmes distingue *Venceslas* des (vraies) tragi-comédies précédentes, le style reste similaire : ostentatoire, flamboyant, à la fois précieux et familier. Les pointes abondent ; tous les personnages en font, et dans toutes les circonstances ; mais il faut souligner que ces procédés voyants, souvent accordés aux situations paradoxales et paroxystiques que rencontrent les personnages, s'intègrent assez bien à la perspective tragique.

Les vers échos

Leur fréquence témoigne d'une recherche d'ingéniosité et de brillant où Rotrou se fait une fois de plus l'émule de Corneille. Mais ils ne sont pas gratuits ; ils montrent à la fois l'âpreté des affrontements et le jeu serré des arguments. Ladislas (v. 137/ 8)[93] réclamant à son tour « et l'oreille et le cœur » de son père se place avec lui sur un pied d'égalité et l'accuse en sous-main de partialité. Plus

---

92. F. Orlando, *op. cit.*, p. 340 (nous traduisons).

93. Dans la présentation que nous adoptons, le premier numéro de vers renvoie au vers écho proprement dit et le second à celui dont il est l'écho.

tard, il résume les motifs qui amènent son père à le condamner (v. 1627/ 1604-1606), pour les distinguer de celui qui le pousse à vouloir mourir, l'amour. Son exclamation « Venceslas vit encor, et je n'ai plus de père ! » (v. 1648), qui répond à celle du roi « A cette vue, encor, je sens que je suis père » (v. 1580), montre que malgré l'évolution qui s'est faite en lui le Prince est toujours enfermé en lui-même et n'a pas vraiment compris les motifs et le drame intime de son père.

Même le respectueux Fédéric reprend (v. 1733-1734) à peu près les paroles du roi (v. 345-348) pour l'obliger à lui accorder sa récompense. Dans la bouche de Cassandre (v. 531-532/ 511-512, 975-976/ 595-596, 977-978/ 601-602), ces reprises ironiques sont autant d'insultes voilées à Ladislas. Au contraire, l'ultime jeu d'échos (v. 1799-1800/ 1795-1796), en dépit d'une opposition superficielle, met en lumière l'accord profond du père et du fils.

Ces vers qui se répondent servent aussi à mesurer l'évolution psychologique des personnages et à maintenir l'unité thématique et stylistique de la pièce. Le vers 1820 est l'éclatant exemple que Ladislas a finalement compris et retenu la leçon (v. 320) qu'il avait d'abord rejetée. Le faible Venceslas qui menaçait sans convaincre la « tête » de son fils (v. 365) l'invite ensuite fermement à la porter sur « l'échafaud » tout prêt (v. 1600).

Le goût de l'antithèse

C'est la figure reine, souvent combinée à d'autres, par exemple la figure dérivative : « punition/impunité » (v. 94) souligne l'impasse politique de l'indulgence de Venceslas ; « vaincu/vainqueur » (v. 138), la réalité et la force de son amour paternel ; « Je me suis voulu mal du bien que je vous veux »[94] (v. 1534), l'amour et la soumission de Fédéric (voir aussi v. 786). Ailleurs, elle accentue le dilemme du Roi (v. 1574-1576) ou l'incertitude sur le

---

94. « Jeu d'expression, absolument contraire au naturel » selon Marmontel.

sort de Ladislas (v. 1583-1584). Elle est souvent mise en valeur par une ponctuation insistante dans l'édition de 1648 où une virgule suit généralement le premier terme de l'antithèse (v. 1342, v. 1396 et *passim*).

Associée au chiasme, elle met en valeur la chance de Ladislas (v. 105) ou le contraste entre la violence du Prince et la soumission de Fédéric (v. 359-362). Dans les vers 1605-1606, le chiasme réunit dans l'épreuve le père et les deux fils, les deux victimes Venceslas et Alexandre (« à ma propre vertu... à votre frère mort ») encadrant le coupable Ladislas (« ce généreux effort/cette grande victime »).

Les « glaçons » et les « flammes » (v. 535) (où l'antithèse s'ajoute à une double métaphore) dont s'arme Cassandre reflètent la torture à laquelle elle soumet Ladislas. L'antithèse dans « La nature vous parle, et Cassandre se tait » (v. 1678) est renforcée par le jeu sur le premier verbe, métaphorique, et le second, au sens propre. Une suite d'antithèses « tombe/soutienne, punir/couronner » résume le dilemme et les luttes intérieures de Venceslas (v. 1772-1774).

La rhétorique amoureuse

Elle est sous le signe de l'hyperbole : l'amour est un esclavage, une blessure (v. 643, 995, 1193, 1448), un sentiment absolu et éternel. Les « yeux » de Cassandre sont des « rois » plus absolus que Venceslas ; elle-même est un objet « adorable… divin » (v. 480) ; ses « charmes » ont un pouvoir magique (v. 612, 626). Ses refus causeront la mort de Ladislas (v. 466-470, 508). Il prétend adorer jusqu'à ses mépris (v. 619-622) et souhaite sa propre mort parce qu'elle la désire (v. 1438-1458).

Alexandre, de son côté, multiplie les superlatifs et a recours à un vocabulaire religieux pour caractériser son amour pour elle (v. 751-755). Fédéric oppose son « cœur mortel » aux « immortels appas » de Théodore ; pour elle, il « Trouvera tout possible, et l'impossible aisé » (v. 1542). Dans ces deux derniers exemples, on retrouve la figure dérivative.

La rhétorique de l'aveu

Selon l'interlocuteur, Ladislas varie sa formulation. Avec Théodore, il assume totalement son acte, même si « d'un aveugle effort » traduit qu'il n'était plus lui-même (v. 1229-1230). Avec Venceslas, son aveu est à la fois plus solennel et plus distant. La parenthèse « puisqu'il est vain de vous déguiser rien » est une précaution ; la synecdoque du « bras », la métonymie de « Couronne » sont autant de préparations destinées à atténuer la crudité du fait brut : « Le Duc est mort, Seigneur, et j'en suis l'homicide » (v. 1293-1295).

L'ingéniosité

Elle est perceptible dans l'emploi de figures variées et frappantes : paradoxe quand Venceslas se plaint que Fédéric « demande trop en ne demandant rien » (v. 1648) ; antanaclase dans le reproche subtil de Théo dore à Léonor qui veut « éprouver un cœur / Que la douleur éprouve » (v. 1497-1498) ; zeugma (v. 1170) pour rendre plus saisissante l'impression de « terreur » ; syllepse sur « rougeur » (v. 589-590), à la fois couleur du « brasier » et signe de la honte (cette dernière figure est critiquée par Marmontel qui la compare au poignard qui rougit dans *Pyrame et Thisbé*) ; oxymores comme « adorable inhumaine » (v. 610) pour qualifier Cassandre, « belles lâchetés » (v. 785) de l'amoureux Fédéric, ou « mourante vie » (v. 1434) quand Ladislas refuse de se défendre.

L'ironie tragique

On en trouve plusieurs exemples, surtout dans la bouche de Ladislas. Ainsi, il déclare à son père qu'il « feindrait[t] d'être aveugle » (v. 211) devant les manœuvres de Fédéric et la suite révélera qu'il est effectivement complètement aveuglé par sa passion et la ruse fraternelle. Ensuite, quand les deux frères envisagent, chacun de son côté, leur duel (v. 238-242, 825-830), il s'agit d'une prophétie involontaire. Enfin, Ladislas congédie Cassandre, charge son

frère de l'accompagner et retient le Duc : il favorise invo-
lontairement son rival (v. 1019-1020) alors qu'il pense
faire souffrir Cassandre en la séparant momentanément de
Fédéric.

Mais de ce point de vue, la réplique la plus significative
est celle de Venceslas où il a l'intuition de la tragédie en
demandant à Ladislas défait et blessé :

> N'avez-vous point eu prise avec votre frère ? (v. 1271)

Ni Ladislas ni lui-même ne savent qu'il dit la vérité ou
plutôt s'en approche. Mais le spectateur, sans en être
encore certain, le pressent.

Le sublime

Dans la scène d'adieu entre Ladislas et le Roi, les variations sur l'adjectif « prêt » concourent au sublime de
l'échange :

> S'il est temps de partir, mon âme est toute prête ;
>
> LE ROI.
> L'échafaud l'est aussi, portez-y votre tête ;
>
> LE PRINCE.
> [...] voilà ce col tout prêt (v. 1599-1600, 1613).

La progression entre « âme », « échafaud » et « col »
accentue la réalité physique de la mort qui menace et par
là-même l'héroïsme des deux personnages que cette perspective laisse impavides.

La litote se met également au service du sublime. Dit
par Théodore, le vers « Un fils n'a plus enfin qu'un père à
surmonter » (v. 1682) est une allusion à la fermeté de Venceslas, à sa volonté de dépasser les liens naturels, et rappelle en même temps que Ladislas est en danger de mort.
Sublime aussi le vers des « oui » (v. 1760), où l'anaphore
du monosyllabe traduit la considération de Venceslas pour
tous ses interlocuteurs et la fermeté de sa décision, où la

« parole » royale, élevée au rang d'allégorie[95], est sacralisée au même titre que la « nature » ou le « peuple ».

FORTUNE

Représentations

Venceslas a connu longtemps un durable succès tant sur la scène qu'à l'édition[96]. Créée vraisemblablement à l'Hôtel de Bourgogne en 1647, la pièce fut jouée tout au long du XVIIe siècle, notamment par la troupe de Molière en 1659 et par celle de la Comédie-Française dès sa création. Le fameux Baron y aurait fait ses adieux provisoires en 1691 après une interprétation de Ladislas devant Louis XIV à Fontainebleau, puis définitifs en 1729 dans le rôle « admirable » de Venceslas[97]. Au XVIIIe siècle, ce succès ne se dément pas ; les représentations à la Comédie- Française et dans d'autres théâtres s'élèvent à 109, certaines dans la version retouchée par Marmontel en 1759. Au siècle suivant, jusqu'en 1857, elle reste une des pièces du XVIIe siècle les plus jouées (38 représentations, surtout à la Comédie-Française). Le rythme ensuite se ralentit nettement : la fin du XIXe siècle et le XXe siècle n'offriront que quelques rares mises en scène, notamment en 1920 et à l'occasion du tricentenaire de la mort de Rotrou.

Si *Le Véritable Saint-Genest*, *La belle Alphrède*, *Agésilan de Colchos* et *Cosroès* ont récemment connu le renouveau de la scène[98], rien de tel à notre connaissance n'est arrivé à *Venceslas*. Et pourtant...

---

95 Marmontel juge pourtant le procédé « ridicule aujourd'hui ».

96 Pour plus de détails, voir l'édition W. Leiner, p. XXVII-XLVIII, qui signale toutes les éditions jusqu'en 1925.

97 Avertissement de l'édition de 1767.

98 Respectivement à la Comédie-Française (1988), au théâtre de la Main d'Or (oct. 1992), à la M. C. 93 de Bobigny (janv.-fév. 1993) et à l'Athénée (1996) dans des mises en scène d'A. Steiger, X. Brière, Ph. Berling et J.-M. Villégier.

Éditions

On compte selon Ch. Osburn 227 représentations de *Venceslas* à la Comédie-Française entre 1680 et 1857 et plus de 30 éditions entre 1648 et 1907[99], soit isolée soit dans des recueils collectifs. Jusqu'en 1759, elles offrent le texte de l'édition originale, avec des modifications dans l'orthographe et la ponctuation.

En 1759, Madame de Pompadour, soucieuse d'offrir à la reine Marie Leszczynska, le spectacle d'une pièce « polonaise », demande à l'académicien Marmontel de retoucher la pièce et de la remettre au goût du jour. Il modifie le dénouement pour le rendre plus conforme à la morale : Venceslas pardonne le crime au nom de la clémence, au lieu de l'effacer, et Cassandre se suicide pour punir Ladislas. Marmontel corrige aussi ce qu'il appelle les fautes de Rotrou contre la langue et le goût. Au nom d'un usage rigoureux qui refuse toute écart, il traque les archaïsmes (« vieil », v. 25 ; « meurtri », v. 1507), les impropriétés (« auguste », v. 1403), les entorses au style noble (« col », v. 1613) et condamne les pointes (v. 1200, 1534). Il critique la grossièreté de Ladislas face à Cassandre, les manquements aux bienséances de la jeune fille (v. 478) et le commentaire de Léonor sur l'absence nocturne du Prince.

Le grand tragédien Lekain, n'appréciant pas le travail de Marmontel, travailla à son tour à une adaptation, connue sous le nom d'édition Colardeau-Lekain (1774), plus proche du texte original, mais qui supprimait aussi l'éventualité du mariage et l'ambiguïté du dénouement. En 1820, Viollet-le-Duc, dans son édition des œuvres complètes de Rotrou donne successivement les versions de Rotrou et de Marmontel. W. Leiner donne des extraits des trois versions, en particulier la première et la dernière scène et reproduit les remarques de Marmontel[100].

99. « Introduction to Jean Rotrou : a bibliography (1880-1965) » *Studi Francesi*, n° 36, 1968, p. 401.

100. Éd. cit., respectivement p. XXXI-XLIII et p. 57-70.

Par ailleurs, dès la fin du XVIIe siècle, Venceslas a connu de nombreuses traductions, en italien, en hollandais et en allemand[101]. En 1703, la version italienne a même donné lieu à une représentation « per musica ».

TEXTE

Nous donnons ci-après la liste des éditions que nous avons consultées.

Nous avons établi le texte d'après l'édition de 1648 en travaillant essentiellement sur l'exemplaire Rf. 7.042 de la bibliothèque de l'Arsenal. Nous avons toutefois consulté d'autres exemplaires de cette édition, notamment le 4°B.3683, légèrement différent (*sœur* au v. 611 ; pas de didascalie entre les v. 630 et 631, ni après le v. 756 ; v. 644, pas de virgule après *Royal* ; v. 740 corrigé) comme les exemplaires Yf. 532, Rés. Yf. 377, Yf. 359 et Rés. Yf. 38 de la B.N. Mais pour certaines corrections et pour la place des didascalies, nous avons suivi le texte de 1655 (Ars., Rf 7.043), plus précis que le précédent où elles sont souvent marginales, ce qui rend délicate leur insertion précise dans le dialogue.

Nous avons choisi de moderniser l'orthographe sauf quand l'usage actuel modifiait la rime, par exemple aux vers 41 et 173. Les travaux d'Eugène Green ayant montré que les consonnes finales étaient toujours dites, il faut garder « *innocens/sens* ». En revanche, nous avons respecté l'alternance *treuver/trouver* quand Rotrou la pratique puisque selon Vaugelas et Richelet, la première forme, quoique possible, était déjà un archaïsme[102].

---

101. Voir *ibid.*, n. 56, p. LV et n. 75, p. LVIII-LIX.
102. Voir W. Leiner, *Étude stylistique et littéraire de Venceslas*, p. 18-19.

Voici la liste des corrections établies :

a) **Corrections voulues par le sens**[102 bis]

- v. 23, *mon* pour *son* (1655).
- v. 76, suppression de *de* après *peut-être* (Rés. Yf. 377, Yf. 352, 1655).
- v. 107, *Ha* pour *La* (1655).
- v. 225, *ses* pour *vos* (1655).
- v. 302, *des* pour *de* (1655).
- v. 611, *sœur* pour *haine* (1648, B. N. Rés. Yf. 38 et 1655).
- v. 740, *que Ladislas implore* au lieu de *Ladislas l'implore* (B. N. Rés. Yf38 et 1655).
- v. 766, *s'* pour *l'* (Ribou, 1737).
- v. 840, *Que* pour *J'ai* (1655).
- v. 862, *entends* pour *attends*.
- v. 1155, ajout de *en* entre *être* et *peine* (1655).
- v. 1202, ajout de *le* devant le deuxième *plus* pour éviter un vers faux.
- v. 1341, *pus* pour *puis* (1655).
- v. 1357, *tout* pour *tant* (1655).
- v. 1436, *doux* pour *deux*, (1655).
- v. 1445, *embrasé* pour *ombragé* (1655).
- v. 1488, *soupirs* pour *forfaits* (1655).
- v. 1520, *heureux* pour *généreux* (1655).
- A la deuxième didascalie de la p. [96], *venir* pour *tenir* (Viollet-le-Duc, 1820).
- v. 1660, *pouvez* pour *pouviez* (1655).
- v. 1706, *la* pour *sa* (1655).
- v. 1761, *peuple* pour *peuples* (1655).

b) **Fautes d'impression corrigées**

la (v. 194), *Qu'* (v. 3), *Qui* (v. 158), *delà* (v. 183), *états* (v. 198), *l'infante* (v. 387), *cédre* (v. 467), *une* (v. 586),

---

102bis. Nous indiquons entre parenthèses les éditions où nous avons trouvé ces corrections.

insensée (v. 608), *aumoins* (v. 623), *Cueilande* (v. 664), *Cueilland* (didascalie p.[41], *Et* (v. 934), *où* (v. 222, 945, 1752), *avec* (v. 1015, 1271), *résonnais* (v. 1304), *à* (v. 61, 195, 215, 1327, 1344, 1355, 1493, 1507, 1688, 1791, 1853), *prince* (v. 1344), *Versovie* (v. 1353), *de* (v. 1354), *N'y* (v. 1406, 1407), *on* (v. 1424), *défensess* (v. 1432), *l'a* (v. 1438), *Auprix* (v. 1449), *ou* (v. 23, 196, 248, 1473, 1783, 1787, 1823), *eusent* (v. 1503), *là* (v. 1519, 1528, 1676), *sant* (v. 1533), *a* (v. 1626, 1629, 1630, 1631, 1632, 1634, 1638, 1644, 1715, 1726, 1852), *est* (v. 1659), *état* (v. 377, 1693, 1740, 1775, 1779), *entre* (première didascalie de la dernière scène), *Qu'elle* (v. 1815).

c) Établissement de la ponctuation

Il est peu probable que Rotrou ait lui-même veillé à la ponctuation de l'édition originale. Outre les raisons allé-guées par W. Leiner[103], les différences d'une pièce à l'autre (la ponctuation de *Bélisaire* n'offre pas les mêmes caracté-ristiques que celle de *Venceslas*) ou internes (par exemple entre l'acte I et l'acte II, beaucoup moins ponctué) laissent supposer qu'il a abandonné ce travail à l'imprimeur. Dans la mesure où elle donne des indications sur les pratiques contemporaines, nous avons pourtant fait le choix de la respecter le plus possible et de réduire au maximum toutes les modifications.

Nous avons tenu compte des deux éditions de 1648 et de 1655. La première est plus expressive, emploie plus volon-tiers le point d'exclamation et présente une ponctuation plus abondante à l'intérieur des vers, souvent coupés par des virgules. Ce sont là sans doute des indications de dic-tion et nous les avons dans l'ensemble respectées. La ponctuation nous semble souvent aussi souligner l'effet stylistique. Nous avons dans l'ensemble évité toute adjonction, même quand l'usage moderne le demanderait, par exemple après une apostrophe (v. 1317). Mais nous

---

103. Éd. cit., p. XLVIII-XLIX.

avons ajouté une virgule après le deuxième « oui » du vers
1760 et celui du vers 1761 pour nous conformer au reste
du vers 1760.

L'édition de 1655, substitue souvent les deux points au
point virgule de la première édition, ce qui n'est pas très
significatif, puisqu'au XVIIᵉ siècle, les deux signes ont
une valeur de pause modérée, comme l'indique Furetière :
« deux points marquent ordinairement le milieu d'un ver-
set, ou la pause où on peut reprendre haleine. Le Point
avec virgule [...] marque une pause plus grande que la virgule, et plus petite que celle des deux points »[104]. Indiquer
toutes les variantes de l'édition de 1655[105] était fastidieux
et nous nous bornons à signaler ici à quels vers nous
l'avons préférée à la première édition dont nous donnons
la version. Nous avons rétabli la virgule à l'hémistiche
quand elle existait dans l'édition de 1655 et non dans la
première, justement à cause de la fréquence du procédé
dans le texte de 1648. Mais, en cas d'enjambement, même
si celui de 1655 indiquait une virgule finale, nous avons
respecté l'absence de ponctuation de la version initiale.

- v. 12, *d'elle,*   - v. 46, *ne suffit pas.*
- v. 78, *faveur ;*   - v. 63, *Encore,*
- v. 209, *moi ?*   - v. 83, *rapports*
- v. 257, *commun ;*   - v. 347, *la Garde*
- v. 376, *gloire ;*   - v. 457, *époux*
- v. 575, *violons ;*
- v. 591, *aimée ;*   - v. 609, *courroux*
- v. 611, *d'amour*   - v. 613, *trépas*
- v. 637, *yeux*   - v. 655, *paraître*
- v. 661, *absolus*   - v. 685, *flattez*
- v. 691, *apparences*

---

104. Cité par I. Barko dans « Contribution à l'étude de la ponctuation française au XVIIᵉ siècle (Problèmes de méthode — La
ponctuation de Racine) », *La Ponctuation, Recherches historiques
et actuelles*, textes rassemblés par N. Catach et Cl. Tournier,
G.T.M., C.N.R.S., H.E.S.O., 1982, p. 66.

105. Celles qui présentent un intérêt seront signalées en note
dans le texte.

- v. 713, *appas*
- v. 738, *vous*
- v. 750, *insolence*
- v. 792, *plaint*
- v. 821, *Roi qui vous en doit le prix*
- v. 829, *raison*
- v. 831, *pressent*
- v. 840, *défense.*
- v. 875, *créance*
- v. 881, *suspects*
- v. 885, *liberté*
- v. 905, *ambitieux*
- v. 920, *domestiques*
- v. 927, *hasarde*
- v. 945, *irrité*
- v. 983, *croire*
- v. 1004, *résisté*
- v. 1051, *suprême*
- v. 1093, *sers*
- v. 1141, *légèrement*
- v. 1142, *appartement.*
- v. 1199, *sommes*
- v. 1216, *incapable.*
- v. 1291, *Justice*
- v. 1297, *mort*
- v. 1352, *conduite*
- v. 1353, *aujourd'hui.*
- v. 1406, *cher :*
- v. 1469, *point ?*
- v. 1476, *Province ;*
- v. 1480, *modèle ;*
- v. 1513, *Ne me flattez-vous point ! et m'en puis-je vanter !*
- v. 1519, *Quelle !*
- v. 1530, *nommez-vous ;*
- v. 1535, *fatale.*
- v. 1550, *éclatant*
- v. 1551, *faveur ;*
- v. 1555, *capables !*
- v. 1568, *Seigneur ;*
- v. 1572, *entrailles ;*
- v. 1584, *ou ma mort ou ma grâce ;*
- v. 1634, *Sans,*
- v. 1647, *Prince ;*
- v. 1698, *l'État,*
- v. 1709, *lieu,*
- v. 1764, *Province ;*
- v. 1779, *Régnez* - v. 1782, *hors,*
- v. 1823, *Couronne*
- v. 1859, *Ha quel temps le peut faire.*

Nous avons pourtant effectué quelques corrections systématiques :

- transformation en point du point-virgule en fin de réplique ou de tirade (v. 2, 3, 5, 130, 137, 194, 226, 246, 262, 266, 267, 281, 296, 326, 328, 343, 348, 365, 368, 391, 394, 431, 432, 433, 438, 439, 440, 443, 451, 458, 532, 546, 550, 552, 554, 555, 558, 562, 571, 602, 869, 1333, 1431, 1468, 1473, 1479, 1496, 1516, 1518, 1531, 1538, 1544, 1592, 1594, 1597, 1599, 1636, 1682, 1730, 1759, 1780, 1796, 1800, 1814, 1818, 1840, 1843).

- transformation de la virgule en point (v. 1313, 1512, 1543).
- transformation du point final en points de suspension (v. 857, 1107 et 1213).
- transformation des deux points en point (v. 1370, 1372, 1484, 1558, 1568).
- transformation du point-virgule en point d'interrogation (v. 774, 1584, 1591, 1811).

Nous signalons ci-dessous nos interventions et, quand la ponctuation de l'édition de 1655 est différente de celle de 1648, sans être non plus satisfaisante, nous l'indiquons entre parenthèses :

- dédicace, 1.63, *Protecteur ;*
- v. 50, *régir ; (:)*
- v. 208, *offices ; (:)*
- v. 243, 249, *Puisque,*
- v. 291, *pardonne ;*
- v. 371, *haine. (;)*
- v. 449, *toucher ;*
- v. 472, *flamme ; (:)*

- v. 43, *connue,)*
- v. 159, *Couronne,)*
- v. 223, *frivole,*
- v. 281, *demandez-lui ; (:)*
- v. 317, *vainqueur,)*
- v. 437, *fer ; ( )*
- v. 470, *assassin.*

- Aux vers 483-484, nous avons prolongé la parenthèse fermée après « jamais » jusqu'à « reproche » et supprimé les deux points à la fin.
- v. 519, *D'abord,*   - v. 591, *aimée ;*
- Aux vers 672-674, nous avons prolongé la parenthèse fermée après « souveraine » jusqu'à « nom ».
- v. 774, *tenter ; (:)*   - v. 782, *furieux.*
- v. 867, *estime.*
- Aux vers 881-882, nous avons prolongé la parenthèse fermée après « avis » jusqu'à « respects » et supprimé le point à la fin.
- v. 894, *propos*   - v. 1125, *soulèvement. (,)*
- v. 1247, *Léonor ; (,)*   - v. 1363, *(déjà.*
- v. 1357, *impunité,)*
- v. 1365, *jamais,)*   - v. 1391, *enfin.*
- v. 1432, *défenses.*   - v. 1556, *(puisqu'ils*
- v. 1731, *Province,*   - v. 1811, *vie ; (.)*
- v. 1859, *Puis-je.* et *fille.*

VENCESLAS,

TRAGI-COMEDIE.

DE M^R DE ROTROU

A PARIS,

Chez ANTOINE DE SOMMAVILLE,
au Palais dans la petite Salle
des Merciers, à l'Escu de France.

M.DC. XL VIII.
AVEC PRIVILEGE DU ROY.

A
MONSEIGNEUR,
MONSEIGNEUR
DE CREQUI[1],
PRINCE DE POIX,
SEIGNEUR DE CANAPLES,
de Pont-Dormy, etc. Et premier
Gentilhomme de la Chambre du Roi.

MONSEIGNEUR,

1   VENCESLAS, encore tout glorieux des applaudis-
sements qu'il a reçus de la plus grande Reine du
monde, et de la plus belle Cour de l'Europe ne pouvant restreindre son ambition, aux caresses, et à l'es-
5 time du beau monde, ose aujourd'hui se montrer à
toute la France, sous l'honneur de la protection que
vous lui avez promise ; et ne craint point de s'exposer aux ennemis, que la gloire lui peut susciter, ayant
pour asile l'une des plus anciennes, et plus illustres
10 Maisons du Royaume, et pour défenseur l'héritier
des vertus, comme du sang, des plus fameux appuis
de nos Rois, et des plus redoutables bras de l'État.

---

1. Cette dédicace n'apparaît pas dans l'exemplaire Rf 7.042 de
l'Arsenal, mais on la trouve dans ceux de la Bibliothèque Natio-
nale Yf. 359 et Rés. p. Yf. 38, et dans l'édition de 1655. Le dédi-
cataire est Charles III, duc de Créqui (1624-1687), chef militaire
de valeur. Nous n'avons pu découvrir pour quelle raison Rotrou a
choisi de lui dédier sa pièce. Pour tous les éclaircissements historiques ou géographiques, voir W. Leiner, éd. cit., p. 72-73, notes 5
à 17.

[3]   Personne n'ignore, MONSEIGNEUR, que les
        grandes actions, de ces Grands Hommes, à qui vous
15   avez succédé font presque toute la beauté de notre
        Histoire, et que l'antiquité Grecque et Romaine, n'a
        rien vu de plus mémorable, que ce que les derniers
        siècles ont vu faire au grand Daguerre, père de l'une
        de vos aïeules, et au glorieux Connétable de Lesdi-
20   guière votre bisaïeul (dont le premier sortit victo-
        rieux de ce fameux duel, qu'un de nos Rois lui per-
        mit à Sedan, où son ennemi combattait avec tant
        d'avantage, et le second fit sa renommée si célèbre,
        par les batailles de Pontcharra, et de Salbertran, et
25   servit la Couronne par de si judicieux Conseils, et de
        si prodigieux succès, qu'il en mérita les premières
        charges ; il fut suivi de l'indomptable Maréchal de
        Créqui, votre aïeul, qui signala par une infinité de
        preuves, la passion qu'il avait pour son Prince, et par
30   un illustre et double combat, que la postérité n'ou-
        bliera jamais, celle qu'il avait pour sa gloire. La
        volée de canon qui l'emporta dans le glorieux
        emploi qui l'occupait en Italie, fait encore aujour-
        d'hui voler son nom aussi loin que le bruit des
35   actions héroïques peut aller ; et sa vertu se continua,
        en celle de Monsieur de Canaples votre père, dont la
        vie, et la mort représentèrent dignement celle de ses
        devanciers. Il est impossible de comprendre* dans la
        juste étendue d'une lettre, la mémoire de tant de
40   Héros, et je laisse à l'Histoire les Panégyriques des
        fameux Pont-Dormy, dont l'un fut frère d'armes de
        l'incomparable Bayard, et mérita de passer en sa
        créance*, pour la valeur même. Je dirai seulement,
        MONSEIGNEUR, qu'il ne vous suffit pas d'être
45   riche de la gloire d'autrui, vous ne vous contentez
        pas des acquisitions qu'on vous a faites, et vous ne
        vous croiriez pas digne successeur de ces illustres

personnes, si vous ne leur ressembliez, et si vous ne vous deviez la plus belle partie de votre estime[2].
50 L'Italie a retrouvé dans le fils la valeur des pères, et le sang que vous coûta l'effort qu'elle fit contre votre vie, fut autant une marque de la frayeur que vous lui fîtes, que du péril où votre grand cœur vous précipita ; vous avez poussé jusqu'aux bords de la
55 Segre, cette ardeur sans mesure qui vous attache si fortement aux intérêts de votre Maître, et partout où votre courage vous a porté, l'on a si clairement reconnu le sang dont vous sortez, que nos ennemis peuvent avec raison douter de la perte de ces Grands
60 personnages que vous réparez si dignement ; ces vérités étant très constantes*, VENCESLAS, (MON-SEIGNEUR) a-t-il lieu de rien redouter, sous l'autorité d'un si digne protecteur ? Faites-lui la grâce de le souffrir, puisque vous l'avez daigné flatter de cette
65 espérance, et qu'il se donne à vous sans autre considération que de l'honneur d'être vôtre, et de m'obtenir de vous, la permission de me dire avec toutes les soumissions que je vous dois,

MONSEIGNEUR,

Votre très humble, et très obéissant serviteur,

ROTROU

---

2. De l'estime qu'on fait de vous.

Extrait du Privilège du Roi.

Par grâce et Privilège du Roi, donné à Paris le 28. Mars 1648. signé par le Roi en son Conseil *le Brun*, il est permis à *Antoine de Sommaville*, Marchand Libraire à Paris, d'imprimer ou faire imprimer une pièce de Théâtre intitulé (*sic*) *Venceslas Tragicomédie de Rotrou*, pendant le temps et espace de *cinq ans* entiers et accomplis, à compter du jour que ladite pièce sera imprimée, et défenses sont faites à tous autres d'en vendre ni distribuer aucune, sinon de l'impression qu'aura fait ou fait faire ledit *Sommaville*, ou ceux qui auront droit de lui, sous les peines portées par lesdites lettres, qui sont en vertu du présent Extrait tenues pour bien et duement signifiées.

Achevé d'Imprimer le douzième Mai 1648.

ACTEURS.

VENCESLAS. Roi de Pologne.

LADISLAS. son fils, Prince

ALEXANDRE. Infant.

FÉDÉRIC. Duc de Curlande et Favori.

OCTAVE. Gouverneur de Varsovie.

GARDES.

CASSANDRE. Duchesse de Cunisberg.

THÉODORE. Infante.

LÉONOR. Suivante.

VENCESLAS.

TRAGI-COMEDIE.

ACTE PREMIER.

SCÈNE PREMIÈRE.

VANCESLAS, LADISLAS,
ALEXANDRE, GARDES.

VENCESLAS.

Prenez un siège, Prince ; et vous Infant, sortez.

ALEXANDRE.

J'aurai le tort, Seigneur, si vous ne m'écoutez.

VENCESLAS.

Sortez, vous dis-je, et vous, Gardes, qu'on se retire.

LADISLAS.

Que me désirez-vous ?[3]

---

3. Viollet-le-Duc adopte la version de 1655 : « Que vous plaît-il Seigneur ? ».

[2]   VENCESLAS.

                              J'ai beaucoup à vous dire ;
  5 Ciel prépare son sein⁴, et le touche aujourd'hui.

                    LADISLAS. *bas*

Que la vieillesse souffre, et fait souffrir autrui !
Oyons les beaux avis, qu'un flatteur lui conseille.

                    VENCESLAS

Prêtez-moi, Ladislas, le cœur, avec l'oreille.
J'attends toujours du temps, qu'il mûrisse le fruit
  10 Que pour me succéder, ma couche m'a produit ;
Et je croyais, mon fils, votre mère immortelle,
Par le reste qu'en vous, elle me laissa d'elle.
Mais, hélas ! ce portrait, qu'elle s'était tracé,
Perd beaucoup de son lustre, et s'est bien effacé,
  15 Et vous considérant, moins je la vois paraître,
Plus l'ennui* de sa mort, commence à me renaître,
Toutes vos actions, démentent votre rang,
Je n'y vois rien d'auguste, et digne de mon sang ;
J'y cherche Ladislas, et ne le puis connaître,
  20 Vous n'avez rien de Roi, que le désir de l'être ;
Et ce désir (dit-on) peu discret, et trop prompt,
En souffre, avec ennui*, le Bandeau, sur mon front.
Vous plaignez le travail, où ce fardeau m'engage,
Et n'osant m'attaquer, vous attaquez mon âge ;
[3] 25 Je suis vieil, mais un fruit de ma vieille saison,
Est d'en posséder mieux, la parfaite raison ;
Régner est un secret, dont la haute science,
Ne s'acquiert que par l'âge, et par l'expérience,

_____

4. Viollet-le-Duc adopte la version de 1655 : « cœur ».

    Un Roi, vous semble heureux, et sa condition,
30 Est douce, au sentiment, de votre ambition ;
    Il dispose à son gré, des fortunes humaines ;
    Mais, comme les douceurs, en savez-vous les peines :
    A quelque heureuse fin, que tendent ses projets,
    Jamais il ne fait bien, au gré de ses sujets ;
35 Il passe pour cruel, s'il garde la justice,
    S'il est doux, pour timide, et partisan du vice ;
    S'il se porte à la guerre, il fait des malheureux ;
    S'il entretient la paix, il n'est pas généreux* ;
    S'il pardonne, il est mol ; s'il se venge, barbare ;
40 S'il donne, il est prodigue ; et s'il épargne, avare ;
    Ses desseins les plus purs, et les plus innocens,
    Toujours, en quelque esprit, jettent un mauvais sens ;
    Et jamais sa vertu (tant soit-elle connue)
    En l'estime des siens, ne passe toute nue ;
45 Si donc, pour mériter, de régir des États,
    La plus pure vertu, même, ne suffit pas,
    Par quel heur* voulez-vous, que le règne succède*,
Le Prince tourne la tête et témoigne s'emporter.
    A des esprits oisifs, que le vice possède ;
    Hors de leurs voluptés, incapables d'agir,
50 Et qui serfs de leur sens, ne se sauraient régir ?
    Ici, mon seul respect[5], contient votre caprice ;
    Mais, examinez-vous, et rendez-vous justice ;
    Pouvez-vous attenter, sur ceux, dont j'ai fait choix,
    Pour soutenir mon trône, et dispenser mes lois ;
55 Sans blesser les respects, dus à mon Diadème,
    Et sans en même temps, attenter sur moi-même ?
    Le Duc, par sa faveur, vous a blessé les yeux,

4]

---

    5. L'adjectif possessif a une valeur de complément déterminatif qui indique l'objet de l'action. Le respect est celui qu'on doit au roi. On observe le même phénomène aux vers 293, 359, 362, 395.

Et parce qu'il m'est cher, il vous est odieux :
Mais voyant d'un côté, sa splendeur non commune,
60 Voyez, par quels degrés, il monte à sa fortune ;
Songez, combien son bras, a mon trône affermi,
Et mon affection, vous fait son ennemi !
Encore est-ce trop peu ; votre aveugle colère,
Le hait en autrui même, et passe à votre frère ?
65 Votre jalouse humeur, ne lui saurait souffrir,
La liberté d'aimer, ce qu'il me voit chérir !
Son amour pour le Duc, lui produit votre haine ;
Cherchez un digne objet*, à cette humeur hautaine,
Employez, employez ces bouillants mouvemens,
70 A combattre l'orgueil, des peuples Ottomans ;
Renouvelez contre eux, nos haines immortelles,
Et soyez généreux*, en de justes querelles ;
Mais, contre votre frère ! et contre un favori,
Nécessaire à son Roi, plus qu'il n'en est chéri !
75 Et qui de tant de bras, qu'armait la Moscovie,
Vient de sauver mon sceptre, et peut-être ma vie ;
[5]   C'est un emploi célèbre ! et digne d'un grand cœur !
Votre caprice, enfin, veut régler ma faveur !
Je sais mal appliquer mon amour, et ma haine,
80 Et c'est de vos leçons, qu'il faut que je l'apprenne[6] ;
J'aurais mal profité, de l'usage, et du temps !

LE PRINCE.

Souffrez ;...

LE ROI.

Encor un mot, et puis, je vous entends ;

------

6 Voir *Antigone* (publ. 1639), Créon : « Que j'apprenne si vieil
d'une si jeune école. » (IV, 6)

S'il faut qu'à cent rapports, ma créance* réponde,
Rarement le Soleil, rend la lumière au monde,
85 Que le premier rayon, qu'il répand ici-bas,
N'y découvre quelqu'un de vos assassinats ;
Ou, du moins, on vous tient, en si mauvaise estime,
Qu'innocent, ou coupable, on vous charge du crime ;
Et que vous offensant, d'un soupçon éternel,
90 Au bras du sommeil même, on vous fait criminel,
Sous ce fatal soupçon, qui défend qu'on me craigne,
On se venge, on s'égorge, et l'impunité règne,
Et ce juste mépris, de mon autorité,
Est la punition, de cette impunité ;
95 Votre valeur, enfin, naguère si vantée,
Dans vos folles amours languit comme enchantée[7],
Et par cette langueur, dedans tous les esprits
Efface son estime, et s'acquiert des mépris ;
Et je vois toutefois, qu'un heur* inconcevable,
100 Malgré tous ces défauts, vous rend encor aimable ;
Et que votre bon astre[7 bis], en ces mêmes esprits,
Souffre ensemble pour vous, l'amour, et le mépris ;
Par le secret pouvoir, d'un charme* que j'ignore,
Quoiqu'on vous mésestime, on vous chérit encore ;
105 Vicieux on vous craint, mais vous plaisez heureux,
Et pour vous, l'on confond, le murmure, et les vœux ;
Ha ! méritez, mon fils, que cette amour vous dure,
Pour conserver les vœux, étouffez le murmure ;
Et régnez dans les cœurs, par un sort dépendant,
110 Plus de votre vertu, que de votre ascendant ;
Par elle, rendez-vous, digne d'un Diadème,
Né pour donner des lois, commencez par vous-même[8] ;

---

7 Dans *Antigone*, Créon reproche à Hémon sa « folle passion »
(IV, 6).

7 bis. « offre » (Yf. 532, Rés. Yf. 377).

8 Dans *Antigone*, Hémon rappelle que les sujets sont soumis
« si les Rois aussi sont esclaves des lois. » (IV, 6)

Et que vos passions, ces rebelles sujets,
De cette noble ardeur, soient les premiers objets ;
115 Par ce genre de règne, il faut mériter l'autre,
Par ce degré, mon fils, mon trône sera vôtre ;
Mes États, mes sujets, tout fléchira sous vous,
Et sujet de vous seul, vous régnerez sur tous ;
Mais si toujours vous-même, et toujours serf du vice
120 Vous ne prenez des lois, que de votre caprice ;
Et si pour encourir, votre indignation,
Il ne faut qu'avoir part, en mon affection ;
Si votre humeur hautaine, enfin, ne considère,
[7]   Ni les profonds respects, dont le Duc vous révère,
125 Ni l'étroite amitié, dont l'Infant vous chérit ;
Ni la soumission, d'un peuple qui vous rit ;
Ni d'un père, et d'un Roi, le Conseil salutaire ;
Lors, pour être tout Roi, je ne serai plus père,
Et vous abandonnant à la rigueur des lois,
130 Au mépris de mon sang, je maintiendrai mes droits.

LADISLAS.

Encor que de ma part, tout vous choque et vous blesse,
En quelque étonnement, que ce discours me laisse,
Je tire au moins ce fruit, de mon attention,
D'avoir su vous complaire, en cette occasion ;
135 Et sur chacun des points, qui semblent me confondre,
J'ai de quoi me défendre, et de quoi vous répondre,
Si j'obtiens à mon tour, et l'oreille, et le cœur.

LE ROI.

Parlez, je gagnerai, vaincu plus que vainqueur ;
Je garde encor pour vous, les sentiments d'un père,
140 Convainquez-moi d'erreur, elle me sera chère.

LADISLAS.

Au retour de la chasse, hier[9], assisté des miens,
Le carnage du cerf, se préparant aux chiens,
Tombés sur le discours, des intérêts* des Princes,
Nous en vînmes sur l'art de régir les Provinces* ;
[8] 145 Où chacun à son gré, forgeant des Potentats,
Chacun selon son sens, gouvernant vos États,
Et presque aucun avis, ne se treuvant conforme,
L'un prise votre règne, un autre le réforme ;
Il treuve ses censeurs, comme ses partisans ;
150 Mais, généralement, chacun plaint vos vieux ans ;
Moi, (sans m'imaginer, vous faire aucune injure)
Je coulai mes avis, dans ce libre* murmure ;
Et mon sein, à ma voix, s'osant trop confier,
Ce discours m'échappa, je ne le puis nier ;
155 Comment, dis-je, mon père accablé de tant d'âge,
Et sa force, à présent servant mal son courage,
Ne se décharge-t-il, avant qu'y succomber,
D'un pénible fardeau, qui le fera tomber ?
Devrait-il, (me pouvant assurer sa Couronne)
160 Hasarder que l'État me l'ôte, ou me la donne ?
Et s'il veut conserver, la qualité de Roi,
La retiendrait-il* pas, s'en dépouillant pour moi ?
Comme il fait murmurer, de l'âge qui l'accable,
Croit-il de ce fardeau ma jeunesse incapable ?
165 Et n'ai-je pas appris, sous son Gouvernement,
Assez de politique, et de raisonnement,
Pour savoir à quels soins*, oblige un Diadème ?
Ce qu'un Roi, doit aux siens, à l'État, à soi-même ?

---

9 Synérèse, c'est-à-dire « Diction qui groupe en une seule syllabe deux voyelles contiguës d'un même mot », H. Morier, *Dictionnaire de poétique et de rhétorique,* P.U.F., Paris, 4e édition, 1989. On observe le même procédé au vers 1363 et avec « meurtrier » aux vers 1375, 1388, 1395, 1508 et 1858.

A ses Confédérés, à la foi des traités,
[9] 170   Dedans quels intérêts*, ses droits sont limités ;
Quelle guerre est nuisible, et quelle d'importance,
A qui, quand, et comment, il doit son assistance ?
Et pour garder, enfin, ses États d'accidens,
Quel ordre, il doit tenir, et dehors, et dedans ?
175   Ne sais-je pas qu'un Roi, qui veut qu'on le révère,
Doit mêler à propos, l'affable, et le sévère ?
Et selon l'exigence, et des temps, et des lieux,
Savoir faire parler, et son front, et ses yeux !
Mettre bien la franchise, et la feinte en usage,
180   Porter, tantôt, un masque, et tantôt un visage,
Quelque avis, qu'on lui donne, être toujours pareil,
Et se croire, souvent, plus que tout son conseil ?
Mais surtout (et de là, dépend l'heur* des couronnes)
Savoir bien appliquer, les emplois, aux personnes,
185   Et faire, par des choix judicieux, et sains,
Tomber le ministère, en de fidèles mains ;
Élever peu de gens, si haut qu'ils puissent nuire,
Être lent à former, aussi bien qu'à détruire ;
Des bonnes actions, garder le souvenir,
190   Être prompt à payer, et tardif à punir ;
N'est-ce pas, sur cet art (leur dis-je) et ces maximes,
Que se maintient, le cours des règnes légitimes :
Voilà, la vérité, touchant le premier point,
J'apprends, qu'on vous l'a dite, et ne m'en défends
point.

[10]   LE ROI.

195   Poursuivez ;

LADISLAS.

A l'égard de l'ardente colère,

Où vous meut, le parti du Duc, et de mon frère ;
Dont l'un est votre cœur, si l'autre est votre bras,
Dont l'un règne, en votre âme, et l'autre en vos États ;
J'en hais l'un, il est vrai, cet insolent ministre,
200 Qui vous est précieux, autant, qu'il m'est sinistre* ;
Vaillant, j'en suis d'accord, mais vain*, fourbe, flatteur,
Et de votre pouvoir, secret usurpateur ;
Ce Duc, à qui votre âme, à tous autres obscure,
Sans crainte, s'abandonne, et produit toute pure ;
205 Et qui, sous votre nom, beaucoup plus Roi que vous
Met, à me desservir, ses plaisirs, les plus doux ;
Vous fait mes actions, pleines de tant de vices,
Et me rend, près de vous, tant de mauvais offices*
Que vos yeux prévenus*, ne treuvent plus en moi,
210 Rien, qui vous représente, et, qui promette un Roi ;
Je feindrais, d'être aveugle, et d'ignorer l'envie,
Dont, en toute rencontre, il vous noircit ma vie ;
S'il ne s'en usurpait, et m'ôtait les emplois,
Qui, si jeune, m'ont fait, l'effroi, de tant de Rois ;
215 Et dont ces derniers jours, il a des Moscovites,
Arrêté les progrès, et restreint les limites ;
Partant*, pour cette grande, et fameuse action,
11]   Vous en mîtes le prix*, à sa discrétion ;
Mais, s'il n'est trop puissant pour craindre ma colère,
220 Qu'il pense mûrement, au choix de son salaire ;
Et que le grand crédit, qu'il possède à la Cour,
S'il méconnaît mon rang, respecte mon amour ;
Ou tout brillant qu'il est, il lui sera frivole*.
Je n'ai point, sans sujet lâché cette parole ;
225 Quelques bruits, m'ont appris, jusqu'où vont ses
                                        desseins ;
Et c'est un des sujets, Seigneur, dont je me plains.

LE ROI.

Achevez.

LE PRINCE.

     Pour mon frère, après son insolence,
Je ne puis m'emporter, à trop de violence ;
Et de tous vos tourments, la plus affreuse horreur,
230 Ne le saurait soustraire, à ma juste fureur*.
Quoi, quand le cœur, outré de sensibles* atteintes*,
Je fais entendre au Duc, le sujet de mes plaintes ;
Et de ses procédés, justement irrité,
Veux mettre quelque frein, à sa témérité,
235 Étourdi, furieux, et poussé d'un faux zèle,
Mon frère, contre moi, veut prendre sa querelle* ;
Et bien plus, sur l'épée, ose porter la main !
[12]   Ha ! j'atteste du Ciel, le pouvoir souverain,
Qu'avant que le Soleil, sorti du sein de l'onde,
240 Ôte, et rende le jour, aux deux moitiés du monde ;
Il m'ôtera le sang, qu'il n'a pas respecté,
Ou me fera raison*, de cette indignité ;
Puisque je suis au peuple, en si mauvaise estime,
Il la faut mériter, du moins, par un grand crime ;
245 Et de vos châtiments, menacé tant de fois,
Me rendre un digne objet*, de la rigueur des Lois.

LE ROI. *bas*

Que puis-je plus tenter, sur cette âme hautaine ?
Essayons l'artifice, où la rigueur est vaine ;
Puisque plainte, froideur, menace, ni prison,
250 Ne l'ont pu, jusqu'ici, réduire à la raison ;
Il dit au Prince.
     Ma créance*, mon fils, sans doute*, un peu légère,
N'est pas sans quelque erreur, et cette erreur m'est
                              chère ;

Étouffons nos discords, dans nos embrassements,[10]

Il l'embrasse.

Je ne puis de mon sang, forcer* les mouvements ;
255 Je lui veux bien céder, et malgré ma colère,
Me confesser vaincu, parce que je suis père ;
Prince, il est temps, qu'enfin, sur un trône commun,
Nous ne fassions qu'un règne, et ne soyons plus qu'un,
Si proche du cercueil, où je me vois descendre,
260 Je me veux voir en vous, renaître de ma cendre ;
3] Et par vous, à couvert, des outrages du temps,
Commencer à mon âge, un règne de cent ans.

LE PRINCE.

De votre seul repos, dépend toute ma joie ;
Et si votre faveur, jusque-là se déploie ;
265 Je ne l'accepterai, que comme un noble emploi,
Qui parmi vos sujets, fera compter un Roi.

SCÈNE DEUXIÈME.

ALEXANDRE, LE ROI, LE PRINCE.

ALEXANDRE.

Seigneur...

LE ROI.

Que voulez-vous ? Sortez.

---

10. Malgré la différence de situation, Racine s'est peut-être souvenu de ce vers dans *Britannicus* : « J'embrasse mon rival, mais c'est pour l'étouffer » (IV, 3, v. 1304).

ALEXANDRE.

Je me retire,
Mais si vous…

LE ROI.

Qu'est-ce encor ? que me vouliez-vous dire ?
(bas.)
A quel étrange* office, Amour, me réduis-tu !
270 De faire accueil au vice, et chasser la vertu !

ALEXANDRE.

Que si vous ne daignez m'admettre, en ma défense,
[14]   Vous donnerez le tort, à qui reçoit l'offense ;
Le Prince, est mon aîné, je respecte son rang,
Mais, nous ne différons, ni de cœur, ni de sang,
275 Et pour un démentir, j'ai trop…

LE ROI.

Vous téméraire.
Vous la main, sur l'épée ! et contre votre frère !
Contre mon successeur, en mon autorité !
Implorez, insolent, implorez sa bonté ;
Et par un repentir, digne de votre grâce,
280 Méritez le pardon, que je veux qu'il vous fasse ;
Allez, demandez-lui… Vous, tendez-lui les bras.

ALEXANDRE.

Considérez, Seigneur !

LE ROI.

Ne me répliquez pas.

ALEXANDRE. *bas*

Fléchirons-nous, mon cœur, sous cette humeur hau-
                                             taine !
   Oui, du degré de l'âge, il faut porter la peine,
285 Que j'ai de répugnance, à cette lâcheté !
   O Ciel !
Parlant au Prince
                    pardonnez donc, à ma témérité,
   Mon frère, un père enjoint que je vous satisfasse* ,
   J'obéis à son ordre, et vous demande grâce ;
   Mais par cet ordre, il faut me tendre aussi les bras.

LE ROI.

290 Dieux ! le cruel, encor, ne le regarde pas !

LE PRINCE.

Sans eux, suffit-il pas, que le Roi, vous pardonne ?

LE ROI.

Prince, encor une fois, donnez-les, je l'ordonne ;
Laissez, à mon respect, vaincre votre courroux.

LE PRINCE *embrassant son frère.*

A quelle lâcheté, Seigneur, m'obligez-vous !
295 Allez, et n'imputez, cet excès d'indulgence,
   Qu'au pouvoir absolu, qui retient ma vengeance.

ALEXANDRE. *bas*

O Nature ! ô Respect, que vous m'êtes cruels !

LE ROI.

Changez ces différends en des vœux mutuels ;
Et quand je suis en paix, avec toute la Terre,
300 Dans ma maison, mes fils, ne mettez point la guerre ;
L'Infant sort.
Faites-venir le Duc, Infant.

[16]   ### SCÈNE TROISIÈME.

LE ROI, LE PRINCE.

LE ROI.

Prince, arrêtez.

LE PRINCE.

Vous voulez m'ordonner, encor des lâchetés !
Et pour ce traître, encor, solliciter ma grâce !
Mais pour des ennemis, ce cœur n'a plus de place,
305 Votre sang, qui l'anime, y répugne à vos lois ;
Aimez cet insolent, conservez votre choix ;
Et du bandeau royal, qui vous couvre la tête,
Payez, si vous voulez, sa dernière conquête ;
Mais souffrez-m'en, Seigneur, un mépris généreux*,
310 Laissez ma haine libre, aussi bien que vos vœux,
Souffrez ma dureté, gardant votre tendresse,
Et ne m'ordonnez point, un acte de faiblesse.

LE ROI.

Mon fils, si près du trône, où vous allez monter,
Prêt d'y remplir ma place, et m'y représenter ;
315 Aussi bien souverain, sur vous, que sur les autres,

Prenez mes sentiments, et dépouillez les vôtres ;
7]   Donnez à mes souhaits (de vous-même vainqueur)
Cette noble faiblesse, et digne d'un grand cœur,
Qui vous fera priser, de toute la Province* ;
320 Et Monarque, oubliez, les différends du Prince.

LE PRINCE.

Je préfère ma haine, à cette qualité,
Dispensez-moi, Seigneur, de cette indignité.

SCÈNE QUATRIÈME.

LE DUC DE CURLANDE, LE ROI, ALEXANDRE, LE PRINCE, OCTAVE.

LE ROI.

Étouffez cette haine, où[11] je prends sa querelle* ;
Duc, saluez le Prince.

LE PRINCE *l'embrassant avec peine.*

O contrainte cruelle.

Ils s'embrassent.

LE ROI.

325 Et d'une étroite ardeur, unis à l'avenir,
De vos discords passés, perdez le souvenir.

---

11. Viollet-le-Duc, Th. Crane, J. Scherer et D. Watts corrigent en « ou ».

LE DUC.

Pour lui prouver, à quoi, mon zèle me convie,
Je voudrais perdre encor, et le sang, et la vie.

LE ROI.

Assez d'occasions, de sang, et de combats,
[18] 330 Ont signalé pour nous, et ce cœur, et ce bras ;
Et vous ont trop acquis, par cet illustre zèle,
Tout ce qui d'un mortel, rend la gloire immortelle ;
Mais vos derniers progrès (qui certes m'ont surpris)
Passent toute créance*, et demandent leur prix*,
335 Avec si peu de gens, avoir fait nos frontières,
D'un si puissant parti*, les sanglants cimetières ;
Et dans si peu de jours, par d'incroyables faits,
Réduit le Moscovite à demander la paix ;
Ce sont des actions, dont la reconnaissance,
340 Du plus riche Monarque, excède la puissance ;
N'exceptez rien, aussi, de ce que je vous dois,
Demandez ; j'en ai mis le prix*, à votre choix ;
Envers votre valeur, acquittez ma parole.

LE DUC.

Je vous dois tout, Grand Roi.

LE ROI.

Ce respect est frivole* ;
345 La parole des Rois, est un gage important,
Qu'ils doivent, (le pouvant) retirer* à l'instant ;
Il est d'un prix* trop cher, pour en laisser la Garde,
Par le dépôt, la perte, ou l'oubli s'en hasarde[12].

---

12. Dont ils doivent s'acquitter aussitôt qu'ils le peuvent. Ce
gage a trop de valeur pour être confié à personne car il risque en
ce cas d'être perdu ou oublié.

LE DUC.

Puisque votre bonté, me force à recevoir,
350 Le loyer* d'un tribut, et le prix* d'un devoir ;
[9]   Un servage, Seigneur, plus doux, que votre Empire,
Des flammes, et des fers, sont le prix*, où j'aspire ;
Si d'un cœur consommé*, d'un amour violent,
La bouche, ose exprimer…

LE PRINCE.

                    Arrêtez, insolent ;
355 Au vol de vos désirs, imposez des limites,
Et proportionnez, vos vœux, à vos mérites ;
Autrement, au mépris, et du trône, et du jour,
Dans votre infâme sang, j'éteindrai votre amour ;
Où mon respect s'oppose, apprenez, téméraire,
360 A servir sans espoir, et souffrir, et vous taire ;
Ou…

LE DUC *sortant.*

Je me tais, Seigneur, et puisque mon espoir,
Blesse votre respect, il blesse mon devoir.
Il s'en va avec l'Infant.

SCÈNE V.

LE ROI, LE PRINCE, OCTAVE.

LE ROI.

Prince, vous emportant, à ce caprice extrême,
Vous ménagez* fort mal, l'espoir d'un Diadème ;
365 Et votre tête, encor, qui le prétend porter.

LE PRINCE.

[20] Vous êtes Roi, Seigneur, vous pouvez me l'ôter ;
Mais, j'ai lieu de me plaindre, et ma juste colère,
Ne peut prendre des lois, ni d'un Roi, ni d'un père.

LE ROI.

Je dois bien moins en prendre, et d'un fol, et d'un fils ;
370 Pensez, à votre tête, et prenez-en avis.
Il s'en va en colère.

SCÈNE SIXIÈME.

LE PRINCE, OCTAVE.

OCTAVE.

O Dieux ! ne sauriez-vous cacher mieux votre haine ?

LE PRINCE.

Veux-tu, que la cachant, mon attente soit vaine !
Qu'il vole à mon espoir, ce trésor amoureux,
Et qu'il fasse son prix*, de l'objet* de mes vœux ?
375 Quoi, Cassandre, sera le prix* d'une victoire,
Qu'usurpant mes emplois, il dérobe à ma gloire ?
Et l'État, qu'il gouverne, à ma confusion,
L'épargne*, qu'il manie, avec profusion,
Les siens, qu'il agrandit, les charges qu'il dispense,
[21] 380 Ne lui tiennent pas lieu, d'assez de récompense,
S'il ne me prive encor, du fruit de mon amour,
Et si m'ôtant Cassandre, il ne m'ôte le jour ;
N'est-ce pas de tes soins, et de ta diligence,
Que je tiens le secret de leur intelligence* ?

OCTAVE.

385 Oui, Seigneur, mais l'hymen, qu'on lui va proposer,
Au succès de vos vœux, la pourra disposer ;
L'Infante l'a mandée, et par son entremise,
J'espère à vos souhaits, la voir bientôt soumise ;
Cependant, feignez mieux, et d'un père irrité,
390 Et d'un Roi méprisé, craignez l'autorité ;
Reposez sur nos[13] soins, l'ardeur, qui vous trans-
porte.

LE PRINCE.

C'est mon Roi, c'est mon père, il est vrai, je m'em-
porte ;
Mais je treuve, en deux yeux, deux Rois plus absolus ;
Et n'étant plus à moi, ne me possède plus[14].

---

13. L'édition de 1767 transforme en « mes ». Il faut comprendre qu'Octave associe aux siens ceux de Théodore.

14. « Quand l'âme n'est plus sienne on n'en dispose pas », *Don Lope de Cardone*, (publ. : 1652, I, 2).

ACTE II.

SCÈNE PREMIERE.

THÉODORE. Infante. CASSANDRE.

THÉODORE.

395 Enfin si son respect, ni le mien[15], ne vous touche,
Cassandre, tout l'État, vous parle par ma bouche :
Le refus de l'hymen, qui vous soumet sa foi,
Lui refuse une Reine, et veut ôter un Roi :
L'objet* de vos mépris, attend une couronne,
400 Que déjà d'une voix, tout le peuple lui donne ;
Et de plus, ne l'attend, qu'afin de vous l'offrir ;
Et votre cruauté, ne le saurait souffrir ?

CASSANDRE.

Non, je ne puis souffrir, en quelque rang qu'il monte,
L'ennemi de ma gloire, et l'amant de ma honte ;
405 Et ne puis, pour époux, vouloir d'un suborneur,
Qui voit qu'il a sans fruit, poursuivi mon honneur ;
Qui tant que sa poursuite, a cru m'avoir infâme[16],
Ne m'a point souhaitée, en qualité de femme ;
Et qui n'ayant pout but, que ses sales plaisirs,
410 En mon seul déshonneur, bornait tous ses désirs ;

---

15. Voir note 5.
16. Tant qu'il a cru que je me déshonorerais en me donnant à lui.

En quelque objet* qu'il soit[17], à toute la Province*,
Je ne regarde en lui, ni Monarque, ni Prince ;
Et ne vois sous l'éclat, dont il est revêtu,
Que de traîtres appâts, qu'il tend à ma vertu ;
415 Après ses sentiments, à mon honneur sinistres*,
L'essai de ses présents, l'effort de ses ministres* ;
Ses plaintes, ses écrits, et la corruption,
De ceux, qu'il crut, pouvoir servir sa passion ;
Ces moyens vicieux, aidant mal sa poursuite,
420 Aux vertueux, enfin, son amour est réduite ;
Et pour venir à bout de mon honnêteté,
Il met tout en usage, et crime, et piété* ;
Mais en vain il consent, que l'amour nous unisse,
C'est appeler l'honneur, au secours de son vice ;
425 Puis, s'étant satisfait, on sait qu'un souverain
D'un Hymen qui déplaît, a le remède en main ;
Pour en rompre les nœuds, et colorer* ses crimes,
L'État, ne manque pas, de plausibles maximes ;
Son infidélité, suivrait de près sa foi ;
430 Seul, il se considère ; il s'aime, et non pas moi.

THÉODORE.

Ses vœux, un peu bouillants, vous font beaucoup
d'ombrage.

CASSANDRE.

Il vaut mieux, faillir moins, et craindre davantage.

THÉODORE.

La fortune vous rit, et ne rit pas toujours.

---

17. Quelle que soit la façon dont on le considère.

CASSANDRE.

Je crains son inconstance, et ses courtes amours ;
435 Et puis, qu'est un Palais, qu'une maison pompeuse,
Qu'à notre ambition, bâtit cette trompeuse[18] ?
Où l'âme dans les fers, gémit à tout propos,
Et ne rencontre pas le solide repos.

THÉODORE.

Je ne vous puis qu'offrir, après un Diadème.

CASSANDRE.

440 Vous me donnerez plus, me laissant à moi-même.

THÉODORE.

Seriez-vous moins à vous, ayant moins de rigueur ?

CASSANDRE.

N'appelleriez-vous rien, la perte, de mon cœur ?

THÉODORE.

Vous feriez un échange, et non pas une perte.

CASSANDRE.

Et, j'aurais cette injure, impunément soufferte !
445 Et, ce que vous nommez, des vœux un peu bouillants,
[25]   Ces desseins criminels, ces efforts insolents,
Ces libres* entretiens, ces messages infâmes,

---

18. Voir *Laure persécutée*, I, 2, v. 101-102.

L'espérance du rapt, dont il flattait ses flammes,
Et tant d'offres, enfin, dont il crut me toucher,
450 Au sang de Cunisberg, se pourraient reprocher ?

THÉODORE.

Ils ont, votre vertu, vainement combattue.

CASSANDRE.

On en pourrait douter, si je m'en étais tue ;
Et si, sous cet hymen, me laissant asservir,
Je lui donnais un bien, qu'il m'a voulu ravir ;
455 Excusez ma douleur ; je sais, sage Princesse,
Quelles soumissions, je dois à Votre Altesse ;
Mais, au choix, que mon cœur, doit faire d'un époux,
Si j'en crois mon honneur, je lui dois plus qu'à vous.

SCÈNE DEUXIÈME.

LE PRINCE, THÉODORE, CASSANDRE.

LE PRINCE *entrant à grands pas.*

Cède, cruel Tyran, d'une amitié si forte,
460 Respect, qui me retiens, à l'ardeur qui m'emporte ;
Sachons si mon hymen, ou mon cercueil est prêt.
Impatient* d'attendre, entendons mon arrêt !
Parlez, belle ennemie ; il est temps de résoudre ;
Si vous devez lancer, ou retenir la foudre ;
465 Il s'agit de me perdre, ou de me secourir,
Qu'en avez-vous conclu, faut-il vivre, ou mourir ?
Quel des deux voulez-vous ou mon cœur, ou ma
cendre ?
Quelle des deux aurai-je, ou la mort, ou Cassandre,

L'Hymen à vos beaux jours, joindra-t-il mon destin,
470 Ou si votre refus, sera mon assassin ?

CASSANDRE.

Me parlez-vous d'Hymen ? Et voudriez-vous pour femme,
L'indigne et vil objet*, d'une impudique flamme ?
Moi[18 bis], Dieux ! moi, la moitié, d'un Roi, d'un Potentat !
Ha Prince, quel présent feriez-vous à l'État !
475 De lui donner pour Reine, une femme suspecte ;
Et quelle qualité, voulez-vous, qu'il respecte,
En un objet* infâme, et si peu respecté,
Que vos sales désirs, ont tant sollicité !

LE PRINCE.

Il y respectera, la vertu la plus digne ;
480 Dont l'épreuve, ait jamais, fait une femme insigne ;
Et le plus adorable, et plus divin objet* ;
Qui de son souverain, fit jamais son sujet ;
Je sais trop (et jamais ce cœur ne vous approche,
Que confus de ce crime, il ne se le reproche)
485 A quel point d'insolence, et d'indiscrétion*,
Ma jeunesse, d'abord, porta ma passion ;
Il est vrai, qu'ébloui de ces yeux adorables,
Qui font tant de captifs, et tant de misérables ;
Forcé par leurs[19] attraits, si dignes de mes vœux,
490 Je les contemplai seuls, et ne recherchai qu'eux ;
Mon respect s'oublia, dedans cette poursuite,
Mais un amour enfant, put manquer de conduite,
Il portait son excuse, en son aveuglement,
Et c'est trop le punir, que du bannissement ;

[27]

18bis. « Quoi » (Yf. 532).
19. « les » (1655).

495 Sitôt que le respect, m'a dessillé la vue,
    Et qu'outre les attraits, dont vous êtes pourvue,
    Votre soin*, votre rang[20], vos illustres aïeux,
    Et vos rares vertus, m'ont arrêté les yeux,
    De mes vœux, aussitôt, réprimant l'insolence,
500 J'ai réduit sous vos lois, toute leur violence,
    Et restreinte à l'espoir de notre hymen[21] futur,
    Ma flamme a consommé*, ce qu'elle avait d'impur ;
    Le flambeau qui me guide, et l'ardeur qui me presse,
    Cherche en vous une épouse, et non une maîtresse ;
505 Accordez-la, Madame, au repentir profond,
    Qui détestant mon crime, à vos pieds me confond* ;
    Sous cette qualité, souffrez que je vous aime.
    Et privez-moi du jour, plutôt que de vous-même ;
    Car, enfin, si l'on pèche, adorant vos appas,
\[8] 510 Et si l'on ne vous plaît, qu'en ne vous aimant pas ;
    Cette offense, est un mal, que je veux toujours faire,
    Et je consens plutôt, à mourir qu'à vous plaire.

CASSANDRE.

    Et mon mérite, Prince, et ma condition,
    Sont d'indignes objets de votre passion ;
515 Mais, quand j'estimerais, vos ardeurs véritables,
    Et quand on nous verrait des qualités sortables* ;
    On ne verra jamais, l'hymen[22] nous assortir,
    Et je perdrai le jour, avant qu'y consentir ;
    D'abord que* votre amour, fit voir dans sa poursuite,
520 Et si peu de respect, et si peu de conduite ;
    Et que le seul objet* d'un dessein vicieux,
    Sur ma possession, vous fit jeter les yeux ;

---

20. « sang » (1655).
21. « Hymen » (1655).
22. « Hymen » (1655)

Je ne vous regardai, que par l'ardeur infâme,
Qui ne m'appelait point, au rang de votre femme ;
525 Et que par cet effort, brutal, et suborneur
Dont votre passion, attaquait mon honneur ;
Et ne considérant en vous, que votre vice,
Je pris en telle horreur, vous, et votre service*,
Que si je vous offense, en ne vous aimant pas,
530 Et si dans mes vœux seuls, vous treuvez des appas ;
Cette offense est un mal, que je veux toujours faire,
Et je consens plutôt, à mourir, qu'à vous plaire.

[29]   LE PRINCE.

Et bien, contre un objet*, qui vous fait tant d'horreur,
Inhumaine, exercez, toute votre fureur*,
535 Armez-vous contre moi, de glaçons, et de flammes,
Inventez des secrets, de tourmenter les âmes ;
Suscitez terre, et Ciel, contre ma passion,
Intéressez* l'État, dans votre aversion ;
Du trône, où je prétends, détournez son suffrage,
540 Et pour me perdre enfin, mettez tout en usage ;
Avec tous vos efforts, et tout votre courroux,
Vous ne m'ôterez pas, l'amour que j'ai pour vous ;
Dans vos plus grands mépris, je vous serai fidèle ;
Je vous adorerai, furieuse, et cruelle ;
545 Et pour vous conserver, ma flamme, et mon amour,
Malgré mon désespoir, conserverai le jour.

THÉODORE.

Quoi, nous n'obtiendrons rien de cette humeur altière !

CASSANDRE

Il m'a dû[23], m'attaquant, connaître tout entière ;

----

23 Il aurait dû.

Et savoir que l'honneur, m'était sensible* au point,
550 D'en conserver l'injure, et ne pardonner point.

THÉODORE.

Mais vous venger, ainsi, c'est vous punir vous-même ;
Vous perdez avec lui, l'espoir d'un Diadème.

CASSANDRE.

Pour moi, le Diadème, aurait de vains appas,
Sur un front que j'ai craint, et que je n'aime pas.

THÉODORE.

555 Régner, ne peut déplaire, aux âmes généreuses*.

CASSANDRE.

Les trônes, bien souvent, portent des malheureuses ;
Qui sous le joug brillant, de leur autorité,
Ont beaucoup de sujets, et peu de liberté.

THÉODORE.

Redoutez-vous un joug, qui vous fait souveraine ?

CASSANDRE.

560 Je ne veux point dépendre, et veux être ma Reine ;
Ou ma franchise*, enfin, si jamais je la perds,
Veut choisir son vainqueur, et connaître ses fers.

THÉODORE.

Servir un sceptre en main, vaut bien votre franchise*.

CASSANDRE.

Savez-vous, si déjà, je ne l'ai point soumise !

LE PRINCE.

565 Oui, je le sais, cruelle, et connais mon rival,
Mais j'ai cru que son sort m'était trop inégal*,
Pour me persuader, qu'on dût mettre en balance,
Le choix de mon amour, ou de son insolence.

[31]   ### CASSANDRE.

Votre rang, n'entre pas, dedans ses qualités,
570 Mais son sang ne doit rien, au sang dont vous sortez.
Ni lui, n'a pas grand lieu de vous porter envie.

LE PRINCE.

Insolente, ce mot, lui coûtera la vie ;
Et ce fer, en son sang, si noble, et si vanté,
Me va faire raison* de votre vanité ;
575 Violons, violons des lois trop respectées,
O sagesse, ô raison, que j'ai tant consultées !
Ne nous obstinons point à des vœux superflus ;
Laissons mourir l'amour, où l'espoir ne vit plus ;
Allez indigne objet*, de mon inquiétude,
580 J'ai trop longtemps souffert, de votre ingratitude ;
Je vous devais[24] connaître, et ne m'engager pas
Aux trompeuses douceurs, de vos cruels appas ;
Ou[24 bis], m'étant engagé, n'implorer point votre aide,
Et sans vous demander, vous ravir mon remède ;
585 Mais, contre son pouvoir, mon cœur a combattu,
Je ne me repens pas d'un acte de vertu ;

------

24. J'aurais dû.
24bis. Cette correction nous semble préférable au « Où » du
texte original.

De vos superbes* lois, ma raison dégagée,
A guéri mon amour, et croit l'avoir songée ;
De l'indigne brasier, qui consommait* mon cœur,
590   Il ne me reste plus, que la seule rougeur ;
Que la honte, et l'horreur, de vous avoir aimée,
Laisseront à jamais, sur ce front imprimée ;
Oui, j'en rougis[24 ter], ingrate, et mon propre courroux,
Ne me peut pardonner ce que j'ai fait pour vous ;
595   Je veux que la mémoire, efface de ma vie,
Le souvenir du temps, que je vous ai servie ;
J'étais mort, pour ma gloire, et je n'ai pas vécu,
Tant que ce lâche cœur, s'est dit votre vaincu ;
Ce n'est que d'aujourd'hui qu'il vit, et qu'il respire ;
600   D'aujourd'hui, qu'il renonce au joug de votre Empire,
Et qu'avec ma raison, mes yeux et lui d'accord,
Détestent votre vue, à l'égal[25] de la mort.

CASSANDRE.

Pour vous en guérir, Prince, et ne leur plus déplaire,
Je m'impose, moi-même, un exil volontaire,
605   Et je mettrai grand soin, sachant ces vérités,
A ne vous plus montrer, ce que vous détestez ;
Adieu.
Elle s'en va.

[32]

---

24 ter. « Je rougis » (Yf. 532).
25. Le texte donne « égard » ; les éditions de Viollet-le-Duc, de
F. Hémon, de W. Leiner et de Th. Crane laissent « égard » ; Crane
y voit « a slip of the pen ». Celle de 1774 corrige ainsi que Scherer à sa suite. Yf. 532 donne « désistent ».

SCÈNE TROISIÈME.

LE PRINCE, THÉODORE.

LE PRINCE *interdit la regardant sortir.*

[33]

          Que faites-vous, ô mes lâches pensées,
Suivez-vous cette ingrate, êtes-vous insensées ?
Mais plutôt qu'as-tu fait, mon aveugle courroux,
610 Adorable inhumaine, hélas où fuyez-vous ?
Ma sœur[25 bis], au nom d'amour et par pitié des larmes,
Que ce cœur enchanté donne encor à ses charmes*,
Si vous voulez d'un frère empêcher le trépas,
Suivez cette insensible et retenez ses pas.

THÉODORE.

615 La retenir, mon frère, après l'avoir bannie.

LE PRINCE.

Ha contre ma raison servez sa tyrannie,
Je veux désavouer ce cœur séditieux,
La servir, l'adorer, et mourir à ses yeux.
Privé de son amour je chérirai sa haine.
620 J'aimerai ses mépris, je bénirai ma peine.
Se plaindre des ennuis* que causent ses appas,
C'est se plaindre d'un mal qu'on ne mérite pas.
Que je la voie au moins si je ne la possède,
Mon mal chérit sa cause, et croît par son remède.
625 Quand mon cœur à ma voix a feint de consentir,
Il en était charmé*[25 ter], je l'en veux démentir ;
Je mourais, je brûlais, je l'adorais dans l'âme,
Et le Ciel a pour moi fait un sort tout de flamme ;

25bis. « Ma haine » (Yf. 359, Yf. 532, Rés. Yf. 377, Rf. 7.042).
25ter. « Il était » (Yf. 359, Yf. 532, Rés. Yf. 377, Rf. 7.042).

Allez… Mais que fais-tu, stupide, et lâche amant !
34] 630 Quel caprice t'aveugle ? as-tu du sentiment ?
Elle va.

Rentre, Prince sans cœur, un moment en toi-même,
Me laissez-vous, ma sœur, en ce désordre extrême ?

THÉODORE.

J'allais la retenir.

LE PRINCE.

Hé ! ne voyez-vous pas
Quel arrogant mépris précipite ses pas ?
635 Avec combien d'orgueil elle s'est retirée ?
Quelle implacable haine elle m'a déclarée !
Et que m'exposer plus aux foudres de ses yeux,
C'est dans sa frénésie armer un furieux.
De mon esprit plutôt chassez cette cruelle,
640 Condamnez les pensers qui me parleront d'elle.
Peignez-moi sa conquête, indigne de mon rang,
Et soutenez en moi l'honneur de votre sang.

THÉODORE.

Je ne vous puis celer que le trait qui vous blesse
Dedans un sang Royal, treuve trop de faiblesse ;
645 Je vois de quels efforts* vos sens sont combattus,
Mais les difficultés sont le champ des vertus ;
Avec un peu de peine on achète la gloire.
Qui veut vaincre, est déjà bien près de la victoire[26] ;
Se faisant violence, on s'est bientôt dompté,
650 Et rien n'est tant à nous que notre volonté.

---

26. « Aussitôt qu'on veut vaincre on a presque vaincu. » *Don Lope de Cardone* (II, 2) où cette sentence est dans la bouche du roi.

[35]

LE PRINCE.

Hélas ! il est aisé de juger de ma peine,
Par l'effort* qui d'un temps[27] m'emporte et me
ramène ;
Et par ces mouvements si prompts et si puissans,
Tantôt sur ma raison et tantôt sur mes sens ;
655 Mais quelque trouble enfin qu'ils vous fassent
paraître,
Je vous croirai, ma sœur, et je serai mon maître,
Je lui laisserai libre, et l'espoir et la foi,
Que son sang lui défend d'élever jusqu'à moi ;
Lui souffrant le mépris du rang qu'elle rejette,
660 Je la perds pour maîtresse, et l'acquiers pour sujette,
Sur qui régnait sur moi j'ai des droits absolus,
Et la punis assez par son propre refus ;
Ne renaissez donc plus mes flammes étouffées,
Et du Duc de Curlande augmentez les trophées.
665 Sa victoire m'honore, et m'ôte seulement
Un caprice obstiné, d'aimer trop bassement.

THÉODORE.

Quoi, mon frère, le Duc aurait dessein pour elle ?

LE PRINCE.

Ce mystère, ma sœur, n'est plus une nouvelle ;
Et mille observateurs que j'ai commis* exprès
670 Ont si bien vu leurs feux qu'ils ne sont plus secrets.

THÉODORE.

Ha !

---

27. En même temps.

LE PRINCE.

C'est de cette amour que procède* ma haine ;
Et non de sa faveur (quoique si souveraine
Que j'ai sujet de dire, avec confusion
Que presque auprès de lui le Roi n'a plus[28] de nom) ;
675　Mais puisque j'ai dessein d'oublier cette ingrate,
Il faut en le[29] servant que mon mépris éclate ;
Et pour avec éclat en retirer ma foi,
Je vais de leur hymen solliciter le[30] Roi ;
Je mettrai de ma main mon rival en ma place,
680　Et je verrai leur flamme avec autant de glace
Qu'en ma plus violente et plus sensible* ardeur,
Cet insensible objet* eut pour moi de froideur.

Il s'en va.

SCÈNE IV.

THÉODORE *seule.*

O Raison égarée ! ô raison suspendue*,
Jamais trouble pareil t'avait-il confondue ?
685　Sottes présomptions, grandeurs qui nous flattez,
Est-il rien de menteur comme vos vanités ?
Le Duc aime Cassandre ; et j'étais assez vaine*,
Pour réputer* mes yeux les auteurs de sa peine.
Et bien plus pour m'en plaindre, et les en accuser,
690　Estimant sa conquête un heur* à mépriser.
Le Duc aime Cassandre, et quoi tant d'apparences,

---

28. « point » (1655).
29. Le Duc.
30. « un » (1655).

[37]   Tant de sujétions, d'honneurs, de déférences,
            D'ardeurs, d'attachements, de craintes, de tributs,
            N'offraient-ils à mes lois qu'un cœur qu'il n'avait
                                                        plus ?
695   Ces soupirs, dont cent fois, la douce violence,
        Sortant désavouée a trahi son silence,
        Ces regards par les miens tant de fois rencontrés,
        Les devoirs*, les respects, les soins* qu'il m'a montrés,
        Provenaient-il d'un cœur qu'un autre objet* engage ?
700   Sais-je si mal d'amour expliquer le langage ?
        Fais-je d'un simple hommage une inclination ?
        Et formé-je un fantôme à ma présomption* ?
        Mais insensiblement renonçant à moi-même
        J'avouerai ma défaite, et je croirai que j'aime.
705   Quand j'en serais capable, aimerais-je où je veux ?
        Aux raisons de l'État ne dois-je pas mes vœux ?
        Et ne sommes-nous pas d'innocentes victimes,
        Que le gouvernement immole à ses maximes ?
        Mes vœux en un vassal honteusement bornés,
710   Laisseraient-ils pour lui des rivaux couronnés ?
        Mais ne me flatte point, orgueilleuse naissance,
        L'amour sait bien sans sceptre établir sa puissance ;
        Et soumettant nos cœurs par de[31] secrets appas,
        Fait les égalités, et ne les cherche pas[32] ;
715   Si le Duc n'a le front chargé d'une Couronne,
        C'est lui qui les protège, et c'est lui qui les donne ;
        Par quelles actions se peut-on signaler,
        Que…

---

31. « des » (1655).
32. Voir *Laure persécutée*, I, 1, v. 29-30.

3]

SCÈNE V.

LÉONOR *suivante* THÉODORE.

LEONOR.

Madame, le Duc demande à vous parler.

THÉODORE.

Qu'il entre. Mais après ce que je viens d'apprendre,
720 Souffrir un libre accès à l'amant de Cassandre,
Agréer ses devoirs* et le revoir encor,
Lâche, le dois-je faire ? attendez Léonor ;
Une douleur légère à l'instant survenue
Ne me peut aujourd'hui souffrir l'heur* de sa vue.
725 Faites lui mon excuse. O Ciel ! de quel poison
Sens-je inopinément attaquer ma raison ?
Elle sort.
Je voudrais à l'amour paraître inaccessible,
Et d'un indifférent la perte m'est sensible* :
Je ne puis être sienne, et sans dessein pour lui,
730 Je ne puis consentir ses desseins pour autrui.

)]

SCÈNE VI.

ALEXANDRE, THÉODORE, LÉONOR.

ALEXANDRE.

Comment ? du Duc ma sœur refuser la visite ?
D'où vous vient ce chagrin ? et quel mal vous l'excite ?

THÉODORE.

Un léger mal de cœur qui ne durera pas.

ALEXANDRE.

Un avis de ma part portait ici ses pas.

THÉODORE.

735 Quel ?

ALEXANDRE.

Croyant que Cassandre était de la partie.

THÉODORE.

A peine deux moments ont suivi sa sortie.

ALEXANDRE.

Et sachant à quel point ses charmes lui sont doux,
Je l'avais averti de se rendre chez vous,
Pour vous solliciter vers l'objet* qu'il adore
740 D'un secours que je sais, que Ladislas implore.
Vous connaissez le Prince, et vous pouvez juger
[40] Si sous d'honnêtes lois amour le peut ranger,
Ses mauvais procédés ont trop dit ses pensées,
On peut voir l'avenir dans les choses passées ;
745 Et juger aisément qu'il tend à son honneur,
Sous ces offres, d'hymen un appât[32 bis] suborneur ;
Mais parlant pour le Duc, si je vous sollicite,
De la protection d'une[33] ardeur illicite,

32bis. « appas » (Rf. 7.042, Yf. 359, Yf. 532, Rés. Yf. 377).
33. « de l' » (1655).

N'en accusez que moi, demandez-moi raison,
750 Ou de son insolence, ou de sa trahison.
C'est moi ma chère sœur qui réponds à Cassandre
D'un brasier dont jamais on ne verra la cendre,
Et du plus pur amour de qui jamais mortel
Dans le temple d'hymen ait encensé l'Autel ;
755 Servez, contre une[34] impure, une ardeur si parfaite.

THÉODORE *se retirant appuyée sur Léonor.*

Mon mal s'accroît, mon frère, agréez ma retraite.
Elles s'en vont.

ALEXANDRE *seul.*

O sensible* contrainte ! ô rigoureux ennui* !
D'être obligé d'aimer dessous le nom d'autrui.
Outre que je pratique* une âme prévenue*,
760 Quel fruit peut tirer d'elle une flamme inconnue ?
Et que puis-je espérer sous ce respect fatal
Qui cache le malade en découvrant le mal ?
Mais quoi que sur mes vœux mon frère ose entre-
                         prendre*
J'ai tort de craindre rien sous la foi de Cassandre ;
765 Et certain du secours, et d'un cœur et d'un bras
Qui pour la conserver ne s'épargneraient pas.

---

34. Ellipse d'« ardeur ».

ACTE III.

SCÈNE PREMIÈRE.

LE DUC de Curlande favori.

Que m'avez-vous produit indiscrètes* pensées,
Téméraires désirs, passions insensées ?
Efforts* d'un cœur mortel, pour d'immortels appas,
770 Qu'on a d'un vol si haut, précipitées si bas ;
Espoirs qui jusqu'au Ciel souleviez de la terre,
Deviez-vous pas savoir, que jamais le tonnerre,
Qui dessus votre orgueil enfin vient d'éclater,
Ne pardonne aux desseins que vous osiez tenter ?
775 Quelque profond respect qu'ait eu votre poursuite,
Vous voyez qu'un refus vous ordonne la fuite ;
Evitez les combats que vous vous préparez,
Jugez-en le péril, et vous en retirez.

Qu'ai-je droit d'espérer, si l'ardeur qui me presse
780 Irrite également le Prince et la Princesse,
Si voulant hasarder, ou ma bouche, ou mes yeux
Je fais l'une malade, et l'autre furieux ?
Apprenons l'art, mon cœur, d'aimer sans espérance,
Et souffrir des mépris, avecques révérence.
785 Résolvons-nous sans honte aux belles lâchetés,
Que ne rebutent pas des devoirs* rebutés ;
Portons sans intérêt*[35] un joug si légitime,

-----

35. Sans en retirer de satisfaction.

N'en osant être amant, soyons-en la victime ;
Exposons un esclave, à toutes les rigueurs
790 Que peuvent exercer de superbes* vainqueurs.

SCÈNE II.

ALEXANDRE, LE DUC.

ALEXANDRE.

Duc, un trop long respect me tait votre pensée,
Notre amitié s'en plaint, et s'en trouve offensée ;
Elle vous est suspecte, ou vous la violez,
Et vous me dérobez ce que vous me celez ;
795 Qui donne toute une âme en veut aussi d'entières,
Et quand vos intérêts* m'ont fourni des matières,
Pour les bien embrasser, ce cœur vraiment ami
Ne s'est point contenté de s'ouvrir à demi ;
3]   Et j'ai d'une chaleur généreuse et sincère,
800 Fait pour vous tout l'effort que l'amitié peut faire :
Cependant vous semblez encor mal assuré,
Mettre en doute un serment si saintement juré ;
Je lis sur votre front des passions secrètes,
Des sentiments cachés, des atteintes* muettes,
805 Et d'un œil qui vous plaint, et toutefois jaloux,
Vois que vous réservez un secret tout à vous.

LE DUC.

Quand j'ai cru mes ennuis* capables de remède,
Je vous en ai fait part, j'ai réclamé votre aide.
Et j'en ai vu l'effet* si bouillant et si prompt
810 Que le seul souvenir m'en charme[36] et me confond ;

---

36. « charge » (1655).

Mais quand je crois mon mal de secours incapable,
Sans vous le partager il suffit qu'il m'accable ;
Et c'est assez et trop qu'il fasse un malheureux,
Sans passer jusqu'à vous, et sans en faire deux.

ALEXANDRE.

815 L'ami qui souffre seul fait une injure à l'autre,
Ma part de votre ennui* diminuera la vôtre ;
Parlez, Duc, et sans peine ouvrez-moi vos secrets,
Hors de votre parti je n'ai plus d'intérêts* ;
J'ai su que votre grande et dernière journée*
820 Par la main de l'amour veut être couronnée ;
Et que voulant au Roi, qui vous en doit le prix*,
Déclarer la beauté qui charme* vos esprits ;
D'un frère impétueux l'ordinaire insolence
Vous a fermé la bouche, et contraint au silence ;
825 Souffrez, sans expliquer l'intérêt* qu'il y prend,
Que j'en aille pour vous vider le différend ;
Et ne m'en faites point craindre les conséquences,
Il faut qu'enfin quelqu'un réprime ses licences ;
Et le Roi ne pouvant nous en faire raison*,
830 Je me treuve et le cœur et le bras assez bon ;
Mais m'offrant à servir les ardeurs qui vous pressent,
Que j'apprenne du moins à qui vos vœux s'adressent.

LE DUC.

J'ai vu de vos bontés des effets* assez grands,
Sans vous faire avec lui de nouveaux différends,
835 Sans irriter sa haine, elle est assez aigrie.
Il est Prince, Seigneur, respectons sa furie ;
A ma mauvaise étoile imputons mon ennui*,
Et croyons-en le sort plus coupable que lui.
Laissez à mon amour taire un nom qui l'offense,

[44]

840 Que[37] des respects encor plus forts que sa défense,
    Et qui plus qu'aucun autre ont droit de me lier,
    Tout précieux qu'il m'est, m'ordonnent d'oublier,
    Laissez-moi retirer d'un champ d'où ma retraite
    Peut seule à l'ennemi dérober ma défaite.

[5]

ALEXANDRE.

845 Ce silence obstiné m'apprend votre secret,
    Mais il tombe en un sein, généreux* et discret,
    Ne me le celez plus, Duc, vous aimez Cassandre ;
    C'est le plus digne objet* où vous puissiez prétendre ;
    Et celui dont le Prince adorant son pouvoir
850 A le plus d'intérêt d'éloigner votre espoir ;
    Traitant l'amour pour moi votre propre franchise*
    A donné dans ses rets, et s'y treuve surprise ;
    Et mes desseins pour elle aux vôtres préférés
    Sont ces puissants respects, à qui vous déférez :
855 Mais vous craignez à tort qu'un ami vous accuse
    D'un crime, dont Cassandre est la cause et l'excuse ;
    Quelque auguste ascendant qu'aient sur moi ses
                                              appas…

LE DUC.

    Ne vous étonnez point si je ne réponds pas ;
    Ce discours me surprend, et cette indigne plainte
860 Me livre une si rude et si sensible* atteinte*,
    Qu'égaré, je me cherche, et demeure en suspens
    Si c'est vous qui parlez, ou moi qui vous entends.

---

37 Le texte donne « J'ai ». L'édition de 1655 corrige en
« Que ». Viollet-le-Duc, J. Scherer et D. Watts suivent aussi l'édition de 1655 et corrigent « J'ai » en « Que », alors que Th. Crane
et W. Leiner gardent la version de 1648.

Moi, vous trahir, Seigneur, moi, sur cette Cassandre
Près de qui je vous sers, pour moi-même entreprendre
865 Sur un amour si stable et si bien affermi ;
Vous me croyez bien lâche, ou bien peu votre ami.

[46]   ALEXANDRE.

Croiriez-vous l'adorant m'altérer votre estime[38] ?

LE DUC.

Me pourriez-vous aimer, coupable de ce crime !

ALEXANDRE.

Confident, ou rival, je ne vous puis haïr.

LE DUC.

870 Sincère et généreux* je ne vous puis trahir.

ALEXANDRE.

L'amour surprend* les cœurs, et s'en rend bientôt
                                                maître.

LE DUC.

La surprise ne peut justifier un traître ;
Et tout homme de cœur pouvant perdre le jour,
A le remède en main des surprises d'amour.

ALEXANDRE.

875 Pardonnez un soupçon, non pas une créance*,
Qui naissait du défaut de votre confiance.

---

38. L'estime où je vous tiens (voir note 5).

LE DUC.

Je veux bien l'oublier, mais à condition
Que ce même défaut soit sa punition ;
Et qu'il me soit permis une fois de me taire,
880 Sans que votre amitié s'en plaigne, ou s'en altère.
7]   Au reste, (et cet avis, s'ils vous étaient suspects,
Vous peut justifier mes soins et mes respects)[39]
Cassandre par le Prince est si persécutée
Et d'agents[40] si puissants, pour lui sollicitée,
885 Que si vous lui voulez sauver sa liberté,
Il n'est plus temps d'aimer sous un nom emprunté,
Assez et trop longtemps sous ma feinte poursuite
J'ai de votre dessein ménagé la conduite ;
Et vos vœux sous couleur de servir mon amour
890 Ont assez ébloui* tous les yeux de la Cour.
De l'artifice enfin, il faut bannir l'usage,
Il faut lever le masque, et montrer le visage ;
Vous devez de Cassandre établir le repos,
Qu'un rival persécute, et trouble à tout propos.
895 Son amour, en sa foi vous a donné des gages.
Il est temps que l'hymen règle vos avantages.
Et faisant l'un heureux en laisse un mécontent [41].
L'avis vient de sa part, il vous est important.
Je vous tais cent raisons qu'elle m'a fait entendre
900 Arrivant chez l'Infante, où je viens de la rendre*;
Qui hautement du Prince embrassant le parti,
La mande, (s'il est vrai ce qu'elle a pressenti)

---

39. L'édition Viollet-le-Duc corrige en « s'il vous était suspect » et « mon respect », sans voir que « ils » annonce « mes soins et mes respects ».

40. « argents » (1655).

41. Il est temps que le mariage détermine qui des deux frères a l'avantage.

Pour d'un nouvel effort en faveur de sa[42] peine
Mettre encore une fois son[43] esprit à la gêne*.
905 Gardez-vous de l'humeur d'un sexe ambitieux,
L'espérance d'un sceptre est brillante à ses yeux.
Et de ce soin* enfin un hymen vous libère.

[48] ALEXANDRE.

Mais me libère-t-il du pouvoir de mon père,
Qui peut…

LE DUC.

Si votre amour défère à son pouvoir,
910 Et si vous vous réglez par la loi du devoir ;
Ne précipitez rien qu'il[44] ne vous soit funeste,
Mais vous souffrez bien peu d'un transport si modeste,
Et l'ardent procédé, d'un frère impétueux
Marque bien plus d'amour qu'un si respectueux[45].

ALEXANDRE.

915 Non, non, je laisse à part les droits de la nature,
Et commets* à l'amour toute mon aventure*,
Puisqu'il fait mon destin, qu'il règle mon devoir,
Je prends loi de Cassandre, épousons dès ce soir ;
Mais Duc, gardons encor d'éventer nos pratiques*,
920 Trompons pour quelques jours jusqu'à ses domes-
                                                    tiques,
Et hors de ses plus chers dont le zèle est pour nous,
Aveuglons leur créance* et passez pour l'époux.

---

42. De Ladislas.
43. De Cassandre.
44. De peur qu'il. L'édition de Viollet-le-Duc corrige en
« qui ».
45. Ellipse de « procédé ».

Puis l'hymen accompli sous un heureux auspice,
Que le temps parle après et fasse son office,
925 Il n'excitera plus qu'un impuissant courroux,
Ou d'un père surpris, ou d'un frère jaloux.

●]

LE DUC.

Quoique visiblement mon crédit se hasarde,
Je veux bien l'exposer, pour ce qui vous regarde,
Et plus vôtre que mien, ne puis avec raison,
930 Avoir donné mon cœur, et refuser mon nom ;
Le vôtre…

SCÈNE III.

CASSANDRE, ALEXANDRE, LE DUC.

CASSANDRE *en colère de chez l'Infante.*

Et[46] bien, Madame, il faudra se résoudre
A voir sur notre sort tomber ce coup de foudre ;
Un fruit de votre avis s'il nous jette si bas,
Est que la chute au moins ne nous surprendra* pas.
Avisant l'Infant.
935 Ha ! Seigneur, mettez fin à ma triste aventure*,
Mettra-t-on tous les jours mon âme à la torture ?
Souffrirai-je longtemps un si cruel tourment ?
Et ne vous puis-je, enfin, aimer impunément ?

ALEXANDRE.

Quel outrage, Madame, émeut votre colère ?

---

46. L'édition de Viollet-le-Duc corrige en « Eh ».

CASSANDRE.

940 La fureur* d'une sœur, pour l'intérêt* d'un frère ;
[50]   Son tyrannique effort veut éblouir* mes vœux,
Par le lustre d'un joug éclatant et pompeux ;
On prétend m'aveugler avec un diadème,
Et l'on veut malgré moi que je règne, et que j'aime :
945 C'est l'ordre qu'on m'impose, ou le Prince irrité,
Abandonnant sa haine à son autorité,
Doit laisser aux neveux* le plus tragique exemple,
Et d'un mépris vengé la marque la plus ample
Dont le sort ait jamais son pouvoir signalé,
950 Et dont jusques ici les siècles aient parlé.
Voilà les compliments que l'amour leur suscite,
Et les tendres motifs dont on me sollicite.

ALEXANDRE.

Rendez, rendez le calme à ces charmants appas ;
Laissez gronder le foudre, il ne tombera pas ;
955 Ou l'artisan des maux que le sort vous destine,
Tombera le premier dessous votre ruine* ;
Fondez votre repos en me faisant heureux,
Coupons dès cette nuit tout accès à ses vœux,
Et voyez sans frayeur, quoi qu'il ose entreprendre,
960 Quand vous m'aurez commis* une femme à défendre,
Et quand ouvertement, en qualité d'époux,
Mon devoir m'enjoindra de répondre de vous.

LE DUC.

Prévenez* dès ce soir l'ardeur qui le transporte.
[51]   Aux desseins importants la diligence importe.
965 L'ordre seul de l'affaire est à considérer :
Mais tirons-nous d'ici pour en délibérer.

CASSANDRE.

Quel trouble ? quelle alarme ? et quels soins* me
possèdent ?[47]

SCÈNE IV.

LE PRINCE, ALEXANDRE,
CASSANDRE, LE DUC.

LE PRINCE.

Madame, il ne se peut que mes vœux ne succèdent*,
J'aurais tort d'en douter, et de redouter rien
970 Avec deux Confidents qui me servent si bien,
Et dont l'affection part du profond de l'âme ;
Ils vous parlaient (sans doute*) en faveur de ma
flamme,

CASSANDRE.

Vous les désavoueriez de m'en entretenir,
Puisque je suis si mal en votre souvenir,
975 Qu'il veut même effacer du cours de votre vie,
La mémoire du temps que vous m'avez servie ;
Et qu'avec lui vos yeux et votre cœur d'accord
Détestent ma présence, à l'égal[48] de la mort.

LE PRINCE.

Vous en faites la vaine*, et tenez ces paroles
980 Pour des propos en l'air, et des contes frivoles*.

_____

47. L'édition de Viollet-le-Duc remplace tous les points d'interrogation par des virgules.
48. Voir note 25.

L'amour me les dictait, et j'étais transporté,
S'il s'en faut rapporter, à votre vanité :
Mais si j'en suis bon juge, et si je m'en dois croire,
Je vois peu de matière à tant de vaine* gloire :
985 Je ne vois point en vous d'appas si surprenants
Qu'ils vous doivent donner des titres éminents :
Rien ne relève tant l'éclat de ce visage :
Ou vous n'en mettez pas tous les traits en usage.
Vos yeux ces beaux charmeurs, avec tous leurs appas
990 Ne sont point accusés de tant d'assassinats.
Le joug que vous croyez tomber sur tant de têtes
Ne porte point si loin le bruit de vos conquêtes,
Hors un seul, dont le cœur se donne à trop bon prix :
Votre empire s'étend sur peu d'autres esprits.
995 Pour moi qui suis facile*, et qui bientôt me blesse,
Votre beauté m'a plu, j'avouerai ma faiblesse,
Et m'a coûté des soins*, des devoirs* et des pas,
Mais du dessein, je crois que vous n'en doutez pas :
Vous avez eu raison de ne vous pas promettre
1000 Un hymen que mon rang ne me pouvait permettre.
L'intérêt de l'État qui doit régler mon sort,

[53]   Avecque mon amour, n'en était pas d'accord :
Avec tous mes efforts j'ai manqué de fortune,
Vous m'avez résisté, la gloire en est commune :
1005 Si contre vos refus j'eusse cru mon pouvoir,
Un facile succès eût suivi mon espoir :
Dérobant ma conquête elle m'était certaine,
Mais je n'ai pas treuvé qu'elle en valût la peine :
Et bien moins de vous mettre au rang où je prétends,
1010 Et de vous partager le sceptre que j'attends.
Voilà toute l'amour que vous m'avez causée,
Si vous en croyez plus, soyez désabusée,
Votre mépris enfin m'en produit un commun ;
Je n'ai plus résolu de vous être importun :
1015 J'ai perdu le désir avecque l'espérance,

Et pour vous témoigner de quelle indifférence
J'abandonne un plaisir que j'ai tant poursuivi,
Je veux rendre un service à qui m'a desservi.
Je ne vous retiens plus, conduisez-la mon frère.
1020 Et vous Duc, demeurez.

CASSANDRE *donnant la main à Alexandre.*

O la noble colère !
Conservez-moi longtemps ce généreux* mépris,
Et que bientôt, Seigneur, un trône en soit le prix* !

4]   SCÈNE V.

LE PRINCE, LE DUC.

LE PRINCE *bas.*

Dieux ! avec quel effort et quelle peine extrême
Je consens ce départ qui m'arrache à moi-même,
1025 Et qu'un rude combat m'affranchit de sa loi.
Duc, j'allais pour vous voir, et de la part du Roi.

LE DUC.

Quelque loi qu'il m'impose elle me sera chère.

LE PRINCE.

Vous savez s'il vous aime, et s'il vous considère :
Il vous fait droit aussi, quand il vous agrandit,
1030 Et sur votre vertu fonde votre crédit.
Cette même vertu, condamnant mon caprice,
Veut qu'en votre faveur je souffre sa justice,
Et le laisse acquitter à vos derniers exploits

Du prix* que sa parole a mis à votre choix.
1035 Usez donc pour ce choix du pouvoir qu'il vous donne,
Venez choisir vos fers, qui sont votre Couronne ;
Déclarez-lui l'objet* que vous considérez,
Je ne vous défends plus l'heur* où vous aspirez :
[55] Et de votre valeur, verrai la récompense :
1040 Comme sans intérêt*, aussi sans répugnance*.

LE DUC.

Mon espoir avoué par ma témérité,
Du succès de mes vœux autrefois m'a flatté :
Mais, depuis mon malheur, d'être en votre disgrâce,
Un visible mépris a détruit cette audace.
1045 Et qui se voit des yeux, le commerce interdit,
Est bien vain*, s'il espère et vante son crédit.

LE PRINCE.

Loin de vous desservir et vous être contraire,
Je vais de votre hymen solliciter mon père ;
J'ai déjà sa parole, et s'il en est besoin
1050 Près de cette beauté, vous offre encor mon soin.

LE DUC.

En vain je l'obtiendrai de son pouvoir suprême,
Si je ne puis encor l'obtenir d'elle-même.

LE PRINCE.

Je crois que les moyens vous en seront aisés.

LE DUC.

Vos soins en ma faveur les ont mal disposés.

[6]

LE PRINCE.

1055 Avec votre vertu ma faveur était vaine.

LE DUC.

Mes efforts étaient vains, avecque votre haine.

LE PRINCE.

Mes intérêts* cessés[49] relèvent votre espoir.

LE DUC.

Mes vœux humiliés révèrent mon devoir.
Et l'âme qu'une fois on a persuadée
1060 A trop d'attachement à sa première idée,
Pour reprendre si tôt l'estime ou le mépris,
Et guérir aisément d'un dégoût qu'elle a pris.

SCÈNE VI.

LE ROI, LE PRINCE, LE DUC, GARDES.

LE ROI *au Duc.*

Venez heureux appui que le Ciel me suscite,
Dégager ma promesse envers votre mérite ;
1065 D'un cœur si généreux* ayant servi l'État
Vous desservez son Prince en le laissant ingrat ;
J'engage mon honneur engageant ma parole,
Le prix* qu'on vous retient est un bien qu'on vous
vole,

---

49. Le fait que j'ai cessé de me sentir concerné. Sur cette tournure latine, voir F. Brunot, *Histoire de la langue française,* Paris, A. Colin, 1909, t. III, vol. 2, p. 599.

Ne me le laissez plus, puisque je vous le dois,
1070 Et déclarez l'objet* dont vous avez fait choix.

[57]   En votre récompense éprouvez ma justice,
Du Prince la raison a guéri le caprice.
Il prend vos intérêts*, votre heur* lui sera doux,
Et qui vous desservait, parle à présent pour vous.

LE PRINCE *bas.*

1075 Contre moi mon rival obtient mon assistance !
A quelle épreuve, ô Ciel ! réduis-tu ma constance* ?

LE DUC.

Le prix* est si conjoint à l'heur* de vous servir,
Que c'est une faveur qu'on ne me peut ravir ;
Ne faites point, Seigneur, par l'offre du salaire,
1080 D'une action de gloire une œuvre mercenaire ;
Pouvoir dire, ce bras a servi Venceslas,
N'est-ce pas un loyer* digne de cent combats ?

LE ROI.

Non, non, quoi que je doive à ce bras indomptable,
C'est trop que votre Roi soit votre redevable ;
1085 Ce grand cœur refusant intéresse* le mien,
Et me demande trop, en ne demandant rien.
Faisons par vos travaux*, et ma reconnaissance,
Du maître et du sujet discerner la puissance ;
Mon renom ne vous peut souffrir sans se souiller,
1090 La générosité, qui m'en[50] veut dépouiller.

---

50 « En » renvoie de manière très lâche à « la récompense que
je vous dois ». Cette tournure s'explique par la recherche de la
pointe produite par l'antithèse entre « générosité » et
« dépouiller ».

8]
LE DUC.

N'attisez point un feu que vous voudrez éteindre,
J'aime en un lieu, Seigneur, où je ne puis atteindre ;
Je m'en connais indigne, et l'objet* que je sers,
Dédaignant son tribut, désavouerait mes fers.

LE ROI.

1095 Les plus puissants États n'ont point de Souveraines,
Dont ce bras ne mérite, et n'honorât les chaînes,
Et mon pouvoir enfin, ou sera sans effet*,
Ou vous répond du don que je vous aurai fait.

LE PRINCE *bas*.

Quoi ? l'hymen qu'on dénie* à l'ardeur qui me presse
1100 Au lit de mon rival va mettre ma maîtresse ?

LE DUC.

Ma défense à vos lois n'ose plus repartir[51].

LE PRINCE.

Non, non, lâche rival, je n'y puis consentir.

LE DUC.

Et forcé par votre ordre à rompre mon silence,
Je vous obéirai, mais avec violence[52].
1105 Certain de vous déplaire en vous obéissant,
Plus, que n'observant point, un ordre si pressant ;

---

51. Je n'ose plus rien vous répondre pour défendre mon point de vue.
52. En me faisant violence.

[59]   J'avouerai donc, grand Roi, que l'objet* qui me
                                  touche...

LE PRINCE.

Duc, encore une fois je vous ferme la bouche,
Et ne vous puis souffrir votre présomption.

LE ROI.

1110 Insolent !

LE PRINCE.

               J'ai sans fruit vaincu ma passion
Pour souffrir son orgueil, Seigneur, et vous complaire,
J'ai fait tous les efforts que la raison peut faire ;
Mais en vain mon respect tâche à me contenir,
Ma raison de mes sens ne peut rien obtenir ;
1115 Je suis ma passion, suivez votre colère,
Pour un fils sans respect, perdez l'amour d'un père ;
Tranchez le cours du temps à mes jours destiné,
Et reprenez le sang que vous m'avez donné,
Ou si votre justice épargne encor ma tête,
1120 De ce présomptueux rejetez la requête :
Et de son insolence humiliez l'excès,
Ou sa mort à l'instant en suivra le succès.
Il s'en va furieux.

[50]
SCÈNE VII.

LE ROI, LE DUC, GARDES.

LE ROI.

Gardes, qu'on le saisisse.

LE DUC *les arrêtant.*

                                    Ha ! Seigneur, quel asile
A conserver mes jours, ne[53] serait inutile ?
1125 Et me garantirait contre un soulèvement ?
Accordez-moi sa grâce, ou mon éloignement.

LE ROI.

Qu'aucun soin* ne vous trouble, et ne vous impor-
                                                    tune.
Duc, je ferai si haut monter votre fortune,
D'un crédit si puissant j'armerai votre bras,
1130 Et ce séditieux vous verra de si bas,
Que jamais d'aucun trait de haine ni d'envie
Il ne pourra livrer d'atteinte* à votre vie[54],
Que l'instinct enragé qui meut ses passions
Ne mettra plus de borne à vos prétentions.
1135 Qu'il ne pourra heurter votre pouvoir suprême,
Et que tous vos souhaits dépendront de vous-même.

Fin du troisième Acte.

---

53. « me » (1655).
54. Voir *Bélisaire*, III, 6, v. 1145-1148.

ACTE IV.

SCÈNE PREMIÈRE.

THÉODORE, LÉONOR.

THÉODORE.

Ha Dieu ! que cet effroi me trouble et me confond ;
Tu vois que ton rapport à mon songe répond*,
Et sur cette frayeur tu condamnes mes larmes !
1140 Je me mets trop en peine, et je prends trop d'alarmes !

LÉONOR.

Vous en prenez sans doute* un peu légèrement,
Pour n'avoir pas couché dans son appartement,
Est-ce un si grand sujet d'en prendre l'épouvante ?
Et de souffrir qu'un songe à ce point vous tourmente ?
1145 Croyez-vous que le Prince en cet âge de feu
Où le corps à l'esprit s'assujettit si peu ?
Où l'âme sur les sens n'a point encor d'empire ?
Où toujours le plus froid pour quelque objet* soupire,
Vive avecque tout l'ordre et toute la pudeur
1150 D'où dépend notre gloire et notre bonne odeur* ?
Cherchez-vous des clartés dans les nuits d'un jeune
homme
Que le repos tourmente, et que l'amour consomme* ?
C'est les examiner d'un soin trop curieux,
Sur leurs déportements, il faut fermer les yeux ;
1155 Pour n'en point être en peine, il n'en faut rien
apprendre,

Et ne connaître point ce qu'il faudrait reprendre.

THÉODORE.

Un songe interrompu, sans suite, obscur, confus,
Qui passe en un instant, et puis ne revient plus,
Fait dessus notre esprit une légère atteinte*,
1160 Et nous laisse imprimée, ou point, ou peu de crainte ;
Mais les songes suivis, où dont à tout propos
L'horreur se remontrant interrompt le repos,
Et qui distinctement marquent les aventures*,
Sont des avis du Ciel pour les choses futures.
1165 Hélas ! j'ai vu la main qui lui perçait le flanc !
J'ai vu porter le coup, j'ai vu couler son sang,
Du coup d'une autre main j'ai vu voler sa tête,
Pour recevoir son corps j'ai vu sa tombe prête,
Et m'écriant d'un ton qui t'aurait fait horreur,
1170 J'ai dissipé mon songe, et non pas ma terreur.[55]
Cet effroi, de mon lit, aussitôt m'a tirée,
Et, comme tu m'as vue, interdite, égarée,
Sans toi je me rendais en son appartement,
D'où j'apprends que ma peur n'est pas sans fonde-
                                          ment,
1175 Puisque ses gens t'ont dit… Mais que vois-je ?

SCÈNE II.

OCTAVE, LE PRINCE, THÉODORE, LÉONOR.

OCTAVE.

Ha madame !

---

55. Voir *Polyeucte*, I, 3, v. 239-241.

THÉODORE *à Léonor.*

Et bien ?

OCTAVE.

Sans mon secours, le Prince rendait l'âme.

THÉODORE.

Prenais-je, Léonor, l'alarme sans[56] propos ?

LE PRINCE.

Souffrez-moi sur ce siège un moment de repos.
Débile*, et mal remis encor de la faiblesse,
1180 Où ma perte de sang, et ma chute me laisse ;
Je me traîne avec peine, et j'ignore où je suis.

[64]   THÉODORE.

Ha mon frère !

LE PRINCE.

Ha ma sœur ! savez-vous mes ennuis* ?

THÉODORE.

O songe ! avant-coureur d'aventure* tragique,
Combien sensiblement* cet accident t'explique ;
1185 Par quel malheur, mon frère, ou par quel attentat
Vous vois-je en ce sanglant et déplorable état ?

---

56. « hors de », édition de 1655.

LE PRINCE.

Vous voyez ce qu'amour et Cassandre me coûte,
Mais faites observer qu'aucun ne nous écoute.

THÉODORE *faisant signe à Léonor*
qui va voir si personne n'écoute.

Soignez*-y, Léonor.

LE PRINCE.

Vous avez vu, ma sœur
1190 Mes plus secrets pensers jusqu'au fond de mon cœur,
Vous savez les efforts que j'ai faits sur moi-même
Pour secouer le joug de cette amour extrême,
Et retirer d'un cœur indignement blessé
Le trait empoisonné que ses yeux m'ont lancé.
1195 Mais, quoi que j'entreprenne, à moi-même infidèle,
Contre mon jugement, mon esprit* se rebelle ;
Mon cœur de son service* à peine est diverti*,
Qu'au premier souvenir il reprend son parti ;
Tant a de droit sur nous, malheureux que nous sommes,
1200 Cet amour, non amour, mais ennemi des hommes.
[55] J'ai, pour aucunement* couvrir ma lâcheté,
Quand je souffrais le plus, feint le plus[57] de santé.
Rebuté des mépris qu'elle a fait d'un esclave,
J'ai fait du* souverain, et j'ai tranché* du brave ;
1205 Bien plus, j'ai, furieux, inégal*, interdit,
Voulu pour mon rival employer mon crédit.
Mais, au moindre penser, mon âme transportée
Contre mon propre effort s'est toujours révoltée ;

---

57 L'édition de 1655 donne « j'ai feint plus » et Viollet-le-Duc,
W. Leiner, J. Scherer et D. Watts suivent cette version. Th. Crane
corrige aussi en « le plus ».

Et l'ingrate beauté dont le charme* m'a pris
1210 Peut plus que ma colère, et plus que ses[58] mépris :
Sur ce qu'Octave enfin, hier, me fit entendre,
L'hymen qui se traitait, du Duc, et de Cassandre ;
Et que ce couple heureux consommait cette nuit…

OCTAVE.

Pernicieux avis, hélas ! qu'as-tu produit ?

LE PRINCE.

1215 Succombant tout entier à ce coup qui m'accable,
De tout raisonnement, je deviens incapable,
Fais retirer mes gens, m'enferme tout le soir,
Et ne prends plus avis que de mon désespoir[59] ;
Par une fausse porte, enfin, la nuit venue,
1220 Je me dérobe aux miens, et je gagne la rue,
D'où, tout soin*, tout respect, tout jugement perdu,
Au Palais de Cassandre en même temps rendu,
J'escalade les murs, gagne une galerie,
Et cherchant un endroit commode à ma furie,
[66] 1225 Descends sous l'escalier, et dans l'obscurité
Prépare à tout succès* mon courage irrité,
Au nom du Duc, enfin, j'entends ouvrir la porte,
Et suivant à ce nom la fureur* qui m'emporte,
Cours, éteins la lumière[60], et d'un aveugle effort

---

58 Version de 1655, également adoptée par Viollet-le-Duc, W. Leiner, J. Scherer et D. Watts ; Th. Crane laisse le « les » de 1648.

59 Voir *Bélisaire*, IV, 7, v. 1580.

60 Rotrou emprunte aussi ce détail précis à Rojas Zorilla, mais dans la *comedia* c'est un jeu de scène et non pas un élément de récit. Rugero agit ainsi pour mieux surprendre Casandra qui est en scène avec lui mais ne le voit pas. Son stratagème se retourne contre lui puisque, inquiète d'avoir entendu des pas et de la soudaine obscurité, elle sort (p. 35).

1230 De trois coups de poignard blesse le Duc à mort[61].

THÉODORE *effrayée s'appuyant sur Léonor.*

Le Duc ? qu'entend-je ? hélas !

LE PRINCE.

            A cette rude atteinte*
Pendant qu'en l'escalier tout le monde est en plainte,
Lui, m'entendant tomber[62] le poignard, sous ses pas,
S'en saisit, me poursuit, et m'en atteint au bras.
1235 Son âme à cet effort de son corps se sépare.
Il tombe mort[63].

THÉODORE.

O rage inhumaine et barbare !

LE PRINCE.

Et moi, par cent détours, que je ne connais pas,
Dans l'horreur de la nuit ayant traîné mes pas ;
Par le sang que je perds mon cœur enfin se glace,
1240 Je tombe, et hors de moi, demeure sur la place ;
Tant qu*'Octave passant s'est donné le souci
De bander ma blessure, et de me rendre* ici.
Où (non sans peine encor) je reviens en moi-même.

---

61. Voir *Antigone* : « Il pousse un coup mortel, qui porte l'autre à bas. » (III, 2)

62 Marmontel le comprend comme une négligence pour « m'entendant laisser tomber ». Crane voit dans le « m' » un datif de possession et comprend « entendant tomber mon poignard. ». Voir l'exemple donné par Furetière : « Les larmes lui tombaient grosses comme des pois. »

63 Voir *Antigone :* Etéocle « Lui met le fer au sein, que mourant il y laisse » (III, 2).

[67]   THÉODORE *appuyée sur Léonor.*

Je succombe, mon frère, à ma douleur extrême.
1245 Ma faiblesse me chasse, et peut rendre évident
L'intérêt* que je prends dedans votre accident.
Soutiens-moi, Léonor. *bas.* Mon cœur es-tu si tendre
S'en allant.
Que de donner des pleurs à l'époux de Cassandre ?
Et vouloir mal au bras qui t'en a dégagé,
1250 Cet hymen t'offensait, et sa mort t'a vengé[64].

SCÈNE III.

LE PRINCE, OCTAVE.

OCTAVE.

Déjà du jour, Seigneur, la lumière naissante
Fait voir par son retour la Lune pâlissante.

LE PRINCE.

Et va produire aux yeux les crimes de la nuit.

OCTAVE.

Même au quartier du Roi j'entends déjà du bruit.
1255 Allons vous rendre au lit, que[65] quelqu'un ne sur-
vienne.

---

64. La règle d'accord du participe passé avec « avoir » n'est pas à l'époque uniformément respectée (voir F. Brunot, *Histoire de la langue française,* Paris, A. Colin, 1909, t. III, vol. 2, p. 601 et *sq*).
65. De peur que.

LE PRINCE.

Qui souhaite la mort, craint peu quoi qu'il advienne.
Mais allons, conduis-moi.

[68]

SCÈNE IV.

LE ROI, GARDES, LE PRINCE,
OCTAVE.

LE ROI.

Mon fils ?

LE PRINCE.

Seigneur ?

LE ROI.

Hélas !

OCTAVE.

O fatale rencontre !

LE ROI.

                    Est-ce vous, Ladislas !
Dont la couleur éteinte et la voix égarée
1260 Ne marquent plus qu'un corps dont l'âme est séparée ?
En quel lieu, si saisi, si froid, et si sanglant
Adressez-vous ce pas, incertain, et tremblant ?
Qui vous a si matin tiré de votre couche ?
Quel trouble vous possède et vous ferme la bouche ?

[69]   LE PRINCE *se remettant sur sa chaire.*

1265 Que lui dirai-je ? Hélas !

LE ROI.

                    Répondez-moi, mon fils.
Quel fatal accident…

LE PRINCE.

                    Seigneur, je vous le dis ;
J'allais, j'étais ; l'amour a sur moi tant d'empire…
Je me confonds*, Seigneur, et ne vous puis rien dire.

LE ROI.

D'un trouble si confus un esprit assailli
1270 Se confesse coupable, et qui craint a failli ;
N'avez-vous point eu prise avecque votre frère ?
Votre mauvaise humeur lui fut toujours contraire.
Et si pour l'en garder mes soins n'avaient pourvu…

LE PRINCE.

M'a-t-il pas satisfait* ? Non, je ne l'ai point vu.

LE ROI.

1275 Qui vous réveille donc avant que la lumière
Ait du Soleil naissant commencé la carrière ?

LE PRINCE.

N'avez-vous pas aussi précédé son réveil ?

LE ROI.

Oui, mais j'ai mes raisons qui bornent mon sommeil ;

'0]   Je me vois, Ladislas, au déclin de ma vie,
1280 Et sachant que la mort l'aura bientôt ravie
      Je dérobe au sommeil, image de la mort[66],
      Ce que je puis du temps qu'elle laisse à mon sort ;
      Près du terme fatal prescrit par la nature,
      Et qui me fait du pied toucher ma sépulture ;
1285 De ces derniers instants dont il presse le cours
      Ce que j'ôte à mes nuits, je l'ajoute à mes jours.
      Sur mon couchant enfin, ma débile* paupière
      Me ménage avec soin ce reste de lumière ;
      Mais quel soin* peut du lit vous chasser si matin,
1290 Vous à qui l'âge, encor, garde un si long destin ?

LE PRINCE.

      Si vous en ordonnez avec votre Justice,
      Mon destin de bien près touche son précipice ;
      Ce bras (puisqu'il est vain de vous déguiser rien)
      A de votre Couronne abattu le soutien ;
1295 Le Duc est mort, Seigneur, et j'en suis l'homicide.
      Mais j'ai dû l'être.

LE ROI.

             O Dieu ! le Duc est mort, perfide !
      Le duc est mort, barbare ! et pour excuse enfin
      Vous avez eu raison d'être son assassin !
      A cette épreuve, ô Ciel, mets-tu ma patience ?

---

66. Voir *Bélisaire,* II, 8, v. 602.

SCÈNE V.

LE DUC, LE ROI, LE PRINCE,
OCTAVE, GARDES.

LE DUC.

1300 La Duchesse, Seigneur, vous demande audience.

LE PRINCE.

Que vois-je ? quel fantôme ? et quelle illusion
De mes sens égarés croît la confusion ?

LE ROI.

Que m'avez-vous dit, Prince ? et par quelle merveille*
Mon œil peut-il si tôt démentir mon oreille ?

LE PRINCE.

1305 Ne vous ai-je pas dit, qu'interdit et confus
Je ne pouvais rien dire, et ne raisonnais plus[67].

LE ROI.

Ha Duc ! il était temps de tirer ma pensée
D'une erreur qui l'avait mortellement blessée,
Différant d'un instant le soin de l'en guérir
1310 Le bruit de votre mort m'allait faire mourir.
Jamais cœur ne conçut une douleur si forte.
Mais que me dites-vous ?

---

67. W. Leiner et D. Watts corrigent le « resonnois » de l'édition
de 1648 en « reconnois ». Nous suivons le choix de l'édition de
1655, de Viollet-le-Duc, de Th. Crane et de J. Scherer.

2]

LE DUC.

Que Cassandre à la porte
Demandait à vous voir.

LE ROI.

Qu'elle entre.

Il sort.

LE PRINCE *bas*.

O justes Cieux !
M'as-tu trompé ma main ? me trompez-vous mes
yeux ?
1315 Si le Duc est vivant, quelle vie ai-je éteinte ?
Et de quel bras, le mien, a-t-il reçu l'atteinte* ?

SCÈNE VI.

CASSANDRE, LE ROI, LE PRINCE,
LE DUC, OCTAVE, GARDES.

CASSANDRE *aux pieds du Roi pleurant*.

Grand Roi de l'innocence auguste protecteur,
Des peines et des prix* juste dispensateur ;
Exemple de justice inviolable et pure,
1320 Admirable à la race, et présente et future ;
Prince et père à la fois, vengez-moi, vengez-vous,
Avec votre pitié mêlez votre courroux,
Et rendez aujourd'hui d'un juge inexorable,
3]   Une marque, aux Neveux*, à jamais mémorable.

LE ROI. *la faisant lever.*

1325 Faites trève, Madame avecque les douleurs,
Qui vous coupent la voix, et font parler vos pleurs !

CASSANDRE.

Votre Majesté, Sire, a connu ma famille !

LE ROI.

Ursin de Cunisberg, de qui vous êtes fille,
Est descendu d'aïeux, issus de sang Royal,
1330 Et me fut un voisin, Généreux*, et loyal.

CASSANDRE.

Vous savez, si prétendre, un de vos fils pour Gendre,
Eût au rang qu'il tenait, été trop entreprendre !

LE ROI.

L'amour n'offense point, dedans l'égalité.

CASSANDRE.

Tous deux, ont eu dessein, dessus ma liberté.
1335 Mais avec différence, et d'objet*, et d'estime,
L'un qui me crut honnête, eut un but légitime,
Et l'autre, dont l'amour fol, et capricieux,
Douta de ma sagesse, en eut un vicieux ;
J'eus bientôt d'eux aussi, des sentiments contraires,
1340 Et quoiqu'ils soient vos fils, ne les treuvai point
frères !
Je ne les pus aimer, ni haïr à demi,
Je tins l'un pour amant, l'autre pour ennemi !
L'Infant, par sa vertu, s'est soumis ma franchise*,

[76]
(sic)

Le Prince[68] par son vice, en a manqué la prise ;
1345 Et par deux différents, mais louables effets*,
J'aime en l'un, votre sang, en l'autre je le hais ;
Alexandre, qui vit son rival en son frère,
Et qui craignit, d'ailleurs, l'autorité d'un père ;
Fit, quoiqu'autant ardent, que prudent et discret,
1350 De notre passion, un commerce secret ;
Et sous le nom du Duc, déguisant sa poursuite,
Ménagea notre vue[69], avec tant de conduite,
Que toute Varsovie[70], a cru jusqu'aujourd'hui,
Qu'il parlait pour le Duc, quand il parlait pour lui ;
1355 Cette adresse a trompé, jusqu'à nos domestiques ;
Mais craignant, que le Prince, à bout de ses pratiques*,
(Comme il croit tout pouvoir, avec impunité)
Ne suivît la fureur*, d'un amour irrité,
Et dessus mon honneur, osât trop entreprendre*,
1360 Nous crûmes que l'Hymen, pouvait seul m'en
                          défendre,
Et l'heure prise, enfin, pour nous donner les mains,
Et bornant son espoir, détruire ses desseins,
Hier, déjà le sommeil, semant partout ses charmes*,
(En cet endroit, Seigneur, laissez couler mes larmes ;
Pleurant.
1365 Leur cours vient d'une source, à ne tarir jamais)
L'Infant, de cet Hymen, espérant le succès*,
Et de peur de soupçon, arrivant sans escorte,
A peine eut mis le pied sur le seuil de la porte,
Qu'il sent, pour tout accueil, une barbare main,

---

68. La majuscule vient de l'édition de 1655.

69. La possibilité de nous voir. Viollet-le Duc suit l'édition de 1655 qui propose « votre ».

70. Viollet-le Duc corrige en « Qu'enfin toute personne » d'après la faute de l'édition de 1655 qui écrit « Que toute personne ».

1370　De trois coups de poignard, lui traverser le sein.

LE ROI.

O Dieu ? l'Infant est mort !

LE PRINCE. *bas.*

　　　　　　　O mon aveugle rage,
Tu t'es bien satisfaite, et voilà ton ouvrage.
Le Roi se sied, et met son mouchoir sur son visage.

CASSANDRE.

Oui, Seigneur, il est mort, et je suivrai ses pas,
A l'instant, que j'aurai, vu venger son trépas ;
1375　J'en connais le meurtrier, et j'attends son supplice,
De vos ressentiments*, et de votre Justice ;
C'est votre propre sang, Seigneur, qu'on a versé,
Votre vivant portrait, qui se treuve effacé :
J'ai besoin d'un vengeur, je n'en puis choisir d'autre.
[78] 1380　Le mort est votre fils, et ma cause est la vôtre ;
Vengez-moi, vengez-vous, et vengez un Époux,
Que veuve, avant l'Hymen, je pleure à vos Genoux ;
Mais apprenant, Grand Roi, cet accident sinistre*,
Hélas ! en pourriez-vous, soupçonner le ministre* !
1385　Oui, votre sang suffit, pour vous en faire foi :
Montrant le Prince.
Il s'émeut, il vous parle, et pour, et contre soi ;
Et par un sentiment, ensemble horrible, et tendre,
Vous dit, que Ladislas, est meurtrier d'Alexandre :
Ce Geste, encor, Seigneur, ce maintien interdit,
1390　Ce visage effrayé, ce silence le dit ;
Et plus que tout, enfin, cette main encor teinte
De ce sang précieux, qui fait naître ma plainte ;
Quel des deux sur vos sens, fera le plus d'effort*,

De votre fils meurtrier, ou de votre fils mort ?
1395 Si vous étiez si faible, et votre sang si tendre,
Qu'on l'eût impunément, commencé de répandre ;
Peut-être verriez-vous, la main qui l'a versé,
Attenter sur celui, qu'elle vous a laissé ;
D'assassin de son frère, il peut être le vôtre,
1400 Un crime pourrait bien, être un essai de l'autre ;
Ainsi, que les vertus, les crimes enchaînés,
Sont toujours, ou souvent, l'un par l'autre traînés[71] :
Craignez de hasarder, pour[72] être trop auguste,
Et le trône, et la vie, et le titre de juste ;
9] 1405 Si mes vives douleurs, ne vous peuvent toucher,
Ni la perte d'un fils, qui vous était si cher,
Ni l'horrible penser du coup qui vous la coûte,
Voyez, voyez le sang dont ce poignard dégoutte ;
Elle tire un poignard de sa manche.
Et s'il ne vous émeut, sachez, où l'on l'a pris,
1410 Votre fils, l'a tiré du sein, de votre fils ;
Oui, de ce coup, Seigneur, un frère fut capable,
Ce fer porte le chiffre, et le nom du coupable :
Vous apprend de quel bras il fut l'exécuteur,
Et complice du meurtre, en déclare l'Auteur ;
1415 Ce fer, qui chaud encor, par un énorme crime,
A traversé d'amour, la plus noble victime ;
L'ouvrage le plus pur, que vous ayez formé,
Et le plus digne cœur, dont vous fussiez aimé ;
Ce cœur, enfin, ce sang, ce fils, cette victime,
1420 Demandent par ma bouche, un Arrêt légitime ;
Roi, vous vous feriez tort, par cette impunité,
Et père à votre fils, vous devez l'équité ;

---

71. Voir *Britannicus,* IV, 3, v. 1342-1344. « Vous n'avez qu'à marcher de vertus en vertus. / Mais si de vos flatteurs vous suivez la maxime, / Il vous faudra, Seigneur, courir de crime en crime ».

72. Parce que vous serez trop auguste.

J'attends, de voir pousser, votre main vengeresse,
Ou par votre justice, ou par votre tendresse ;
1425 Ou, si je n'obtiens rien, de la part des humains,
La Justice du Ciel, me prêtera les mains ;
Ce forfait, contre lui, cherche en vain du refuge,
Il en fut le témoin, il en sera le Juge ;
Et pour punir un bras, d'un tel crime noirci,
[80] 1430 Le sien saura s'étendre, et n'est pas raccourci,
Si vous lui remettez à venger nos offenses.

LE ROI.

Contre ces charges, Prince, avez-vous des défenses ?

LE PRINCE.

Non, je suis criminel, abandonnez grand Roi,
Cette mourante vie, aux rigueurs de la loi ;
1435 Que rien ne vous oblige, à m'être moins sévère,
Supprimons les doux noms, et de fils, et de père ;
Et tout ce qui pour moi, vous peut solliciter,
Cassandre veut ma mort, il la faut contenter ;
Sa haine me l'ordonne, il faut que je me taise ;
1440 Et j'estimerai plus, une mort qui lui plaise,
Qu'un destin, qui pourrait m'affranchir du trépas,
Et qu'une Éternité, qui ne lui plairait pas ;
J'ai beau dissimuler, ma passion extrême ;
Jusqu'après le trépas, mon sort veut que je l'aime :
1445 Et pour dire, à quel point, ce cœur est embrasé[72 bis],
Jusqu'après le trépas, qu'elle m'aura causé ;
Le coup qui me tuera, pour venger son injure,
Ne sera qu'une heureuse, et légère blessure,
Au prix* du coup fatal, qui me perça le cœur,
1450 Quand de ma liberté, son bel œil fut vainqueur ;

---

72 *bis*. « ombragé » (Yf 359, Yf 532, Rés. Yf 377, Rf 7.042).

1]   J'en fus désespéré, jusqu'à tout entreprendre,
        Il m'ôta le repos, que l'autre me doit rendre,
        Puisqu'être sa victime, est un décret des Cieux,
        Qu'importe qui me tue, ou sa bouche ou ses yeux[73] !
1455 Souscrivez à l'Arrêt, dont elle me menace,
        Privé de sa faveur, je ne veux point de grâce :
        Mettez à bout l'effet*, qu'amour a commencé,
        Achevez un trépas, déjà bien avancé ;
        Et si d'autre intérêt, n'émeut votre colère,
1460 Craignez tout, d'une main, qui put tuer un frère.

LE ROI.

Madame, modérez, vos sensibles* regrets,
Et laissez à mes soins, nos communs intérêts :
Mes ordres, aujourd'hui, feront voir une marque,
Et d'un Juge équitable, et d'un digne Monarque ;
1465 Je me dépouillerai, de toute passion,
        Et je lui ferai droit, par sa confession !

CASSANDRE.

Mon attente, Grand Roi, n'a point été trompée,
Et…

LE ROI.

Prince, levez-vous, donnez-moi votre épée.

32]   ### LE PRINCE. *se levant.*

Mon épée ! ha ! mon crime, est-il énorme au point
1470 De me…

LE ROI.

Donnez, vous-dis-je, et ne répliquez point.

---

73. Voir *Bélisaire*, IV, 8, v. 1547-1548.

LE PRINCE *(bas)*.[74]

La voilà !

LE ROI. *la baillant au Duc.*

Tenez Duc !

OCTAVE.

O disgrâce inhumaine !

LE ROI.

Et faites-le garder en la chambre prochaine.
Allez.

LE PRINCE. *ayant fait la révérence au Roi,*
et à Cassandre.

Presse la fin, où tu m'as destiné,
Sort ! voilà de tes Jeux. Et ta roue a tourné ?[74 bis]

[83] *Il entre.*[75]

LE ROI.

1475　Duc !

LE DUC.

Seigneur !

LE ROI.

De ma part, donnez avis au Prince,

---

74. Didascalie de 1655.
74 *bis*. « … tourné. » (1655).
75. Dans la coulisse.

Que sa tête, autrefois si chère à la Province*,
Doit servir aujourd'hui, d'un exemple fameux,
Qui fera détester, son crime à nos Neveux*.

SCÈNE VII.

LE ROI, CASSANDRE, OCTAVE, Gardes.

LE ROI *à* OCTAVE.

Vous, conduisez Madame, et la rendez* chez elle.

CASSANDRE. *à genoux.*

1480 Grand Roi, des plus grands Rois, le plus parfait
                                        modèle,
Conservez invaincu, cet invincible sein,
Poussez jusques au bout, ce généreux* dessein ;
Et constant*, écoutez, contre votre indulgence,
Le sang d'un fils, qui crie, et demande vengeance.

LE ROI.

1485 Ce coup, n'est pas, Madame, un crime à protéger,
J'aurai soin de punir, et non pas de venger ;
Elle s'en va avec Octave.

Il dit étant seul.
O Ciel, ta providence, apparemment prospère,
Au gré de mes soupirs, de deux fils m'a fait père ;
Et l'un d'eux, qui par l'autre, aujourd'hui m'est ôté ;
1490 M'oblige, à perdre encor celui qui m'est resté !

Fin du quatrième Acte[76].

_____

76. Indication de 1655.

ACTE V.

SCÈNE PREMIÈRE.

THÉODORE, LÉONOR.

THÉODORE,

De quel air, Léonor, a-t-il reçu ma lettre !

LÉONOR.

D'un air, et d'un visage, à vous en tout promettre.
En vain, sa modestie, a voulu déguiser,
Venant à votre nom, il l'a fallu baiser,
1495 Comme à force, imprimant, sur ce cher caractère,
Une marque d'un feu, qu'il sent, mais qu'il veut taire.

THÉODORE.

Que tu prends mal ton temps, pour éprouver un cœur,
Que la douleur éprouve, avec tant de rigueur :
J'ai plaint la mort du Duc, comme d'une personne,
1500 Nécessaire à mon père, et qui sert sa couronne ;
Et quand on me guérit, de ce fâcheux rapport,
Et que j'apprends qu'il vit, j'apprends qu'un frère
est mort !
Encor, quoi que nos cœurs, eussent[77] d'intelligence*,
Je ne puis de sa mort, souhaiter la vengeance ;

---

77. « fussent » (1655).

1505 J'aimais également, le mort et l'assassin,
     Je plains également, l'un et l'autre destin :
     Pour un frère meurtri*, ma douleur a des larmes,
     Pour un frère meurtrier, ma fureur* n'a point d'armes ;
     Et si le sang de l'un, excite mon courroux,
1510 Celui…mais le Duc vient ; Léonor, laissez-nous.
Léonor s'en va.

SCÈNE II.

LE DUC. THÉODORE.

LE DUC.

Brûlant de vous servir, adorable Princesse,
Je me rends par votre ordre, aux pieds de votre
                                            Altesse.

THÉODORE.

Ne me flattez-vous point, et m'en puis-je vanter ?

7]

LE DUC.

Cette épreuve, Madame, est facile à tenter ;
1515 J'ai du sang à répandre, et je porte une épée,
     Et ma main, pour vos lois, brûle d'être occupée.

THÉODORE.

Je n'exige pas tant de votre affection
Et je ne veux de vous, qu'une confession.

LE DUC.

Quelle ? ordonnez-la moi.

THÉODORE.

Savoir de votre bouche,
1520 De quel heureux objet*, le mérite vous touche,
Et doit être le prix*, de ces fameux exploits,
Qui jusqu'en Moscovie, ont étendu nos lois ;
J'imputais votre prise, aux charmes* de Cassandre,
Mais l'Infant l'adorant, vous n'y pouviez prétendre.

LE DUC.

1525 Mes vœux ont pris, Madame, un vol plus élevé ;
Aussi, par ma raison, n'est-il pas approuvé !

[88]　　　　　### THÉODORE.

Ne cherchez point d'excuse, en votre modestie,
Nommez-la, je le veux.

LE DUC.

Je suis sans repartie ;
Mais ma voix cédera, cet office à vos yeux,
1530 Vous-même, nommez-vous cet objet* glorieux,
Vos doigts ont mis son nom, au bas de cette Lettre.
Lui baillant sa Lettre ouverte.

THÉODORE. *ayant lu son nom.*

Votre mérite, Duc, vous peut beaucoup permettre,
Mais…

LE DUC.

Osant vous aimer, j'ai condamné mes vœux,
Je me suis voulu mal du bien que je vous veux,
1535 Mais, Madame, accusez une étoile fatale,
D'élever un espoir, que la raison ravale* ;
De faire à vos sujets, encenser vos Autels,
Et de vous procurer, des hommages mortels.

THÉODORE.

Si j'ai pouvoir sur vous, puis-je de votre zèle,
1540 Me promettre à l'instant, une preuve fidèle ?

LE DUC.

Le beau feu, dont pour vous, ce cœur est embrasé,
Trouvera tout possible, et l'impossible aisé.

THÉODORE.

L'effort, vous en sera pénible, mais illustre.

LE DUC.

D'une si noble ardeur, il accroîtra le lustre.

THÉODORE.

1545 Tant s'en faut, cette épreuve, est de tenir caché,
Un espoir, dont l'orgueil, vous serait reproché :
De vous taire, et n'admettre en votre confidence,
Que votre seul respect, avec votre prudence ;
Et pour le prix*, enfin, du service important,
1550 Qui rend sur tant de noms, votre nom éclatant,
Aller en ma faveur demander à mon père,
Au lieu de notre Hymen, la grâce de mon frère ;

Prévenir* son Arrêt, et par votre secours,
Faire tomber l'acier, prêt, à trancher ses jours ;
1555 De cette épreuve, Duc, vos vœux sont-ils capables ?

[90]

LE DUC.

Oui, Madame, et de plus, puisqu'ils sont si coupables,
Ils vous sauront, encor, venger de leur orgueil,
Et tomber, avec moi, dans la nuit du cercueil.

THÉODORE.

Non, je vous le défends, laissez-moi mes vengeances,
1560 Et si j'ai droit sur vous, observez mes défenses ;
Adieu Duc.

Elle s'en va.

LE DUC. *seul.*

Quel orage agite mon espoir !
Et quelle loi mon cœur, viens-tu de recevoir !
Si j'ose l'adorer, je prends trop de licence,
Si je m'en veux punir, j'en reçois la défense ;
1565 Me défendre la mort, sans me vouloir guérir,
N'est-ce pas m'ordonner de vivre, et de mourir !
Mais…

[91]

SCÈNE III.

LE ROI. LE DUC. Gardes.

LE ROI.

O jour à jamais, funèbre à la Province* !
Fédéric ?

LE DUC.

Quoi Seigneur ?

LE ROI.

Faites venir le Prince.

LE DUC. *sortant avec les Gardes.*

Il sera superflu, de tenter mon crédit,
1570 Le sang fait son office, et le Roi s'attendrit.

LE ROI. *seul, rêvant, et se promenant.*

Trève, trève, nature, aux sanglantes batailles,
Qui si cruellement, déchirant[78] mes entrailles,
Et me perçant le cœur, le veulent partager,
Entre mon fils à perdre, et mon fils à venger,
1575 A ma Justice en vain, ta tendresse est contraire,
Et dans le cœur d'un Roi, cherche celui d'un père ;
Je me suis dépouillé, de cette qualité,
Et n'entends plus d'avis, que ceux de l'équité ;
Mais, ô vaine constance*, ô force imaginaire,
1580 A cette vue, encor, je sens que je suis père ;
Et n'ai pas dépouillé, tout humain sentiment :
Sortez, Gardes, vous, Duc, laissez-nous un moment.
Ils sortent.

[92]

---

78. « déchirent » (1655).

SCÈNE IV.

LE ROI. LE PRINCE.

LE PRINCE.

Venez-vous conserver, ou venger votre race ;
M'annoncez-vous, mon père, ou ma mort ou ma
grâce ?

LE ROI. *pleurant.*

1585 Embrassez-moi, mon fils :

[93]

LE PRINCE.

Seigneur ? quelle bonté !
Quel effet* de tendresse, et quelle nouveauté !
Voulez-vous, ou marquer, ou remettre mes peines !
Et vos bras me sont-ils, des faveurs, ou des chaînes !

LE ROI. *pleurant.*

Avecques le dernier, de leurs embrassements,
1590 Recevez de mon cœur, les derniers sentiments :
Savez-vous de quel sang, vous avez pris naissance ?

LE PRINCE.

Je l'ai mal témoigné, mais j'en ai connaissance.

LE ROI.

Sentez-vous de ce sang, les nobles mouvements ?

LE PRINCE.

Si je ne les produis, j'en ai les sentiments.

LE ROI.

1595 Enfin, d'un grand effort, vous trouvez-vous capable ?

[94]

LE PRINCE.

Oui, puisque je résiste, à l'ennui* qui m'accable,
Et qu'un effort mortel[79], ne peut aller plus loin.

LE ROI.

Armez-vous de vertu, vous en avez besoin.

LE PRINCE.

S'il est temps de partir, mon âme est toute prête ;

LE ROI.

1600 L'échafaud l'est aussi, portez-y votre tête[80] ;
Plus condamné que vous, mon cœur vous y suivra,
Je mourrai plus que vous du coup qui vous tuera[81] ;
Mes larmes vous en sont une preuve assez ample,
Mais à l'État, enfin, je dois ce grand exemple ;
1605 A ma propre vertu, ce généreux* effort,
Cette grande victime à votre frère mort ;
J'ai craint de prononcer, autant que vous d'entendre,
L'Arrêt qu'ils demandaient, et que j'ai dû leur rendre,

---

79. L'effort d'un mortel.

80. *Don Lope de Cardone*, (V, 2) « [Je] porterai ma tête où vous l'ordonnerez. — Dessus un échafaud, Comte : on vous le prépare. »

81. Cf. la réaction d'Agamemnon dans *Iphigénie* (publ. 1641) : « Va, j'attends plus que toi le coup de ton trépas / Et ce coup sera pire à qui n'en mourra pas. » (V, 2) et dans *Don Lope de Cardone*, le roi dit aussi à Don Lope « J'ai plus de part que vous dedans votre supplice ».

Pour ne vous perdre pas, j'ai longtemps combattu,
1610 Mais ou l'art de régner, n'est plus une vertu,
Et c'est une chimère aux Rois que la Justice ;
Ou régnant à l'État, je dois ce sacrifice.

[95]

LE PRINCE.

Et bien, achevez-le, voilà ce col tout prêt,
Le coupable, grand Roi, souscrit à votre Arrêt ;
1615 Je ne m'en défends point, et je sais que mes crimes,
Vous ont causé souvent des courroux légitimes ;
Je pourrais, du dernier, m'excuser sur l'erreur,
D'un bras qui s'est mépris, et crut trop ma fureur* ;
Ma haine, et mon amour, qu'il voulait satisfaire,
1620 Portaient le coup au Duc, et non pas à mon frère ;
J'allèguerais encor, que le[82] coup part d'un bras,
Dont les premiers efforts, ont servi vos États ;
Et m'ont dans votre histoire, acquis assez de place,
Pour vous devoir parler, en faveur de ma grâce ;
1625 Mais je n'ai point dessein, de prolonger mon sort,
J'ai mon objet* à part, à qui je dois ma mort ;
Vous la devez au peuple, à mon frère, à vous-même,
Moi, je la dois, Seigneur, à l'ingrate que j'aime,
Je la dois à sa haine, et m'en veux acquitter,
1630 C'est un léger tribut, qu'une vie à quitter,
C'est peu pour satisfaire*, et pour plaire à Cassandre,
Qu'une tête à donner, et du sang à répandre,
Et forcé de l'aimer, jusqu'au dernier soupir,
Sans avoir pu vivant, répondre à son désir,
1635 Suis ravi de savoir, que ma mort y réponde,

[96] Et que mourant, je plaise, aux plus beaux yeux du
monde.

---

82. « ce » (1655).

LE ROI.

A quoi que votre cœur, destine votre mort,
Allez vous préparer, à cet illustre effort* ;
Et pour les intérêts, d'une mortelle flamme,
1640 Abandonnant le corps, n'abandonnez pas l'âme ;
Toute obscure qu'elle est, la nuit a beaucoup d'yeux,
Et n'a pas pu cacher, votre forfait aux Cieux,
L'embrassant.
      Adieu ; sur l'échafaud, portez le cœur d'un Prince,
Et faites-y douter, à toute la Province *,
1645 Si né, pour commander, et destiné si haut,
Le Roi frappe du pied pour faire venir le Duc.
      Vous mourez sur un trône, ou sur un échafaud ;
Duc ; remenez le Prince.
Le Duc entre avec des Gardes.

LE PRINCE. *s'en allant.*

                O vertu trop sévère !
Venceslas vit encor, et je n'ai plus de père !

SCÈNE V.

LE ROI. Gardes.

LE ROI.

O Justice inhumaine, et devoirs ennemis,
1650 Pour conserver mon sceptre, il faut perdre mon fils !
Mais laisse-les agir, importune tendresse,
Et vous, cachez mes yeux, vos pleurs, et ma faiblesse,
Je ne puis rien pour lui, le sang cède à la loi,
Et je ne lui puis être, et bon père et bon Roi,
1655 Vois, Pologne, en l'horreur, que le vice m'imprime,

Si mon élection, fut un choix légitime ;
Et si je puis donner, aux devoirs de mon rang,
Plus que mon propre fils, et que mon propre sang !

[98]

SCÈNE VI.

THÉODORE. CASSANDRE. LÉONOR.
LE ROI. Gardes.

THÉODORE.

Par quelle loi, Seigneur, si Barbare et si dure,
1660 Pouvez-vous renverser, celle de la Nature ?
J'apprends, qu'au Prince, hélas ! l'Arrêt est prononcé,
Que de son châtiment, l'appareil* est dressé ;
Quoi, nous demeurerons, par des lois si sévères,
L'État sans héritiers, vous sans fils, moi sans frères ?
1665 Consultez-vous un peu ; contre votre fureur*,
C'est trop, qu'en votre fils, condamner une erreur ;
Du carnage d'un frère, un frère est incapable,
De cet assassinat, la nuit seule est coupable ;
Il plaint autant que nous, le sort qu'il a fini,
1670 Et par son propre crime, il est assez puni ;
La pitié qui fera révoquer son supplice,
N'est pas moins la vertu d'un Roi que la Justice ;
Avec moins de fureur*, vous lui serez plus doux,
La Justice est souvent, le masque du courroux ;
[99] 1675 Et l'on imputera, cet arrêt si sévère
Moins au devoir d'un roi, qu'à la fureur* d'un père ;
Un murmure public, condamne cet arrêt,
La nature vous parle, et Cassandre se tait ;
La rencontre du Prince, en ce lieu, non prévue,
1680 L'intérêt de l'État, et mes pleurs l'ont vaincue ;
Son ennui* si profond, n'a su nous résister,

Un fils, enfin, n'a plus, qu'un père à surmonter.

CASSANDRE.

Je revenais, Seigneur, demander son supplice,
Et de ce noble effort, presser votre justice ;
1685 Mon cœur impatient*, d'attendre son trépas,
Accusait chaque instant, qui ne me vengeait pas ;
Mais, je ne puis juger, par quel effet* contraire,
Sa rencontre, en ce cœur, a fait taire son frère ;
Ses fers, ont combattu, le vif ressentiment*,
1690 Que je dois malheureuse, au sang de mon amant[83] ;
Et quoique tout meurtri* mon âme encor l'adore,
Les plaintes, les raisons, les pleurs de Théodore,
Le murmure du peuple, et de l'État entier,
Qui contre mon parti, soutient son héritier,
1695 Et condamne l'Arrêt, dont ma douleur vous presse,
Suspendent* en mon sein, cette ardeur vengeresse ;
Et me la font, enfin passer pour attentat,
[00]   Contre le bien public, et le chef de l'État.
Je me tais, donc, Seigneur, disposez de la vie,
1700 Que vous m'avez promise, et que j'ai poursuivie,
Au défaut de celui, qu'on te refusera,
J'ai du sang cher amant, qui te satisfera*.

LE ROI.

Vous ne pouvez douter, Duchesse, et vous Infante,
Que père, je voudrais répondre à votre attente ;
1705 Je suis, par son Arrêt, plus condamné que lui,
Et je préfèrerais, la mort, à mon ennui* ;
Mais, d'autre part, je règne, et si je lui pardonne,
D'un opprobre éternel, je souille ma Couronne ;

---

83. « Amant » (1655).

Au lieu que résistant, à cette dureté,
1710 Ma vie, et votre honneur, devront leur sûreté ;
Ce Lion est dompté, mais peut-être, Madame,
Celui, qui si soumis, vous déguise sa flamme,
Plus fier, et violent qu'il n'a jamais été,
Demain attenterait, sur votre honnêteté ;
1715 Peut-être, qu'à mon sang, sa main accoutumée,
Contre mon propre sein demain serait armée[84] ;
La pitié qu'il vous cause, est digne d'un grand cœur,
Mais, si je veux régner, il l'est de ma rigueur,
Je vous dois malgré vous, raison* de votre offense,
1720 Et quand vous vous rendez, prendre votre défense,
[101]   Mon Courroux résistant, et le vôtre abattu,
Sont d'illustres effets*. d'une même vertu ;

SCÈNE VII.

LE DUC. LE ROI. THÉODORE.
CASSANDRE. LÉONOR. Gardes.

LE ROI.

Que fait le Prince, Duc ?

LE DUC.

                                    C'est en ce moment, Sire,
Qu'il est Prince, en effet*, et qu'il peut se le dire !
1725 Il semble, aux yeux de tous, d'un Héroïque effort,
Se préparer plutôt, à l'Hymen, qu'à la mort ;
Et puisque si remis, de tant de violence,
Il n'est plus en état, de m'imposer silence,

---

84. Voir *Bélisaire,* III, 5, v. 1053-1054.

Et m'envier*, un bien, que ce bras m'a produit,
1730 De mes travaux*, grand Roi, je demande le fruit.

LE ROI.

Il est juste ; et fût-il de toute ma Province*…

_02]

LE DUC.

Je le restreins, Seigneur, à la grâce du Prince,

LE ROI.

Quoi !⁸⁵

LE DUC.

J'ai votre parole, et ce dépôt sacré,
Contre votre refus, m'est un gage assuré ;
1735 J'ai payé de mon sang, l'heur* que j'ose prétendre !

LE ROI.

Quoi ? Fédéric, aussi, conspire à me surprendre* !⁸⁶
Quel charme *, contre un père, en faveur de son fils,
Suscite, et fait parler, ses propres ennemis ?

LE DUC.

C'est peu, que pour un Prince, une faute s'efface !
1740 L'État qu'il doit régir, lui doit bien une grâce ;
Le seul sang de l'Infant, par son crime est versé,
Mais par son châtiment, tout l'État est blessé ;
Sa cause, quoiqu'injuste, est la cause publique !

---

85. « Quoi ? » (1655).
86. «… surprendre ? (1655).

Il n'est pas toujours bon, d'être trop Politique,
1745 Ce que veut tout l'État, se peut-il dénier* ?
Et père, devez-vous, vous rendre le dernier ?

[103]

SCÈNE VIII.

OCTAVE. LE ROI. LE DUC. THÉODORE. CASSANDRE. LÉONOR. Gardes.

OCTAVE. *hors d'haleine !*

Seigneur, d'un cri commun, toute la populace,
Parle en faveur du Prince, et demande sa grâce ;
Et surtout, un grand nombre, en la place amassé,
1750 A d'un zèle indiscret*, l'échafaud renversé ;
Et les larmes aux yeux, d'une commune envie,
Proteste de périr, ou lui sauver la vie ;
D'un même mouvement, et d'une même voix,
Tous le disent exempt, de la rigueur des Lois ;
1755 Et si cette chaleur, n'est bientôt apaisée,
Jamais sédition, ne fut plus disposée ;
En vain pour y mettre ordre, et pour les contenir,
J'ai voulu…

LE ROI *à* OCTAVE.

C'est assez, faites-le moi venir.

[104]

LÉONOR.

Octave va quérir le Prince
Ciel seconde nos vœux.

THÉODORE.

Voyons, cette aventure*.

LE ROI. *rêvant, et se promenant à grands pas.*

1760 Oui, ma fille, oui, Cassandre, oui, parole, oui, nature ![87]
      Oui, peuple, il faut vouloir, ce que vous souhaitez ;
      Et par vos sentiments, régler mes volontés.

SCÈNE DERNIÈRE.

Le Prince et Octave entrent.
LE PRINCE. LE ROI. LE DUC.
THÉODORE. CASSANDRE. LÉONOR. Gardes.

LE PRINCE. *aux pieds du Roi.*

Par quel heur*…

LE ROI. *le relevant.*

                    Levez-vous : une Couronne, Prince,
05]   Sous qui j'ai quarante ans, régi cette Province*,
      1765 Qui passera sans tache, en un règne futur,
           Et dont tous les brillants, ont un éclat si pur ;
           En qui la voix des Grands, et le commun suffrage,
           M'ont d'un nombre d'aïeux, conservé l'héritage ;
           Est l'unique moyen, que j'ai pu concevoir,
      1770 Pour (en votre faveur) désarmer mon pouvoir ;
           Je ne puis vous sauver, tant qu'elle sera mienne ;
           Il faut que votre tête, ou tombe, ou la soutienne ;
           Il vous en faut pourvoir, s'il vous faut pardonner,
           Et punir votre crime, ou bien le Couronner ;
      1775 L'État vous la souhaite, et le peuple m'enseigne,
           Voulant que vous viviez, qu'il est las que je règne ;

---

87. « Oui ma fille, oui Cassandre, oui parole, oui, nature ! » (1655).

La Justice, est aux Rois, la Reine des vertus,
Et me vouloir injuste, est ne me vouloir plus ;
Lui baillant la Couronne.
Régnez, après l'État, j'ai droit de vous élire*,
1780 Et donner en mon fils, un père à mon Empire.

LE PRINCE.

Que faites-vous grand Roi ?[88]

LE ROI.

M'appeler de ce nom,
C'est hors de mon pouvoir, mettre votre pardon :
Je ne veux plus d'un rang, où je vous suis contraire ;
[106]   Soyez Roi, Ladislas, et moi je serai père ;
1785 Roi, je n'ai pu des lois souffrir les ennemis ;
Père, je ne pourrai, faire périr mon fils ;
Une perte est aisée, où l'amour nous convie ;
Je ne perdrai qu'un nom, pour sauver une vie ;
Pour contenter Cassandre, et le Duc, et l'État,
1790 Qui les premiers font grâce, à votre assassinat ;
Le Duc, pour récompense, a requis cette grâce,
Le peuple mutiné, veut que je vous la fasse ;
Cassandre le consent, je ne m'en défends plus ;
Ma seule dignité, m'enjoignait ce refus ;
1795 Sans peine, je descends de ce degré suprême,
J'aime mieux conserver un fils, qu'un Diadème.

LE PRINCE.

Si vous ne pouvez être, et mon père, et mon Roi,
Puis-je être votre fils, et vous donner la loi ?

---

88. « Que faites-vous, grand Roi ? » (1655).

Sans peine, je renonce, à ce degré suprême ;
1800 Abandonnez plutôt, un fils qu'un Diadème.

LE ROI.

Je n'y prétends plus rien, ne me le rendez pas,
Qui pardonne à son Roi, punirait Ladislas ;
Et sans cet ornement, ferait tomber sa tête.

107]

LE PRINCE.

A vos ordres, Seigneur, la voilà toute prête ;
1805 Je la conserverai, puisque je vous la dois,
Mais elle régnera, pour dispenser vos lois ;
Et toujours, quoi qu'elle ose, ou quoi qu'elle projette,
Le Diadème au front, sera votre sujette.
Il dit au Duc, l'embrassant.
Par quel heureux destin, Duc, ai-je mérité,
1810 Et de votre courage, et de votre bonté ;
Le soin si généreux, qu'ils ont eus pour ma vie ?

LE DUC.

Ils ont servi l'État, alors qu'ils l'ont servie ;
Mais, et vers la Couronne, et vers vous acquitté,
J'implore une faveur de votre Majesté.

LE PRINCE.

1815 Quelle ?

LE DUC.

Votre congé, Seigneur, et ma retraite,
Pour ne vous plus nourrir, cette haine secrète,
Qui m'expliquant si mal, vous rend toujours suspects,
Mes plus ardents devoirs, et mes plus grands respects.

[108]   LE PRINCE.

Non non, vous devez, Duc, vos soins, à ma Province* ;
1820 Roi, je n'hérite point, des différends du Prince ;
Et j'augurerais mal, de mon Gouvernement,
S'il m'en fallait d'abord, ôter le fondement ;
Qui trouve, où dignement, reposer sa Couronne,
Qui rencontre à son trône, une ferme colonne ;
1825 Qui possède un sujet, digne de cet emploi,
Peut vanter son bonheur, et peut dire être Roi ;
Le Ciel nous l'a donné, cet État le possède,
Par ses soins, tout nous rit, tout fleurit, tout succède* ;
Par son art*, nos voisins, nos propres ennemis
1830 N'aspirent qu'à nous être alliés, ou soumis ;
Il fait briller partout notre pouvoir suprême,
Par lui, toute l'Europe, ou nous craint, ou nous aime ;
Il est de tout l'État, la force, et l'ornement,
Et vous me l'ôteriez, par votre éloignement ?
1835 L'heur* le plus précieux, que régnant je respire*,
Est que vous demeuriez, l'âme de cet Empire,
Montrant Théodore.
Et si vous répondez, à mon Élection*,
Ma sœur, sera le nœud, de votre affection.

                    LE DUC.

J'y prétendrais en vain, après que sa défense,
[109] 1840 M'a de sa servitude, interdit la licence.

                    THÉODORE.

Je vous avais prescrit, de cacher vos liens,
Mais les ordres du Roi, sont au-dessus des miens ;
Et me donnant à vous, font cesser ma défense.

LE DUC.

O de tous mes travaux*, trop digne récompense !
Au Prince.
1845 C'est à ce prix*, Seigneur, qu'aspirait mon crédit !
Et vous me le rendez, me l'ayant interdit.

LE PRINCE.

J'ai, pour vous, accepté la vie, et la Couronne,
Madame, ordonnez-en, je vous les abandonne ;
Pour moi, sans vos faveurs, elles n'ont rien de doux,
1850 Je les rends, j'y renonce, et n'en veux point sans vous ;
De vous seule dépend, et mon sort, et ma vie.

CASSANDRE.

Après qu'à mon Amant, votre main l'a ravie !

LE ROI.

Le Sceptre que j'y mets a son crime effacé,
Dessous un nouveau règne, oublions le passé ;
110] 1855 Qu'avec le nom de Prince, il perde votre haine,
Quand je vous donne un Roi, donnez-nous une
Reine,

CASSANDRE.

Puis-je sans un trop lâche, et trop sensible* effort,[89]
Épouser le meurtrier, étant veuve du mort :
Puis-je…

---

89. « Puis-je, sans un trop lâche, et trop sensible effort, » (1655).

[3]

LE ROI.

Le temps ma fille…

CASSANDRE.

Ha ! quel temps le peut faire ?

LE PRINCE.

1860　Si je n'obtiens au moins, permettez que j'espère,
Tant de soumissions, lasseront vos mépris,
Qu'enfin de mon amour, vos vœux seront le prix*.

LE ROI.

Il dit au Prince.
Allons rendre à l'Infant, nos dernières tendresses,
Et dans sa sépulture, enfermer nos tristesses ;
1865　Vous, faites-moi vivant, louer mon successeur,
Et voir de ma Couronne, un digne possesseur.

FIN

ANNEXE

Nous proposons ici un tableau comparatif du déroulement de l'action chez Rotrou et Rojas Zorilla, suivi des extraits de la pièce espagnole que Rotrou a plus particulièrement traduits.

ROTROU **Acte I**	**ROJAS ZORILLA** **Première journée**
1 Venceslas roi de Pologne reproche à son fils aîné Ladislas son ambition malavisée qui lui fait désirer une royauté pour laquelle il n'est pas propre, sa grossièreté à l'égard du premier ministre et sa brutalité avec son frère cadet. Le Prince se défend avec violence et son père tente de le désarmer par l'indulgence et la confiance.	Le roi de Pologne reproche à son fils aîné Rugero son ambition malavisée qui lui fait désirer une royauté pour laquelle il n'est pas propre, sa grossièreté à l'égard du premier ministre et sa brutalité avec son frère cadet. Le prince se défend avec violence et son père tente de le désarmer par l'indulgence et la confiance.
2 Ladislas, sur l'ordre de son père, se réconcilie de mauvaise grâce avec son cadet Alexandre.	Les deux frères se réconcilient de mauvaise grâce. Alejandro, en sortant, parle à part de son épouse.
	Coscorron et Clavela, serviteurs de la duchesse Casandra, révèlent en plaisantant qu'elle est mariée secrètement avec Alejandro, mais que Rugero est amoureux d'elle. Casandra arrive et les congédie

Devant l'air soucieux d'Alejandro, elle l'adjure de lui raconter ses soucis. Il lui raconte qu'il s'est vu en cauchemar tué par son frère. (*Voir Rotrou, IV, 1*)
Le duc les prévient qu'à la suite d'une querelle entre ses gens et ceux de Rugero Alejandro doit être arrêté. Il lui propose de fuir dans son domaine.
Adieux pathétiques entre les époux.

3 Venceslas veut réconcilier le Prince avec le ministre, Fédéric.
4 Réconciliation de pure forme, car, quand Venceslas demande à Fédéric quelle récompense il souhaite pour ses hauts faits, Ladislas, qui le croit son rival en amour, l'empêche de dire qui il aime. Fédéric sort.
5 Irrité, Venceslas menace de mort Ladislas qui n'en a cure.
6 Ladislas dit à Octave qu'il a décidé de demander en mariage la duchesse Cassandre qu'il croit aimée par Fédéric.

Acte II

1 L'Infante Théodore essaie vainement de persuader Cassandre de céder à l'amour de Ladislas.

Deuxième Journée

Rugero apprend à Roberto qu'il est amoureux de Casandra et lui raconte longuement dans quelles circonstances il l'a vue. Il soupçonne le duc d'être son rival.
Rugero corrompt Coscorron qui consent à l'introduire chez Casandra
Casandra confie à Clavela sa douleur d'être séparée de Alejandro depuis vingt jours et sa répugnance

devant la cour que lui fait Rugero. Elle a écrit au roi pour l'engager à punir son fils et l'attend le soir même.

Seule, elle déplore leur séparation depuis vingt jours.

Coscorron introduit dans la salle Rugero qui se cache.

Il répond aux questions de Casandra qu'il a remis la lettre au roi et sort.

Rugero souffle la lumière et veut se diriger où est Casandra. Mais celle-ci, entendant du bruit craint que quelqu'un ne soit dans la pièce et sort.

Rugero s'en rend compte Entre Alejandro venu revoir Casandra.

Les deux frères se heurtent et s'empoignent dans le noir.

Casandra revenant avec la lumière les trouve et les invite à s'expliquer. Rugero prétend s'être introduit chez elle pour y tuer le duc

Alejandro dit que le duc est l'époux de Casandra et qu'il est venu le rejoindre.

Clavela annonce l'arrivée du roi

Casandra cache Rugero dans une chambre et Alejandro dans une autre.

Le roi arrive et découvre Alejandro. Celui-ci sort avec l'intention de lui dire la vérité.

2 Devant Théodore, Cassandre brave Ladislas,

Casandra restée seule avec Rugero lui dit que le duc est

refuse son amour avec mépris et insinue qu'il a un rival. Outré, le Prince affirme qu'il l'oubliera et la congédie.

3 Seul avec Théodore, Ladislas lui apprend l'amour réciproque de Cassandre et Fédéric.

4 Douloureux monologue de Théodore qui croyait le Duc amoureux d'elle et partageait cet amour.

5 Léonor, sa confidente, sollicite une entrevue pour le Duc ; Théodore refuse.

6 Alexandre, surpris du refus de sa soeur, lui dit que Fédéric cherchait auprès d'elle un soutien dans son amour pour Cassandre. Théodore se retire et Alexandre, resté seul, se plaint de devoir cacher son amour pour Cassandre.

Acte III

1 Fédéric se lamente du refus de Théodore et se résout à l'aimer sans espoir.

2 Alexandre croit deviner que Fédéric est amoureux de Cassandre ; il propose de la lui céder. Le duc refuse en protestant et lui conseille au contraire d'épouser Cassandre pour la protéger des entreprises de Ladislas. Alexandre accepte à condition que

son époux et le fait sortir en menaçant d'appeler. Rugero veut tuer le duc.

Fédéric continue son rôle de prête-nom.

3 Il annonce à Cassandre qui sort de chez Théodore leur mariage pour le soir même.

4 Avec force outrages, Ladislas déclare à Cassandre que son amour n'existe plus et qu'il soutiendra les vœux de Fédéric. Il la congédie et charge l'Infant de l'accompagner.

5 Ladislas encourage Fédéric à demander sa récompense...

6 mais se ravise devant le roi, lui impose une nouvelle fois silence et sort furieux.

7 Venceslas veut le faire arrêter ; Fédéric l'en empêche et demande à quitter la cour. Le roi l'assure de son soutien.

Acte IV	Troisième journée
1 Théodore est inquiète parce que Ladislas n'a pas passé la nuit dans son appartement et qu'elle a fait un songe effrayant. (*Voir le songe d'Alejandro dans la Première Journée*)	
2 Ladislas paraît, blessé et affaibli ; il annonce qu'il s'est introduit au palais de Cassandre, s'est battu dans le noir avec le Duc qu'on annonçait et l'a tué. Théodore se trouve mal et se retire.	Rugero défait et affaibli raconte à Coscorron et Roberto qu'il s'est introduit chez Casandra et a tué son époux dans le lit conjugal sans voir son visage.

3 Octave conseille à Ladislas d'aller se mettre au lit.
4 Venceslas paraît et demande à son fils la cause de son trouble. Ladislas confesse le meurtre du Duc.

5 Le Duc entre et demande audience pour Cassandre. Ladislas se demande à part qui il a tué
6 Cassandre révèle qu'elle devait épouser Alexandre et que, venant la rejoindre, il a été assassiné sur le seuil de la porte. Elle accuse Ladislas d'être l'assassin, demande justice et tire de sa manche l'arme du crime. Venceslas lui promet satisfaction et fait arrêter son fils qui reconnaît sa faute et refuse de se défendre.
7 Venceslas rassure Cassandre et, demeuré seul, se plaint d'avoir à venger son fils mort sur son fils vivant.

Acte V
1 Théodore a écrit à Fédéric de venir la voir. Selon Léonor, l'amour du Duc s'est trahi.
2 L'Infante fait avouer au Duc qu'il l'aime. Elle exige de lui qu'il demande la grâce de Ladislas.
3 Venceslas, en proie à des sentiments contradictoires, ordonne de faire venir Ladislas.

Roberto lui conseille d'éviter le roi.
Le roi entre. Surpris de la contenance de Rugero, il lui demande ce qui est arrivé. Rugero finit par lui répondre qu'il a tué celui que le roi aimait le mieux.
Le duc entre et demande audience pour Casandra. Rugero se demande à part qui il a tué.
Casandra révèle son mariage avec Alejandro, raconte comment il a été poignardé dans le lit conjugal et accuse Rugero d'être l'assassin. Elle demande justice, prend le prince à partie et exhibe l'arme du crime. Le roi fait arrêter Rugero et confie sa garde à Federico.

Il se plaint d'avoir à venger son fils mort sur son fils vivant.

4 Il lui annonce sa condamnation à mort, l'assure de ses regrets et l'exhorte à bien mourir. Ladislas ne se défend pas et veut mourir pour satisfaire Cassandre.
5 Venceslas déplore l'incompatibilité entre royauté et paternité.

6 Théodore et Cassandre, brusquement radoucie, implorent la grâce de Ladislas au nom de la nature et de la raison d'État. Venceslas ne se laisse pas convaincre.
7 Fédéric demande pour récompense le pardon du Prince. Venceslas est interloqué.
8 Octave arrive annonçant que le peuple s'est soulevé pour empêcher l'exécution. Venceslas ordonne la venue de Ladislas.
9 Il lui annonce qu'il abdique en sa faveur. Ladislas proteste de sa soumission mais accepte, se réconcilie avec Fédéric, le marie avec Théodore, et demande à Cassandre de l'épouser. Elle refuse, mais Venceslas compte sur le temps, Ladislas sur ses soumissions, et Cassandre reste silencieuse.

Rugero dans sa prison déplore son erreur.
Le roi vient lui annoncer qu'il doit mourir. Rugero plaide l'erreur et implore sa grâce mais le roi reste inflexible et lui explique qu'on ne peut être père quand on est roi.

Coscorron veut s'accuser du meurtre d'Alejandro.
Le duc demande au roi la grâce de Rugero au nom de la raison d'État. Le roi refuse.
Casandra, radoucie par un entretien avec Rugero où il lui a demandé pardon, plaide pour lui. Le roi reste inébranlable.

Le duc annonce que le peuple s'est soulevé pour empêcher l'exécution. Le roi ordonne la venue du prince.
Il lui annonce qu'il abdique en sa faveur. Rugero l'assure de son respect et demande pardon à Casandra.

Nous avons reproduit de larges extraits du texte de Rojas Zorilla en indiquant à chaque fois entre parenthèses la scène et le numéro des vers que Rotrou a traduits ou adaptés.

LA
FAMOSA
COMEDIA
DE NO AY SER PADRE
SIENDO REY.
DE DON FRANCISCO
DE ROJAS

(I, 1)
*Salen el Rey y acompanã-
miento, con memoriales, el
Duque, Alejandro, y Rugero,
hijos del Rey ;*
            REY
Una silla me llegad ;
La gota me trae sin mi.
            RUGERO
La silla tienes aqui.
            ALEJANDRO
Siéntese tu majestad.
            REY *(Ap.)*
Para males tan prolijos,
Que á mis dos brazos iguala
Dos báculos me señala
Mi vejez en mis dos hijos.
Bien que impropio se des-
miente
Entre los dos mi retrato,

Pues este tiene de ingrato
Lo que estotro de obediente.
Reñirle pienso otra vez,
Pues será buena ocasion.
Hijos, paciencia, estas son
Pensiones de la vejez.
Siéntase
            RUG. *(ap.)*
¡ Que el Rey me estorbase
así !
            ALEJ. *(ap.)*
¡ Que ahora el Rey me
estorbase !
            RUG. *(ap.)*
¡ Que esto sufra !
            ALEJ. *(ap.)*
      ¡ Que esto pase !
            RUG. *(ap.)*
Pero saldremos de aquí.
*Llegue el Duque por un
lado a hablar al Rey;*
            FED.
Señor.
            REY
      ¿ Que decis ?
            FED.
            Mirad
Que han reñido en este ins-
tante

El Principe y el Infante.
REY
Ya lo sé, Duque, callad.
FED.
Porque remedieis lo digo
la causa de tantos males.
REY
Ya os entiendo ; memo-
riales,
No quede nadie conmigo.
*Vayan dando memoriales, y
hace que se va Rugero.*
RUG.
Voime, pues vengar me
espero.
vase
ALEJ.
La defensa es natural.
FED.
Yo cumpli con ser leal.
REY
Esperad ; no os vais,
Rugero.
RUG.
¡ Ay tal vejez ! vive Dios,
¡ Que esto consiento !
¡ esto escucho !
¿ Que mandais ?
REY
Yo tengo mucho,
Principe, que hablar con
vos. (v. 4)
RUG.
Obedeceros intento,
Largo ha de ser el sermon.
REY *ap*
Dios temple su condicion.
(v. 5)
Estadme, Rugero, atento.
(v. 8)
Seis años pienso que hará

Que mi esposa y madre
vuestra
A ser mejor cortesana
Se partió á mayor esfera
Dejando á este Reino triste
La admiracion más sus-
pensa,
La imaginacion con ojos,
Y la emulacion sin lengua :
Y á mi (con ser quien la
pierde)
Consolado, que es violencia
Culpar, siendo oficio suyo,
A la muerte lo que lleva,
Puesto que nos da de gracia
Todo aquello que nos deja :
Decis que estoy ya muy
viejo, (v. 25)
Decis muy bien, y que fuera
Razon que aquesta Corona
Pusiera en vuestra cabeza ;
(v. 22)
Esto ha de salir de mí,
Que el gobierno y la gran-
deza
No consiste en procurarla,
Sino sólo en merecerla.
¿ Sabeis á lo que se expone
El que un Imperio
gobierna ? (v. 32)
No hay cosa bien hecha en
él
Que á los suyos le parezca,
(v. 34)
Si es justo, cruel le llaman,
(v. 35)
Si es piadoso le desprecian,
(v. 36)
Pródigo, si es liberal,
(v. 40)
Avaro, si se refrena, (v. 40)

Si es pacifico, es cobarde,
(v. 38)
Disoluto, si se alegra,
Hipócrita, si es modesto,
Es fácil, si se aconseja :
Pues si la virtud no basta
(v. 45-46)
Al que la virtud conserva,
(v. 45-46)
Vos todo entregado al ocio,
(v. 48)
Al apetito y torpeza, (v. 49)
Mal podreis vivir buen Rey,
Si áun ser bueno no apro-
vecha.
¿ Y cómo es posible, cómo ?
(Si ya el cielo no le trueca)
Que gobierne tanto Imperio
Quien á si no se gobierna ?
(v. 50)
Yo, pues, ahora me quejo
Que vos rompiendo obe-
diencias,
Preceptos atropellando
Al Duque, que me sustenta
(v. 54)
La carga de mis cuidados,
Con rigor, y con soberbia
Le quereis quitar la vida,
Porque yo le quiero, y esta
(v. 58)
Contra mi bien declarada,
Viene á ser precisa ofensa.
¿ El Duque en qué os ofen-
dió ?
Que con la espada san-
grienta
Le buscais puertas al alma,
Y a vuestras venganzas
puertas ?
Y ahora con vuestro hermano
Habeis tenido allá fuera

Un enojo : ea rapaz,
Prended el labio á la lengua,
Pues él os da más discreto
La respuesta sin respuesta :
Noramala para vos,
En las Alarbes fronteras
Gastad esas altiveces,
(v. 69)
Y de la Gola á las Grevas
Sobre el Andaluz armado
El Rey Otomano os vea.
(v. 70)
¡ Con tu hermano ! bien por
Dios, (v. 73)
Y con el Duque, que es
fuerza (v. 73)
Que por mí el uno le sufra,
Y otro por él le consienta :
¿ No quereis os dé consejo ?
Pues sabed que en mí es
fineza,
Que aunque hay muchos
que aconsejen,
Son pocos los que aconse-
jan :
Bien sé que me aborreceis,
Y aunque os diga vuestra
idea,
Que del que es aborrecido
Nunca es buena la senten-
cia,
Para ser recto el consejo,
Es necesario que sea,
No de aquel que yo qui-
siere,
Sino de aquel que me
quiera,
Vos injuriais los humildes,
Pues temed con todas
veras,
Más hacer ofensa al pobre,
Que hacer al señor afrenta ;

Porque el señor cuando
    mucho
Si se llama á la defensa,
O con la espada se incita,
O con el plomo se altera ;
Pero el pobre con el llanto ;
Mirad, pues, la diferencia
Que hay entre el llanto y la
    espada.
Que el rico una vez se
    venga,
Y el pobre se està vengando
Todo el tiempo que se queja
A las letras os negais,
Y puesto que es evidencia,
Que buena ciencia sin
    sangre,
O se escurece ó se afea
Tambien á una buena sangre
Es menester buena ciencia :
Nunca al que os pide le dais,
Pues aunque no lo
    merezca,
Ya merece lo que os pide
Siquiera por lo que os
    ruega ;
Porque no hay cosa más
    cara,
Que la que cuesta ver-
    güenza.
En estas calles y plazas,
Siempre que la Aurora
    argenta
Cuanto ha de dorar con
    rayos (v. 85)
El padre de las estrellas
    (v. 84)
Se hallan muertas mil per-
    sonas. (v. 86)
Y la desdicha es aquesta,
Que es tal vuestra mala
    fama, (v. 87)

Que aunque el vulgo la
    cometa,
Dice hecho una lengua
    todo,
Que teneis la culpa dellas ;
    (v. 88)
De suerte, que vos, Rugero,
Cuando me llamo á cle-
    mencias
Os provocais á rigores :
Si os muestro amor, vos
    soberbia
Si doy premio á mis vasal-
    los,
Castigais al que se premia :
Avaro sois, si yo doy,
Libre, si os suelto la rienda,
Si os detengo os incitais,
Los consejos os molestan,
Los avisos os perturban,
Los rigores os desvelan,
La venganzas os incitan,
La crueldad os atropella.
Sois mal quisto con los
    vuestros
Y no hay vasallo que os
    quiera ;
Y tal vez puede mentir
Una lengua, y otra lengua,
Pero todas, no es posible,
Pues el pueblo, es eviden-
    cia,
Que habla por lengua de
    Dios,
Y es imposible que mienta.
Gobernad vuestras accio-
    nes, (v. 113-114)
Para que Polonia vea,
Que os reducis á vos
    mismo, (v. 112)
Y que hoy de nuevo se
    trueca

Vuestro rigor en piedad,
Y sois con acciones nue-
                    vas
Comedido en las palabras,
Justiciero en la sentencia,
Piadoso en la ejecucion,
Disimulado en la ofensa,
Advertido en los peligros,
Y firme en la resistencias.
Si esto hiciéredes, Rugero,
Mi Corona, mi grandeza,
Cuanto esta espada rige
Cuanto estas canas gobier-
            nan, (v. 117)
Será vuestro desde luégo.
(v. 117)
Pero si no se reserva,
Ni un hermano que os
            obliga, (v. 125)
Ni un valido que os respeta,
Ni un pueblo que os obe-
            dece, (v. 126)
Ni un padre que os amo-
            nesta, (v. 127)
Si soy padre, seré Rey,
(v. 128)
Porque en tan graves mate-
                    rias,
Quien no premia, no es
            prudente,
Ni el que nos castiga, reina.
            RUG.
Ya que en qualquiera oca-
            sion, (v. 131)
Cuanto imagino os molesta,
(v. 131)
Hoy me habeis debido en
                    esta
El cuidado y la atencion.
Y aunque llegue á merecer
Con vos nombre de impor-
                    tuno,

A esos cargos, uno á uno
(v. 135)
Os tengo de responder.
(v. 136)
            REY
Cuando airado y ofendido
Me hallo de vuestro rigor,
Perderé en ser vencedor,
(v. 138)
Y ganaré en ser vencido.
(v. 138)
¡ Oh, plegue al cielo, que
                    aqui
Rugero, me convenzais !
(v. 140)
            RUG.
Si haré, si atento me estais.
(v. 137)
            REY
Pues proseguid.
            RUG.
            Digo asi,
Cuando al despedirse triste,
El Estio rigoroso,
Con voces de llamas muer-
                    tas
Iba llamando al otoño
Cuando á castigar las
            flores,
Examinando los sotos,
Salió, juez de residencia,
Severamente el Agosto.
Cuando el dorado Setiem-
                    bre,
De los esquilmos dichosos,
Puntales pone á los cielos,
De granos de fruto en oro.
Entónces, con mis Monte-
                    ros
Medí al monte los contor-
                    nos,
Ya conquistando los sauces,

Ya averiguando los poyos.
Cuando viendo, que no
        hallamos,
Ni aquel animal cerdoso,
Que hace alfanges los col-
        millos
Para destroncar los chopos.
Ni hallando entre tanto
        monte
Al venado, que ganchoso,
Coronista de su vida
Se la escribe en sus dos
        troncos.
Nos apeamos los tres,
Y en la márgen de un
        arroyo,
Que por no tener con quien
Murmuró consigo propio,
Haciendos alsombras de
        flores
Nos descansó lo frondoso
Elevó lo cristalino,
Y suspendió lo sonoro.
Al descanso yà entregados,
Viéndonos tristes y solos:
Tratamos de murmurar,
Que este es el manjar del
        ocio.
Gobernamos tus Estados,
(v. 146)
Dispusimos sentenciosos,
Culpamos unos Ministros,
Diferenciamos á otros.
Materia que tantos tocan,
Y que la entienden tan
        pocos,
Ya á mormurar destinados,
Yo más entónces que todos,
A tu fama me adelanto,
Y á tu impiedad me pro-
        voco,

¿ Como (les dije) mi padre
(v. 155)
No sacude de los hombros
(v. 157)
El peso de esta Corona,
(v. 158)
Flaco Atlante a tanto globo ?
¿ Piensa por ventura, pien-
        sa (v. 164)
Mi padre, que por ser mozo
(v. 164)
No sabré regir el cetro,
Cuando á los alfanjes cor-
        vos
Puso freno aqueste azero,
Y del fronterizo Moro
Más cabezas dió a la Parca,
Que flores agosta el Noto ?
Ya la politica he visto,
(v. 165-166)
Ya tengo previsto el modo
De saber regirse un Rey,
(v. 168)
No es dificil, pues con sólo
Ser afable de ordinario,
(v. 174)
Ser á veces rigoroso,
(v. 174)
Con no ser todo de nadie,
Y ser á un tiempo de todos :
Ser remiso en los castigos,
(v. 190)
No ser tardo en los nego-
        cios, (v. 190)
Con pedir consejo á
        muchos, (v. 182)
Y determinar con pocos :
Con oir cuanto le digan,
Con valor, y sin enojo.
(Que Principe que no escu-
        cha

No puede vivir dichoso)
Con tener buenos Minis-
        tros, (v. 185-186)
(Que en esta parte es el todo)
Ni subir a unos de presto,
        (v. 187)
Ni bajar de presto a otros,
Será un Principe perfecto,
Liberal, sabio, y dichoso.
Si esto es lo que te dijeron,
        (v. 194)
Ni lo niego, ni lo ignoro,
        (v. 194)
Ya he satisfecho esta parte :
        (v. 193)
Mas volviendo á los enojos
De tu Privado y mi her-
        mano, (v. 196)
Ambos tan tuyos en todo,
Que el Duque en tu Estado
        Reina, (v. 198)
Cuando mi hermano en tus
        ojos, (v. 198)
Digo, que al Duque abor-
        rezco ; (v. 199)
Porque lisonjero y loco,
        (v. 201)
Atrevido, descompuesto
En mi agravio y en su
        abono
Contigo me ha des com-
        puesto ;
El te enoja si me enojo,
Cuando soy cruel, te avisa,
Calla cuando soy piadoso,
Si galanteo lo sabes,
No disimula si rondo,
Dicete si vengo tarde,
Cállate si me recojo ;
Conquista lo que conquisto,
Pretende lo que enamoro :
        (v. 222)

Y en cuanto que a mi her-
        mano, digo, (v. 227)
Que por los cielos hermo-
        sos,
Por cuyos trópicos bellos,
Discurre el ardiente Apolo.
Que he de tomar la ven-
        ganza (v. 230)
Del fuego á que me provoco,
Si ya en mí, como en su
        sangre
La satisfaccion no cobro,
¿ Bueno es, que yo con el
        Duque,
O me incite escandaloso,
O imprudente me atropelle.
A decirle mis ahogos.
Y vuelva por él mi her-
        mano (v. 236)
En esa cuadra ? y no sólo
A la defensa se incite,
Sino que ardiente y furioso
Contra mi el acero em-
        puñe ? (v. 237)
¡ Oh, ya repartido en trozos
Desasido de tu esfera
Baje esse encendido globo
A desvanecerme en llamas,
Que el viento reparta en
        polvo.
Si ántes que la Aurora
        borde (v. 239-240)
De luz, y esplendor dos
        polos, (v. 239-240)
Con hilos de aljófar este,
Y esotro con hebras de oro,
No he de tomar la ven-
        ganza, (v. 242)
Que debe a mi honor
        heroïco ! (v. 242)
¿ Contra mi empuñar la
        espada ?

¿ Cómo, o cielos, rayos,
cómo,
Ni vosotros me vengais,
Ni me socorreis vosotros ?
En fin tú tienes la culpa,
Tú, señor, de que animoso
Me incite mi hermano
mismo,
Me ofenda un vasallo
impropio.
De hoy más guárde se
Polonia,
Y mi hermano de tu solio
De tu Palacio Real,
No mueva los piés medro-
sos,
Que de sus venas mi acero
Ha de sacar valeroso
Si el cielo no le sepulta,
Sangre que despida en gol-
fos,
Rayo he de ser desgajado
De ese primer promontorio
Que se desvanece en lanzas
Si no se desata en copos ;
Y pues no te ablandan rue-
gos,
Ni te obligan mis sollozos,
Ni mi razon te apacigua,
Ni á quien me incite per-
dono,
Ni á quien me obligue
consiento,
Ni á quien me aplaudicre
abono,
Siendo áspid, veneno, furia,
Ira, pena, rabia, assombro,
Prodigio, cometa, rayo,
Etna, incendio, volcan,
monstruo,
Vivora, ponzoña fiera,

Venganza, injurias, enojo.
Que si en todo estoy cul-
pado,
Más dicha es, será más
logro
Que si he de llevar la pena
De los delitos de todos,
Sólo ejercite la culpa
Quien ha de pagarlo solo.
REY *ap*
En tanta resolucion
Hoy que su error no mitigo,
¿ Qué haré si aquí le castigo ?
Irrito su indignacion.
Cuando intenté reducirle,
Amonestarle, ó moverle,
Ni me ha bastado prenderle,
Ni me ha saltado reñirle.
Valgame Dios, qué he de
hacer,
Hijo tú tienes razon,
ap Asi atajo su pasion
Desta manera ha de ser,
Dame los brazos. (v. 253)
RUG.
Señor.
*Abrazale, y no le mira
Rugero.*
REY
Llégate, Rugero, á mí,
Que bien conozco de tí,
Con tu obediencia, tu amor.
RUG.
¿ Quien creerá ?
REY
Llega, Rugero.
RUG.
Sus lisonjas adivino.
REY *ap*
Que abrazo al que no me
inclino

Por conservar al que
        quiero. (v. 269-270)
            Ru *ap*
¿ A mi el Rey me muestra
                amor ?
            REY
Puesto que me halle cor-
                rido,
Siendo el que me habeis
                vencido
Vengo á ser el vencedor :
Hoy en vos mi edad reposa,
(v. 260)
Aun no me quereis mirar,
No puede disimular
Su condicion rigorosa ;
Los dos uno hemos de ser
(v. 258)
Pues tanto amor os abona,
Vuestra será esta Corona,
Como vuestro mi poder.
            RUG.
Guárdete el cielo, que así
Seré hechura de tu mano.
(v. 266)

(IV, 6)
Sale Casandra de luto, y el
Duque con ella.
            CAS.
Invicto Rey justiciero,
(v. 1317-1319)
Rey á quien el cielo ha
                dado
Mucha templanza en lo
                airado,
Mucha causa en lo severo,
Oigame tu Majestad,
O airado, ó enternecido,
(v. 1322)
Que bien merece el oido,
Quien ofrece la piedad.

            REY
El corazon en el pecho
Tanto al alma ha provo-
                cado,
Que ó se promete injuriado,
O se niega satisfecho,
Señales, mucho decís,
Entre pena, ó dolor tanto :
Templad un poco de llanto,
(v. 1325-1326)
Y hablad á lo que venis.
            CAS.
Sabeis que soy bien nacida.
(v. 1327)
            REY
Vuestro padre el Duque
                Ursino (v. 1328)
Fué tan bueno como yo.
            CAS.
Fuera de tu honor delito,
(v. 1332)
Que un hijo tuyo, señor,
(v. 1331)
Se desposára conmigo.
(v. 1331)
            REY
No hay culpa si hay igual-
                dad. (v. 1333)
            CAS.
¿ Te acuerdas que anoche
                vino
Alejandro de mi casa
A tu Palacio contigo ?
            REY
Ya me acuerdo.
            CAS.
        Pues ahora
Te aseguro por principio,
Que es el Infante mi espo-
                so,
Y que en secreto vivimos
Sin que la noticia alcance.

REY

Pues como te has atrevido.

CAS.

Eso si, riñeme ahora,
Pues esta vez te conquisto
Severamente piadoso,
Y ya reñido el delito
Llegará lo justiciero
Si se deja lo ofendido,
Rugero tambien me adora,
Y es del Infante enemigo,
Anoche estaban.

REY

Acaba.

CAS.

Dentro en mi cuarto escon-
didos
Quisieron reñir al tiempo
Que llegaste, dividilos.

REY

¿ Como entraron ?

CAS.

No lo sé,
Fuése el Infante contigo,
Quedó Rugero en mi casa,
Previneme de un arbitrio,
Salió a la calle en efeto.

REY

Truje á Alejandro conmigo,
Dejome en casa, y vol
vióse,
Y puesto que es tu marido
Volveria.

CAS.

Volvió á verme.

REY

Prosigue el caso.

CAS.

Prosigo,
Entró Alejandro mi esposo
Despues de lo sucedido
Anoche otra vez á verme
Tan amoroso, y tan fino,
Que aunque pareció celoso
No me habló como marido :
Acostado está mi padre,
Casandra hermosa, me dijo,
Y yo alagüeña le espero,
Y cariciosa le admito.
Al descanso provocados
El Talamo dispusimos,
Y en la cuna de Himeneo
Se arrullaba el amor niño,
Cuando del sueño forzado
Se quedó el amor dormido,
Que es accidente el des-
canso
Cuando es el amor oficio.
Estábamos con la noche
Al fragil sueño rendidos
Y él en copa de claveles
Bebia el aliento mio,
Cuando á la calma de amor,
El mar que estaba tran-
quilo,
En huracanes de sangre
Levanta penachos rizos :
Despierto un poco asustada,
La mano á mi esposo
aplico,
Con el tacto le provoco,
Y sin alma le distingo,
Ni se mueve, ni responde,
Otra vez le solicito,
Y otra vez con su silencio
Me anego en sudores frios :
Doy voces, y sacan luces,
Aqui la piedad te pido,
Para ahora se hizo el llanto,
Para aqui son los suspiros :
Ay padre, ay señor, ay Rey,
(v. 1321)
Escucha el más peregrino
Insulto que vió la tierra,

Ni el cielo piadoso ha visto
Salpicado de colores,
Su cárdeno rostro miro :
Azucenas sus dos labios,
Sus dos ojos amarillos,
El corazon más caliente
Me hablaba con fuego tibio
Que un amante corazon
No arde sólo cuando niño,
Sobre él un breve puñal
Estaba, ó constante, ó fijo,
Que el dueño dejó la insi-
gnia (v. 1412)
Para triunfar del delito,
Ha Alejandro, ha Infante,
ha esposo,
Una, y mil veces lo digo,
Por ver si le presta vida
El alma de mis suspiros ;
Pero al último remedio,
Que es la venganza, me
indigno,
A ti apelo de mis quejas,
A ti en mi venganza aspiro,
(v. 1379)
Tuya es mi causa tambien,
(v. 1380)
Quien yace muerto es tu
hijo, (v. 1380)
Yerto cadáver fallece,
(v. 1378)
El que fué tu imàgen vivo,
(v. 1378)
El espejo de tus ojos
Ya se niega cristalino,
El árbol de tu esperanza
Ya se consiente marchito :
Deja, deja el llanto ahora,
Porque te cuente el Minis-
tro (v. 1384)
Desta ejecucion villana
El homicida atrevido

Requiero todas la piezas :
Los retretes averiguo,
Y un hombre hallo en un
retrete,
Todo en sí propio escon-
dido,
Un ferreruelo en el rostro
Le guardó el color perdido,
Que quiso entre la desdicha
Echar la capa al delito :
Arrojéme á descubrirle,
Pero apenas le hube visto,
Cuando de un balcon se
arroja,
Si no cobarde, corrido.
La capa al rostro me deja,
Y el corazon vengativo :
Por dos causas ciego
embiste
Con el instrumento mismo,
Pero ¿ quién dirás, señor,
Que ha sido el cobarde
indigno,
Que tanta púrpura humana
Tradujo en cárdeno lirio ?
¿ Quien pensarás ? El que
miras.
Señala á Rugero.
No lo cuenta con indicios,
Él es, retorico el semblante,
(v. 1389-1390)
Presumo que te lo ha dicho,
Atiéndele á los temores,
Y le verás los avisos,
Buelve la vista á su pecho,
(v. 1385-1386)
Y verás que con latidos,
(v. 1385-1386)
Que son las voces del alma
(v. 1385-1386)
Te habla el corazon partido,
(v. 1385-1386)

Rugero el Principe airado,
Con ser su hermano, y tu
      hijo,
Contra una sangre tan tuya,
Indignó el airado filo :
Ahora, ahora te busco,
Lo justiciero en lo activo,
Lo severo en lo piadoso,
Y lo Rey en lo advertido :
No porque tu hijo sea
El ejecutor impio,
De tu indignacion suspendas
Los impulsos bien nacidos :
Sé Rey, aunque padre seas ;
Si te halláres compasivo
En favor de la justicia,
Te ve labrando propicio,
Si es hijo el ejecutor,
(v. 1410)
El inocente es tu hijo,
(v. 1410)
Da su cuerpo y su garganta,
Al cadalso, y al cuchillo,
Sea notorio á Polonia,
Que tu justicia ha podido
Más en ti que tu piedad,
Y más que tu amor, tu arbi-
      trio :
Mira, que si le perdonas,
(v. 1403-1404)
Buscas tu muerte tu mis-
      mo, (v. 1403-1404)
Que quien dió muerte a su
      hermano, (v. 1399)
Hará lo propio contigo :
(v. 1399)
Acabe ya aquesta fiera
Irracional, que ha nacido
Aborto desa prudencia,
O por monstruo, ó por pro-
      digio,

Y á ti ejemplo de la ira.
Al Principe.
Quál efeto te ha movido
A hacer de un amigo her-
      mano,
Un enemigo preciso ?
Di, ¿ por que le aborrecias ?
¿ Del rigor haces oficio ?
¿ Costumbre haces la vio-
      lencia ?
¿ La ira llamas castigo ?
¿ Que te hizo aquella
      inocencia ?
¿ Aquel amor qué te hizo ?
¿ Di, por qué le diste mu-
      erte ?
Mas ya la causa averiguo,
Es tu hermano, y siempre
      fué,
De la crueldad ejercicio :
Herir en lo más extraño
Porque le parece indigno
Obrar en menor objeto,
Siendo tan forzoso el vicio :
¡ Ay de ti ! porque le has
      muerto,
¡ Ay de mi ! que lo sé, y
      vivo,
¡ Ay de ti ! Rey de Polonia,
Si cuando á quejas te
      obligo,
Si cuando á voces te muevo,
Y te ablando á parasismos,
No castigas sin vengarte,
Que cuando te solicito,
Justiciero, y Rey prudente,
No es la venganza suplicio :
Y si mis ruegos no valen,
Si su crueldad no ha
      podido,
Ni ellos reducirte cera,

Ni ella administrarte risco,
Abre los ojos, y mira.
(v. 1408)
Saca una daga sangrienta.
El instrumento atrevido,
Con que el Príncipe Rugero
Violó el corazon más limpio,
Que en el templo del amor
Ofrenda fué ó sacrificio :
Mira la inocente sangre
(v. 1408)
De Alejandro, que hilo á
            hilo (v. 1408)
Vaina de cruel se teje
Al acero cristalino,
Caliente púrpura vive,
Coral yace derretido
El humor que de sus venas
Era alimento nativo :
Esta es tu sangre, es tu
            causa, (v. 1377)
Tuyo es el dolor que es mio,
Sé Médico de tu fama,
Y entre dos sangres te
            aviso,
Que te saques la dañosa
Pues que la buena has per-
            dido :
Ea ya, ea, señor,
Si te alcanzo reducido
Deberéte la justicia,
Si cerrares los oidos
Culparéte la piedad,
Y á querellas, y á suspiros
Enterneceré los montes,
Y haré apurando los riscos,
Y haré llorar á las plantas
En humor vegetativo
Haré quejar á las piedras
En lenguas de sus brami-
            dos,

A las aves, á las aguas,
A las fuentes, á los rios,
Y cuando todos me falten,
El cielo que fué el testigo
(v. 1428)
Para castigar la culpa
(v. 1429)
Será juez deste delito.
(v. 1428)

          REY
Hija, duquesa, señora,
Guardad el aljófar fino,
Que de las nubes del alma
Sale al rostro á ser granizo,
Yo sabré mirar por vos,
Supuesto que á un tiempo
            mismo
Solicito mi venganza,
Si la vuestra solicito.
          COSC.
Yo me escurro poco á poco,
Pues mi amo no me ha
            visto. *vase.*
          REY
Dadme la espada, Rugero.
(v. 1468)
          RUG.
Señor, si yo, si he querido.
          REY
No os turbeis, dadme la
            espada. (v. 1470)
          RUG.
Tomad.
          REY
     Duque Federico,
(v. 1471)
A aquesta primera puerta
(v. 1472)
Llevad á Rugero. (v. 1472)
          RUG.
   Hoy quiso (v. 1474)

La fortuna atar la rueda
(v. 1474)
Al curso de mis delitos,
(v. 1474)
No me quiero disculpar,
Que quien no ha de ser
creido,
Viene hacer con la disculpa
Evidencias los indicios.
REY
Duque.
FED.
Señor, *ap* ¡ que valor !
(v. 1475)
REY
Mucho mis penas reprimo.
Guardad al Principe, Duque,
Y que le aviseis os digo,
(v. 1475)
Que hoy ha de ser un ejem-
plo (v. 1477)
De mi justicia y castigo.
Vase el Duque.
Roberto id á acompañar
(v. 1479)
A Casandra. (v. 1479)
CAS.
Rey invicto (v. 1480-
1481)
No sea, no tu justicia
Sólo para los principios,
Para el castigo la aguardo,
Venganza pide el delito.
REY
No pienso tomar venganza,
(v. 1486)
Pero daréle castigo,
(v. 1486)
Esta palabra os prometo.
CAS.
Y esta palabra te pido.

Vase con Roberto.
REY
Dos hijo me ha dado el
cielo, (v. 1487-1488)
Ya el uno tengo perdido,
(v. 1489)
Y para vengar aquel
He de perder otro hijo.
(v. 1490)
Vase.
(V, 7)
Dentro voces.
Viva el Principe Rugero.
REY
Duque ¿ que es aquesto ?
FED.
A pénas
El Principe en un caballo
Midió la calle primera
Al suplicio, que en la plaza
Determinaba su Alteza,
Cuando la Plebe conjura
(v. 1747)
Piadosamente indiscreta
(v. 1750)
Por el Principe Rugero
La natural obediencia,
Todos dicen, que no puedes
Aunque justiciero seas
Dejarles sin heredero,
Y como has oido, alteran,
Trayéndole hasta tu cuarto
Las pasiones, y las lenguas,
Y yo.
REY
Tente, no prosigas.
(v. 1758)
FED.
El Principe en esta puerta
Obediente á tus preceptos,
Tu resolucion espera.

REY
Alli hallaréis una fuente
Con un tafetan cubierta
Traedle, y decidle que
entre. (v. 1758)
Dicelo al Duque, y vase.
FED.
Bien puede entrar vuestra
Alteza.
REY
Yo sé lo que pienso hacer.
RUG.
Gran señor, si tu clemencia
Me vale
REY
Espera Rugero.
*Saca el Duque una fuente,
y una Corona cubierta con
un tafetan.*
FED.
Yo traigo lo que me orde-
nas.
REY
Principe escúchame ahora,
Aquesta Corona Régia,
(v. 1763)
Herencia de mi abuelos,
(v. 1768)
Y de su justicia herencia
Es la que substituida
Siempre ha estado en mi
cabeza,
El pueblo, que vivas dice,
(v. 1775-1776)
Y tambien su voz me
enseña, (v. 1775-1776)
Que no quiere que yo
Reine, (v. 1775-1776)
Pues deroga mi sentencia :
Atiendeme ahora a un
medio,
Escucha una conveniencia

Para no ser Rey en cargos,
Para ser padre en clemen-
cias.
Pónele la Corona. (v. 1778)
RUG.
Gran señor, ¿ que es lo que
haces ? (v. 1781)
REY
Ponerte esta insignia Régia,
Hacer a mi amor un gusto,
Un agasajo á mi pena,
Tú seas Rey, yo seré padre ;
(v. 1784)
Siendo sólo padre es fuerza
(v. 1786)
Como padre perdonarte ;
(v. 1786)
Y siendo Rey no pudiera :
(v. 1785)
Pues siendo tú Rey ahora,
Es preciso que no puedas.
Castigarte tú á tí mismo :
Y ansi de aquesta manera,
Siendo yo padre, tú rey,
Partimos la diferencia :
Yo no te castigaré,
La plebe queda contenta,
Yo quedaré siendo padre,
Y tú siendo Rey te quedas.
RUG.
Pues tú me dijiste un
tiempo,
Bien pienso yo que te
acuerdas,
No hay ser padre siendo
Rey : (v. 1797)
Diga ahora mi obediencia,
No hay ser Rey siendo tu
hijo, (v. 1798)
Pues más quiero en esta
empresa
Perder el Cetro, y la vida,

Que no que tu Reino pie-
                    das.

          REY

Hijo ya estás perdonado;
Pero no me lo agradezcas,
Que á ser yo Rey te quitára
De los hombros la cabeza ;
(v. 1803)
Pero padre te perdono,
Por mi cuenta la Duquesa
Quedará de aqui adelante.

          RUG.

Pues Duque a mis brazos
                    llega (v. 1808)
Yá la Duquesa Casandra
En esta ocasion me deja
Que los perdones le pida,
Piadosos los cielos quieran
Que te merezca el perdon,
Y del Senado merezca
Piedad para la censura,
Y aplausos a la Comedia.

GLOSSAIRE

Dictionnaire de l'Académie française, Paris, Coignard, 1694 : *(A., 94)*.

Cayrou G., *Le français classique, lexique de la langue du XVII*ᵉ *siècle*, 6ᵉ éd., Paris, Didier, 1948 : *(Cayrou)*.

Dubois J., Lagane R., Lerond A., *Dictionnaire du français du XVII*ᵉ *siècle*, nouv. éd. Larousse, 1992 : (Dubois).

Furetière A., *Dictionnaire universel*, La Haye et Rotterdam, A. et R. Leers, 1690, 3 vol. [rééd.], réimpr., Paris, SNL-Le Robert, 1978 : *(F.)*.

Huguet E., *Dictionnaire de la langue française du XVI*ᵉ *siècle*, Paris, H. Champion, 1932, 7 vol. : *(H.)*.

Littré É., *Dictionnaire de la langue française*, nouv. éd. 1877 ; réimpr. Chicago, Enc. Brit., 1982 : *(L.)*.

Ménage G., *Observations sur la langue française*, Paris, Cl. Barbin, 1672 : *(Obs.)*.

Richelet F., *Dictionnaire français*, Genève, Widerhold, 1680 : *(R.)*.

Accident (*Bél.*, v. 1432, 1537, 1911) : « En termes de médecine, se dit de tout ce qui arrive de nouveau à un malade, soit en bien ou en mal » *(F.)* ;
— (*Bél.*, v. 1564, 1772) : « Hasard, coup de fortune » *(F.)*.

Adresser (*Bél.*, v. 20, 1106, 1388, 1687) : « Diriger, tourner » *(L.)*.

Air (*Bél.*, v. 711) : « La mine, les traits du visage » *(F.)*.

Alarmes (*Bél.*, v. 19, 1761) : « Émotion causée par les ennemis » *(A., 94)*.

Alentir s' (*Bél.*, v. 1208) : Ralentir.

Allégeance (*Bél.*, v. 191) : « Soulagement d'un mal » *(F.)*.

Appareil (*Bél.*, v. 205, 979 ; *Venc.*, v. 1662) : « Ce qu'on

prépare pour faire une chose plus ou moins solennelle. »
(F.).

Apparent *(Bél.,* v. 1258) : « Ce qui n'est que vraisemblable » *(F.).*

Art *(Bél.,* v. 629 ; *Venc.,* v. 1829) : « Est principalement un amas de préceptes, de règles, d'inventions et d'expériences, qui étant observées font réussir aux choses qu'on entreprend. » *(F.) ;*
— *(Bél.,* v. 1263, 1341, 1899) : Artifice.

Assiette *(Bél.,* v. 1653) : « Se dit figurément de l'état et de la disposition de l'esprit » *(F.).*

Atteinte *(Venc.,* v. 1231, 1316) : « Action d'atteindre » *(L.)* ;
— *(Bél.,* v. 1339, 1949 ; *Venc.,* v. 804, 860, 1159) : « Impression, en parlant des sentiments » *(L.)* ; « Un amant dit aussi, qu'il a reçu de mortelles atteintes de sa maîtresse » *(F.) ;*
— *(Bél.,* v. 1616 ; *Venc.,* v. 231, 1132) : Préjudice.

Aucunement *(Bél.,* v. 851 ; *Venc.,* v. 1201) : Quelque peu.

Aventure *(Bél.,* v. 644, 1040, 1199, 1554, 1977 ; *Venc.,* v. 916, 935, 1163, 1183, 1759) : « Chose qui est arrivée, ou qui doit arriver » *(F.).*

Aveu *(Bél.,* v. 693) : « Consentement donné » *(F.).*

Avis *(Bél.,* v. 114, 628, 666, 690, 715) : « Avertissement » ;
— *(Bél.,* v. 1582) : « Conseil » *(F.).*

Bien faire *(Bél.,* v. 582, 629, 646, 678, 813) : « Obliger quelqu'un par quelque libéralité, par quelque service. On dit plus ordinairement faire du bien » *(F.).*

Brigue *(Bél.,* v. 1260) : « Manœuvre par laquelle, poursuivant quelque objet, on engage des personnes dans son intérêt » *(L.).*

Bruit *(Bél.,* v. 313, 1840) : « Se dit figurément de la renommée, de la réputation » *(F.) ;*
— *(Bél.,* v. 963, 1910, 1923) : « Dire, nouvelle » *(L.).*

Butte *(Bél.,* v. 14) : « Massif de terre où l'on place le but pour tirer et viser » *(L.), fig.,* objet des regards ;
(en —) *(Bél.,* v. 1813) : Exposé à l'admiration.

Carrière *(Bél.,* v. 1862) : Course ; *(Bél.,* v. 1934) : « Se dit figurément du cours de la vie » *(F.).*

Charme(s) (*Bél.*, v. 170, 1452 ; *Venc.*, v. 612, 1523) : « Beautés qui agissent par une vertu occulte et magique » (*Obs.*,) ;

— (*Bél.*, v. 1444 ; *Venc.*, v. 103, 1363, 1737) : « puissance magique » *(F.)* ;

— (*Bél.*, v. 973) : Ce qui charme.

Charmé (*Bél.*, v. 1962) : Victime d'un enchantement.

Charmer (*Bél.*, v. 851) : Dissiper comme par enchantement ;

— (*Venc.*, v. 626, 822) : « plaire extrêmement, ravir » *(A., 94)*.

Chétif (*Bél.*, v. 21) : « De peu de force » *(L.)* ;

— (*Bél.*, v. 735, 1423, 1666) : « Malheureux » *(H.)*.

Choquer (*Bél.*, v. 1478) : « Heurter avec violence. Signifie figurément quereller, offenser » *(F.)*.

Colorer (*Venc.*, v. 427) : « Donner une belle apparence à quelque chose de mauvais » *(A., 94)*.

Commettre (*Bél.*, v. 598, 1288 ; *Venc.*, v. 916, 960) : « Confier quelque chose à la prudence, à la fidélité de quelqu'un » *(F.)* ;

— (*Bél.*, v. 1683 ; *Venc.*, v. 669) : « Préposer » *(L.)*.

Comprendre (*Bél.*, v. 282) : contenir ;

— (*Venc.*, dédicace, l. 38) : « faire mention » *(A., 94)*.

Confondre (*Bél.*, v. 1455 ; *Venc.*, v. 506) : « Troubler, mettre en désordre » *(F.)*.

Connaître (*Bél.*, v. 105, 698, 797, 811, 1540) : Reconnaître.

Consentir, v. tr. dir. (*Bél.*, v. 362, 610) : Consentir à ;

— (*Bél.*, 669) : « Accorder, acquiescer » *(R.)*.

Consommer (*Bél.*, v. 871, 1673 ; *Venc.*, v. 353, 502, 589, 1152) : Consumer. Confusion « mal à propos » *(A., 94)*.

Constamment (*Bél.*, v. 449) : « Avec fermeté » *(F.)*.

Constance (*Bél.*, v. 427, 1372, 1591 ; *Venc.*, v. 1076, 1579) : « Force d'esprit qui entretient l'âme dans une même assiette, en une même fermeté » *(F.)*.

Constant (*Venc.*, dédicace, l. 61) : « certain, indubitable » *(A., 94)* ;

— (*Bél.*, v. 1364 ; *Venc.*, 1483) : « Qui a l'esprit ferme et inébranlable » *(F.)*.

Consulter (*Bél.*, v. 587) : « Délibérer » *(A., 94)*.

Courtois (*Bél.*, v. 264, 1448, 1827) : « Qui fait un accueil doux et gracieux à tout le monde » *(F.)*.

Créance : (*Bél.*, v. 1271, *Venc.*, v. 83) : Confiance ;
— (*Venc.*, dédicace, l. 43, v. 251, 875, 922) : sentiment, opinion ;
— (*Venc.*, v. 334) : « action de croire, d'ajouter foi » *(L.)*.

D'abord que (*Venc.*, v. 519) : « Dès que » *(L.)*.
Damnable (*Bél.*, v. 645) : « Méchant, abominable » *(F.)*.
Débattre (*Bél.*, v. 573) : « Contester » *(F.)*.
Débile (*Venc.*, v. 1179, 1287) : « Qui n'a pas les forces qu'il doit avoir naturellement et ordinairement » *(F.)*.
Débris (*Bél.*, v. 1483, 1553, 1618) : « Ruine d'édifice. Se dit figurément en choses morales » *(F.)*.
Décevoir (*Bél.*, v. 894) : « Tromper adroitement » *(F.)*.
Décharge (*Bél.*, v. 1917) : Témoignage pour obtenir une « absolution en jugement » *(F.)*.
Découvrir (*Bél.*, v. 367, 519) : « Faire connaître ce qui était caché » *(A., 94)*.
Dénier (*Bél.*, v. 1512 ; *Venc.*, v. 1099, 1745) : « Refuser » *(F.)*.
Départir (*Bél.*, v. 985, 1889) : « Distribuer, partager » *(A., 94)*.
Depuis que (*Bél.*, v. 1841) : « Dès lors que. (Avec une nuance causale) » *(Dubois)*.
Devoirs (*Bél.*, v. 198, 888, 1396, 1565 ; *Venc.*, v. 698, 721, 786, 997) : Marques de civilité, compliments.
Discrétion (*Bél.*, v. 390) : « Prudence, modestie » *(F.)*.
Divertir (*Bél.*, v. 1497, 1772 ; *Venc.*, v. 1197) : « Détourner » *(F.)*.
Doute (n. f., *Bél.*, v. 400, 915) : Crainte *(L.)* ;
(**sans —**) (*Bél.*, v. 137, 652, 696, 825, 1818 ; *Venc.*, v. 251, 972, 1141) : « Certainement » *(F.)*.

Ébat (*Bél.*, v. 1385) : « Divertissement » *(F.)*.
Éblouir (*Venc.*, v. 890, 941) : « Tromper, surprendre l'esprit et les sens » *(F.)*.
Effet (*Bél.*, v. 1424 ; *Venc.*, v. 1097) : Réalité ;
— (*Bél.*, v. 163, 310, 338, 345, 561, 842, 1128, 1377, 1498, 1568, 1572, 1764, 1912 ; *Venc.*, v. 809, 833, 1345, 1457, 1586, 1687, 1722) : « Ce qui est produit » *(F.)*, conséquence ;
— (*Bél.*, v. 561, 913, 1333) : Acte, réalisation, exécution *(Dubois)*.

(d'—) (*Bél.*, v. 993) ; **(en —)** (*Bél.*, v. 149, 202, 1161, 1549, 1752 ; *Venc.*, v. 1724) : « D'une manière véritable et réelle » (*F.*).

(sans —) (*Bél.*, v. 1366 ; *Venc.*, v. 1097) : Vain, inutile.

Effort (*Bél.*, v. 319, 649, 1009, 1137, 1544, 1803, 1951, 1956 ; *Venc.*, v. 645, 652, 769, 1393, 1638) : « tout ce qu'on fait avec violence » (*F.*) ;

— (*Bél.*, v. 1599) : « Ouvrage produit par une action où on s'est efforcé de faire tout ce qu'on pouvait » (*F.*).

Élection (*Venc.*, v. 1837) : Attachement à l'objet d'un choix. (*Dubois*).

Élire (*Bél.*, v. 1888 ; *Venc.*, v. 1779) : « Préférer, choisir quelqu'un pour lui donner quelque honneur » (*F.*).

Embarrasser (*Bél.*, v. 1268) : « Entortiller » (*L.*).

Embûche (*Bél.*, v. 1387, 1641) : « Piège qu'on tend à quelqu'un » (*F.*).

Émulateur (*Bél.*, v. 1784) : « Rival » (*F.*).

Ennui (*Bél.*, v. 429, 851, 1180, 1455, 1460 ; *Venc.*, v. 16, 22, 621, 757, 807, 816, 837, 1182, 1596, 1681, 1706) : « Chagrin, déplaisir, souci » (*A., 94*).

Ennuyeux (*Bél.*, v. 47, 474) : Qui donne du chagrin, du souci.

Enquérir (*Bél.*, v. 1523) : « S'informer, demander une chose qu'on ne sait pas à une personne qu'on croit la savoir » (*F.*).

Entreprendre (*Bél.*, v. 941, 1101) : « Avoir desssein de ruiner quelqu'un » (*F.*) ;

— (*Bél.*, v. 640, 1562 ; *Venc.*, v. 763, 1359) : Attaquer.

Envier (*Venc.*, v. 1729) : « Refuser » (*Dubois*).

Épargne (*Venc.*, v. 378) : « Trésor royal » (*A., 94*).

Esprit (*Venc.*, v. 1196,) : cœur, âme, considéré comme siège des sentiments (*Dubois*).

Étonnement (*Bél.*, v. 1723) : « On dit d'une personne extraordinaire que c'est l'étonnement de la nature » (*F.*).

Étonner (*Bél.*, v. 148, 1087, 1367, 1554) : « Faire trembler par quelque violente commotion » (*A. 94*).

Étrange (*Bél.*, v. 524, 1961 ; *Venc.*, v. 269) : « Extraordinaire » (*F.*).

Événement (*Bél.*, v. 785) : « Issue » (*A., 94*).

Facile (*Venc.*, v. 995) : « Commode pour le commerce ordinaire de la vie » (*A., 94*).

Faire de (*Venc.*, v. 1204) : Se donner les manières, l'air de (*Dubois*).

Feindre (*Bél.*, v. 811) : Déguiser.

Forcer (*Bél.*, v. 1084) : « Faire tout l'effort qu'on peut » (*F.*) ; (*Venc.*, v. 254) : « Contraindre, violenter » (*A., 94*).

Franchise (*Bél.*, v. 1280 ; *Venc.*, v. 561, 563, 851, 1343) : Liberté, « en ce sens, il n'a guère d'usage qu'en poésie, et en parlant d'amour » (*A., 94*).

Frivole (*Bél.*, v. 768, 1580 ; *Venc.*, v. 223, 344, 980) : « Ce qui n'est d'aucune valeur » (*F.*).

Fureur (*Bél.*, v. 194, 451, 624, 731, 740, 747, 827, 871, 901, 909, 1043, 1055, 1369, 1443, 1462, 1503) ; *Venc.*, v. 230, 534, 940, 1228, 1358, 1508, 1618, 1665, 1673, 1676) : « Se dit des violents mouvements de l'âme » (*F.*).

Garantir (*Bél.*, v. 1105) : « Préserver de quelque mal ou accident » (*F.*).

Généreux (*Bél.*, v. 191, 429, 1351, 1567, 1953 ; *Venc.*, v. 38, 72, 309, 555, 799, 846, 870, 1021, 1065, 1482, 1605) : « Magnanime, de naturel noble » (*A., 94*).

Gestes (*Bél.*, v. 242, 465) : « Histoire et actions des grands hommes » (*F.*).

Hasard (*Bél.*, v. 1, 1365) : « Danger » (*F.*).

Heur (*Bél.*, v. 260, 431, 573, 670, 795, 1280, 1649, 1723, 1781, 1796, 1879, 1880, 1983 ; *Venc.*, v. 47, 99, 183, 690, 724, 1038, 1073, 1077, 1735, 1763, 1835) : « Bonne fortune » (*A., 94*).

Impatient (*Venc.*, v. 462, 1685) : « Qui ne supporte pas qqch ». (*Dubois*).

Imposer (*Bél.*, v. 1258, 1647) : « Charger, accuser » (*F.*).

Indiscret (*Bél.*, v. 285 ; *Venc.*, v. 767) : « Celui qui agit par passion, sans considérer ce qu'il dit ni ce qu'il fait » (*F.*). (*Venc.*, v. 1750) « Se dit aussi de certaines choses » (*A., 94*).

Indiscrétion (*Venc.*, v. 485) : Manque de mesure.

Inégal (*Bél.*, v. 1333 ; *Venc.*, v. 566) : Entre deux personnes qui ne sont pas de même rang ;
— (*Venc.*, v. 1205) : Sujet à des changements soudains ; « fantasque » (*F.*).

Inégalité (*Bél.*, v. 1616) : Changement.

Intelligence (*Bél.*, v. 1439 ; *Venc.*, v. 384, 1503) : « Union, amitié » *(F.)*.

Intéressé (*Bél.*, v. 870) : Concerné.

Intéresser (*Bél.*, v. 1055, 1447 ; *Venc.*, v. 538) : « Associer » *(F.)* ;

— (*Venc.*, v. 1085) : « Porter atteinte à » *(A., 94)*.

Intérêt (*Bél.*, v. 1504, 1608) : Parti ;

— (*Bél.*, v. 24, 803, 813, 930, 934, 1515, 1580 ; *Venc.*, v. 143, 170, 787, 796, 818, 825, 940, 1057, 1073, 1246) : « La part qu'on prend en quelque chose » *(F.)*.

Journée (*Venc.*, v. 819) : « Bataille » *(A., 94)*.

Libre (*Bél.*, v. 1561) : Affranchi de ;

— (*Venc.*, v. 152) : Franc ;

— (*Venc.*, v. 447) : Licencieux.

Librement (*Bél.*, v. 1295) : « Volontiers » *(Dubois)*.

Loyer (*Venc.*, v. 350, 1082) : « Récompense » *(A., 94)*. « Plus en usage en vers qu'en prose » *(R.)*.

Machine (*Bél.*, v. 1870) : « Tout grand ouvrage de génie » *(L.)* ; Ici, la carrière de Bélisaire élevé si haut par son propre mérite et la faveur de l'Empereur.

Marque (*Bél.*, v. 15) : « Considération » *(F.)*.

Méconnaissant (*Bél.*, v. 621) : « Ingrat » *(F.)*.

Même (*Bél.*, v. 544, 946, 1107, 1941) : « pour marquer plus expressément la personne ou la chose dont on parle » *(L.)*. Se placerait aujourd'hui après le substantif qu'il complète.

Merveille(s) (*Bél.*, v. 599 ; *Venc.*, v. 1303) : Chose rare, extraordinaire, surprenante, qu'on ne peut guère voir ni comprendre *(F.)*.

Meurtrir (*Venc.*, v. 1507, 1691) : « Ce mot signifiait autrefois tuer, aussi bien qu'occire, qui ne se disent plus » *(F.)*.

Ministre (*Bél.*, v. 52, 1096 ; *Venc.*, v. 416, 1384) : « Celui dont on se sert pour l'exécution de quelque chose » *(A., 94)* ; serviteur.

Nécessité (*Bél.*, v. 33) : « Besoin, disette, pauvreté, misère » *(F.)*.

Neveux (*Venc.*, v. 947, 1324, 1478) : « Postérité » *(F.)*.

Objet (*Bél.*, v. 125, 805 ; *Venc.*, v. 521, 1335, 1626) : « fin, but » *(F.) ;*
— (*Bél.*, v. 14, 48, 531, 713, 736, 1575, 1763, 1975 ; *Venc.*, v. 68, 114, 246, 399, 514, 533) : « Chose où l'on arrête sa pensée, son cœur, son but, ou son dessein » *(R.) ;*
— (*Bél.*, v. 423, 687, 1071, 1331 ; *Venc.*, v. 374, 472, 477, 481, 579, 682, 699, 739, 848, 1037, 1070, 1093, 1107, 1148, 1520, 1530) : « Se dit aussi poétiquement des belles personnes qui donnent de l'amour » *(F.)*.
Obligation (*Bél.*, v. 93) : « Engagement qui vient de quelque plaisir, de quelque bon office qu'on a reçu » *(F.)*.
Obliger (*Bél.*, v. 773) : Lier par un devoir *(L.)*.
Odeur (*Venc.*, v. 1150) : « Réputation » *(F.)*.
Offensif (*Bél.*, v. 1342) : Offensant.
Office (*Bél.*, v. 474, 544, 1400, 1665 ; *Venc.*, v. 208) : « Secours ou devoir réciproque de la vie civile » *(F.)*.
Officieux (*Bél.*, v. 577) : Secourable.
Offusquer (*Bél.*, v. 1962) : « Obscurcir » *(A., 94)*.
Outrageux (*Bél.*, v. 1211) : Outrageant.

Parti (*Bél.*, v. 1259) : « Union de plusieurs personnes contre d'autres qui sont dans un intérêt contraire » *(A., 94) ;*
— (*Venc.*, v. 336) : « Puissance opposée à une autre » *(F.)*.
Piété (*Venc.*, v. 422) : Respect de la morale commune.
Pratique (*Bél.*, v. 1491 ; *Venc.*, v. 919, 1356) : « Menées et intelligences secrètes » *(A., 94)*.
Pratiquer (*Venc.*, v. 759) : « Tâcher d'attirer et de gagner à son parti » *(A., 94)*.
Premier que (*Bél.*, v. 1686) : « Avant que » *(F.)*.
Présomption (*Venc.*, v. 702) : « Conjecture. Jugement formé sur des apparences, sur des indices » *(A., 94)*.
Prévenir (*Bél.*, v. 493, 601, 1138, 1501) : « Être le premier à faire ce qu'un autre voulait faire » *(A., 94) ;*
— (*Bél.*, v. 1979 ; *Venc.*, v. 963, 1553) : « Empêcher les maux qu'on a prévus » *(F.)*.
Prévenu (*Venc.*, v. 209, 759) : Qui a de la prévention.
Prix (*Bél.*, v. 18, 57, 174, 242, 328, 805, 1017, 1241,

1518, 1528, 1730, 1859, 1893 ; *Venc.*, v. 227, 334, 342, 350, 352, 374, 375, 821, 1022, 1034, 1068, 1077, 1318, 1521, 1549, 1845, 1862) : « Récompense » *(F.) ;*
— (*Bél.*, v. 398, 874, 925, 1118, 1398, 1506 ; *Venc.*, v. 347) : « Valeur et estimation des choses » *(F.).*
(**au** — **de**) (*Bél.*, v. 1144, 1494 ; *Venc.*, v. 1449) : « Adverbe de comparaison » *(F.).*

Procéder (*Bél.*, v. 1215, 1223 ; *Venc.*, v. 671) : « Tirer origine » *(L.).*

Provident (*Bél.*, v. 1106) : « Doué de l'attribut appelé providence » *(L.).*

Province (*Venc.*, v. 411, 1476, 1567, 1644, 1731, 1764, 1819) : « Pays, nation, royaume » *(Dubois).*

Puissance (*Bél.*, v. 392) : « Faculté » *(A., 94).*

Querelle (*Bél.*, v. 1474, 1516, 1534 ; *Venc.*, v. 236, 323) : « Se dit de l'intérêt d'autrui quand on en prend la défense » *(F.).*

Raison (tirer) (*Bél.*, v. 1354) : Demander « réparation de quelque injure reçue » *(F.) ;*
(**faire** —) (*Bél.*, v. 769 ; *Venc.*, v. 242, 574, 829) : Faire « réparation de quelque injure reçue » *(F.) ;*
(**devoir** —) (*Venc.*, v. 1719) : Devoir compte de.

Ravaler (*Bél.*, v. 533 ; *Venc.*, v. 1536) : « Mettre plus bas » *(F.).*

Reconnaissance (sans) (*Bél.*, v. 412) : Sans être reconnue.

Recueillir (*Bél.*, v. 1114) : « Compiler » *(F.).*

Réduire (*Bél.*, v. 1115) : « Rédiger » *(A., 94).*

Rendre (*Venc.*, v. 900, 1242, 1479) : Conduire, mener ; « Mettez-vous dans mon carrosse, dans deux heures je vous rendrai là » *(A., 94).*

Répondre (*Bél.*, v. 266 ; *Venc.*, v. 1138) : « Avoir rapport, regard et proportion » *(A., 94).*

Répugnance (*Bél.*, v. 1435 ; *Venc.*, v. 1040) : « Résistance » *(H.).*

Réputer (*Bél.*, v. 382 ; *Venc.*, v. 688) : « Estimer tel. Tenir pour tel » *(A., 94).*

Réserver (*Bél.*, v. 888) : « Garder pour un autre usage » *(A., 94).*

Résigner (*Bél.*, v. 1782) : « Se démettre d'un office en faveur de quelqu'un » *(A., 94).*

Respirer (*Bél.*, v. 1172 ; *Venc.*, v. 1835) : Désirer avec ardeur ; « se dit figurément en morale, en parlant des passions violentes » *(F.)*.

Ressentiment (*Bél.*, v. 181, 786, 1454, 1942 ; *Venc.*, v. 1376, 1689) : « Déplaisir, chagrin, douleur qu'on a d'une chose arrivée » *(R.)*.

Retenir (*Bél.*, v. 1150, 1836 ; *Venc.*, v. 162, v. 1068) : « Ne pas lâcher, laisser échapper » *(F.)*.

Retirer (*Bél.*, v. 1947) : « Donner retraite chez soi » *(F.)* ; — (*Venc.*, v. 346) : « Dégager une chose d'un lieu où elle était engagée. […] Il avait engagé sa parole, mais il l'a retirée, il est libre » *(F.)*.

Ruine (*Bél.*, v. 1869 ; *Venc.*, v. 956) : Chute, écroulement.

Satisfaire (*Bél.*, v. 372 ; *Venc.*, v. 287, 1274, 1631, 1702) : « faire réparation, demander pardon » *(F.)*.

Sensible (*Venc.*, v. 549, 681) : « Qui se fait sentir » *(A., 94)* ; — (*Bél.*, v. 391, 1214, 1524, 1564 ; *Venc.*, v. 231, 728, 757, 860, 1461, 1857) : « Lorsque ce mot se dit des choses, il signifie touchant, douloureux » *(R.)*.

Sensiblement (*Bél.*, v. 459, 1885 ; *Venc.*, v. 1184) : Douloureusement.

Service (*Bél.*, v. 1335 ; *Venc.*, v. 528, 1197) : « Attachement qu'un homme a auprès d'une dame, dont il tâche d'acquérir les bonnes grâces ». *(F.)*.

Sinistre (*Venc.*, v. 200, 415, 1383) : « Fâcheux, qui est à craindre ». *(F.)*.

Soigner (*Venc.*, v. 1189) : Veiller à ; « un bon père de famille doit soigner à ses affaires » *(F.)*.

Soin (*Bél.*, v. 116, 459, 973 ; *Venc.*, v. 167, 907, 967, 1127, 1289) : « Souci, inquiétude » *(F.)* ; — (*Venc.*, v. 497, 1221) : « Application d'esprit à faire quelque chose » *(A., 94)*.
— (*Bél.*, v. 853 ; *Venc.*, v. 698, 997) : « Assiduités, marques de dévouement à la personne aimée » *(Dubois)*..

Sortable (*Venc.*, v. 515) : « Qui est propre, qui convient à la personne ou aux choses » *(F.)*.

Succéder (*Bél.*, v. 1431 ; *Venc.*, v. 47, 968, 1828) : « Réussir » *(F.)*.

Succès (*Bél.*, v. 788 ; *Venc.*, v. 1226) : « Issue d'une affaire. Se dit en bonne et en mauvaise part » *(F.)*.

Superbe (*Bél.*, v. 305, 1235, 1437 ; *Venc.*, v. 587, 790) :
« Orgueilleux, arrogant » *(A., 94)*.

Surprendre (*Bél.*, v. 376, 1929) : « Tromper » *(F.)* ;
— (*Bél.*, v. 806, 1585, 1688, 1911 ; *Venc.*, v. 871, 934,
1736) : Prendre à l'improviste. (*Cayrou*).

Suspendre (*Bél.*, v. 368, 456 ; *Venc.*, v. 683, 1696) :
« Arrêter pour quelque temps » *(F.)*.

Tandis que (*Bél.*, v. 749, 975) : « Pendant que » *(A., 94)*.

Tant que (*Venc.*, v. 1241) : « Jusqu'à ce que » *(Dubois)*.

Taxer (*Bél.*, v. 1642, 1897) : « Accuser » *(F.)*.

Trame (*Bél.*, v. 311, 367, 519, 680) : « Complot, secret »
(F.).

Trancher de (*Venc.*, v. 1204) : « Affecter de paraître »
(F.).

Travaux (*Bél.*, v. 397, 1796 1884 ; *Venc.*, v. 1087, 1730,
1844) : Exploits guerriers. « Se dit au pluriel des
actions, de la vie d'une personne, et particulièrement
des gens héroïques » *(F.)*.

Traverser (*Bél.*, dédicace, l. 1, v. 459, 836, 876) : « Faire
obstacle à » *(F.)*.

Trébucher (*Bél.*, v. 793, 1820) : « Tomber » *(A., 94)*.

Vain (*Bél.*, v. 1275, 1346, 1788 ; *Venc.*, v. 201, 687, 979,
984, 1046) : « Glorieux, superbe, qui a bonne opinion
de lui-même » *(F.)*.

Véritable (*Bél.*, v. 1520) : « Véridique » *(Dubois)*.

Vif (*Bél.*, v. 1728, 1744) : « Vivant » *(Dubois)* ;

(argent —) (*Bél.*, v. 1944) : « Mercure » *(L.)*.

BIBLIOGRAPHIE

A - ÉDITIONS

Textes des XVIIᵉ et XVIIIᵉ siècles

1) *Bélisaire*

LE / BELISSAIRE / TRAGEDIE, / DE MᴿDE ROTROU. / A PARIS, / Chez ANTOINE DE SOMMA-VILLE, / & / AVGVSTIN COVRBÉ, / Au Palais. / M.DC.XLIIII. / AVEC PRIVILEGE DV ROY.
Ars. Rf. 7.034.

Bélisaire, in Recueil des meilleures pièces dramatiques faites en France depuis Rotrou jusqu'à nos jours, ou Théâtre français, Lyon, 1780-1781, t. VII, p. 457-572.
Ars. 8° B.L. 13597.

2) *Venceslas*

VENCESLAS / TRAGICOMEDIE. / DE MR DE ROTROU. / A PARIS, / Chez ANTOINE DE SOMMA-VILLE. / au Palais dans la petite Salle / des Merciers, / à l'Escu de France./M DCXLVIII.
Ars. Rf. 7.042, B.N. Yf 532, Rés. Yf 377 (sans l'épître dédicatoire) ; B.N. Rés. p. Yf 38, Yf 359, Ars. 4° B 3683 (avec une épître dédicatoire à Monseigneur de Créqui).

VENCESLAS / TRAGICOMEDIE. / DE MR DE ROTROU. / Sur l'Imprimé. / A PARIS, / Chez ANTHOINE DE SOMMAVILLE. / au Palais, dans la petite salle des Merciers, / à l'Escu de France. / M.DC.LV.
Ars Rf. 7.043. Avec une épître dédicatoire à Monseigneur de Créqui.

VENCESLAS / Tragédie DE ROTROU. / Retouchée par M. MARMONTEL. / PARIS, Sébastien JORRY, 1759.
Ars Rf. 11.996.

VENCESLAS, / TRAGEDIE. / Telle qu'elle a été composée / par ROTROU. GENEVE, P. Pellet et fils, 1767, dans Théâtre françois, tome V.

Ars Rf. 11.998. Édition avec des coupures et des corrections.

VENCESLAS / TRAGEDIE / EN CINQ ACTES, / PAR M. ROTROU, / Représentée, pour la première fois, en / 1647, & réimprimée sur le manuscrit / des Comédiens du Roi en 1774. / Prix 30 sols. / A Paris, / Chez la veuve DUCHESNES, Libraire, Rue Saint-/Jacques, au Temple du Goût / Avec approbation & Privilège du Roi./s.d.

Ars. Rf. 7.052. Édition avec des coupures et des corrections (texte Colardeau-Lekain).

Textes du XIXe siècle

1) *Bélisaire*

Bélisaire, Tragédie, *in Œuvres* de Jean Rotrou, édition du théâtre complet dirigée par Viollet-le-Duc, Paris, Desoer, 1820, tome IV, p. 455-549 (ponctuation et didascalies modifiées).

2) *Venceslas*

Venceslas, / Tragédie / en cinq actes et en vers, / de Rotrou, / Représentée pour la première fois, à Paris, / sur le Théâtre Français, en 1647. / A Paris. / Chez FAGES, Libraire, au Magasin de Pièces / de Théâtre, boulevard Saint-Martin, n° 29, / vis-à-vis la rue de Lancry. / 1812.

Ars. Rf. 7.055. Édition avec des coupures et des corrections.

Venceslas, tragédie, *in Œuvres* de Jean Rotrou, édition du théâtre complet dirigée par Viollet-le-Duc, Paris, Desoer, 1820, tome V, p. 172-262 (texte de 1655, ponctuation et didascalies corrigées).

Venceslas, tragédie de Rotrou avec les corrections faites en 1759 par Marmontel, *in Œuvres* de Jean Rotrou, édition du théâtre complet dirigée par Viollet-le-Duc, Paris, Desoer, 1820, tome V, p. 263-324 (texte de 1774).

Textes du XXe siècle

CRANE Th., *Jean Rotrou's Saint-Genest and Venceslas*, Boston, 1907.

GAVAULT P., Rotrou : *Venceslas*, Tragédie en cinq actes, La Renaissance du livre, Paris 1920 (éd. d'étudiant pour la reprise au théâtre National de l'Odéon, le 28 oct. 1920, les Classiques de l'Odéon).

VAUBOURDOLLE R., Rotrou : *Venceslas*, tragédie, Paris, 1922.

LA BATUT G. de, *Venceslas*, Hatier, Les Classiques pour tous, 1924., *id.* 1930.

LEINER W., Rotrou : *Venceslas*, tragi-comédie, Saarbrucken, 1956.

SCHERER J., *Venceslas,* tragi-comédie, *in Théâtre du XVIIe siècle*, Paris, Gallimard, « Pléiade », 1975, t. I, p. 1007-1073 (texte), p. 1346-1361 (notice et notes).

WATTS D.,*Venceslas*, tragi-comédie, Exeter, « Textes littéraires », 1990.

Originaux espagnols

MIRA DE AMESCUA A., « El Ejemplo mayor de la desdicha », *in Teatro II*, éd. A. Valbuena Prat, Madrid, ediciones de « La Lectura », « Clásicos castellanos », 1928, t. 82, p. 145-283.

ROJAS ZORILLA F. de, « No ay ser Padre siendo Rey », *in Primera Parte de las Comedias*, Madrid, 1640, p. 23-47. [Ars. 4° B.4109]
— *in Comedias escogidas*, Biblioteca de autores españoles, Madrid, t. 54, 1866, p. 389-406.

Textes grecs et néo-latins

BIDERMANN J., « Belisarius », *in Ludi theatrales sacri*, Munster, 1666.

PROCOPE, *La Guerre contre les Vandales*, trad. D. Roques, Paris, les Belles Lettres, 1990.
— *Anecdocta* ou *Histoire secrète*, trad. P. Maraval, Paris, Les Belles Lettres, 1990.

Théâtre du XVIIᵉ siècle

CORNEILLE P., *Œuvres complètes*, éd. G. Couton, Paris, Gallimard, « Pléiade », 3 vol., 1980-1987.

DESFONTAINES N., *Bélisaire*, Tragi-comédie, Paris, A. Coursé, 1641.

GRENAILLE F., « L'Innocent malheureux », *in Le Tragedie francesi su Crispo*, éd. D. Dalla Valle, Torino, 1986.

RACINE J., *Théâtre, Poésie*, éd. R. Picard, Paris, Gallimard, « Pléiade », 1950.

TRISTAN L'HERMITE F., « La Mort de Chrispe », *in Le Tragedie francesi su Crispo*, éd. D. Dalla Valle, Torino, 1986.

B - OUVRAGES GÉNÉRAUX

BARKO I., « Contribution à l'étude de la ponctuation française au XVIIᵉ siècle (Problèmes de méthode - La ponctuation de Racine) », *La Ponctuation, Recherches historiques et actuelles*, textes rassemblés par N. Catach et Cl. Tournier, G.T.M., C.N.R.S., H.E.S.O., 1982, p. 59-126.

BRICOUT J. (dir.), *Dictionnaire pratique des connaissances religieuses*, Paris, 1928.

BRUNOT F., *Histoire de la langue française* (T. III et IV), Paris, A. Colin, 1966 (rééd.).

CAYROU G., *Le Français classique*, Didier, 1923.

CORVIN M. (dir.), *Dictionnaire du Théâtre*, Paris, Bordas, 1991.

Dictionnaire de l'Académie française, Paris, Coignard, 1694, 2 vol.

DUBOIS J., LAGANE R., LEROND A., *Dictionnaire du français classique*, Larousse, Paris, 1992.

FURETIÈRE A., *Dictionnaire universel*, 1690, réimpr. Le Robert, 1978.

MOLINIÉ G., *Dictionnaire de rhétorique*, Paris, Livre de Poche, 1991.

MOURRE M., *Dictionnaire encyclopédique d'histoire*, Paris, Bordas, 1978.

C - OUVRAGES SUR LE THÉÂTRE

ARISTOTE, *La Poétique*, éd. M. Magnien, Paris, L. G. F., « Le Livre de Poche », 1990.

BABY H., *L'Esthétique de la tragi-comédie*, Atelier de reproduction des thèses de Lille III, 1993.

DOUBROVSKY S., *Corneille et la dialectique du héros*, Paris, Gallimard, « Tel », 1982.

FORESTIER G., *Introduction à l'analyse des textes classiques. Éléments de poétique et de rhétorique du XVIIe siècle*, Paris, Nathan, 1993.

—   *Essai de génétique théâtrale, Corneille à l'œuvre*, Klincksieck, 1996.

FOURNIER N., *L'Aparté dans le théâtre français du XVIIe siècle au XXe siècle*, Louvain-Paris, Peeters, 1991.

GUICHEMERRE R., *La Tragi-comédie*, Paris, P.U.F., 1981.

LANCASTER H.C., *A History of French dramatic Literature in the Seventeenth Century*, Baltimore, 1929-1942.

MARTINENCHE E., *La Comedia espagnole en France*, Paris, 1900.

MOREL J., « Poétique de la tragi-comédie », *Le XVIIe siècle et la recherche*, C.M.R. 17, 1977, republié dans *Agréables mensonges, essais sur le théâtre français du XVIIe siècle*, Paris, Klincksieck, 1991.

— « Mise en scène du songe », *Agréables mensonges, essais sur le théâtre français du XVIIe siècle*, Paris, Klincksieck, 1991.

SAKHAROFF M., *Le Héros, sa liberté et son efficacité de Garnier à Rotrou*, Paris, Nizet, 1967.

SCHERER J., *La Dramaturgie classique en France*, Paris, Nizet, (1e éd., 1950), 1986.

STEGMANN A., *L'Héroïsme cornélien, genèse et signification*, Paris, A. Colin, 2 vol., 1968.

VUILLERMOZ M., *L'Objet dans le théâtre français du second quart du XVIIe siècle (Corneille, Rotrou, Mairet, Scudéry)*, Atelier de reproduction des thèses de Lille III, 1996.

D - OUVRAGES SUR ROTROU

GETHNER P., « La chronologie du théâtre de Rotrou », *R.H.T.*, n° 171, 1991, p. 242-257.

JARRY R., *Essai sur les œuvres dramatiques de Jean Rotrou*, Lille, Paris, 1868 ; Genève, Slatkine reprints, 1970.

Lelièvre J., « Pour une chronologie de Rotrou », *R.H.T.*, n° 3, 1950.

Morel J., *Jean Rotrou, dramaturge de l'ambiguïté*, Paris, Armand Colin, 1968.

Orlando F., *Dalla tragicommedia alla tragedia*, Torino, Bottega d'Erasmo, 1963.

Osburn Ch. B., « Introduction to Jean Rotrou : a bibliography (1880-1965) », *Studi Francesi*, 1968, settembre-dicembre n° 36, p. 401-411.

Stempliger E., « Über Jean Rotrou's spanische Quellen », *Zeitschrift für französische Sprache une Literatur*, 1916, p. 195-245.

Valle Abad F. Del, *Influencia española sobre la literatura francesa : J. Rotrou*, Avila, 1946, p. 196-218 (*Bélisaire*) et p. 219-240 (*Venceslas*).

Van Baelen J., *Rotrou, le héros tragique et la révolte*, Paris, Nizet, 1965.

Vuilllemin J.-Cl., *Baroquisme et théâtralité, le théâre de Jean Rotrou*, « Biblio 17 », *P.F.S.C.L.*, Paris, Seattle, Tübingen, 1994.

E - ÉTUDES autour de *BÉLISAIRE*

Bénichou P., « Hippolyte, requis d'amour et calomnié », *in L'Écrivain et ses travaux*, Paris, J. Corti, 1967.

Chassin L., *Bélisaire*, Paris, Payot, 1963.

Forestier G., « *Le Véritable Saint Genest* : enquête sur l'élaboration d'une tragédie chrétienne », *XVIIᵉ siècle*, n° 179, avr.-juin 1993.

Fumaroli M., « Corneille disciple de la dramaturgie jésuite : le *Crispus* et la *Flavia* du P. Bernardino Stefonio, S. J. », *Héros et orateurs*, Genève, Droz, 2ᵉ éd., « Titre courant », 1996.

Kirsop W., « Rotrou and Rosidor : Le Bélissaire Reshaped », *Australian Journal of French studies*, vol. XXXIII, n° 3, Sept-Déc. 1996, p. 381-387.

Lebermann N., *Belisär in der Literatur der romanischen und germanischen Nationen*, Nurnberg, 1899, p. 87-101.

Steffens G., *Rotrou studien : J. de Rotrou als Nachahmer Lope de Vega's*, Oppeln, 1891.

F - ÉTUDES sur *VENCESLAS*

HASKOVEC P.-M., « Belleforest, Zorilla et Rotrou », *R.H.L.F.*, 1910, p. 156-157.

LAHARPE J. -F., *Lycée*, Paris, H. Agasse, An VII, t. V.

LEINER W., *Étude stylistique et littéraire de* Venceslas, *tragi-comédie de Jean Rotrou,* Saarbrucken, 1955.

— « Index des mots de *Venceslas* », *in Index du vocabulaire du théâtre classique*, Paris, Klincksieck, 1960.

— « *Venceslas* ou le triomphe de la royauté », *French Review*, XLIII, déc. 1969, p. 249-258.

PIERSON L., *Histoire de* Venceslas *de Rotrou,* Paris, 1882.

ZIRWER O., *Étude sur* Venceslas, *tragédie de Rotrou*, Berlin, 1903.

TABLE DES MATIÈRES

SOCIÉTÉ DES TEXTES FRANÇAIS MODERNES
(S.T.F.M.)

Fondée en 1905
Association loi 1901 (J.O. 31 octobre 1931)
Siège social : Institut de Littérature française
(Université de Paris-Sorbonne)
1, rue Victor Cousin. 75005 PARIS

La Société des Textes Français Modernes (S.T.F.M.), fondée en 1905, a pour but de réimprimer des textes publiés depuis le XVIe siècle et d'imprimer des textes inédits appartenant à cette période.

Pour tout renseignement et pour les demandes d'adhésion : s'adresser au Secrétaire général, M. Jean Balsamo, 22, rue de Savoie, 75006 Paris.

Demandez le catalogue des titres disponibles et les conditions d'adhésion.

LES PUBLICATIONS DE LA SOCIÉTÉ DES TEXTES FRANÇAIS MODERNES SONT EN VENTE AUX ÉDITIONS KLINCKSIECK
8, rue de la Sorbonne 75005 Paris

EXTRAIT DU CATALOGUE

(janvier 1998)

XVIᵉ siècle.

Poésie :

4. HÉROËT, *Œuvres poétiques* (F. Gohin).
5. SCÈVE, *Délie* (E. Parturier).
7-31. RONSARD, *Œuvres complètes* (P. Laumonier).
32-39, 179-180. DU BELLAY, *Deffence et illustration. Œuvres poétiques françaises* (H. Chamard) *et latines* (Geneviève Demerson).
43-46. D'AUBIGNÉ, *Les Tragiques* (Garnier et Plattard).
141. TYARD, *Œuvres poétiques complètes* (J. Lapp.).
156-157. *La Polémique protestante contre Ronsard* (J. Pineaux).
158. BERTAUT, *Recueil de quelques vers amoureux* (L. Terreaux).
173-174, 193, 195, 202. DU BARTAS, *La Sepmaine* (Y. Bellenger), *La Seconde Semaine (1584),* I et II (Y. Bellenger), *Les Suittes de la Seconde Semaine* (Y. Bellenger).
177. LA ROQUE, *Poésies* (G. Mathieu-Castellani).
194. LA GESSÉE, *Les Jeunesses* (G. Demerson et J.-Ph. Labrousse).
198. SAINT-GELAIS, *Œuvres poétiques françaises,* I (D. Stone).
204. SAINT-GELAIS, *Œuvres poétiques françaises,* II (D. Stone).
208. PELETIER DU MANS, *L'Amour des Amours* (J.C. Monferran).
210. POUPO, *La Muse Chrestienne* (A. Mantero).

Prose :

2-3. HERBERAY DES ESSARTS, *Amadis de Gaule (Premier Livre),* (H. Vaganay-Y. Giraud).
6. SÉBILLET, *Art poétique françois* (F. Gaiffe-F. Goyet).
150. NICOLAS DE TROYES, *Le Grand Parangon des Nouvelles nouvelles* (K. Kasprzyk).
163. BOAISTUAU, *Histoires tragiques* (R. Carr).
171. DES PERIERS, *Nouvelles Récréations et joyeux devis* (K. Kasprzyk).
175. *Le Disciple de Pantagruel* (G. Demerson et C. Lauvergnat-Gagnière).
183. D'AUBIGNÉ, *Sa Vie à ses enfants* (G. Schrenck).
186. *Chroniques gargantuines* (C. Lauvergnat-Gagnière, G. Demerson *et al.*).

Théâtre :

42. DES MASURES, *Tragédies saintes* (C. Comte).
125. TURNÈBE, *Les Contens* (N. Spector).
149. LA TAILLE, *Saül le furieux. La Famine* (E. Forsyth).
161. LA TAILLE, *Les Corrivaus* (D. Drysdall).
172. GRÉVIN, *Comédies* (E. Lapeyre).
184. LARIVEY, *Le Laquais* (M. Lazard et L. Zilli).

XVIIe siècle.

Enrichissement typographique
achevé d'imprimer par :
IMPRIMERIE DE LA MANUTENTION
Mayenne
octobre 1998 – N° 362-98

Dépôt légal : 4ᵉ trimestre 1998